Buch

Wendell Jaffe gilt bereits seit fünf Jahren als verschollen, als er zufällig in einem kleinen mexikanischen Küstenort von seinem früheren Versicherungsagenten gesehen wird. Nach seinem Verschwinden hatte alles auf Selbstmord hingedeutet: Es gab einen Abschiedsbrief, in dem Jaffe bekannte, am Ende zu sein. Er war pleite, und seine Immobilienagentur mit ihren windigen Geschäftspraktiken stand kurz vor dem Zusammenbruch. Die einzige Hinterlassenschaft an seine Frau war eine stattliche Lebensversicherungspolice. Doch da nie eine Leiche gefunden wurde, mußte Mrs. Jaffe fünf Jahre warten, bis ihr Mann offiziell für tot erklärt werden konnte. Zwei Monate, nachdem ihr die Versicherungsumme über 500 000 Dollar endlich ausbezahlt wurde, taucht der vermeintliche Tote in einer Bar auf. Die Versicherungsgesellschaft will nun die Wahrheit wissen und beauftragt die Privatdetektivin Kinsey Millhone, der Sache nachzugehen. Doch je tiefer Kinsey in der Vergangenheit Jaffes gräbt, desto deutlicher muß sie erkennen, daß nichts so ist, wie es auf den ersten Blick scheint.

Autorin

Sue Grafton lebt und arbeitet in Santa Barbara. »Stille Wasser« ist der zehnte Krimi ihrer Kinsey-Millhone-Reihe, der »wohl überzeugendsten gegenwärtigen Krimireihe überhaupt«, wie das *Wall Street Journal* schreibt. Ihre Bücher erreichen allein in den USA Millionenauflagen.

Außerdem von Sue Grafton im Goldmann Verlag:

Frau in der Nacht. Roman (41571)
Nichts zu verlieren. Roman (42657)

Sue Grafton

Stille Wasser

ROMAN

Aus dem Amerikanischen von
Mechtild Sandberg-Ciletti

GOLDMANN VERLAG

Die Originalausgabe erschien unter dem Titel
»J« ist for Judgement«
bei Henri Holt, New York

Dieser Titel ist bereits unter der Nummer 42637
als Goldmann Taschenbuch erschienen.

Umwelthinweis:
Alle bedruckten Materialien dieses Taschenbuches
sind chlorfrei und umweltschonend.

Der Goldmann Verlag
ist ein Unternehmen der Verlagsgruppe Bertelsmann

Genehmigte Ausgabe 9/96
© der Originalausgabe 1993 by Sue Grafton
© der deutschsprachigen Ausgabe 1994 by
Wilhelm Goldmann Verlag, München
Umschlaggestaltung: Design Team München
Umschlagmotiv: J. Alden Weir
Druck: Elsnerdruck, Berlin
Verlagsnummer: 43358
JP · Herstellung: sc
Made in Germany
ISBN 3-442-43358-4

5 7 9 10 8 6 4

1

Bei flüchtigem Hinsehen würde man nicht glauben, daß es zwischen dem Mord an einem für tot erklärten Mann und den Ereignissen, die meine Ansichten über mein Leben veränderten, einen Zusammenhang gab. Die Fakten über Wendell Jaffe hatten mit meiner Biographie auch tatsächlich nicht das geringste zu tun, aber Mord ist selten eine eindeutige Angelegenheit, und keiner hat je behauptet, daß Offenbarungen den Gesetzen der Logik folgen. Meine Nachforschungen über die Vergangenheit des Toten lösten Fragen nach meiner Vergangenheit aus, und am Ende wurde es schwierig, die beiden Geschichten auseinanderzuhalten. Das Schlimme am Tod ist, daß keine Veränderungen mehr stattfinden. Das Schlimme am Leben ist, daß nichts je gleich bleibt. Das Ganze begann mit einem Anruf, nicht bei mir, sondern bei Mac Voorhies, einem der Vizepräsidenten der California Fidelity Versicherungsgesellschaft, bei der ich früher einmal gearbeitet habe.

Mein Name ist Kinsey Millhone. Ich bin Privatdetektivin in Kalifornien und habe mein Büro in Santa Teresa, fünfundneunzig Meilen nördlich von Los Angeles. Meine Zusammenarbeit mit der CF Versicherungsgesellschaft hatte im vergangenen Dezember ein jähes Ende gefunden, und ich konnte nicht in das Haus 903 State Street zurückkehren. So habe ich nun seit sieben Monaten in der Kanzlei Kingman und Ives einen gemieteten Büroraum. Lonnie Kingman hat in erster Linie mit Strafsachen zu tun, genießt aber durchaus auch die Kniffligkeiten von Prozessen, bei denen es um Unglücksfälle oder widerrechtliche Tötung geht. Er ist seit Jahren mein Anwalt und immer da, wenn ich ihn brauche. Lonnie ist klein und bullig, ein Bodybuilder und Raufbold. John Ives ist mehr der ruhige Typ, der die intellektuelle Herausforderung des Berufungsprozesses vorzieht. Ich bin der einzige Mensch, den ich kenne, der nicht automatisch sämtliche Rechtsanwälte der Welt in Grund und Boden verdammt. Nur zur Kenntnisnahme, ich mag auch Bullen. Ich mag jeden, der zwischen mir und der Anarchie steht.

Die Kanzlei Kingman und Ives nimmt das ganze obere Stockwerk eines kleinen Gebäudes im Zentrum ein. Die Belegschaft besteht aus Lonnie, seinem Partner, John Ives, und einem Anwalt namens Martin Cheltenham, Lonnies bestem Freund, der bei ihm Büroräume gemietet hat. Der größte Teil der täglich anfallenden Arbeit wird von den beiden Sekretärinnen, Ida Ruth und Jill, erledigt. Wir haben außerdem eine Empfangsdame namens Alison und einen juristischen Mitarbeiter, Jim Thicket.

Der Raum, den ich übernommen habe, war früher ein Konferenzzimmer mit Kochnische. Nachdem Lonnie das letzte freie Büro in der zweiten Etage annektiert hatte, ließ er eine neue Küche einbauen und einen Raum für die Kopiergeräte. Mein Büro ist groß genug für einen Schreibtisch, meinen Drehsessel, mehrere Aktenschränke, einen Minikühlschrank und eine Kaffeemaschine und schließlich einen großen Schrank, in dem Stapel von Umzugskartons stehen, die ich seit dem Einzug nicht angerührt habe. Ich besitze meinen eigenen Telefonanschluß, kann aber auch die beiden Anschlüsse der Kanzlei benutzen. Ich habe auch noch meinen Anrufbeantworter, aber im Notfall nimmt Ida Ruth Anrufe für mich entgegen. Eine Zeitlang habe ich versucht, ein anderes Büro zu finden. Ich hatte genug Geld, um mir den Umzug leisten zu können, da ich vor Weihnachten für einen Auftrag einen Fünfundzwanzigtausend-Dollar-Scheck kassiert hatte. Das Geld war in diversen Papieren angelegt, die mir nette Zinsen brachten. Aber nach einer Weile wurde mir klar, wie angenehm mein neuer Arbeitsplatz war. Die Lage war gut, und es war wohltuend, bei der Arbeit Leute um sich zu haben. Einer der wenigen Nachteile des Alleinlebens ist es, daß man nie jemanden hat, dem man erzählen kann, was man gerade vorhat. Nun hatte ich wenigstens am Arbeitsplatz Menschen in meiner Nähe, die immer wußten, wo ich war, und bei denen ich mich jederzeit melden konnte, wenn ich ein paar Streicheleinheiten brauchte.

An diesem besonderen Montagmorgen Mitte Juli saß ich seit etwa anderthalb Stunden an meinem Schreibtisch und telefonierte pausenlos herum. Ein Kollege aus Nashville hatte mir geschrieben und mich gebeten, ich möge mich in meiner Gegend nach dem Exehemann einer seiner Klientinnen umschauen, der mit seinen Unterhaltszahlungen mit sechstausend Dollar im Rückstand war. Gerüchteweise hieß es, der Mann habe sich aus Tennessee nach Kalifornien abgesetzt, um sich irgendwo in der Gegend von Perdido oder Santa Teresa niederzulassen. Man hatte mir neben dem Namen des Mannes seine letzte Adresse, sein Geburtsdatum und seine Sozialversicherungsnummer mitgeteilt und mich beauftragt, die Suche nach ihm aufzunehmen. Ich kannte außerdem Modell und Marke des Wagens, den er zuletzt gefahren hatte, sowie das Kennzeichen, das das Fahrzeug in Tennessee zuletzt gehabt hatte. Ich hatte bereits zwei Briefe nach Sacramento geschrieben: einen an die örtliche Führerscheinstelle mit der Bitte um Auskünfte über den Gesuchten; den anderen an die Fahrzeugmeldestelle, um zu prüfen, ob er seinen 83er Ford Lieferwagen angemeldet hatte. Im Augenblick war ich dabei, die öffentlichen Versorgungswerke in der Gegend anzurufen, um herauszubekommen, ob es einen Neuanschluß auf den Namen des Mannes gab. Bisher hatte ich kein Glück gehabt, aber es machte trotzdem Spaß. Für fünfzig Dollar die Stunde bin ich bereit, fast alles zu tun.

Als die Sprechanlage summte, beugte ich mich automatisch vor und drückte auf den Knopf. »Ja?«

»Sie haben Besuch«, sagte Alison. Sie ist vierundzwanzig, temperamentvoll und tatkräftig. Sie hat blondes Haar, das ihr bis zur Taille reicht, trägt Größe 34 und krönt das i in ihrem Namen entweder mit einem Gänseblümchen oder einem Herz, je nach Laune, die aber immer gut ist. »Ein Mr. Voorhies von der California Fidelity Versicherung.«

Ich spürte förmlich, daß über meinem Kopf wie bei einer Comicfigur ein Fragezeichen Gestalt annahm. Mit zusammengekniffenen Augen beugte ich mich tiefer über die Sprechanlage.

»Mac Voorhies ist bei Ihnen draußen?«

»Soll ich ihn zu Ihnen schicken?«

»Ich komme vor«, sagte ich.

Ich konnte es nicht glauben. Mac war bei der California Fidelity mein direkter Vorgesetzter gewesen. Und sein Boß, Gordon Titus, war der Mann, der mich an die Luft gesetzt hatte. Zwar hatte ich mich inzwischen mit der beruflichen Veränderung ausgesöhnt, aber wenn ich an diesen Kerl dachte, kam mir immer noch die Galle hoch. Flüchtig schwelgte ich in Phantasien, Gordon Titus hätte Mac geschickt, um mich um Verzeihung zu bitten. Ha, ha, das glaubst du doch wohl selbst nicht, dachte ich sofort. In aller Eile sah ich mich in meinem Büro um; keinesfalls sollte es aussehen, als pfiffe ich auf dem letzten Loch. Das Zimmer war nicht groß, aber es hatte ein eigenes Fenster, eine Menge saubere weiße Wand und einen flauschigen Wollteppich in gebranntem Orange. Mit den drei gerahmten Aquarellen an den Wänden und dem eineinviertel Meter hohen Ficus sah es sehr geschmackvoll aus. Fand ich jedenfalls. Gut, okay, der Ficus war aus Plastik, aber das merkte man echt nur, wenn man ganz nahe ran ging.

Ich hätte einen Blick in den Spiegel geworfen (ja, so prompt wirkte Macs Erscheinen), aber ich besitze keine Puderdose, und außerdem wußte ich bereits, was ich sehen würde – dunkles Haar, hellbraune Augen, keine Spur Make-up. Wie immer trug ich Jeans, Stiefel und Rolli. Ich befeuchtete meine Finger und strich mir über mein widerspenstiges Haar, um eventuell abstehende Strähnen zu glätten. In der Woche zuvor hatte ich in einem Anfall totaler Frustration eine Nagelschere gepackt und mir ritscheratsche das Haar geschnitten. Das Resultat war erwartungsgemäß ausgefallen.

Im Korridor wandte ich mich nach links. Mein Weg führte an mehreren Büros vorbei. Mac stand in der Empfangshalle vor Alisons Schreibtisch. Er ist Anfang Sechzig, groß und brummig, mit flaumigem weißen Haar, das seinen Kopf wie ein Heiligenschein umgibt. Die nachdenklichen dunklen Augen liegen ein wenig schräg in seinem langen, knochigen Gesicht. Anstelle der gewohnten Zigarre rauchte er eine Zigarette, von der Asche auf seinen korrekten Anzug gefallen war. Mac war nie einer, der sich angestrengt hat, um körperlich fit zu bleiben, und seine Figur ähnelt nun einer Zeichnung aus der Kinderperspektive: lange Arme und Beine, ein verkürzter Rumpf, auf dem ein kleiner Kopf sitzt.

»Mac?« sagte ich.

»Hallo, Kinsey«, sagte er in einem wunderbar ironisch wehmütigen Ton.

Ich freute mich so sehr, ihn zu sehen, daß ich laut herauslachte. Wie ein tolpatschiger, etwas zu groß geratener junger Hund sauste ich zu ihm und warf mich in seine Arme. Mac reagierte auf soviel Ungebärdigkeit mit einem seiner seltenen Lächeln, bei dem er Zähne zeigte, die von den vielen Zigarren und Zigaretten stark verfärbt waren. »Lange nicht gesehen«, sagte er.

»Ich kann nicht glauben, daß du hier bist. Komm mit in mein Büro, machen wir's uns gemütlich«, sagte ich. »Möchtest du einen Kaffee?«

»Nein, danke. Ich habe gerade welchen getrunken.«

Mac drehte sich herum, um seine Zigarette auszudrücken, und merkte zu spät, daß es nirgends einen Aschenbecher gab. Er sah sich verwirrt um, und einen Moment lang blieb sein Blick auf der Pflanze auf Alisons Schreibtisch haften. Sie beugte sich vor.

»Geben Sie ruhig her.« Sie nahm ihm die Zigarette ab und ging mit dem brennenden Stummel zum offenen Fenster. Erst nachdem sie ihn hinausgeworfen hatte, sah sie hinaus, um sich zu vergewissern, daß er nicht in irgend jemandes Kabrio auf dem Parkplatz landete.

Auf dem Weg nach hinten brachte ich Mac über meine derzeitigen Lebensumstände aufs laufende. Als wir in mein Büro kamen, zeigte er sich angemessen beeindruckt. Wir tauschten den neuesten Klatsch und die letzten Neuigkeiten über gemeinsame Freunde. Ich nutzte die Gelegenheit, um den Mann genauer zu

betrachten. Die Zeit war eindeutig nicht spurlos an ihm vorüber-
gegangen. Er hatte weniger Farbe als früher. Und er hatte, nach
seinem Aussehen zu urteilen, ungefähr fünf Kilo Gewicht verloren. Er wirkte müde und unsicher, völlig uncharakteristisch bei
ihm. Der Mac Voorhies von damals war brüsk und ungeduldig
gewesen, gerecht, entschlußkräftig, humorlos und konservativ.
Ein Mann, für den sich gut arbeiten ließ. Ich hatte immer seine
Reizbarkeit bewundert, die der Leidenschaft entsprang, jede Aufgabe nach besten Kräften zu lösen. Jetzt war der Funke erloschen,
und das beunruhigte mich.

»Alles in Ordnung? Irgendwie wirkst du gar nicht wie der alte.«

Er antwortete mit einer ungeduldigen Handbewegung – ein
unerwarteter Energieausbruch. »Die schaffen es, einem die Arbeit
völlig zu verleiden, das kannst du mir glauben. Diese verdammten
Kerle da oben in der Chefetage mit ihrem ständigen Gerede von
›unterm Strich‹. Ich kenne das Versicherungsgeschäft – Mensch,
ich arbeite schließlich lang genug in der Branche. Die CF war mal
eine große Familie. Wir mußten eine Firma leiten, aber wir haben
es mit Menschlichkeit getan, und jeder hat das Revier des anderen
geachtet. Keiner von uns ist dem anderen in den Rücken gefallen,
und niemand hat die Kunden für dumm verkauft. Aber jetzt – ich
weiß nicht, Kinsey. Der Umsatz ist lächerlich. Die Vertreter
werden so schnell verschlissen, daß sie kaum Zeit haben, ihre
Aktenköfferchen auszupacken. Und immer wird nur von Gewinn-
spannen und Kostendämpfung geredet. In letzter Zeit merke ich
immer wieder, daß ich überhaupt keine Lust mehr habe, zur
Arbeit zu gehen.« Er hielt inne und lächelte verlegen. »Lieber
Gott, hör sich das einer an! Ich rede wie ein alter Nörgler – was ich
ja auch bin. Sie haben mir die ›Frühverrentung‹ angeboten, was
auch immer das heißt. Verstehst du, sie machen alle möglichen
Verrenkungen, um uns alte Hasen so bald wie möglich von der
Gehaltsliste zu streichen. Wir verdienen viel zuviel und sind zu
unflexibel.«

»Und – hast du vor anzunehmen?«

»Ich weiß noch nicht, aber ja, vielleicht. Vielleicht nehme ich an. Ich bin einundsechzig und müde. Ich würde gern noch ein bißchen Zeit mit meinen Enkelkindern verbringen, ehe ich ins Gras beiße. Marie und ich könnten unser Haus verkaufen und uns dafür einen Wohnwagen kaufen, ein bißchen was vom Land sehen und die Kinder besuchen. Immer reihum, damit wir keinem auf die Nerven gehen.« Mac und seine Frau hatten acht erwachsene Kinder, alle verheiratet, mit zahllosen eigenen Kindern. Er legte das Thema mit einer abschließenden Geste ad acta, schien in Gedanken schon bei etwas anderem zu sein. »Schluß damit. Ich habe noch einen ganzen Monat Zeit, um es mir zu überlegen. Aber jetzt ist erst mal was anderes dran. Es ist was passiert, und da habe ich sofort an dich gedacht.«

Ich wartete schweigend, um ihn auf seine Weise erzählen zu lassen. Da ging es immer am flüssigsten. Er zog eine Packung Marlboro heraus und schüttelte eine Zigarette heraus. Erst wischte er sich den Mund mit dem Handrücken ab, dann steckte er die Zigarette zwischen die Lippen. Er nahm ein Heftchen Streichhölzer heraus und zündete die Zigarette an, löschte das Flämmchen des Streichholzes dann in einer Rauchwolke. Er schlug die Beine übereinander und benutzte seine Hosenaufschläge als Aschenbecher. Ich hatte Angst, daß er seine Nylonsocken in Brand setzte.

»Erinnerst du dich an Wendell Jaffe, der vor ungefähr fünf Jahren verschwunden ist?«

»Vage«, antwortete ich. Nach dem, was ich im Kopf hatte, war Jaffes Segelboot verlassen vor der Küste treibend aufgefunden worden. »Rekapituliere doch mal kurz. Das ist der Mann, der auf See verschwunden ist, nicht wahr?«

»So sah es aus, ja.« Mac wackelte nachdenklich mit dem Kopf, während er sich sammelte, um mir eine kurze Zusammenfassung zu geben. »Wendell Jaffe und sein Partner, Carl Eckert, gründeten mehrere Gesellschaften mit beschränkter Haftung, um Immobiliengeschäfte zu machen. Es ging dabei um die Erschließung von Grundstücken und den Bau von Eigentumswohnungen, Geschäftsgebäuden, Einkaufszentren und dergleichen. Sie versprachen ihren Anlegern eine Rendite von fünfzehn Prozent und dazu die Rückzahlung ihrer Einlage innerhalb von vier Jahren. Sie selbst wollten vorerst auf Gewinne verzichten. Dafür kassierten sie aber immense Honorare, wiesen ungeheuer hohe Geschäftsunkosten aus, kurz, sie sahnten richtig ab. Als die Gewinne ausblieben, bezahlten sie die alten Anleger mit dem Geld der neuen Anleger, verschoben das Geld von einer Mantelfirma zur anderen und warben immer neue Anleger an, um das Spiel in Gang zu halten.«

»Ein Schneeballgeschäft also«, sagte ich.

»Richtig. Ich glaube, sie haben mit guten Absichten angefangen, aber so hat es schließlich geendet. Wie dem auch sei. Jaffe merkte, daß das nicht ewig so weitergehen konnte, und da ist er von seinem Boot aus ins Wasser gegangen. Seine Leiche wurde nie gefunden.«

»Er hinterließ einen Abschiedsbrief, wenn ich mich recht erinnere«, warf ich ein.

»Stimmt. Nach allem, was man hörte, litt der Mann an den klassischen Symptomen einer Depression: Niedergeschlagenheit, Appetitlosigkeit, Angst, Schlaflosigkeit. Schließlich fährt er auf seinem Segelboot hinaus und springt über Bord. In dem Brief, den er seiner Frau hinterlassen hat, hieß es, er habe sich in Schulden gestürzt, um das Geschäft am Laufen zu halten, was, wie er jetzt einsähe, völlig hoffnungslos sei. Er ist total verschuldet. Er weiß, daß er alle enttäuscht hat, und kann den Konsequenzen nicht ins Gesicht sehen. Seine Frau und seine beiden Söhne brachte er damit in eine schreckliche Situation.«

»Wie alt waren die Kinder?«

»Ich glaube, Michael, der ältere, war siebzehn, und Brian muß zwölf gewesen sein. Es war wirklich eine üble Geschichte. Er machte seine Familie kaputt, trieb mehrere seiner Anleger in den Bankrott, und sein Geschäftspartner, Carl Eckert, landete im Kittchen. So wie's aussah, ist Jaffe gerade noch rechtzeitig abgesprungen, ehe das ganze Kartenhaus einstürzte. Aber das Problem war, daß es keinen konkreten Beweis für seinen Tod gab. Seine Frau beantragte bei Gericht die Ernennung eines Nachlaßtreuhänders, obwohl er ja praktisch nichts hinterlassen hatte. Die Bankkonten waren abgeräumt, und das Haus war bis unters Dach verschuldet. Sie mußte es schließlich aufgeben. Die Frau tat mir damals wirklich leid. Sie hatte seit Jahren nicht mehr gearbeitet, seit dem Tag ihrer Heirat nicht mehr. Und nun sollte sie plötzlich sich und die Kinder ganz allein durchbringen, hatte nicht einen Cent auf der Bank und keinerlei Ausbildung. Sie war eine nette Frau, und es war schlimm für sie. Fünf Jahre lang blieb alles still. Nicht die leiseste Spur von dem Mann.«

»Aber er ist gar nicht tot?« sagte ich und nahm damit die Pointe vorweg.

»Darauf komme ich gleich«, versetzte Mac mit einem Anflug von Irritation. Ich verkniff mir also meine Fragen, um ihn in Ruhe und auf seine Art berichten zu lassen.

»Das war tatsächlich eine Frage, die uns beschäftigte. Die Versicherungsgesellschaft war nicht scharf darauf, ohne offiziellen Totenschein zu zahlen. Schon gar nicht, nachdem Wendells Partner wegen Betrugs und Unterschlagung unter Anklage gestellt worden war. Es war schließlich gut möglich, daß Jaffe sich mit der Kohle aus dem Staub gemacht hatte, um einer Strafverfolgung zu entgehen. Wir haben zwar nie direkt so argumentiert, aber wir haben die Zahlung verschleppt. Dana Jaffe engagierte einen Privatdetektiv, der sich auf die Suche machte, aber niemals auch nur den Schatten eines Beweises zutage förderte, sei es pro oder contra«, fuhr Mac fort. »Es war nicht zu beweisen, daß er tot war, aber das Gegenteil auch nicht. Ein Jahr nach dem Unfall beantragte sie bei Gericht unter Berufung auf den Abschiedsbrief und den seelischen Zustand ihres Mannes, die Toterklärung. Sie legte eidesstattliche Versicherungen seines Partners und diverser Freunde vor. Gleichzeitig informierte sie unsere Gesellschaft davon, daß sie als alleinige Begünstigte Forderung auf Auszahlung der Lebensversicherungssumme erhebe. Wir leiteten daraufhin unsere eigene Untersuchung ein, die ziemlich intensiv war. Bill Bargerman war damit befaßt. Du erinnerst dich an ihn?«

»Den Namen kenne ich, aber ich glaube, wir sind uns nie begegnet.«

»Er saß damals wahrscheinlich in der Zweigstelle in Pasadena. Guter Mann. Ist jetzt im Ruhestand. Kurz und gut, er tat, was er konnte, aber es gelang ihm nicht zu beweisen, daß Wendell Jaffe noch am Leben sein könnte. Immerhin haben wir es geschafft, die Todesvermutung zu verhindern – vorläufig jedenfalls. Angesichts seiner finanziellen Probleme, argumentierten wir, sei es unwahrscheinlich, daß Jaffe sich, wenn er am Leben sein sollte, freiwillig stellen würde. Der Richter entschied für uns, aber wir wußten, daß es nur eine Frage der Zeit war, ehe das Urteil aufgehoben werden würde. Mrs. Jaffe war natürlich wütend, aber sie brauchte nur ein bißchen Geduld. Sie bezahlte weiterhin die Prämie, und als die fünf Jahre um waren, ging sie erneut vor Gericht.«

»Ich dachte, so was dauert sieben Jahre.«

»Das Gesetz ist vor ungefähr einem Jahr geändert worden. Vor zwei Monaten hat sie endlich ein gerichtliches Urteil erwirkt und ließ Jaffe für tot erklären. Da blieb der Gesellschaft natürlich keine Wahl. Wir zahlten.«

»Ah, jetzt wird's spannend«, sagte ich. »Um was für einen Betrag geht es?«

»Fünfhunderttausend Dollar.«

»Nicht schlecht«, meinte ich. »Aber vielleicht hat sie es verdient. Sie mußte ja lange genug warten, ehe sie kassieren konnte.«

Mac lächelte flüchtig. »Sie hätte ein wenig länger warten sollen. Dick Mills hat mich angerufen – auch ein ehemaliger CF-Mitarbeiter. Er behauptet, er hätte Jaffe in Mexiko gesehen. In einem Ort namens Viento Negro.«

»Tatsächlich? Wann denn?«

»Gestern«, antwortete Mac. »Dick war der Vertreter, der Jaffe damals die Lebensversicherung verkauft hat. Er hat auch danach immer wieder mit ihm zu tun gehabt. Im Zusammenhang mit Jaffes Firma. Na ja, und er war jetzt in Mexiko, in irgendeinem Nest zwischen Cabo und La Paz am Golf von Kalifornien, und behauptet, Jaffe in der Hotelbar gesehen zu haben. Er hätte da mit irgendeiner Frau gesessen.«

»Einfach so?«

»Einfach so«, wiederholte Mac. »Dick mußte auf den Zubringerbus zum Flughafen warten und hatte sich in die Bar gesetzt, um schnell noch einen zu kippen, ehe der Fahrer kam. Jaffe saß auf der Terrasse, vielleicht einen Meter entfernt, durch einen überwachsenen Zaun getrennt. Dick sagte, zuerst habe er die Stimme erkannt. Ein bißchen rauh und ziemlich tief mit texanischem Akzent. Zuerst sprach der Mann englisch, aber als der Kellner kam, stieg er auf Spanisch um.«

»Hat Jaffe Dick gesehen?«

»Anscheinend nicht. Dick meinte, er sei nie in seinem Leben so baff gewesen. Er sagt, er habe dagesessen wie festgenagelt und darüber beinahe den Bus zum Flughafen verpaßt. Kaum war er zu Hause, hat er mich angerufen.«

Mein Herz begann schneller zu schlagen. Man braucht mir nur einen interessanten Auftrag vorzusetzen, und schon fängt mein Puls zu galoppieren an. »Und wie soll's jetzt weitergehen?«

Mac schnippte Asche in seinen Hosenaufschlag. »Ich möchte, daß du so schnell wie möglich da runter fliegst. Ich nehme doch an, du besitzt einen gültigen Reisepaß?«

»Ja, sicher, aber was ist mit Gordon Titus? Weiß er von diesem Plan?«

»Titus laß mal meine Sorge sein. Diese Geschichte mit Wendell wurmt mich seit Ewigkeiten. Die würde ich gern noch geklärt sehen, ehe ich bei CF aufhöre. Eine halbe Million Dollar ist kein Pappenstiel. Wäre doch ein schöner Abschluß meiner beruflichen Laufbahn.«

»Wenn es stimmt«, sagte ich.

»Ich glaube nicht, daß sich Dick Mills geirrt hat. Also, übernimmst du die Sache?«

»Ich müßte erst sehen, ob ich meine Termine hier verschieben kann. Kann ich dich in ungefähr einer Stunde anrufen und dir Bescheid geben?«

»Natürlich. Kein Problem.« Mac sah auf seine Uhr und stand auf. Er legte einen Packen Papiere auf die Ecke meines Schreibtischs. »Ich würde mir nur an deiner Stelle nicht zuviel Zeit lassen. Du bist auf der Maschine gebucht, die um eins nach Los Angeles startet. Dein Anschlußflug geht um fünf. Die Tickets und der Flugplan sind da drinnen«, sagte er.

Ich lachte. California Fidelity und ich waren wieder im Geschäft.

2

Bis zum Start der Mexicana-Maschine nach Cabo San Lucas hatte ich drei Stunden Aufenthalt in Los Angeles. Mac hatte mir eine Mappe mit Zeitungsartikeln über Jaffes Verschwinden und seine Nachwehen mitgegeben. Ich machte es mir in einer der Flughafenbars bequem und sah die Ausschnitte durch. Dazu schlürfte ich eine Margarita. Zum Einstimmen. Zu meinen Füßen stand die in aller Eile gepackte Reisetasche, in der neben anderen Dingen meine 35-Millimeter-Kamera, mein Feldstecher und der Videorecorder, den ich mir selbst zum vierunddreißigsten Geburtstag geschenkt hatte, verstaut waren. Mir gefiel das Spontane dieser Reise, und ich verspürte schon jetzt dieses Gefühl geschärfter Selbstwahrnehmung, das mit dem Reisen kommt. Meine Freundin Vera und ich besuchten zur Zeit einen Spanischkurs für Anfänger bei der Volkshochschule in Santa Teresa. Allerdings waren wir in unserem sprachlichen Ausdruck fürs erste noch auf das Präsens und kurze Aussagen von zweifelhaftem Nutzen beschränkt – es sei denn, da hockten irgendwo ein paar schwarze Katzen in den Bäumen; dann konnten Vera und ich mit dem Finger auf sie zeigen und sagen: *Muchos gatos negros están en los árboles, sí? Sí, muchos gatos.* Mindestens bot mir diese Reise Gelegenheit, meine Sprachkenntnisse zu erproben und zu vertiefen.

Zu den Zeitungsausschnitten hatte Mac mehrere Schwarzweißfotos gelegt, die Jaffe bei verschiedenen öffentlichen Anläs-
sen zeigten – Ausstellungseröffnungen, politischen Veranstal-
tungen, Wohltätigkeitsfesten. Er hatte offensichtlich zur Elite
gehört: gutaussehend, elegant gekleidet, stets im Mittelpunkt.
Häufig jedoch war sein Gesicht das eine, das unscharf war, so als
wäre er genau in dem Moment, als der Fotograf auf den Auslöser
drückte, einen Schritt zurückgewichen oder hätte sich abgewandt.
Ich überlegte, ob er vielleicht damals schon ganz bewußt vermieden hatte, fotografiert zu werden. Er war Mitte Fünfzig, ein
kräftiger Mann mit grauem Haar über einem Gesicht mit hohen
Wangenknochen, vorspringendem Kinn und großer Nase. Er
wirkte ruhig und selbstbewußt, ein Mann, dem es ziemlich gleichgültig war, was andere von ihm dachten.

Einen Moment lang fühlte ich mich ihm irgendwie verbunden,
als ich mir vorstellte, wie es wäre, einfach die Identität zu wechseln. Für mich, die geborene Lügnerin, hatte die Vorstellung
immer schon etwas Verlockendes gehabt. Der Gedanke, einfach
aus dem eigenen Leben auszusteigen und sich in ein neues, ganz
anderes hineinzubegeben wie ein Schauspieler, der die Rolle
wechselt, entbehrte nicht einer gewissen Romantik. Vor nicht
allzulanger Zeit hatte ich mit einem entsprechenden Fall zu tun
gehabt: Ein Mann, der wegen Mordes verurteilt war, war bei
einem Arbeitseinsatz geflohen und hatte es geschafft, sich eine
ganz neue Persönlichkeit zu kreieren. Er hatte nicht nur seine
ganze Vergangenheit abgelegt, sondern sich auch des Makels
seiner Verurteilung wegen Mordes entledigt. Er hatte sich eine
neue Familie und eine gute Stellung zugelegt und war in seiner
neuen Gemeinde ein geachteter Mann. Es wäre ihm vielleicht
gelungen, die Täuschung bis ans Ende seines Lebens aufrechtzuer-
halten, hätte sich nicht siebzehn Jahre später bei der Ausstellung
eines richterlichen Haftbefehls ein Irrtum eingeschlichen, der,
Laune des Schicksals, zu seiner Verhaftung führte. Wir können
eben unserer Vergangenheit nicht entkommen.

Ein Blick auf meine Uhr sagte mir, daß es Zeit war zu gehen. Ich packte die Zeitungsausschnitte wieder ein und nahm meine Reisetasche. Ich ging durch die Halle, passierte die Sicherheitskontrolle und trat den langen Marsch zu meinem Flugsteig an. Es gehört zu den unabänderlichen Gesetzen des Reisens mit dem Flugzeug, daß sich der Flugsteig, an dem man ankommt oder abfliegt, stets am äußersten Ende des Terminals befindet, besonders wenn man schweres Gepäck schleppen muß oder zu enge Schuhe anhat. Ich setzte mich in den Warteraum und rieb meinen schmerzenden Fuß, während langsam meine Mitreisenden eintrudelten.

Sobald ich in der Maschine auf meinem Platz saß, nahm ich den Hochglanzprospekt des Hotels zur Hand, den Mac zu den Tickets gelegt hatte. Er hatte mir nicht nur den Flug gebucht, sondern auch gleich in dem Ferienhotel, in dem Wendell Jaffe gesichtet worden war, ein Zimmer bestellt. Ich war zwar nicht überzeugt davon, daß der Mann dort noch anzutreffen sein würde, aber weshalb hätte ich einen kostenlosen Urlaub ausschlagen sollen?

Das Bild der *Hacienda Grande de Viento Negro* zeigte ein zweistöckiges Gebäude mit einem Streifen dunklen Strandes im Vordergrund. Im Untertitel wurden ein Restaurant, zwei Bars und ein beheizter Pool angepriesen sowie Freizeitangebote von der Stadtrundfahrt mit freien Drinks bis zum Tennis, Schnorcheln und Tiefseetauchen.

Meine Nachbarin las mit. Beinahe hätte ich den Prospekt mit der Hand abgeschirmt wie in der Schule, wenn jemand abzuschreiben versuchte. Die Frau war in den Vierzigern, sehr dünn, sehr braungebrannt, sehr schick im schwarzen Hosenanzug mit beigefarbenem Top darunter.

»Sie wollen nach Viento Negro?« fragte sie.

»Ja. Kennen Sie die Gegend?«

»O ja. Und ich kann nur hoffen, Sie haben nicht die Absicht, *da* zu wohnen.« Sie deutete auf den Prospekt und verzog geringschätzig den Mund dabei.

»Wieso nicht? Ich finde, das Hotel sieht sehr ordentlich aus.«

Sie zog leicht die Brauen hoch. »Na ja, es ist Ihr Geld.«

»Nein, ist es nicht. Ich bin geschäftlich unterwegs«, entgegnete ich.

Sie nickte nur, offensichtlich nicht überzeugt. Sie tat so, als vertiefte sie sich in ihre Zeitschrift, gab mir aber durch ihre Miene klar zu verstehen, daß sie sich nur mit Mühe zurückhielt. Einen Augenblick später sah ich, wie sie ihrem Nachbarn zur Rechten etwas zumurmelte. Dem Mann hing ein Bausch Kleenex aus einem Nasenloch; vermutlich um das Nasenbluten zu stillen, das durch den steigenden Druck in der Kabine des Flugzeugs hervorgerufen worden war. Der Zellstoffstreifen sah aus wie eine dicke selbstgedrehte Zigarette. Der Mann beugte sich ein wenig vor, um mich besser sehen zu können.

Ich richtete meine Aufmerksamkeit wieder auf die Frau. »Mal ehrlich. Ist da etwas nicht in Ordnung?«

»Ach, es ist sicher okay«, antwortete sie gedämpft.

»Kommt nur drauf an, was man von Staub, Feuchtigkeit und Ungeziefer hält«, warf der Mann ein.

Ich lachte – hahaha –, da ich annahm, er scherze. Keiner von beiden verzog eine Miene.

Verspätet lernte ich, daß *viento negro* »schwarzer Wind« heißt, eine passende Beschreibung für die Wolken dunklen Lavastaubs, die jeden Tag gegen Ende des Nachmittags vom Strand heraufgewirbelt wurden. Das Hotel war bescheiden, ein Bau in Form eines auf dem Kopf stehenden Us, aprikosenfarben gestrichen, mit kleinen Balkonen. Aus Blumenkästen fiel Bougainvillea in kardinalroten Kaskaden herab. Das Zimmer war sauber, aber ziemlich schäbig, mit Blick auf den Golf von Kalifornien im Osten.

Zwei Tage strich ich auf der Suche nach einem Opfer, das auch nur annähernde Ähnlichkeit mit den fünf Jahre alten Fotografien von Wendell Jaffe hatte, im *Hacienda Grande* und im Ort, Viento Negro, umher. Wenn alles schiefgeht, sagte ich mir, kannst du immer noch versuchen, in deinem verbesserungsbedürftigen Spanisch das Personal auszuquetschen; wobei ich allerdings Angst hatte, einer der Leute würde Jaffe dann vielleicht einen Tip geben. Vorausgesetzt natürlich, er war überhaupt hier. Ich setzte mich an den Pool, hing im Hotelfoyer herum, nahm den Zubringerbus in den Ort. Ich führte mir sämtliche Touristenattraktionen zu Gemüte: die Sonnenuntergangskreuzfahrt, einen Schnorchelausflug, eine Höllenfahrt über staubige Gebirgsstraßen in einem gemieteten Geländewagen. Ich versuchte mein Glück in den beiden anderen Hotels in der Gegend, in den Restaurants und Kneipen der Umgebung. Ich testete den Nachtclub in meinem Hotel, klapperte sämtliche Discos und Geschäfte ab. Nirgends fand ich eine Spur von ihm.

Schließlich rief ich Mac an, um ihm von meinen bis dato vergeblichen Bemühungen zu berichten. »Das wird hier allmählich ganz schön teuer. Vielleicht ist er ja längst weg – wenn dein Kollege ihn überhaupt gesehen hat.«

»Dick schwört Stein und Bein, daß er's war.«

»Nach fünf Jahren?«

»Hör mal, bleib einfach noch zwei, drei Tage dran. Wenn er bis Ende der Woche nicht aufgetaucht ist, kannst du dich in die nächste Maschine Richtung Heimat setzen.«

»Mir soll's recht sein. Ich wollte dich nur vorwarnen, falls ich mit leeren Händen kommen sollte.«

»Das verstehe ich. Versuch's weiter.«

»Du bist der Boß«, sagte ich.

Ich fand Gefallen an dem Städtchen, das man vom Hotel aus mit dem Taxi auf einer staubigen zweispurigen Straße in zehn Minuten erreichte. Die meisten Bauten, an denen ich vorüberkam, waren unfertig, roher Löschbeton, den man dem wuchernden Unkraut überlassen hatte. Der einst herrliche Blick auf den Hafen war jetzt durch Hochhäuser verstellt, und in den Straßen wimmelte es von Kindern, die Chichlets verkauft, das Stück für hundert Pesos. Hunde dösten auf den Bürgersteigen in der Sonne. Die Fassaden der Geschäfte an der Hauptstraße leuchteten in kräftigen Blau- und Gelbtönen, in knalligem Rot und Papageiengrün, bunt wie Urwaldblumen. Plakatwände kündeten von weitreichenden kommerziellen Interessen von Fujifilm bis Immobilien 2000. Die meisten geparkten Autos standen mit zwei Rädern auf dem Bürgersteig, und den Kennzeichen war zu entnehmen, daß Touristen bis aus Oklahoma hierherkamen. Die Geschäftsleute waren höflich und zeigten sich meinem stockenden Spanisch gegenüber geduldig. Es gab keine Anzeichen von Kriminalität oder Rowdytum. Alle waren viel zu abhängig von den amerikanischen Touristen, um es zu riskieren, sie vor den Kopf zu stoßen. Dennoch waren die auf dem Markt angebotenen Waren minderwertig und überteuert, und das Essen in den Restaurants war ausgesprochen zweitklassig. Unermüdlich wanderte ich von einem Ort zum anderen und suchte in den Menschenmengen nach Wendell Jaffe oder seinem Ebenbild.

Am Mittwochnachmittag – ich war inzwischen zweieinhalb Tage hier – gab ich die Suche schließlich auf und legte mich eingecremt, daß ich wie eine frisch gebackene Kokosmakrone roch, an den Pool. Kühn zeigte ich in einem ausgebleichten schwarzen Bikini meinen Körper, der gesprenkelt war von alten Schußwunden und gestreift von den bleichen Narben diverser anderer Verletzungen, die man mir im Lauf der Jahre beigebracht hatte. Ja, mein körperliches Befinden scheint viele Leute zu kümmern. Im Moment hatte meine Haut einen schwachen Orangeton, da ich, um die winterliche Blässe zu kaschieren, eine Grundierung in Form von Selbstbräunungscreme aufgetragen hatte. Natürlich hatte ich das Zeug unregelmäßig aufgetragen, und an den Fußknöcheln war ich scheußlich fleckig. Es sah aus, als hätte ich eine besondere Form der Gelbsucht. Ich kippte mir den Strohhut ins Gesicht und versuchte, die Schweißbäche zu ignorieren, die sich in meinen Kniekehlen sammelten. Sonnenbaden ist so ziemlich der langweiligste Zeitvertreib auf Erden. Aber positiv war immerhin, daß ich hier von Telefon und Fernsehen abgeschnitten war. Ich hatte keinen Schimmer, was in der Welt passierte.

Ich mußte wohl eingenickt sein; plötzlich jedenfalls hörte ich das Rascheln einer Zeitung, dann die Stimmen zweier Leute in den Liegestühlen rechts von mir. Sie unterhielten sich auf Spanisch,

und in meinen Ohren klang das ungefähr so: Bla-bla-bla...
aber... bla-bla-bla-bla... weil... bla-bla-bla... hier. Eine Frau
mit eindeutig amerikanischem Akzent sagte etwas von Perdido,
Kalifornien, dem kleinen Ort dreißig Meilen südlich von Santa
Teresa. Ich horchte auf. Ich war gerade dabei, meinen Hut etwas
hochzuschieben, um mir die Frau ansehen zu können, als ihr
Begleiter ihr auf Spanisch erwiderte. Ich rückte meinen Hut zurecht und drehte ganz langsam den Kopf, bis ich ihn im Blickfeld
hatte. Verdammt, das mußte Jaffe sein. Wenn man das Alter und
mögliche kosmetische Korrekturen berücksichtigte, war dieser
Mann zumindest ein heißer Kandidat. Ich kann nicht behaupten,
daß er dem Wendell Jaffe auf den Fotos glich wie ein Ei dem
anderen, aber er hatte eine gewisse Ähnlichkeit: das Alter, die
Figur, seine Haltung, die Art, wie er seinen Kopf neigte, für ihn
typische Merkmale, derer er sich wahrscheinlich gar nicht bewußt
war.

Er war in eine Zeitung vertieft. Flink huschten seine Augen von
einer Spalte zur nächsten. Dann schien er meine Aufmerksamkeit
zu spüren und sandte einen vorsichtigen Blick in meine Richtung.
Wir sahen uns flüchtig an, während die Frau an seiner Seite
weiterbabbelte. Wechselnde Emotionen spiegelten sich in seinem
Gesicht, und er berührte mit einem warnenden Blick zu mir den
Arm der Frau. Vorübergehend versiegte der Wortschwall. Mir
gefiel die Paranoia. Sie sagte einiges über seine geistige Verfassung aus.

Ich griff mir meine Strohtasche und kramte in ihren Tiefen, bis
er das Interesse an mir verlor. Und ich Idiotin hatte meinen
Fotoapparat nicht mit! Ich hätte mich ohrfeigen können. Ich holte
mein Buch heraus und schlug es irgendwo in der Mitte auf, dann
scheuchte ich einen imaginären Käfer von meinem Bein und sah
mich um, wobei ich – wie ich hoffte – einen Eindruck absoluten
Desinteresses vermittelte. In leiserem Ton nahmen die beiden ihr
Gespräch wieder auf. Inzwischen verglich ich die Gesichtszüge des
Mannes im Geist mit denen des Typen, dessen Foto ich in meiner
Mappe hatte. Die Augen verrieten ihn: dunkel und tiefliegend

unter sehr hellen silberweißen Augenbrauen. Dann sah ich mir die Frau an seiner Seite an; ich war ziemlich sicher, daß ich sie nie zuvor gesehen hatte. Sie war in den Vierzigern, sehr klein und dunkel und tief gebräunt. Der BH aus Hanfgarn verhüllte Brüste wie Briefbeschwerer, und die eingezogene Krümmung unter der Bikinihose zeigte, daß sie geprügelt worden war, wo es weh tat.

Den Hut über dem Gesicht, ließ ich mich tiefer in meinen Liegestuhl sinken und lauschte unverfroren dem sich steigernden Streitgespräch. Immer noch sprachen die beiden Spanisch miteinander, und das Wesen des Dialogs schien mir von schlichter Meinungsverschiedenheit in hitzige Auseinandersetzung überzugehen. Sie brach das Gespräch plötzlich ab, indem sie sich in dieses gekränkte Schweigen hüllte, dem Männer immer ratlos gegenüberstehen. Fast den ganzen Nachmittag lagen sie nebeneinander auf ihren Liegestühlen, sprachen kaum ein Wort und beschränkten sich in ihren Interaktionen auf ein Minimum. Liebend gern hätte ich ein paar Fotos geschossen. Zweimal dachte ich daran, in mein Zimmer hinaufzulaufen, aber ich meinte, es könnte merkwürdig aussehen, wenn ich wenige Minuten später mit voller Fotoausrüstung zurückkehren würde. Ich hielt es für besser, mich in Geduld zu fassen und auf den geeigneten Moment zu warten. Die beiden waren eindeutig Hotelgäste, und ich konnte mir nicht vorstellen, daß sie so spät am Tag noch abreisen wollten. Morgen konnte ich ein paar Bilder machen. Heute sollten sie sich erst einmal an meinen Anblick gewöhnen.

Um fünf begann der Wind in den Palmen zu rascheln, und vom Strand stiegen Spiralen schwarzen Staubs in die Höhe. Sandkörner knallten auf meine Haut, legten sich auf meine Zunge, und meine Augen fingen an zu tränen. Die wenigen Hotelgäste in meiner Nähe packten eilig ihre Sachen zusammen. Ich wußte inzwischen aus Erfahrung, daß die Staubböen sich bei Sonnenuntergang legten. Jetzt jedoch schloß sogar der Mann im Kiosk seine Bude und suchte schleunigst Deckung.

Der Mann, den ich beobachtet hatte, stand auf. Seine Begleiterin wedelte sich mit der Hand vor dem Gesicht herum, als wollte sie einen Mückenschwarm vertreiben. Mit gesenktem Kopf, um den Staub nicht in die Augen zu bekommen, sammelte sie ihre und seine Sachen ein. Sie sagte etwas auf Spanisch zu ihm und rannte dann zum Hotel. Er ließ sich Zeit, völlig unbeeindruckt, wie es schien, von dem plötzlichen Wetterumschwung. Er faltete die Badetücher zusammen, schraubte den Deckel auf eine Tube Sonnenschutzcreme, verstaute dies und jenes in einer Strandtasche und trottete dann ganz gemächlich zum Hotel zurück. Es schien ihm nichts daran zu liegen, seine Freundin einzuholen. Vielleicht war er ein Mann, der Konfrontationen gern aus dem Weg ging. Ich ließ ihm etwas Vorsprung, packte dann meine Sachen und machte mich auch auf.

Ich trat ins untere Foyer, das im allgemeinen den Elementen offenstand. Bunte Leinensofas standen so, daß man den Fernsehapparat sehen konnte. Sessel waren zu kleinen Plauderecken für die wenigen Gäste gruppiert. Der Raum erhob sich über zwei Stockwerke zu einer Galerie, die das obere Foyer mit dem Empfang abschloß. Das Paar war nirgends zu sehen. Der Barkeeper war damit beschäftigt, die hohen Holzläden zu schließen, um den Raum vor dem Eindringen des heißen, beißenden Windes zu schützen. Augenblicklich war die Bar in künstliches Dämmerlicht getaucht. Ich ging die breite, glänzende Treppe zur Linken hinauf, um im Hauptfoyer, das im Obergeschoß war, nach den beiden zu sehen. Dann wandte ich mich zum Portal, denn es konnte ja sein, daß sie doch in einem anderen Hotel wohnten und nun ihren Wagen vom Parkplatz holten. Alles war leer und verlassen. Der immer heftiger tobende Wind hatte die Menschen in die Häuser getrieben. Ich kehrte zu den Aufzügen zurück und fuhr zu meinem Zimmer hinauf.

Als ich die Schiebetür zum Balkon geschlossen hatte, war der Wind so stark geworden, daß der Sand wie ein plötzlicher sommerlicher Regenschauer gegen das Glas prasselte. Der Tag versank in geisterhaftem Zwielicht. Wendell und die Frau waren irgendwo im Hotel, hatten sich vermutlich genau wie ich in ihrem Zimmer verkrochen. Ich holte mein Buch heraus, legte mich aufs

Bett unter die verblichene Baumwolldecke und las, bis mir die Augen zufielen.

Um sechs Uhr fuhr ich mit einem Ruck in die Höhe. Der Wind hatte sich wieder gelegt; und dank der wie wild arbeitenden Klimaanlage war es im Zimmer ungemütlich kalt geworden. Das Sonnenlicht war zum milden Gold des schwindenden Tages verblichen und badete die Wände meines Zimmers in sanftem maisgelben Glanz. Draußen begann das Hotelpersonal wie jeden Tag zu fegen. Alle Gehwege mußten gekehrt und die Haufen schwarzen Sandes zum Strand hinuntergefegt werden.

Ich duschte und kleidete mich an, fuhr ins Foyer hinunter und machte, in der Hoffnung, das Paar wieder zu sichten, eine Runde durchs Hotel. Ich sah mich im Restaurant, in den beiden Bars, auf der Terrasse und im Innenhof um. Vielleicht machten sie ein Nickerchen oder aßen in ihrem Zimmer zu Abend. Vielleicht waren sie auch zum Essen in den Ort gefahren. Ich schnappte mir selbst ein Taxi und ließ mich nach Viento Negro bringen. Um diese Zeit erwachte das Städtchen gerade wieder zum Leben. Die Strahlen der untergehenden Sonne vergoldeten für kurze Zeit die Telefondrähte. Die Luft war schwer von der Hitze und durchdrungen vom Geruch des Buschlands.

In einem Selbstbedienungsrestaurant im Freien fand ich einen unbesetzten Tisch für zwei – mit Blick auf eine verlassene Baustelle. Der viele von Unkraut überwachsene Beton und die rostigen Stangen und Gitter konnten meinen Appetit nicht im geringsten dämpfen. Mit einem Pappteller voll gedünsteter Shrimps, die ich schälte und in Salsa tauchte, saß ich auf einem wackligen Klappstuhl und ließ es mir schmecken. Blecherne Musik vom Band dröhnte aus den Lautsprechern über mir. Das Bier war eiskalt und das Essen, wenn auch mittelmäßig, so doch wenigstens billig und sättigend.

Um halb neun kam ich ins Hotel zurück. Wieder sah ich mich im Foyer um und machte dann noch einmal einen Abstecher zum Restaurant und den beiden Bars des Hotels. Nirgends fand ich eine Spur von Wendell oder der Frau in seiner Begleitung. Ich konnte mir nicht vorstellen, daß er unter dem Namen Jaffe reiste, es hatte also wenig Sinn, am Empfang nach ihm zu fragen. Ich hoffte, daß die beiden nicht ausgezogen waren. Eine Stunde streifte ich im Hotel herum und ließ mich endlich auf einem Sofa im Foyer in der Nähe des Eingangs nieder. Ich kramte mein Buch aus meiner Handtasche und las zerstreut bis weit nach Mitternacht.

Erst da gab ich auf und ging in mein Zimmer. Sicherlich würden die beiden am folgenden Morgen wieder auftauchen. Vielleicht konnte ich den Namen herausbekommen, unter dem Jaffe derzeit reiste. Ich wußte nicht recht, was ich mit der Information anfangen würde, aber ich war sicher, daß es Mac interessieren würde.

3

Am nächsten Morgen stand ich um sechs auf, weil ich am Strand ein Stück laufen wollte. Am Morgen nach meiner Ankunft war ich nach beiden Seiten je anderthalb Meilen weit gejoggt. Jetzt reduzierte ich die Strecke auf Viertelmeilenabschnitte, um das Hotel im Auge behalten zu können. Ich hoffte immer noch, ich würde sie entdecken – auf der Terrasse am Pool, beim Morgenspaziergang am Strand. Ich fürchtete immer noch, sie könnten am Abend zuvor abgereist sein, so unwahrscheinlich das auch war.

Nach der morgendlichen Ertüchtigung nahm ich in meinem Zimmer eine rasche Dusche und zog mich an. Ich legte einen Film in die Kamera ein, hängte mir sie um den Hals und ging in den Frühstücksraum, der sich an das obere Foyer anschloß. Ich wählte einen Platz in der Nähe der offenen Tür und legte den Fotoapparat auf den Stuhl neben mir. Beinahe unablässig behielt ich den Aufzug im Auge, während ich Kaffee, Saft und Flocken bestellte. Ich zog das Frühstück in die Länge, so gut es ging, aber weder Wendell noch die Frau ließen sich sehen. Nachdem ich die Rechnung unterschrieben hatte, ging ich mit meinem Fotoapparat zum

Pool hinunter, wo sich bereits andere Gäste eingefunden hatten. Im Wasser tobte eine Meute präpubertärer Knaben herum, und im Innenhof spielte ein frisch verheiratetes Pärchen Tischtennis. Ich wanderte einmal um das Hotel herum und ging wieder hinein – durch die Bar im unteren Foyer zur Treppe. Meine Unruhe wuchs.

Und da sah ich sie plötzlich.

Sie stand mit verschiedenen Zeitungen in der Hand vor dem Aufzug. Anscheinend hatte ihr noch keiner gesagt, wie selten die Aufzüge funktionierten. Sie war noch ungeschminkt, und ihr Haar war wirr und zerzaust vom Schlaf. Sie hatte Badesandalen an den Füßen und trug einen Frotteebademantel, der um die Taille lose gegürtet war. Unter dem klaffenden Revers konnte ich einen dunkelblauen Badeanzug sehen. Wenn die beiden vorgehabt hätten, an diesem Tag abzureisen, dachte ich mir, hätte sie sich sicher nicht zum Baden angezogen. Sie sah flüchtig auf meinen Fotoapparat, mied jedoch meinen Blick.

Ich stellte mich neben sie und starrte fasziniert die Leuchtanzeige an. Die Aufzugtür öffnete sich, und zwei Leute traten heraus. Ich hielt mich diskret im Hintergrund und ließ sie zuerst einsteigen. Sie drückte auf den Knopf mit der Zwei und sah mich fragend an.

»Da will ich auch hin«, murmelte ich.

Sie lächelte vage, ohne echte Absicht, Kontakt aufzunehmen. Ihr schmales Gesicht wirkte eingefallen, dunkle Schatten unter ihren Augen ließen darauf schließen, daß sie nicht gut geschlafen hatte. Der schwüle Duft ihres Parfums hing zwischen uns in der Luft. Schweigend fuhren wir ins zweite Stockwerk hinauf, und als die Tür sich öffnete, ließ ich ihr mit einer höflichen Geste den Vortritt.

Sie wandte sich nach rechts und steuerte auf ein Zimmer am hinteren Ende des Korridors zu. Ihre Gummisandalen schlugen klatschend auf den gefliesten Boden. Ich blieb stehen und tat so, als suchte ich in den Taschen nach meinem Schlüssel. Mein Zimmer war eine Etage tiefer, aber das brauchte sie nicht zu wissen. Ich hätte mir gar nicht solche Mühe zu geben brauchen, sie zu täuschen. Sie schloß die Tür zu Nummer 312 auf und ging hinein, ohne noch einmal zurückzublicken. Es war fast zehn, und der Wagen des Zimmermädchens stand zwei Türen entfernt von dem Zimmer, in dem die Frau verschwunden war. Die Tür zu Zimmer 316 stand offen, das Zimmer war offenbar gerade freigeworden und leer.

Ich eilte zum Aufzug zurück und ging, unten angekommen, direkt zum Empfang, da ich um ein anderes Zimmer bitten wollte. Der Hotelangestellte war sehr entgegenkommend, vielleicht weil das Haus fast leer war. Das Zimmer, sagte er, würde allerdings frühestens in einer Stunde fertig sein, aber ich nahm diese Wartezeit huldvoll in Kauf. Ich ging zum Kiosk und kaufte mir ein Exemplar der Zeitung von San Diego.

Mit der Zeitung unter dem Arm fuhr ich zu meinem alten Zimmer hinauf, packte Kleider und Fotoapparat in meine Reisetasche, sammelte meine Toilettensachen und schmutzige Unterwäsche ein. Ich nahm die Tasche mit ins Foyer und wartete dort darauf, das andere Zimmer beziehen zu können. Keinesfalls wollte ich Wendell eine Gelegenheit geben, sich aus dem Staub zu machen. Als ich mich endlich im Zimmer 316 einrichten konnte, war es fast elf. Vor 312 stand ein Frühstückstablett mit schmutzigem Geschirr. Ich warf einen Blick auf die Toastkrümel und die Kaffeetassen. Diese Leute aßen entschieden zu wenig Obst.

Ich ließ meine Zimmertür angelehnt, während ich auspackte. Ich hatte mich nun zwischen Wendell Jaffe und den Hotelausgang placiert; sowohl die Treppe als auch die Aufzüge befanden sich mehrere Türen rechts von mir. Ich hielt es für ziemlich ausgeschlossen, daß er verschwinden konnte, ohne von mir gesehen zu werden. Und siehe da, um halb eins sah ich ihn und seine Freundin auf dem Weg nach unten, beide in Schwimmkleidung. Ich ging mit meinem Fotoapparat auf den Balkon und wartete, bis sie zwei Stockwerke tiefer auf den Fußweg kamen.

Ich hob meinen Fotoapparat und verfolgte den Weg der beiden durch den Sucher. Ich hoffte, sie würden sich irgendwo in Reichweite des Zooms niederlassen. Sie verschwanden hinter üppigen gelben Hibiskusbüschen. Ich bekam sie kurz ins Blickfeld, während sie ihre Sachen auf einem Tisch ablegten und es sich in ihren Liegestühlen bequem machten. Doch als sie endlich die richtige Stellung gefunden und sich ausgestreckt hatten, um die Sonne zu genießen, waren sie bis auf Wendell Jaffes Füße von den blühenden Sträuchern abgeschirmt.

Ich ließ ein wenig Zeit verstreichen, dann folgte ich ihnen an den Pool und verbrachte den Tag in ihrer nächsten Nähe. Diverse bleiche Neuankömmlinge waren damit beschäftigt, ihr Revier zwischen Bar und Pool abzustecken. Mir ist aufgefallen, daß Urlauber in solchen Ferienhotels dazu neigen, auf Hoheitsrechte zu pochen, indem sie Tag für Tag dieselben Liegestühle, dieselben Barhocker, dieselben Tische im Restaurant beanspruchen, damit nur ja alles genauso langweilig und vorhersehbar ist wie zu Hause. Ich würde wahrscheinlich bereits nach einem Tag der Observation vorhersagen können, wie die meisten von ihnen ihren Urlaub gestalten wollen. Und wenn sie wieder nach Hause fahren, wundern sie sich vermutlich, daß ihnen die Reise doch nicht die Erholung gebracht hat, die sie sich erhofft hatten.

Jaffe und seine Freundin lagen nicht an ihrem gestrigen Platz. Ein anderes Pärchen hatte ihn ihnen offenbar weggeschnappt. Wieder beschäftigte sich Jaffe mit den neuesten Zeitungsnachrichten in englischer und in spanischer Sprache. Meine Gegenwart wurde kaum zur Kenntnis genommen, und ich achtete sorgfältig darauf, weder mit Jaffe noch der Frau Blickkontakt aufzunehmen. Ich fotografierte ab und zu und täuschte dabei brennendes Interesse an architektonischen Details, künstlerischen Perspektiven und Meeresansichten vor. Wenn ich das Objektiv auf irgend etwas in ihrer Nähe richtete, schienen sie es zu spüren und zogen sich zurück wie hochempfindliche Meerestiere.

Sie bestellten sich den Lunch ans Becken. Ich verdrückte an der Bar ein paar gesunde Chips mit Salsa, ohne sie aus den Augen zu lassen. Ich sonnte mich und las. Ab und zu ging ich zum seichten Ende des Pools und machte meine Füße ein bißchen naß. Selbst bei den drückenden Julitemperaturen erschien mir das Wasser eiskalt. Schon wenn ich bis zu den Waden hineinging, bekam ich Atemnot und verspürte ein dringendes Bedürfnis laut loszukreischen. Ich ließ in meiner Wachsamkeit erst ein wenig nach, als ich hörte, wie Jaffe für den folgenden Nachmittag einen Ausflug zum Hochseefischen verabredete. Wäre ich wahrhaft paranoid gewesen, hätte ich hinter diesem Ausflug vielleicht ein neuerliches Fluchtmanöver vermutet. Aber wovor mußte er jetzt noch fliehen? Mich kannte er nicht, und ich hatte ihm keinen Anlaß gegeben, gegen mich Verdacht zu schöpfen.

Zum Zeitvertreib schrieb ich eine Ansichtskarte an Henry Pitts, meinen Hauswirt in Santa Teresa. Henry ist vierundachtzig Jahre alt und hinreißend: groß und schlank mit tollen Beinen. Er ist gescheit und gutmütig, wacher als ein Haufen Leute meiner Bekanntschaft, die halb so alt sind wie er. In letzter Zeit hatte es ihm ziemlich die Petersilie verhagelt, weil sein älterer Bruder William, der mittlerweile sechsundachtzig war, mit Rosie, der Ungarin, der die Kneipe um die Ecke gehörte, angebändelt hatte. William war Anfang Dezember aus Michigan eingetrudelt, um die Depressionen loszuwerden, die sich nach einem Herzinfarkt bei ihm eingestellt hatten. William war unter den besten Umständen eine Nervensäge, aber sein »Scharmützel mit dem Tod« – wie er es nannte – hatte seine unangenehmsten Eigenschaften verstärkt. Wie ich hörte, hatten Henrys andere Geschwister – Lewis mit siebenundachtzig, Charlie mit einundneunzig und Nell, die im Dezember vierundneunzig wurde – demokratisch abgestimmt und Henry in seiner Abwesenheit das Sorgerecht für William zuerkannt.

Williams Besuch, ursprünglich für zwei Wochen geplant, hatte sich nunmehr auf sieben Monate ausgedehnt, und das hautnahe Zusammenleben begann seinen Tribut zu fordern. William, egozentrisch, hypochondrisch, zimperlich, launisch und bigott, hatte sich in meine Freundin Rosie vergafft, die ihrerseits autoritär, neurotisch, kokett, halsstarrig und knauserig war und nie ein Blatt vor den Mund nahm. Die beiden waren glückselig miteinander.

Die Liebe hatte sie reichlich kindisch gemacht, und das war mehr, als Henry ertragen konnte. Ich fand es eigentlich ganz süß, aber was wußte ich schon!

Ich unterschrieb die Karte an Henry und schrieb gleich noch ein paar sorgfältig überlegte spanische Zeilen an Vera. Der Tag erschien mir endlos; nichts als Hitze und Insekten und kreischende Kinder im Pool. Jaffe und seine Frau schienen es von Herzen zu genießen, in der Sonne zu liegen und sich braten zu lassen. Hatte sie denn noch nie jemand vor Falten, Hautkrebs und Sonnenstich gewarnt? Ich zog mich immer wieder in den Schatten zurück, viel zu ruhelos, um mich auf mein Buch zu konzentrieren. Jaffe benahm sich überhaupt nicht wie ein Mann auf der Flucht, sondern vielmehr wie jemand, der Zeit hatte wie Sand am Meer. Vielleicht empfand er sich nach fünf langen Jahren nicht mehr als Flüchtiger. Daß er amtlich tot war, davon wußte er nichts.

Gegen fünf erhob sich wie gewohnt der *viento negro*. Auf dem Tisch knisterten Jaffes Zeitungen, einzelne Blätter schnellten in die Höhe wie hastig aufgezogene Segel. Die Frau grapschte gereizt nach ihnen und packte sie mit ihrem Badetuch und ihrem Sonnenhut zusammen. Sie schob ihre Füße in die Gummisandalen und wartete ungeduldig auf Jaffe. Der tauchte noch einmal ins Becken, vermutlich um sich die Sonnencreme vom Körper zu spülen, ehe er mit ihr hineinging. Ich sammelte meine Siebensachen zusammen und ging vor ihnen. Soviel mir daran lag, die Verbindung zu ihnen zu halten, hielt ich es doch für unklug, aggressiver zu sein, als ich es bisher gewesen war. Ich hätte mich mit ihnen bekanntmachen und versuchen können, ein Gespräch anzufangen, um sie vorsichtig über ihre derzeitigen Lebensumstände auszufragen. Aber ich hatte bemerkt, wie geflissentlich sie jede Demonstration von Kontaktsuche vermieden, und ich konnte daraus nur schließen, daß sie Annäherungsversuche von mir abgewehrt hätten. Da war es besser, ähnliches Desinteresse vorzutäuschen.

Ich ging in mein Zimmer und schloß die Tür hinter mir, schaute durch den Spion, bis ich sie durch den Flur kommen sah. Ich nahm an, sie würden sich genau wie wir anderen in ihrem Zimmer verkriechen, bis der Wind sich wieder legte. Ich duschte und zog mich um. Dann streckte ich mich auf dem Bett aus und versuchte zu lesen, nickte vorübergehend ein, bis es auf den Korridoren still geworden war und vom Pool nicht das kleinste Geräusch heraufdrang. Immer noch trieben Windböen schwarze Sandkörner an meine Balkontür. Die Klimaanlage des Hotels, die gelinde gesagt äußerst launisch war, brummte hin und wieder in fruchtlosem Bemühen, der Hitze Herr zu werden. Manchmal war es im Zimmer so kalt wie in einem Kühlschrank, meistens jedoch stickig und abgestanden. Kein Wunder, daß in Hotels dieser Sorte Ängste vor neuen exotischen Variationen der Legionärskrankheit erwachen.

Als ich aufwachte, war es dunkel. Im ersten Moment wußte ich nicht, wo ich war. Ich knipste das Licht an und sah auf meine Uhr. Zwölf nach sieben. Ach ja. Mir fiel wieder ein, daß ich auf Verfolgungsjagd und Wendell Jaffe mein Opfer war. Waren die beiden vielleicht inzwischen weggegangen? Ich stand auf und lief barfuß zur Tür, um hinauszusehen. Der Korridor war hell erleuchtet und in beiden Richtungen leer. Ich ging bis zu Zimmer 312 und ein Stück weiter, in der Hoffnung, ein Lichtschimmer unter der Tür würde mir verraten, daß jemand im Zimmer war. Aber ich sah gar nichts, und ich wagte es nicht, mein Ohr an die Tür zu legen und zu lauschen.

Zurück in meinem Zimmer, schlüpfte ich in meine Schuhe. Dann putzte ich mir im Badezimmer die Zähne und kämmte mich. Ich nahm eines der schäbigen Hotelhandtücher mit auf den Balkon und hängte es über das Geländer auf der rechten Seite. Als ich ging, ließ ich das Licht brennen, sperrte die Zimmertür ab und fuhr mit meinem Feldstecher in der Hand nach unten. Ich schaute mich in der Cafeteria um, beim Zeitungskiosk und in der Bar. Jaffe und seine Freundin waren nirgends zu sehen. Als ich draußen auf dem Fußweg stand, drehte ich mich herum, hob meinen Feldstecher und ließ meinen Blick über die Fassade des Hotels schweifen. Im zweiten Stock entdeckte ich das Handtuch auf meinem Balkon. Ich rückte mit meinem Blick zwei Balkone weiter. Dort rührte sich nichts, aber in Jaffes Zimmer war schwacher Lichtschimmer erkennbar, und die Balkontür schien halb aufgeschoben zu sein. Waren sie ausgegangen, oder schliefen sie? Im Foyer ging ich ans Haustelefon und wählte 312. Es meldete sich niemand. Ich ging wieder in mein Zimmer und steckte den Zimmerschlüssel, Stift und Papier und die kleine Taschenlampe ein. Dann löschte ich das Licht.

Ich trat auf den Balkon hinaus und starrte, die Ellbogen aufs Geländer gestützt, in die Nacht hinaus. Dabei machte ich ein versonnenes Gesicht, als kommunizierte ich mit der Natur, während ich in Wirklichkeit überlegte, wie ich in das übernächste Zimmer kommen konnte. Aber es beobachtete mich gar niemand. Nicht einmal die Hälfte der Fenster in der Hotelfassade waren erleuchtet, Bougainvillea wucherte dunkel und dicht. Hier und dort konnte ich jemanden auf einem Balkon sitzen sehen, und manchmal glomm eine Zigarette auf. Es war mittlerweile ganz dunkel geworden. Die äußeren Fußwege waren mit kleinen Lampen gesäumt, der Swimmingpool schimmerte wie ein Edelstein. Drüben, auf der anderen Seite des Beckens kam gerade eine Fete in Gang – Musik, Stimmengewirr, Gelächter, der rauchige Geruch nach gegrilltem Fleisch wehten zu mir herauf. Ich war ziemlich sicher, daß kein Mensch etwas merken würde, wenn ich mich flink wie ein Schimpanse von einem Balkon zum nächsten schwang.

Ich beugte mich vor, so weit ich konnte, und blickte nach rechts. Der Nachbarbalkon war leer. Die Schiebetür war geschlossen, der Vorhang zugezogen. Ich konnte es natürlich nicht mit Sicherheit sagen, aber das Zimmer schien leer zu sein. Ganz gleich, ich mußte es in jedem Fall riskieren. Ich schwang mein linkes Bein über das Geländer, schob meinen Fuß zwischen die Stäbe und vergewisserte mich, ob ich sicheren Stand hatte, ehe ich mein rechtes Bein nachholte. Die Entfernung zum nächsten Balkon war kein Klacks. Ich langte zum Geländer hinüber und rüttelte erst einmal zur Probe kräftig daran. Ich war des Abgrunds unter mir bewußt und spürte, wie meine alte Höhenangst sich meldete. Wenn ich abrutschte, würden die Büsche unten meinen Sturz kaum dämpfen. Ich streckte mein linkes Bein aus und schob den

Fuß zwischen die Geländerstäbe des nächsten Balkons. Es tut nie gut, wenn man bei diesen Unternehmungen zuviel nachdenkt.

Ich schlug mir also alle Überlegung aus dem Kopf und hangelte mich schwerfällig von meinem Balkon zum nächsten. Lautlos huschte ich über den Balkon meines Nachbarn und wiederholte das Manöver auf der anderen Seite. Nur hielt ich diesmal lange genug inne, um hinüberzuspähen und mich zu vergewissern, daß sich niemand in Jaffes Zimmer aufhielt. Der Vorhang war offen, und wenn auch das Zimmer selbst im Dunkel lag, konnte ich doch hellen Lichtschein sehen, der aus dem Bad drang. Ich griff zu seinem Geländer, prüfte auch hier seine Stabilität, ehe ich es wagte, mich hinüberzuschwingen.

Auf Jaffes Balkon legte ich erst einmal eine kleine Verschnaufpause ein. Ein leichter Luftzug strich mir über das Gesicht, das, wie ich jetzt merkte, schweißnaß war vor Spannung. Vor der Schiebetür aus Glas blieb ich stehen und spähte ins Zimmer. Die Tagesdecke des breiten Doppelbetts war zurückgeschlagen. Das verwurstelte, zerknitterte Bettzeug erzählte von einer kleinen Nummer vor dem Abendessen. Ich konnte noch einen Hauch des schwülen Parfums der Frau riechen, der Seife, mit der sie sich hinterher gewaschen hatte. Ich knipste die kleine Taschenlampe an, um etwas mehr Licht zu haben, und ging zur Tür. Nachdem ich die Kette vorgelegt hatte, schickte ich durch den Spion einen Blick in den leeren Korridor hinaus. Ich sah auf die Uhr. Es war Viertel vor acht. Wenn ich Glück hatte, waren sie zum Abendessen in den Ort gefahren wie ich am Tag zuvor. Ich beschloß, mich einfach auf mein Glück zu verlassen, und schaltete die Deckenbeleuchtung ein.

Zuerst sah ich mir das Badezimmer an, das der Tür am nächsten war. Die Frau hatte die Konsolen zu beiden Seiten des Waschbeckens mit einer Unmenge von Toilettenartikeln vollgestellt: Shampoo, Conditioner, Deo, Toilettenwasser, Gesichtscreme, Feuchtigkeitscreme, Reinigungsmilch, Make-up, Blusher, Puder, Lidschatten, Wimperntusche, Fön, Haarspray, Mundwasser, Zahnbürste, Zahnpasta, Zahnseide, Haarbürste, Wimperncurler.

Wie schaffte es diese Frau, je aus dem Zimmer zu kommen? Bis sie endlich mit ihrer »Morgentoilette« fertig war, mußte doch schon wieder Schlafenszeit sein. Sie hatte zwei Nylonhöschen ausgewaschen und über die Duschvorhangstange gehängt. Ich hätte ihr kapriziöse schwarze Spitzendessous zugetraut, dies jedoch waren vernünftige, taillenhohe Höschen wie die konservativere Dame sie bevorzugte. Wahrscheinlich trug sie Büstenhalter, die wie Panzer aussahen.

Jaffe war der Deckel des Spülkastens der Toilette geblieben. Dort stand sein Kulturbeutel, schwarzes Leder mit goldenem Monogramm, das DDH lautete. Das war interessant. Alles, was er bei sich hatte, war Zahnbürste und Zahnpasta, Rasierzeug und Kontaktlinsenkästchen. Shampoo und Deo lieh er sich wahrscheinlich von ihr aus. Wieder sah ich auf die Uhr. Es war sieben Uhr zweiundfünfzig. Ich überprüfte noch einmal durch den Spion den Korridor. Noch war die Luft rein. Meine Spannung hatte sich gelegt. Mir wurde plötzlich bewußt, daß mir dieses heimliche Herumkramen einen Riesenspaß machte. Ich unterdrückte das Lachen und machte in meinen Tennisschuhen einen kleinen Tanzschritt. Ich liebe so etwas. Ich bin die geborene Schnüfflerin. Nichts ist so anregend wie ein bißchen Einbruch. Höchst vergnügt wandte ich mich wieder meiner Arbeit zu. Wenn ich nicht im Namen des Gesetzes arbeiten würde, säße ich bestimmt längst im Knast.

4

Die Frau gehörte, wie sich zeigte, zu der Sorte, die auf Reisen immer sämtliche Koffer ganz auspackt, meist augenblicklich nach der Ankunft. Sie hatte die rechte Seite der Kommode für sich beschlagnahmt und die Schubladen sehr ordentlich eingeräumt: ganz oben Schmuck und Unterwäsche sowie ihren Reisepaß. Ich schrieb mir ihren Namen auf – Renata Huff – und ebenso die Paßnummer, ihr Geburtsdatum, den Geburtsort, die Behörde, die den Paß ausgestellt hatte, und das Ungültigkeitsdatum. Ohne weiter in ihren persönlichen Dingen zu wühlen, stöberte ich die oberste Schublade auf Jaffes Seite der Kommode durch und machte auch hier wieder einen nützlichen Fund. Aus seinem Paß ging hervor, daß er unter dem Namen Dean DeWitt Huff reiste. Ich notierte mir die Angaben und riskierte zur Abwechslung wieder einmal einen Blick durch den Spion. Der Korridor war leer. Es war inzwischen acht Uhr zwei, wahrscheinlich Zeit zu verschwinden. Mit jeder Minute, die ich länger blieb, vergrößerte sich das Risiko, zumal ich keine Ahnung hatte, wann die beiden weggegangen waren. Aber da ich nun schon einmal hier war, wollte ich doch sehen, ob ich nicht noch ein oder zwei nützliche Entdeckungen machen konnte.

Systematisch öffnete ich die übrigen Schubladen und schob meine Hand unter und zwischen die säuberlich gestapelten Wäsche- und Kleidungsstücke. Wendell hatte alle seine Kleider und persönlichen Dinge noch im Koffer, der aufgeklappt auf dem Kofferbock lag. Ich arbeitete schnell und so achtsam wie möglich, da ich vermeiden wollte, daß sie etwas merkten. Ich hob den Kopf. Hatte ich da eben ein Geräusch gehört? Wieder sah ich durch den Spion.

Jaffe und die Frau waren eben aus dem Aufzug getreten und schlugen den Weg zu ihrem Zimmer ein. Die Frau war sichtlich erregt. Ihre Stimme klang schrill, ihre Gesten waren fahrig. Er sah finster drein, mit steinernem Gesicht und verkniffenem Mund. Bei jedem Schritt schlug er zornig eine gefaltete Zeitung gegen sein Bein.

Eines habe ich mittlerweile gelernt: In der Panik neigt man dazu, krasse Fehler zu begehen. Im Taumel der Ereignisse gewinnt der Instinkt zu überleben – sofortige Flucht in diesem Fall – die Oberhand über alles andere. Und plötzlich findet man sich in einer Position wieder, die viel prekärer ist, als die Ausgangssituation. In dem Moment, als ich sie sah, stopfte ich alle meine Sachen in die Hosentaschen und löste die Sicherheitskette vor der Zimmertür. Ich machte das Licht im Bad und die Deckenbeleuchtung im Zimmer aus und rannte zur Balkontür. Sobald ich draußen war, sah ich noch einmal zurück, um mich zu vergewissern, daß ich das Zimmer so verlassen hatte, wie ich es vorgefunden hatte. Mist! Das Licht im Bad war an gewesen. Und ich hatte es ausgemacht. Als wäre ich mit Röntgenaugen ausgestattet, konnte ich auf der anderen Seite der Tür Wendell Jaffe nahen sehen, den Zimmerschlüssel schon gezückt. In meiner Phantasie bewegte er sich schneller als ich mich. Ich rechnete hastig. Es war zu spät, um den Fehler zu korrigieren. Vielleicht hatten sie vergessen, daß sie das Licht angelassen hatten; oder vielleicht glaubten sie, die Birne sei durchgebrannt.

Ich lief zum Balkongeländer, schwang mein rechtes Bein hinüber, schob meinen Fuß zwischen die Gitterstäbe, holte das andere Bein nach. Ich griff hinüber zum Geländer des Nachbarbalkons und hangelte mich hinüber, als in Jaffes Zimmer das Licht aufflammte. Mein Herz raste, aber wenigstens war ich sicher und wohlbehalten auf dem Nachbarbalkon.

Wenn nicht der Mann gewesen wäre, der da stand und eine Zigarette rauchte.

Ich weiß nicht, wer von uns verblüffter war. Er zweifelsohne, da ich ja wußte, was ich hier tat, während er keine Ahnung hatte. Ich war außerdem dadurch im Vorteil, daß die Furcht alle meine Sinne geschärft hatte, so daß meine Wahrnehmung beinahe blitzartig arbeitete.

Der Mann war weiß.

Er war in den Sechzigern und fast kahl. Das bißchen Haar, das er noch hatte, war grau. Es war glatt aus dem Gesicht gebürstet.

Er trug eine Brille mit einem dunklen Gestell, so massiv, daß man hätte vermuten können, in einem der Bügel verberge sich ein Hörgerät.

Er roch nach Alkohol. Die Dünste strahlten fast wellenförmig von seinem Körper aus.

Er litt an hohem Blutdruck. Sein gerötetes Gesicht glühte förmlich, und seine kurze, stumpfe Nase war so rot wie die eines freundlichen Kaufhausnikolaus.

Er war kleiner als ich und wirkte daher nicht ganz so bedrohlich. Tatsächlich machte er ein so verwirrtes Gesicht, daß ich versucht war, ihm tröstend den Kopf zu tätscheln.

Ich erinnerte mich, daß ich den Mann bei meinen unermüdlichen Streifzügen auf der Suche nach Jaffe zweimal gesehen hatte – beide Male in der Bar. Einmal hatte er allein dort gesessen, die Ellbogen aufgestützt und mit schwingenden Gesten einer Hand, die eine brennende Zigarette hielt, seinen weitschweifigen Monolog unterstrichen. Das andere Mal war er in Gesellschaft einer Gruppe grölender Männer seines Alters gewesen, alle übergewichtig und kurzatmig, dicke Zigarren rauchend, während sie sich gegenseitig Altherrenwitze erzählten.

Ich mußte eine Entscheidung treffen.

Erst einmal blieb ich stehen und ging dann lässig und langsam auf ihn zu. Als ich nahe genug war, streckte ich den Arm aus und nahm ihm behutsam die Brille von der Nase, klappte sie zusammen und steckte sie in die Brusttasche meiner Bluse. »Hallo, Sportsfreund. Wie geht's denn so? Siehst gut aus, heute abend.«

In hilflosem Protest hob er beide Hände. Ich knöpfte meinen rechten Ärmel auf, während ich ihn mit taxierendem Blick musterte.

»Wer sind Sie?« fragte er.

Ich lächelte nur und zwinkerte ihm träge zu, während ich den linken Ärmel aufknöpfte. »Eine Überraschung. Wo bist du denn die ganze Zeit gewesen? Ich suche dich schon seit sechs Uhr heute abend.«

»Kennen wir uns?«

»Auf jeden Fall werden wir uns kennenlernen, Jack. Wir machen's uns heute abend so richtig nett, hm?«

Er schüttelte den Kopf. »Ich glaube, hier liegt eine Verwechslung vor. Ich heiße nicht Jack.«

»Ich nenne jeden Jack«, versetzte ich, während ich meine Bluse aufknöpfte. Ich ließ sie offen herabhängen, so daß sich ihm verlockende Ausblicke auf mein jungfräuliches Fleisch boten. Zum Glück hatte ich den einen BH an, der nicht mit Sicherheitsnadeln zusammengeklammert war. Daß er vom vielen Waschen einen leichten Grauschimmer hatte, konnte man bei dieser Beleuchtung wahrscheinlich nicht sehen.

»Kann ich meine Brille haben? Ohne sie sehe ich kaum was.«

»Ach was? Na so ein Pech. Wo stimmt's denn nicht – bist du kurzsichtig, weitsichtig oder hast du Astigmatismus oder was?«

»Astigmatismus«, antwortete er entschuldigend. »Außerdem bin ich kurzsichtig, und das eine Auge ist ziemlich faul.« Wie zur Demonstration glitt der Blick des einen Auges nach außen ab und folgte der Flugbahn eines unsichtbaren Insekts.

»Na, da mach dir mal keine Sorgen. Ich bleib' ganz dicht bei dir, damit du mich auch deutlich sehen kannst. Also, hast du Lust ein bißchen zu feiern?«

»Feiern?« Der abgedriftete Blick kehrte zu mir zurück.

»Die Jungs haben mich raufgeschickt. Deine Kumpel. Sie haben gesagt, du hättest heute Geburtstag, und da haben sie alle zusammengelegt, um dir ein Geschenk zu kaufen. Das Geschenk bin ich. Du bist Krebs, stimmt's?«

Er runzelte bedächtig die Stirn und lächelte unsicher. Er begriff nicht ganz, was eigentlich vor sich ging, aber er wollte nicht unfreundlich sein. Er wollte sich aber auch nicht lächerlich machen, falls dies alles nur ein Streich sein sollte. »Ich habe heute gar nicht Geburtstag.«

Im Zimmer nebenan wurden die Lichter angeknipst, und ich hörte die erregte Stimme der Frau.

»Jetzt schon«, sagte ich und schälte mich wie eine Stripperin aus meiner Bluse. Er hatte seit meinem Erscheinen nicht ein einziges Mal mehr an seiner Zigarette gezogen. Ich nahm ihm die brennende Zigarette aus der Hand und schnippte sie über das Geländer. Dann rückte ich ihm näher auf den Pelz und quetschte seinen Mund zu einem Flunsch zusammen, als hätte ich die Absicht, ihn zu küssen. »Oder hast du was Besseres vor?«

Er lachte verlegen. »Eigentlich nicht«, sagte er und blies mir seinen nach Zigarettentabak riechenden Atem ins Gesicht. Einfach köstlich.

Ich gab ihm einen Kuß mitten auf den Mund, so einen richtigen schönen feuchten Schmatz mit viel Zunge, wie man das immer im Kino sieht. Dann nahm ich ihn bei der Hand und zog ihn in sein Hotelzimmer, wobei ich meine Bluse hinter mir her schleifte wie eine Federboa. Als Jaffe drüben auf seinen Balkon trat, schloß ich gerade die Schiebetür hinter uns.

»Mach dir's doch gemütlich, während ich mich rasch ein bißchen frisch mache«, sagte ich. »Danach bringe ich dir Wasser und Seife, und wir machen dich auch frisch. Was hältst du davon, würde dir das gefallen?«

»Ich soll mich einfach so, wie ich bin, hier hinlegen?«

»Na hör mal, läßt du im Bett immer die Schuhe an, Süßer? Am besten ziehst du die olle Bermuda auch gleich aus, hm? Ich hab' nur noch eine Kleinigkeit zu erledigen, dann komme ich zu dir. Warte auf mich. Dann blase ich dir deine Kerze aus.«

Der Mann war schon dabei, einen soliden schwarzen Schuh aufzuschnüren. Er zog ihn sich vom Fuß und warf ihn weg, um schleunigst eine schwarze Nylonsocke abzustreifen. Er sah aus wie ein netter, kleiner, dicker Opa. Und gleichzeitig wie ein Fünfjähriger, der bereit ist, brav zu sein, wenn er dafür ein Bonbon bekommt. Im Nebenzimmer begann Renata zu kreischen. Jaffe antwortete mit dröhnender Stimme, doch seine Worte waren nicht zu verstehen.

Ich winkte meinem Freund neckisch zu. »Bin gleich wieder da«, zwitscherte ich und wackelte in Richtung Badezimmer. Dort legte ich seine Brille auf den Waschbeckenrand und drehte das kalte Wasser auf. Das Rauschen und Plätschern des Wassers übertönte alle anderen Geräusche. Ich schlüpfte in meine Bluse, schlich zur Tür und huschte auf den Korridor. Lautlos schloß ich die Tür hinter mir. Das Herz klopfte mir bis zum Hals. Schnell lief ich zu meinem Zimmer, zog den Schlüssel aus der Hosentasche, stieß ihn ins Schloß, drehte ihn, drückte die Tür auf und schloß sie wieder hinter mir. Ich legte die Kette vor und blieb einen Moment an die Tür gelehnt stehen. Keuchend knöpfte ich meine Bluse ganz zu. Ein Schauder überlief mich von Kopf bis Fuß. Es ist mir schleierhaft, wie die Prostituierten das schaffen. Puh!

Ich ging zur Balkontür, schob sie zu und sperrte ab, bevor ich den Vorhang zuzog. Dann spähte ich durch den Spion in den Korridor. Der alte Säufer war aus seinem Zimmer gekommen und schaute, blinzelnd ohne seine Brille, nach rechts. Er hatte seine Bermuda-Shorts noch an, eine Socke ausgezogen, die andere noch am Fuß. Plötzlich kamen mir Zweifel, ob der Mann wirklich so betrunken war, wie es zunächst den Anschein gehabt hatte. Er sah sich gründlich um, offensichtlich um sicherzugehen, daß niemand ihn beobachtete, dann trat er vor meine Zimmertür und versuchte, durch den Spion hereinzusehen. Ich wich unwillkürlich zurück und hielt den Atem an, obwohl ich wußte, daß er mich nicht sehen konnte.

Ein zaghaftes Klopfen. »Miss? Sind Sie da drinnen?«

Er drückte sein Auge erneut an den Spion und verdunkelte die kleine Lichtquelle. Ich schwöre, daß ich seine Fahne durch die Tür riechen konnte. Dann sah ich wieder Licht im Spion und näherte mich vorsichtig, um hinauszusehen. Er war ein paar Schritte zurückgetreten und schaute wieder unsicher den Korridor hinunter. Er bewegte sich nach links, und gleich darauf hörte ich, wie seine Zimmertür zufiel.

Auf Zehenspitzen huschte ich zur Balkontür und stellte mich links an die Wand, um hinauszuspähen. Plötzlich schob sich hinter der Trennwand zwischen den Balkonen der Kopf des Mannes hervor. Er versuchte, einen Blick in mein verdunkeltes Zimmer zu werfen. »Huhuh«, flüsterte er. »Ich bin's. Wir wollten doch feiern.«

Der Bursche war heiß. Gleich würde er mit den Hufen stampfen und zu schnauben anfangen.

Ich gab keinen Mucks von mir und wartete. Einen Augenblick später zog er sich zurück. Zehn Sekunden darauf läutete mein Telefon. Ich ließ es läuten, während ich mich ins Badezimmer tastete und mir im Dunkeln die Zähne putzte. Ich suchte mir

meinen Weg zurück zum Bett, zog mich aus und legte meine
Sachen auf den Sessel. Ich wagte es nicht, das Zimmer zu verlassen. Lesen konnte ich auch nicht, weil ich es nicht riskieren wollte,
Licht zu machen. Aber gleichzeitig stand ich unter einer so starken
Spannung, daß ich keinen Moment ruhig bleiben konnte. Schließlich lief ich auf Zehenspitzen zur Minibar und holte mir zwei
kleine Flaschen Gin und etwas Orangensaft heraus. Ich setzte
mich ins Bett und trank Screwdriver, bis ich schläfrig wurde.

Als ich am nächsten Morgen aus meinem Zimmer trat, war die
Zimmertür des Säufers geschlossen und am Türknauf hing ein
Bitte-nicht-stören-Schild. Bei Jaffe stand die Tür offen, niemand
war da. Im Korridor zwischen den Zimmern stand der Wagen des
Zimmermädchens. Ich warf einen Blick ins Zimmer und entdeckte
das Mädchen, das gerade den gefliesten Boden wischte. Sie stellte
den Schrubber weg, lehnte ihn neben der Badtür an die Wand,
nahm dann den Papierkorb und trug ihn in den Flur hinaus.

»*¿Donde están?*« sagte ich in der Hoffnung, dies heiße »wo sind
sie«.

Sie war offensichtlich klug genug, um zu wissen, daß es keinen
Sinn hatte, ihre Antwort mit Partizipien und unregelmäßigen
Verben zu pfeffern. Da hätte ich ja doch nichts verstanden. So, wie
ich es hörte, sagte sie etwa: »Weg... abgereist... nicht mehr
hier.«

»*¿Permanente?*«

»*Sí*, sí.« Sie nickte mit Nachdruck und wiederholte ihre ersten
Worte.

»Darf ich mich mal umsehen?« Ich wartete gar nicht auf ihre
Erlaubnis, sondern drängte mich in Zimmer 312 und inspizierte
Kommode, Nachttisch, Schreibtisch und Minibar. Ach, verdammt! Sie hatten überhaupt nichts zurückgelassen. Das Mädchen beobachtete mich einen Moment mit Interesse. Dann zuckte
sie mit den Achseln und verschwand im Bad, wo sie den Papierkorb wieder unter das Waschbecken schob.

»*Gracias*«, sagte ich und ging.

Als ich an ihrem Wagen vorbeikam, fiel mir der Plastikbeutel mit dem Müll ins Auge, der an einem Ende des Wagens befestigt war. Ich nahm ihn vom Haken und verzog mich mit ihm in mein Zimmer. Nachdem ich die Tür geschlossen hatte, ging ich zum Bett und leerte den Inhalt des Beutels auf die Tagesdecke. Es war nichts von Interesse darunter: die Zeitung von gestern; Q-tips, zerknüllte Papiertücher, eine leere Dose Haarspray. Angeekelt sah ich das Zeug durch und hoffte, daß meine Tetanusimpfung noch wirkte. Als ich den Müll zusammenfegte und wieder in den Beutel schob, fiel mein Blick auf die erste Seite der Zeitung, auf der in dicken Schlagzeilen von irgendeinem Verbrechen berichtet wurde. Ich faltete das Blatt auseinander, glättete das Papier und versuchte, das Spanisch zu entschlüsseln.

Wenn man in Santa Teresa lebt, ist es fast ausgeschlossen, nicht wenigstens ein paar Brocken Spanisch aufzuschnappen, ob man nun Unterricht in der Sprache nimmt oder nicht. Viele Wörter sind Lehnwörter und viele sind schlichtes Abbild ihrer Gegenstücke in Englisch. Der Satzbau ist relativ einfach, und die Aussprache folgt festen Regeln. Der Bericht, der die erste Seite der Zeitung *La Gaceta* einnahm, hatte mit einem Mord in den *Estados Unidos* zu tun. Ich las laut und stockend wie ein Vorschulkind, weil mir das das Verständnis des Textes etwas erleichterte. Eine Frau war ermordet worden. Man hatte ihre Leiche auf einem verlassenen Stück Highway gleich nördlich von Los Angeles gefunden. Vier Insassen des Jugendgefängnisses in Perdido County, Kalifornien, waren ausgebrochen und an der Küste entlang nach Süden geflohen. Anscheinend hatten sie den Wagen der Frau aufgehalten, ihn an sich gebracht und die Frau erschossen. Als man die Leiche entdeckt hatte, hatten die Flüchtigen bereits die mexikanische Grenze nach Mexicali überschritten, wo sie erneut töteten. Die *federales* hatten sie schließlich gestellt, und bei dem darauffolgenden Schußwechsel waren zwei der Jugendlichen getötet und einer schwer verwundet worden. Selbst in Schwarzweiß erschien mir die Aufnahme von den Folgen der Schießerei unnötig blutrünstig mit den ominösen dunklen Flecken auf den Tüchern, in die die Toten eingehüllt waren. Die vier Jugendlichen waren ebenfalls abgebildet. Drei waren Hispanos. Der vierte war ein junger Mann namens Brian Jaffe.

Ich buchte für die nächste Maschine nach Hause.

Auf dem Flug machte meine Nase dicht, und beim Anflug auf Los Angeles glaubte ich, mir würden die Trommelfelle platzen. Um neun Uhr traf ich mit den Symptomen einer altmodischen Erkältung im Gepäck in Santa Teresa ein. Mein Hals kratzte, ich hatte Kopfschmerzen, und meine Nasengänge brannten, als hätte ich einen ganzen Liter Salzwasser eingesogen. O Wonne! Nun konnte ich mich wenigstens mit gutem Gewissen mit NyQuil für die Nacht vollaufen lassen.

Zu Hause angelangt, schloß ich hinter mir ab und schleppte mich mit einem Stapel Zeitungen die Wendeltreppe hinauf. Ich leerte den Inhalt meiner Reisetasche in den Korb für die schmutzige Wäsche, stopfte gleich die Sachen, die ich auf der Reise getragen hatte, dazu und schlüpfte in ein warmes Flanellnachthemd und dicke Socken. Dann kroch ich mit den Zeitungen bewaffnet unter die Steppdecke, die Henrys Schwester mir zum Geburtstag genäht hatte. Die Story von dem Gefängnisausbruch war hier schon auf Seite drei zurückgerutscht. Ich las alles noch einmal, nur diesmal in Englisch. Wendell Jaffes jüngerer Sohn Brian hatte zusammen mit drei Mithäftlingen am hellichten Tag einen tollkühnen Ausbruch aus der Jugendstrafanstalt Connaught inszeniert. Die toten Jugendlichen waren als Julio Rodriguez, sechzehn Jahre alt, und Ernesto Padilla, fünfzehn Jahre alt, identifiziert worden. Ich war mir nicht sicher, was für Auslieferungsvereinbarungen zwischen den Vereinigten Staaten und Mexiko bestanden, doch es sah so aus, als sollte Brian Jaffe in die Staaten zurückgeschickt werden, sobald der Sheriff ein paar Leute zur Verfügung hatte, die nach Mexiko fahren konnten. Der vierte Flüchtige, ein Vierzehnjähriger, lag immer noch in kritischer Verfassung in einem Krankenhaus in Mexiko. Seinen Namen hatte man der lokalen Presse wegen seines Alters nicht genannt. In der spanischen Zeitung war, wie ich mich erinnerte, sein Name als Ricardo Guevara angegeben worden. Beide Mordopfer waren amerikanische Staatsbürger gewesen, und es war möglich, daß den *federales* daran lag, die Verantwortung abzugeben. Es war auch möglich, daß ein dickes Bündel Bargeld in aller Verschwiegenheit den Besitzer gewechselt hatte. Wie auch immer, die Flüchtigen konnten von Glück sagen, daß sie nicht auf Dauer dort unten in Gewahrsam bleiben mußten. Der Zeitung zufolge hatte Brian Jaffe kurz nach seiner Gefangennahme seinen achtzehnten Geburtstag gefeiert, und das hieß, daß er nach seiner Rückkehr ins Perdido-County-Gefängnis wie ein Erwachsener behandelt werden würde. Ich holte mir eine Schere, schnitt sämtliche Artikel aus und legte sie auf die Seite, um sie für meine Akte im Büro mitzunehmen.

Ich sah auf den Wecker auf meinem Nachttisch. Es war erst Viertel vor zehn. Ich griff zum Telefon und rief Mac Voorhies zu Hause an.

5

»Hallo, ich bin's, Kinsey«, sagte ich, als Mac sich meldete.

»Du klingst so fremd. Von wo rufst du an?«

»Von zu Hause«, antwortete ich. »Ich hab' eine Erkältung und fühle mich sterbenselend.«

»So ein Pech. Trotzdem willkommen zu Hause. Ich hatte keine Ahnung, wann du kommen würdest.«

»Ich bin vor einer Dreiviertelstunde zur Tür herein marschiert«, sagte ich. »Inzwischen habe ich die Zeitung gelesen und sehe, daß es hier ganz schön aufregend zugegangen ist, während ich weg war.«

»Ja, ist das zu glauben? Ich frage mich, was, zum Teufel, da vorgeht. Seit zwei, drei Jahren habe ich nicht ein Wort über diese Familie gehört, und jetzt plötzlich taucht der Name überall auf.«

»Tja, und jetzt gleich noch einmal. Wir haben einen Treffer, Mac. Ich habe Jaffe genau dort entdeckt, wo Dick Mills ihn gesehen hat.«

»Und du bist sicher, daß er es ist?«

»Nein, sicher bin ich natürlich nicht, Mac. Ich habe den Mann ja nie zuvor mit eigenen Augen gesehen, aber wenn man sich auf die Fotografien verläßt, kann dieser Mann sehr gut der sein, den wir suchen. Er ist Amerikaner. Er ist im richtigen Alter. Er benutzt nicht den Namen Jaffe, sondern heißt jetzt Dean DeWitt Huff. Die Größe stimmt, und das Gewicht kommt auch hin. Er ist ein bißchen kräftiger, aber das ist wahrscheinlich ganz natürlich. Er reist mit einer Frau, und die beiden haben sich völlig isoliert.«

»Klingt ein bißchen dünn.«

»Natürlich ist es dünn. Ich konnte ja nicht gut auf ihn zugehen und mich vorstellen.«

»Wie sicher bist du?«

»Wenn wir das Alter und ein paar kosmetische Korrekturen berücksichtigen, würde ich sagen, neunzig Prozent. Ich habe versucht, ein paar Aufnahmen zu machen, aber er wurde bei jedem bißchen Aufmerksamkeit gleich mißtrauisch. Ich mußte mich sehr im Hintergrund halten«, erklärte ich. »Weshalb hat Brian Jaffe übrigens im Knast gesessen, ist das bekannt?«

»Soviel ich weiß, wegen Einbruchs. Wahrscheinlich nichts Raffiniertes, sonst hätte man ihn wohl nicht geschnappt«, antwortete Mac. »Was ist also mit Wendell Jaffe? Wo ist er jetzt?«

»Das ist eine gute Frage.«

»Er ist dir entwischt«, konstatierte Mac.

»Mehr oder weniger. Er und die Frau sind mitten in der Nacht auf und davon, aber du brauchst nicht gleich zu schreien. Ich habe nämlich nach ihrem Verschwinden in ihrem Zimmer was entdeckt – eine mexikanische Zeitung mit einem Bericht über Brian Jaffes Festnahme. Jaffe muß den Artikel in der Nachtausgabe gesehen haben. Die beiden sind nämlich ganz normal zum Abendessen gegangen, aber dann kamen sie plötzlich viel zu früh zurück, beide sehr erregt. Und heute morgen waren sie weg. Die Zeitung habe ich im Müll gefunden.« Noch während ich die Fakten berichtete, merkte ich, daß irgend etwas an der Situation mir zu schaffen machte. Die Zufälle – Wendell Jaffe in diesem obskuren mexikanischen Ferienhotel . . . Brian, der aus dem Gefängnis ausbricht und schnurstracks die mexikanische Grenze ansteuert. Ein Funke des Begreifens blitzte auf. »Moment mal, Mac. Ich habe eben einen kleinen Geistesblitz gehabt. Weißt du, was mir gerade gekommen ist? Vom ersten Moment an, als ich Wendell sah, hat er dauernd in Zeitungen geblättert, jede einzelne Seite durchgesehen. Könnte es nicht sein, daß er von Brians Fluchtversuch wußte? Daß er auf ihn gewartet hat? Vielleicht hat er dem Jungen sogar geholfen, den Ausbruch einzufädeln.«

Mac brummte skeptisch. »Das ist ziemlich weit hergeholt. Wir wollen doch lieber keine übereilten Schlüsse ziehen, solange wir nicht mehr wissen.«

»Ja, sicher, da hast du recht. Aber es würde passen. Ich leg's vorläufig mal *ad acta*, aber später prüfe ich's vielleicht doch noch nach.«

»Hast du eine Ahnung, wohin Jaffe verschwunden ist?«

»Ich habe mich in meinem rudimentären Spanisch mit dem Mann am Empfang unterhalten, aber dabei kam nicht viel mehr heraus als ein spöttisches Grinsen. Wenn du meine Meinung wissen willst, ich glaube, es besteht eine gute Chance, daß er hierher zurückkommt.«

Ich konnte praktisch hören, wie Mac ungläubig die Augen zusammenkniff. »Nie im Leben. Du glaubst im Ernst, er würde es wagen, einen Fuß in diesen Staat zu setzen? Da müßte er wirklich verrückt sein.«

»Sicher, es wäre riskant, aber vergiß nicht, daß sein Sohn in der Klemme sitzt. Versetz dich in seine Lage. Würdest du es nicht tun?«

Schweigen antwortete mir. Macs Kinder waren erwachsen, aber ich wußte, daß er sich immer noch für sie verantwortlich fühlte. »Woher soll er denn gewußt haben, was los war?«

»Das weiß ich auch nicht, Mac. Es ist doch möglich, daß er den

Kontakt aufrechterhalten hat. Wir haben keine Ahnung, was er in den vergangenen Jahren getrieben hat. Vielleicht hat er noch Kontakte hier in der Gegend. Es würde sich auf jeden Fall lohnen, der Frage nachzugehen, wenn wir versuchen wollen, ihm auf die Spur zu kommen.«

»Und wie sieht dein Plan aus?« warf Mac ein. »Du hast doch sicher schon einen Plan.«

»Ja, also ich bin der Meinung, wir sollten herausfinden, wann der Junge aus Mexicali zurückgebracht wird. Ich kann mir nicht vorstellen, daß übers Wochenende viel passiert. Am Montag kann ich mit einem der Beamten des County-Gefängnisses sprechen. Vielleicht können wir dort Jaffes Fährte aufnehmen.«

»Das halte ich für höchst unwahrscheinlich.«

»Es ist schon Unwahrscheinlicheres passiert. Zum Beispiel, daß Dick Mills ihn überhaupt gesichtet hat.«

»Das stimmt«, meinte er widerwillig.

»Außerdem sollten wir meiner Meinung nach mit der hiesigen Polizei sprechen. Die hat die Mittel, die mir nicht zur Verfügung stehen.«

Ich spürte sein Zögern. »Ich halte es für ein bißchen früh, die Polizei hinzuzuziehen, aber ich überlasse die Entscheidung dir. Gegen die Hilfe der Polizei hätte ich ja nichts, aber auf keinen Fall möchte ich ihn mißtrauisch machen. Vorausgesetzt, er zeigt sich hier überhaupt.«

»Ich werde mich auf jeden Fall mit ehemaligen Freunden von ihm in Verbindung setzen müssen. Das Risiko, daß jemand ihn warnt, müssen wir auf uns nehmen.«

»Und du glaubst, seine Kumpel werden mit uns zusammenarbeiten?«

»Keine Ahnung. Ich weiß nur, daß er damals eine Menge Leute reingelegt hat. Und da gibt es doch gewiß einige, die nichts dagegen hätten, wenn er im Knast landet.«

»Sollte man meinen, ja«, sagte Mac.

»Okay, wir sprechen uns am Montagmorgen. Laß dir inzwischen keine grauen Haare wachsen.«

Macs Lachen klang nicht heiter. »Hoffentlich bekommt Gordon Titus keinen Wind von der Sache.«

»Du hast doch gesagt, du würdest das schon hinkriegen.«

»Mir schwebte eine Verhaftung vor. Und ein Haufen öffentliche Anerkennung für dich.«

»Gib die Hoffnung nicht auf. Vielleicht kommt's ja tatsächlich noch so.«

Die folgenden zwei Tage verbrachte ich im Bett, genoß dank der Erkältung ein faules, völlig unproduktives Wochenende. Ich liebe dieses Alleinsein, wenn man krank ist, die Verwöhnung mit heißem Tee mit Honig, die Tomatensuppe aus der Dose mit klebrigem Käsetoast dazu. Auf meinem Nachttisch hatte ich eine Packung Kleenex stehen, und der Papierkorb neben dem Bett war bald bis zum Rand mit einem schäumenden Soufflé gebrauchter Papiertücher gefüllt. Eine der wenigen konkreten Erinnerungen, die ich an meine Mutter habe, ist, daß sie mir immer die Brust mit Wicks VapoRub eingerieben und dann einen rosa Waschlappen mit Röschenmuster darauf gelegt hat, der mit einer Sicherheitsnadel an meiner Pyjamajacke befestigt wurde. Von der Hitze meines Körpers angeregt, zogen bald Wolken berauschender Dämpfe in meine Nasengänge, während die Salbe auf meiner Haut widersprüchliche Sensationen sengender Hitze und beißender Kälte hervorrief.

Bei Tag döste ich vor mich hin. Mein Körper hielt die Untätigkeit kaum aus. Nachmittags stolperte ich, meine Steppdecke hinter mir her ziehend wie eine Hochzeitsschleppe, die Wendeltreppe hinunter, um zwei Stunden vor der Glotze zu sitzen und mir Wiederholungen von »Dobie Gillis« und »I love Lucy« anzusehen. Als es Schlafenszeit wurde, ging ich ins Bad und füllte meinen kleinen Plastikbecher mit dem widerlichen, dunkelgrünen Sirup, der mir eine Nacht ungestörten Schlafs bringen würde. Noch nie habe ich auch nur einen Tropfen NyQuil hinuntergebracht, ohne mich hinterher heftig zu schütteln. Dennoch, das ist mir klar, könnte ich leicht nach dem Zeug süchtig werden.

Am Montagmorgen erwachte ich um sechs, nur Sekunden bevor der Wecker loslegte. Ich blieb mit offenen Augen im zerwühlten Bett liegen und starrte zu dem gewölbten Oberlicht aus Plexiglas, während ich versuchte, mich auf den kommenden Tag einzustellen. Der Morgenhimmel war dicht verhangen; helle weiße Wolken bildeten eine undurchdringliche Decke, die bestimmt eine halbe Meile dick war. Auf dem Flughafen würden die Zubringermaschinen nach San Francisco, San José und Los Angeles auf den Runways festsitzen und darauf warten, daß sich der Nebel lichtete.

Der Juli in Santa Teresa ist eine unsichere Angelegenheit. Der Morgen zieht hinter einer Wolkenbank herauf, die unmittelbar vor der Küste hängt. Manchmal klart es bis zum Nachmittag auf. Manchmal bleibt der Himmel bewölkt, und der Tag versinkt in nebligem Grau, das den Eindruck vermittelt, es brauten sich Sturmwolken zusammen. Die Einheimischen schimpfen, und der *Santa Teresa Dispatch* meldet die Temperaturen in tadelndem Ton, als wären die Sommer nicht immer so gewesen. Touristen auf der Suche nach dem sagenhaften kalifornischen Sonnenschein breiten ihre Siebensachen am Strand aus – Sonnenschirme und Badetücher, Kofferradios und Schwimmflossen – und warten geduldig darauf, daß die trüben grauen Himmel aufreißen. Ich sehe ihre kleinen Kinder, die mit Eimer und Schäufelchen am Wasserrand hocken. Selbst aus der Ferne kann ich Gänsehaut und blaue Lippen ahnen, und wie sie zu schnattern anfangen, während das eisige Wasser ihre nackten Füßchen umspült. Dieses Jahr war das Wetter sehr launisch gewesen und hatte jeden Tag ein anderes Gesicht gezeigt.

Ich wälzte mich aus dem Bett, schlüpfte in meinen Jogginganzug, putzte mir die Zähne, kämmte mir das Haar und mied bei alledem, so gut es ging, den Anblick meines verschlafenen Gesichts. Ich war entschlossen zu laufen, aber mein Körper war anderer Meinung, und nach einer halben Meile bekam ich einen Hustenanfall, der sich anhörte wie das Brunftgeheul eines wilden Tiers. Ich gab den Gedanken an einen Dreimeilenlauf auf und begnügte mich statt dessen mit einem flotten Spaziergang. Die Erkältung hatte sich mittlerweile in meinen Bronchien eingenistet, und meine Stimme hatte ein verführerisch rauchiges Timbre bekommen. Als ich wieder zu Hause ankam, war ich ziemlich durchgefroren, aber sehr erfrischt.

Ich duschte dampfend heiß, um die Verstopfung der Bronchien zu lösen, und fühlte mich, als ich aus dem Bad kam, halbwegs wiederhergestellt. Danach bezog ich mein Bett frisch, leerte den Müll aus, aß zum Frühstück etwas Obst und Joghurt und fuhr mit einer Mappe voller Zeitungsausschnitte ins Büro. Ich fand einen Parkplatz direkt an der Straße, ging das restliche Stück zu Fuß und nahm die Treppe in Angriff. Normalerweise sause ich immer zwei Stufen auf einmal nehmend hinauf, aber heute mußte ich auf jedem Treppenabsatz eine Pause einlegen. Es ist wirklich gemein – man braucht Jahre, um sich eine gewisse körperliche Fitneß anzueignen, aber man braucht nur einmal ein paar Tage schlapp zu machen, und schon ist von ihr nichts mehr übrig. Nach drei Tagen Nichtstun war ich wieder am Ausgangspunkt angelangt, keuchte und stöhnte wie in meinen schlimmsten Zeiten. Die Kurzatmigkeit löste einen neuen Hustenanfall aus. Ich trat durch die Seitentür ins Büro und blieb stehen, um mich zu schneuzen.

Ich kam zu Ida Ruths Schreibtisch und machte halt zu einem kleinen Schwatz. Als ich Lonnies Sekretärin kennenlernte, fand ich den Doppelnamen umständlich. Ich versuchte, ihn auf Ida abzukürzen, stellte jedoch fest, daß das nicht paßte. Die Frau ist Mitte Dreißig, eine robuste, sportlich wirkende Person, von der man glauben möchte, schon ein Tag am Schreibtisch würde sie verrückt machen. Das weißblonde Haar trägt sie aus dem Gesicht gebürstet, wie von einem starken Wind nach hinten geblasen. Ihre Haut ist frisch und von der Sonne gebräunt, ihre Wimpern sind fast weiß, ihre Augen meerblau. Sie kleidet sich konservativ: enge Röcke mittlerer Länge, Blazer in gedämpften Farben, langärmelige Blusen vom immer gleichen langweiligen Schnitt. Wenn man sie sieht, hat man den Eindruck, sie würde viel lieber in einem Kanu ein Wildwasser hinunterpaddeln oder zerklüftete Felswände hinaufklettern. Ich habe gehört, daß sie in ihrer Freizeit genau das tut – sie unternimmt ausgedehnte Wanderungen in die High Sierras. Weder Zecken noch Steilwände, Giftschlangen, umgestürzte Bäume, spitze Steine, Stechmücken oder andere reizende Aspekte der freien Natur, die ich um jeden Preis zu meiden trachte, können sie schrecken.

Sie lächelte mir zu, als sie mich sah. »Ah, Sie sind wieder da. Wie war's in Mexiko? Sie sind ja richtig orangerot geworden.«

Ich war gerade wieder dabei mich zu schneuzen, und mein Gesicht war vom beschwerlichen Aufstieg in den zweiten Stock gerötet. »Es war großartig. Ich habe mich köstlich amüsiert und mir auf dem Rückflug gleich noch eine Erkältung geholt. Dann lag ich erst mal zwei Tage im Bett. Und die Farbe kommt aus der Dose.«

Sie zog eine Schublade ihres Schreibtischs auf und brachte eine Bonbondose zum Vorschein, die mit großen weißen Kapseln gefüllt war. »Vitamin C. Nehmen Sie eine Handvoll. Die helfen.«

Gehorsam nahm ich eine Kapsel und hielt sie ans Licht. Sie war leicht zweieinhalb Zentimeter lang. Wenn die einem im Hals steckenblieb, war bestimmt ein sofortiger chirurgischer Eingriff nötig, um sie wieder herauszuholen.

»Nehmen Sie ruhig ein paar, und versuchen Sie's mit Zink, wenn Sie Halsschmerzen haben. Wie war es in Viento Negro? Haben Sie die Ruinen gesehen?«

Ich nahm mir noch ein paar von den Kapseln. »Ganz nett. Ein bißchen windig. Welche Ruinen?«

»Na hören Sie mal! Die Ruinen sind berühmt. Da war irgendwann – ich glaube, es war 1902 – mal ein gewaltiger Vulkanausbruch, bei dem der ganze Ort innerhalb von Stunden unter Asche begraben war.«

»Die Asche habe ich gesehen«, bemerkte ich.

Ihr Telefon läutete, und während sie den Anruf entgegennahm, ging ich zum Wasserautomaten im Korridor und ließ mir einen Pappbecher einlaufen. Erst schluckte ich das Vitamin C, dann gleich noch ein Antihistamin. Mehr Freude am Leben durch

Chemie. Ich ging weiter zu meinem Büro, schloß auf und öffnete eines der Fenster, um frische Luft hereinzulassen. Auf meinem Schreibtisch lag ein Stapel Post: einige wenige Schecks, der Rest war Werbung und ähnlicher Quatsch. Ich hörte die Nachrichten auf meinem Anrufbeantworter ab – es waren sechs – und brachte die nächsten dreißig Minuten damit zu, mein Büroleben zu ordnen. Ich legte eine Akte für Wendell Jaffe an und heftete die Zeitungsartikel über den Gefängnisausbruch und die erneute Festnahme seines Sohnes ein.

Um neun Uhr rief ich bei der Polizeidienststelle Santa Teresa an und fragte nach Sergeant Robb. Erst verspätet wurde mir bewußt, daß ich ziemlich heftiges Herzklopfen hatte. Ich hatte Jonah seit einem Jahr nicht mehr gesehen. Ich weiß nicht, ob man unsere Beziehung je als »Romanze« hätte bezeichnen können. Als ich ihn kennenlernte, lebte er von seiner Frau Camilla getrennt. Sie hatte ihn verlassen und die beiden gemeinsamen Töchter mitgenommen. Jonah hatte sie einen Gefrierschrank voll vorgekochter Menüs hinterlassen, die sie im Recyclingverfahren in gebrauchten Behältern kommerzieller Fertiggerichte eingefroren hatte. Die Zubereitungsanweisungen, die sie auf die Deckel geklebt hatte, besagten immer das gleiche: »Im Rohr bei 200 Grad 30 Min. backen. Folie entfernen und essen.« Als würde er allen Ernstes versuchen zu essen, ohne die Folie zu entfernen. Jonah schien das nicht für sonderbar zu halten, und das hätte mir eigentlich ein Hinweis sein müssen.

Theoretisch war er ein freier Mann. Praktisch hatte sie ihn fest an der Leine. Sie pflegte regelmäßig zurückzukommen und ihn zu drängen, mit ihr gemeinsam in eine Therapie zu gehen. Für jede Versöhnung trieb sie einen neuen Eheberater auf und stellte damit sicher, daß ein echter Fortschritt nie gemacht wurde. Wenn auch nur Aussichten bestanden, daß sich zwischen ihnen eine echte Beziehung entwickeln könnte, haute sie wieder ab.

Ich sagte mir schließlich, ich hätte auch ohne dieses Gezerre schon Sorgen genug, und klinkte mich aus der Sache aus. Die beiden schienen das nicht einmal zu merken. Sie waren seit der siebten Klasse zusammen, als sie beide dreizehn Jahre alt gewesen waren. Eines Tages würde ich wohl in der Lokalzeitung lesen, daß sie silberne Hochzeit feierten und Geschenke aus Recyclingaluminium willkommen seien.

Jonah war noch im Vermißtendezernat tätig. Er meldete sich abrupt, auf knappe, sachliche Polizistenart. »Lieutenant Robb«, sagte er.

»Oh, alle Achtung, Lieutenant. Du bist befördert worden. Gratuliere. Hier spricht die Stimme aus der Vergangenheit. Kinsey Millhone«, sagte ich.

Ich amüsierte mich über den Moment verblüfften Schweigens, den er offenbar brauchte, um sich zu vergegenwärtigen, wer ich war, und stellte mir vor, wie er sich plötzlich in seinem Sessel zurücklehnte. »Na so was! Hallo, Kinsey. Wie geht es dir?«

»Gut, danke. Und dir?«

»Nicht schlecht. Hast du eine Erkältung? Ich habe deine Stimme gar nicht erkannt. Du klingst so nasal.«

Wir erledigten die Formalitäten und brachten einander aufs laufende, was nicht viel Zeit in Anspruch nahm. Ich erzählte ihm, daß ich bei der California Fidelity aufgehört hatte. Er erzählte mir, daß Camilla zu ihm zurückgekehrt war. Es war nicht viel anders, als wenn man fünfzehn Episoden seiner Lieblingsseifenoper verpaßt. Man schaltet sich nach Wochen wieder dazu und stellt fest, daß man im Grunde überhaupt nichts versäumt hat.

Jonah gab mir einen kurzen Bericht, der sich wie das Exposé der Handlung anhörte. »Ja, sie hat letzten Monat zu arbeiten angefangen – als Gerichtsstenografin. Ich glaube, sie ist jetzt glücklicher. Sie hat etwas eigenes Geld, und alle scheinen sie zu mögen. Sie findet den Job interessant. Und dadurch bekommt sie auch mehr Verständnis für meine Arbeit. Das ist für uns beide sehr gut.«

»Na prima. Das klingt wirklich gut«, sagte ich. Es fiel ihm wohl auf, daß ich nicht nach weiteren Einzelheiten gierte. Die Unterhaltung setzte aus wie der Motor eines Flugzeugs kurz vor dem Absturz. Es bekümmerte mich zu sehen, wie wenig ich einem

Menschen zu sagen hatte, der einmal soviel Platz in meinem Bett eingenommen hatte.

»Du möchtest wahrscheinlich gern wissen, warum ich mich bei dir melde«, sagte ich.

Jonah lachte. »Stimmt. Ich meine, ich freue mich natürlich, von dir zu hören, aber ich dachte mir gleich, daß es einen konkreten Anlaß gibt.«

»Erinnerst du dich an Wendell Jaffe? Den Mann, der von seinem Segelboot verschwand . . .«

»Oh! Ja, ja, natürlich.«

»Er ist in Mexiko gesehen worden. Es ist möglich, daß er sich auf dem Weg nach Kalifornien befindet.«

»Das kann doch nicht dein Ernst sein!«

»Doch.« Ich gab ihm einen stark gekürzten Bericht meiner Begegnung mit Wendell Jaffe und ließ dabei wohlweislich aus, daß ich in sein Hotelzimmer eingebrochen war. Wenn ich mit Bullen spreche, sage ich nicht immer freiwillig alles, was ich weiß. Ich kann eine pflichttreue Bürgerin sein, wenn es mir in den Kram paßt, in diesem Fall jedoch war das nicht so. Außerdem war es mir peinlich, daß ich den Kontakt verloren hatte. Hätte ich meinen Job gut gemacht, so hätte Wendell Jaffe niemals gemerkt, daß ihm jemand auf den Fersen war. Ich sagte: »An wen soll ich mich wenden? Ich dachte, ich sollte vielleicht jemanden unterrichten, am besten wohl den Beamten, der damals den Fall bearbeitet hat.«

»Das war Lieutenant Brown, aber der ist inzwischen nicht mehr da. Er ist letztes Jahr in den Ruhestand gegangen. Du solltest dich vielleicht am besten mit Lieutenant Whiteside vom Betrugsdezernat unterhalten. Ich kann dich mit ihm verbinden, wenn du möchtest. Dieser Jaffe war wirklich ein übler Bursche. Ein Nachbar von mir hat seinetwegen zehntausend Dollar verloren, und das war eine Lappalie im Vergleich mit anderen.«

»Ja, das hörte ich. Konnten die Leute denn nicht irgendwie ihr Geld zurückbekommen?«

»Man hat seinen Partner eingelocht. Als der Schwindel aufflog, haben natürlich alle Anleger Klage erhoben. Da man die Klage nicht zustellen konnte, haben sie Vorladung und Klage schließlich veröffentlicht und sein Nichterscheinen hingenommen. Natürlich erwirkten sie ein Urteil, aber es gab nichts zu holen. Seine Bankkonten hatte er alle abgeräumt, ehe er verschwand.«

»Ja, das habe ich gehört. So ein Schwein.«

»Das kann man wohl sagen. Außerdem war sein Haus bis unter das Dach mit Hypotheken belastet, so daß sich die Gläubiger da auch nicht schadlos halten konnten. Ich kenne diverse Leute, denen es nur recht wäre, wenn er noch unter den Lebenden weilte. Die würden sie innerhalb von zehn Sekunden das Urteil vollstrecken lassen, wenn er je wiederaufkreuzen sollte, und ihm alles abnehmen, was er besitzt. Und danach würde man ihn festnehmen. Wie kommst du auf die Idee, er könnte so blöd sein, hierher zurückzukommen?«

»Sein Sohn steckt in größten Schwierigkeiten, wenn die Zeitungsberichte stimmen. Du weißt von den vier Jugendlichen, die aus Connaught ausgebrochen sind? Einer von ihnen ist Brian Jaffe.«

»Mensch, richtig! Die Verbindung hab' ich gar nicht hergestellt. Ich kenne Dana von der Highschool.«

»Ist das Wendells Frau?« fragte ich.

»Ja. Ihr Mädchenname war Annenberg. Sie hat ihn gleich nach dem Schulabschluß geheiratet.«

»Kannst du mir die Adresse besorgen?«

»Das dürfte nicht allzu schwierig sein. Wahrscheinlich steht sie im Telefonbuch. Als ich das letzte Mal von ihr gehört habe, wohnte sie irgendwo in der Gegend von P/O.«

P/O war hier die gängige Abkürzung für die beiden Nachbarorte – Perdido und Olvidado – am Highway 101, dreißig Meilen südlich. Die beiden Städtchen waren einander zum Verwechseln ähnlich, nur gab es in dem einen Büsche am Highway und im anderen nicht. Im allgemeinen wurden beide in einem Atemzug genannt – P/O.

Jonahs Ton veränderte sich plötzlich. »Du hast mir gefehlt.«

Ich ignorierte das und dachte mir schleunigst einen Vorwand

aus, um dieses Gespräch abzubrechen, ehe es persönlich wurde.
»Hoppla! Ich muß Schluß machen. Ich habe in zehn Minuten
einen Termin und möchte vorher noch mit Lieutenant Whiteside
sprechen. Kannst du mich verbinden?«

»Na klar«, sagte er, und ich hörte, wie er mehrmals rasch
hintereinander auf die Gabel seines Telefons drückte.

Als sich die Telefonistin meldete, bat er um eine Verbindung
mit dem Betrugsdezernat. Lieutenant Whiteside war gerade nicht
an seinem Schreibtisch, wurde aber binnen kurzem zurückerwar-
tet. Ich hinterließ meinen Namen und meine Nummer mit der
Bitte um Rückruf.

6

Mittags, ich fühlte mich ziemlich elend, ging ich zu Fuß zum
Minimarkt an der Ecke und kaufte mir ein Thunfischbrot, einen
Beutel Chips und eine Pepsi. In diesem Zustand hatte ich keine
Lust, mir wegen gesunder Ernährung Kopfzerbrechen zu machen.
Ich kehrte in mein Büro zurück und aß an meinem Schreibtisch.
Zum Nachtisch lutschte ich ein paar Hustenbonbons mit Kirsch-
geschmack.

Lieutenant Whiteside meldete sich schließlich um halb drei mit
Entschuldigungen wegen der Verspätung. »Lieutenant Robb
sagte mir, Sie haben eine Spur zu unserem alten Freund Wendell
Jaffe. Erzählen Sie doch mal.«

Zum zweitenmal an diesem Tag gab ich einen zensierten Bericht meines Zusammentreffens mit Wendell Jaffe. Am anderen
Ende der Leitung blieb es still, und daraus konnte ich nur schließen, daß sich Lieutenant Whiteside eifrig Notizen machte.

Er sagte endlich: »Haben Sie eine Ahnung, ob er einen falschen
Namen benutzt?«

»Wenn Sie nicht auf Einzelheiten bestehen, bin ich bereit zuzugeben, daß ich einen ganz, ganz flüchtigen Blick auf seinen Paß werfen konnte. Er ist auf den Namen Dean DeWitt Huff ausgestellt. Er reist in Begleitung einer Frau namens Renata Huff, anscheinend seine Lebensgefährtin.«

»Wieso nicht Ehefrau?«

»Soviel ich weiß, ist er von seiner ersten Frau nicht geschieden, und sie hat ihn erst vor zwei Monaten für tot erklären lassen. Oh, Moment mal, kann ein Toter sich wiederverheiraten? Das hatte ich mir gar nicht überlegt. Vielleicht ist er ja gar kein richtiger Bigamist. Na jedenfalls waren die Pässe nach dem, was ich gesehen habe, in Los Angeles ausgestellt. Es kann gut sein, daß er inzwischen schon hier im Land ist. Gibt es eine Möglichkeit, den Leuten über die Paßbehörde da unten auf die Spur zu kommen?«

»Gute Idee«, meinte Lieutenant Whiteside. »Buchstabieren Sie mir doch mal den Nachnamen, bitte.«

»H-u-f-f.«

»Ich mache mir eine Aktennotiz«, sagte er. »Ich werde mal in Los Angeles anfragen und sehen, was die dort wissen. Wir können auch den Zoll am Flughafen von Los Angeles und San Diego informieren. Dann können die die Augen offenhalten, falls der Bursche auf diesem Weg hereinkommt. Ich kann auch noch San Francisco mobil machen, dann gehen wir ganz sicher.«

»Möchten Sie die Paßnummern haben?«

»Warum nicht, wenn ich auch den Verdacht habe, daß die Pässe gefälscht sind. Wenn er getürmt ist – und jetzt sieht es ja ganz danach aus –, hat Jaffe vielleicht ein halbes Dutzend Ausweise auf verschiedene Namen. Er war lang weg und hat sich vielleicht mehr als einen Satz Papiere beschafft, für den Fall, daß es mal eng werden sollte. So würde ich das jedenfalls an seiner Stelle machen.«

»Klingt vernünftig«, sagte ich. »Ich weiß nicht, aber ich habe das Gefühl, daß sich Jaffe, wenn er überhaupt mit jemandem Verbindung aufnimmt, an seinen früheren Geschäftspartner, Carl Eckert, wendet.«

»Tja, das ist sicher möglich, aber ich weiß nicht, wie er da aufgenommen werden würde. Die beiden waren mal gute Freunde, aber als Jaffe sich aus dem Staub machte, stand Eckert als der Sündenbock da.«

»Ich hörte, er war im Gefängnis.«

»Ja, das stimmt. Er wurde in einem halben Dutzend Fällen von Betrug und Unterschlagung verurteilt. Und dann strengten die Anleger eine Zivilklage wegen Betrugs, Vertragsbruchs und aller möglicher anderer Geschichten gegen ihn an. Hat ihnen nur leider nichts genützt. Er hatte zu der Zeit bereits Konkurs angemeldet, es gab also nicht viel zu holen.«

»Wie lange hat er gesessen?«

»Achtzehn Monate, aber so einen aalglatten Kerl wie den kann das natürlich nicht stoppen. Irgend jemand hat mir erzählt, er hätte ihn erst vor kurzem gesehen. Ich weiß jetzt nicht mehr, wo es war, aber er ist auf jeden Fall noch am Ort.«

»Mal sehen, ob ich ihn nicht ein bißchen aufschrecken kann.«

»Allzu schwierig dürfte das nicht sein«, meinte er. »Aber vielleicht können Sie vorher mal bei uns vorbeikommen und sich mit unserem Zeichner zusammensetzen? Wir haben gerade einen jungen Kerl namens Rupert Valbusa angeheuert. Ein richtiges kleines Genie.«

»Klar, das läßt sich machen«, sagte ich, obwohl ich die Möglichkeit, daß Jaffes Konterfei plötzlich den Leuten von allen Wänden entgegenstarrte, sehr beunruhigend und lästig fand. »Die California Fidelity möchte allerdings vermeiden, daß er Lunte riecht und wieder türmt.«

»Das verstehe ich. Wir wollen das auch nicht, glauben Sie mir. Ich kenne eine Menge Leute, die großes Interesse daran haben, daß der Bursche geschnappt wird«, sagte Whiteside. »Haben Sie neuere Bilder von ihm?«

»Nur einige Schwarzweißfotos, die Mac Voorhies mir besorgt hat. Aber die sind schon sechs oder sieben Jahre alt. Und Sie? Es gibt nicht zufällig ein Bild aus der Kartei?«

»Nein, aber wir hatten eine Fotografie, die gleich nach Jaffes Verschwinden veröffentlicht wurde. Die können wir wahrscheinlich altersentsprechend korrigieren. Welcher Art sind denn die kosmetischen Korrekturen, die er hat machen lassen, können Sie uns das sagen?«

»Ich würde vermuten Kinn- und Wangenimplantationen, und vielleicht hat er auch seine Nase veredeln lassen. Auf den Bildern, die ich habe, sieht es aus, als sei seine Nase früher breiter gewesen. Außerdem ist sein Haar jetzt völlig weiß, und er ist etwas korpulenter. Abgesehen davon wirkte er recht fit. Ich würde mich jedenfalls nicht mit ihm anlegen wollen.«

»Passen Sie auf, ich gebe Ihnen Ruperts Nummer, dann können Sie beide Ihre eigenen Arrangements treffen. Er kommt nicht regelmäßig in die Dienststelle, sondern nur wenn wir ihn hier brauchen. Sobald er fertig ist, können wir das Bild mit der Weisung herausgeben, nach diesem Mann Ausschau zu halten. Ich kann mich mit dem Sheriff's Department von Perdido County in Verbindung setzen, und inzwischen rufe ich auch gleich beim hiesigen FBI an. Die wollen vielleicht selbst ein Fahndungsblatt herausgeben.«

»Liegt immer noch ein Haftbefehl gegen ihn vor?«

»Richtig. Das habe ich nachgeprüft, bevor ich Sie angerufen habe. Kann sein, daß er auch vom FBI gesucht wird. Wir müssen einfach abwarten. Vielleicht haben wir Glück.« Er gab mir Rupert Valbusas Telefonnummer und fügte dann hinzu: »Je eher wir das Bild herausgeben können, desto besser.«

»Natürlich. Vielen Dank.«

Ich rief unter Valbusas Nummer an, erreichte aber nur den Anrufbeantworter. Ich hinterließ Namen und private Telefonnummer und eine kurze Erklärung. Ich bat um einen Termin am frühen Morgen, wenn er es einrichten könne, und um seinen Rückruf. Danach holte ich das Telefonbuch hervor und schlug unter dem Namen Eckert nach. Es gab insgesamt elf Eckerts, außerdem zwei Variationen: einen Eckhardt und einen Eckhart. Ich rief bei allen dreizehn Nummern an, aber nirgends war ein »Carl« aufzutreiben.

Daraufhin rief ich die Auskunft für Perdido/Olvidado an. Da

gab es nur einen Eintrag unter dem Namen Eckert. Er gehörte einer gewissen Frances Eckert, die in einem Ton zurückhaltender Höflichkeit antwortete, als ich ihr erklärte, ich sei auf der Suche nach Carl.

»Hier gibt es niemanden dieses Namens«, sagte sie.

Ich horchte auf wie ein Hund, der bei einem Signal, das jenseits des menschlichen Hörvermögens liegt, die Ohren spitzt. Sie hatte nicht gesagt, sie *kenne* ihn nicht. »Sind Sie vielleicht zufällig mit Carl Eckert verwandt?«

Einen Moment blieb es still. »Ich war mit ihm verheiratet. Darf ich fragen, worum es sich handelt?«

»Aber sicher. Mein Name ist Kinsey Millhone. Ich bin Privatdetektivin und habe mein Büro hier oben in Santa Teresa. Ich versuche, einige von Wendell Jaffes alten Freunden ausfindig zu machen.«

»Wendell?« sagte sie erstaunt. »Ich dachte, der sei tot.«

»Tja, das scheint nun doch nicht so zu sein. Eben deshalb suche ich ja nach alten Freunden und Bekannten – weil ich mir denken könnte, daß er mit ihnen Kontakt aufnehmen wird. Lebt Carl noch hier in der Gegend?«

»Er wohnt in Santa Teresa. Auf einem Boot.«

»Ach was?« sagte ich. »Und Sie sind geschieden?«

»Worauf Sie sich verlassen können. Ich habe mich vor vier Jahren scheiden lassen, als Carl ins Gefängnis mußte. Ich hatte überhaupt keine Lust, die Ehefrau eines Knastbruders zu sein.«

»Das kann ich verstehen.«

»Ich hätte mich auch scheiden lassen, wenn kein Mensch mich verstanden hätte, das können Sie mir glauben. So wie dieser Kerl sich entpuppt hat. Sie können ihm das ruhig sagen, wenn Sie ihn aufstöbern sollten. Zwischen uns ist nichts mehr.«

»Haben Sie vielleicht eine Telefonnummer, unter der ich ihn tagsüber erreichen kann?«

»Natürlich. Ich gebe seine Nummer jedem, besonders seinen Gläubigern. Das macht mir das größte Vergnügen. Sie können ihn aber nur während des Tages erreichen«, warnte sie mich. »Auf dem Boot hat er kein Telefon. Da ist er jeden Tag spätestens um sechs. Meistens ißt er im Jachtclub zu Abend und hängt dann dort bis Mitternacht herum.«

»Wie sieht er aus?«

»Oh, er ist allgemein bekannt. Jeder kann ihn Ihnen zeigen. Fahren Sie einfach hin und fragen Sie nach ihm. Sie können ihn gar nicht verfehlen.«

»Und können Sie mir auch noch den Namen des Boots und die Liegeplatznummer geben, für den Fall, daß er nicht im Club ist?«

Sie nannte mir die Nummer. »Das Boot heißt *Captain Stanley Lord*. Es hat Wendell gehört«, fügte sie hinzu.

»Ach wirklich? Und wie ist Carl zu dem Boot gekommen?«

»Das sollten Sie sich von ihm selbst erzählen lassen«, erwiderte sie und legte auf.

Ich erledigte noch dies und das und beschloß dann, es für diesen Tag gut sein zu lassen. Ich hatte mich schon beim Aufstehen ziemlich mies gefühlt, und das Antihistamin, das ich am Morgen genommen hatte, gab mir jetzt vollends den Rest. Da nicht viel los war, meinte ich, guten Gewissens nach Hause fahren zu können. Ich marschierte das Stück bis zu meinem Wagen, fuhr zur State Street und bog dort links ab.

Meine Wohnung liegt versteckt in einer schattigen kleinen Seitenstraße, nur einen Straßenzug vom Strand entfernt. Ich fand einen Parkplatz ganz in der Nähe, schloß den VW ab und ging durch die Gartenpforte aufs Grundstück. Ich wohne in einer ehemaligen Garage, die man in eine kleine Maisonettewohnung umgewandelt hat. Unten habe ich eine Kochnische, ein Wohnzimmer, das gelegentlich auch als Gästezimmer dient, und ein Bad, und im oberen Stockwerk, das über eine Wendeltreppe zu erreichen ist, sind das Schlafzimmer und noch ein kleines Bad. Die Wohnung ist unglaublich praktisch. Mein Hauswirt hatte die Garage nach einer Explosion vor zwei Jahren zu Weihnachten umbauen lassen und dem Dekor einen nautischen Akzent verliehen. In den Zimmern gab es viel Messing und Teakholz, die Fenster hatten die Form von Bullaugen, die Küche erinnerte an eine Kombüse, überall gab es Einbauschränke. Die Wohnung hat etwas von einem Spielzeughaus für Erwachsene; mir ist das nur recht, ich bin im Herzen ein Kind geblieben.

Als ich auf dem Weg zum rückwärtigen Garten um die Ecke bog, sah ich, daß Henrys Hintertür offenstand. Ich überquerte die Terrasse, die meine kleine Wohnung mit dem Haupthaus des Anwesens verband, klopfte an das Fliegengitter und spähte in die Küche, die leer zu sein schien.

»Henry? Bist du da?«

Er war anscheinend in Kochstimmung. Ich roch die geschmorten Zwiebeln und den angebratenen Knoblauch, die Henry als Basis für jedes Gericht nimmt, das er zubereitet. Es war ein gutes Zeichen, daß er wieder Freude am Kochen hatte. In den Monaten seit dem Einzug seines Bruders William hatte er ganz zu kochen aufgehört, zum Teil weil William so entsetzlich heikel war. So bescheiden und zaghaft, wie man es sich nur vorstellen kann, pflegte William zu erklären, daß dieses Gericht für seinen Hochdruck leider ein klein wenig zu stark gesalzen sei, daß jenes eine Spur zu fett sei für seine Galle. Und wegen seines empfindlichen Darms und seines Reizmagens vertrug er leider auch nichts, was zuviel Säure enthielt oder zu stark gewürzt war. Hinzu kamen noch seine Allergien, seine Laktose-Unverträglichkeit und sein Herz, sein Leistenbruch, seine gelegentliche Inkontinenz und seine Neigung zur Bildung von Nierensteinen. Schließlich hatte Henry für sich nur noch belegte Brote gemacht und William sich selbst überlassen.

William begann daraufhin, seine Mahlzeiten in der Kneipe an der Ecke einzunehmen, die seit Jahren seiner geliebten Rosie gehörte. Rosie ging zwar scheinbar auf Williams diverse Leiden ein, bestand aber darauf, daß er aß, was sie ihm vorsetzte. Sie ist überzeugt, daß man mit einem Glas Sherry jedem Leiden beikommen kann. Nur Gott allein weiß, was ihre gepfefferte ungarische Küche Williams empfindlichem Darm und Reizmagen angetan hat.

»Henry?«

»Jaha«, rief Henry aus dem Schlafzimmer. Gleich darauf hörte ich Schritte, dann kam er um die Ecke und strahlte, als er mich sah. »Kinsey! Du bist wieder da! Komm rein. Ich bin sofort da.«

Er verschwand. Ich trat in die Küche. Er hatte seinen großen Suppentopf vom Schrank heruntergeholt. Auf dem Küchentisch lag ein Bund Sellerie, daneben standen zwei große Dosen Tomaten, eine Packung gefrorener Mais und eine zweite Packung mit Erbsen.

»Ich mache gerade Gemüsesuppe«, rief er. »Komm doch zum Abendessen.«

Ich sprach laut, so daß er mich drüben im anderen Zimmer hören konnte. »Vielen Dank, die Einladung nehme ich gern an. Aber ich warne dich, du riskierst vielleicht eine Erkältung. Ich habe ein echtes Prachtstück aus Mexiko mitgebracht. Was treibst du eigentlich da hinten?«

Mit einem Stapel frischer Handtücher im Arm kam Henry wieder in die Küche. »Ich hab' nur schnell die Wäsche zusammengelegt«, erklärte er, während er die Handtücher in einer Schublade verstaute und eines zum Gebrauch draußen ließ. Er hielt einen Moment inne und sah mich aus zusammengekniffenen Augen an. »Was hast du da am Ellbogen?«

Ich hob den Arm und schaute mir meinen Ellbogen an. Die Selbstbräunungscreme hatte wahre Wunder gewirkt. Mein Ellbogen sah aus, als hätte man ihn in Vorbereitung auf eine Operation mit Jod eingerieben. »Das ist meine Sonnenbräune aus der Dose. Du weißt doch, wie ich es hasse, mich in die Sonne zu legen. In ein paar Tagen wäscht sich das wieder raus. Das hoffe ich jedenfalls. Und was gibt's hier Neues? Du bist ja so gutgelaunt, wie ich dich seit Monaten nicht mehr erlebt habe.«

»Setz dich, setz dich. Möchtest du eine Tasse Tee?«

Ich setzte mich in seinen Schaukelstuhl. »Danke, nicht nötig«, antwortete ich. »Ich bleibe nur einen Moment. Ich habe heute morgen was gegen den Schnupfen genommen und kann mich kaum noch auf den Beinen halten. Ich glaube, ich krieche für den Rest des Tages ins Bett.«

Henry nahm einen Dosenöffner zur Hand und kurbelte die beiden Dosen mit den Tomaten auf, die er in den Suppentopf schüttete. »Du errätst nie, was hier passiert ist. William ist mit Rosie zusammengezogen.«

»Echt? Für immer?«

»Ich hoffe es. Ich habe endlich begriffen, daß es mich einen Dreck angeht, was er mit seinem Leben anstellt. Erst habe ich mir eingebildet, ich müßte ihn retten. Die ganze Geschichte war doch so absurd. Die beiden passen nicht zusammen – na und? Das wird er irgendwann schon selber merken. Ich lasse mich jedenfalls nicht mehr von ihm verrückt machen. Dieses ewige Gewäsch von Krankheit und Tod, Depressionen und Herzrhythmusstörungen. Mein Gott! Soll er das doch mit ihr ›teilen‹. Sollen sie sich doch gegenseitig zu Tode langweilen.«

»Bravo! Wann ist er ausgezogen?«

»Am Wochenende. Ich hab' ihm beim Packen geholfen und sogar ein paar von seinen Kartons rübergebracht. Seitdem lebe ich hier wie im Paradies.« Er lächelte breit, griff sich den Sellerie, riß die Stangen auseinander, wusch sie und begann sie zu würfeln. »Geh, leg dich in dein Bett. Du siehst ganz fertig aus. Um sechs kommst du wieder rüber und ißt einen Teller Suppe.«

»Sei mir nicht böse, falls ich nicht erscheine«, sagte ich. »Wenn ich Glück habe, schlafe ich vielleicht durch.«

Ich ging in meine Wohnung und schleppte mich in die Mansarde hinauf, zog meine Schuhe aus und kroch unter die Steppdecke.

Eine halbe Stunde später läutete das Telefon. Ich quälte mich aus Schlafestiefen empor. Es war Rupert Valbusa. Er hatte mit Lieutenant Whiteside gesprochen, der ihm mit Nachdruck klargemacht hatte, wie wichtig es sei, die Zeichnung möglichst bald fertigzustellen. Er sei die nächsten fünf Tage auf Reisen, sagte er, aber wenn ich frei sei, erwarte er mich innerhalb der nächsten Stunde in seinem Atelier. Ich stöhnte innerlich, aber im Grunde hatte ich gar keine Wahl. Ich schrieb mir die Adresse auf. Das Atelier war nicht weit von meiner Wohnung in einem Industriegebiet nahe beim Strand. Ein ehemaliges Lagerhaus in der Anaconda Street war in ein Atelierhaus für Künstler umgewandelt worden. Ich schlüpfte in meine Schuhe und tat mein Möglichstes, um mich einigermaßen präsentabel zu machen. Dann nahm ich die Autoschlüssel, eine Jacke und die Fotos von Jaffe.

Die Luft draußen war feucht, vom Meer her wehte ein kühles Lüftchen. Als ich den Cabana Boulevard hinunterfuhr, sah ich am Himmel, dort, wo die Wolkendecke aufriß, ein paar blaue Stellen. Am späten Nachmittag würden wir vielleicht sogar noch eine Stunde Sonnenschein bekommen. Ich parkte in einer schmalen, von Bäumen gesäumten Straße, sperrte den Wagen ab und ging um das Lagerhaus herum zur Nordseite. Die Tür, durch die ich eintrat, war von zwei imposanten Metallskulpturen flankiert. Innen waren die Korridore weiß getüncht und mit Arbeiten der derzeit im Haus arbeitenden Künstler geschmückt. Die Decke im Vorsaal erhob sich über drei Stockwerke zum Dach mit einer Reihe schräger Fenster, durch die in breiten Balken das Tageslicht einfiel.

Valbusa hatte sein Atelier im obersten Stockwerk. Ich stieg die Eisentreppe am hinteren Ende des Vorsaals hinauf. Das Klirren meiner Schritte brach sich dumpf an den Betonwänden. Als ich oben ankam, hörte ich gedämpfte Country-Musik. Ich klopfte an Valbusas Tür, und das Radio wurde abgestellt.

Rupert Valbusa war Hispano, stämmig und muskulös. Ich schätzte ihn auf Mitte Dreißig. Er hatte breite Schultern und einen kräftigen, gewölbten Brustkasten. Die Augen unter den buschigen Brauen waren sehr dunkel. Dichtes dunkles Haar umrahmte sein Gesicht. Wir machten uns an der Tür miteinander bekannt und gaben einander die Hand, ehe ich ihm in das Atelier folgte. Als er sich von mir abwandte, um mir vorauszugehen, sah ich, daß er einen dünnen Zopf hatte, der ihm bis unter die Schulterblätter reichte. Er trug ein weißes T-Shirt, abgeschnittene Jeans und Sandalen mit dicken Gummisohlen. Er hatte gutgeformte Beine, deren Konturen von dunklen seidigen Härchen begrenzt wurden.

Das Atelier war sehr groß und sehr kühl, mit einem Betonfußboden und breiten Arbeitstischen an den Wänden. Es roch nach
feuchtem Ton, und auf allen Oberflächen lag kreidiger Porzellanstaub. Große Blöcke weichen Tons waren in Plastikhäute gehüllt.
Er hatte zwei Töpferscheiben, eine, die mit dem Fuß zu betätigen
war, und eine elektrische, und zwei Brennöfen. Auf zahllosen
Borden standen Keramikschalen, die gebrannt waren, aber noch
nicht glasiert. Am Ende eines der Arbeitstische standen ein Kopiergerät, ein Anrufbeantworter und ein Projektor für Dias. Daneben lagen Stapel eselsohriger Skizzenblöcke, drängten sich Gläser mit Stiften und Federn und Pinseln aller Art. Im Raum standen drei Staffeleien mit abstrakten Ölgemälden in unterschiedlichen Stadien der Vollendung.

»Gibt es etwas, was sie nicht tun?«

»Das sind nicht alles meine Sachen. Ein Teil ist von meinen
Schülern. Ich habe nämlich zwei Schüler angenommen, obwohl
mir das Unterrichten eigentlich keinen großen Spaß macht. Malen Sie auch?«

»Nein, leider nicht, aber ich beneide alle, die es können.«

Er trat zum nächsten Arbeitstisch und nahm einen braunen
Umschlag, der eine Fotografie enthielt. »Lieutenant Whiteside
hat das herschicken lassen. Da ist anscheinend auch die Adresse
der Ehefrau des Burschen beigelegt.« Er reichte mir einen Zettel,
den ich sogleich einsteckte.

»Danke. Wunderbar. Das spart mir Zeit.«

»Und das ist der Bursche, der Sie interessiert?« Valbusa zeigte
mir die Fotografie. Ich betrachtete die körnige Porträtaufnahme
einen Moment. »Ja, das ist er. Er heißt Wendell Jaffe. Ich habe
hier noch ein paar Aufnahmen, auf denen Sie ihn aus anderer
Perspektive sehen können.«

Ich gab ihm die Sammlung von Fotografien, die ich von Mac
bekommen hatte, und beobachtete ihn, während er sie aufmerksam durchsah und dann nach einem System, das nur er kannte,
ordnete. »Ein gutaussehender Mann. Was hat er getan?«

»Er und sein Partner haben Geschäfte mit unerschlossenen

Grundstücken gemacht, von denen einige ganz legitim waren, bis sie sich völlig übernahmen. Am Ende mußten sie die Riesengewinne, die sie ihren Anlegern versprochen hatten, mit den Geldern bezahlen, die sie neuen Anlegern abknöpften. Jaffe merkte dann wohl, daß das nicht mehr lange so weitergehen konnte. Er verschwand eines Tages bei einem Segeltörn von seinem Boot und ward nie wieder gesehen. Bis vor einigen Tagen. Sein Partner mußte ins Gefängnis, ist aber inzwischen wieder auf freiem Fuß.«

»Ach ja, die Geschichte kenne ich. Ich glaube, der *Dispatch* hat vor ein paar Jahren mal einen Bericht gebracht.«

»Gut möglich. Es ist eines dieser ungelösten Rätsel, die die Phantasie der Leute anregen. Ein angeblicher Selbstmord, aber ohne Leiche – das gibt zu einer Menge Spekulationen Anlaß.«

Valbusa studierte die Bilder genau, die Konturen von Jaffes Gesicht, den Haaransatz, den Abstand zwischen den Augen. Er hielt sich das Foto dicht vors Gesicht und neigte es schräg zum Fenster, durch das das Licht einfiel. »Wie groß ist er?«

»Ungefähr einsneunzig. Und wiegt vielleicht hundert Kilo. Er ist Ende Fünfzig, aber gut in Form. Ich habe ihn in der Badehose gesehen.« Ich zog die Augenbrauen hoch. »Nicht übel.«

Valbusa ging zum Kopiergerät und machte zwei Kopien des Fotos auf grobem beigefarbenen Papier. Er rückte einen Hocker ans Fenster. »Setzen Sie sich doch«, sagte er und wies mit dem Kopf auf eine Gruppe hölzerner Hocker.

Ich trug einen zum Fenster und ließ mich neben ihm nieder. Schweigend sah ich zu, wie er Zeichenfedern aussuchte und schließlich vier aus dem Glas nahm. Er öffnete eine Schublade und holte einen Kasten Buntstifte und einen Kasten Pastellkreiden heraus. Er wirkte geistesabwesend, und die Fragen, die er mir nun zu stellen begann, schienen beinahe Teil eines Rituals zu sein, das zur Vorbereitung auf die anstehende Aufgabe gehörte. Er befestigte die Kopie des Fotos auf einer Agenda.

»Fangen wir oben an. Wie ist sein Haar?«

»Weiß. Früher war es mittelbraun. In Wirklichkeit ist es an den Schläfen dünner als auf dem Foto.«

Valbusa nahm den weißen Stift und färbte das dunkle Haar hell. Augenblicklich sah Jaffe zwanzig Jahre älter aus und tief gebräunt. Ich mußte lächeln. »Nicht schlecht«, sagte ich. »Ich glaube, er hat sich die Nase schmaler machen lassen. Da, am Nasenrücken und vielleicht auch hier an den Seiten.« Die Stellen, die ich mit meinem Finger berührte, tönte Valbusa mit feinen Kreide- oder Bleistiftstrichen. Die Nase auf dem Papier wurde schmal und aristokratisch.

Valbusa begann zu plaudern. »Es verblüfft mich immer wieder, wie viele Variationen sich aus den Grundelementen eines menschlichen Gesichts herausholen lassen. Wenn man bedenkt, daß die meisten von uns mit der Standardausführung zur Welt kommen – eine Nase, ein Mund, zwei Augen und zwei Ohren. Nicht nur sieht jeder von uns anders aus, wir können die Gesichter auch im allgemeinen auf den ersten Blick voneinander unterscheiden. Wenn man viel porträtiert wie ich, fängt man langsam an, die Feinheiten des Prozesses richtig zu würdigen.« Mit sicherem Strich verlieh Valbusa dem Mann auf dem Bild zusätzliche Jahre und Statur. Er hielt inne und deutete auf ein Auge. »Wie steht's mit der Falte hier? Hat er seine Augen auch korrigieren lassen?«

»Nein, ich glaube nicht.«

»Hängen die Lider? Hat er schwere Tränensäcke? In fünf Jahren bekommt man schon ein paar Fältchen.«

»Vielleicht. Aber nicht viele. Seine Wangen wirkten eingefallener. Er sah beinahe hager aus«, sagte ich.

Er arbeitete einen Moment schweigend. »So?«

Ich studierte die Zeichnung. »Das ist sehr ähnlich.«

Als er schließlich fertig war, hatte ich ein ziemlich getreues Abbild des Mannes vor mir, den ich in Mexiko gesehen hatte. »Ich glaube, das ist es. Er sieht gut aus.« Ich sah zu, wie er das Papier mit einem Fixierer besprühte.

»Ich mache gleich ein Dutzend Kopien und schicke sie Lieutenant Whiteside rüber«, sagte er. »Möchten Sie auch welche für sich? Sie können gern auch ein Dutzend haben.«

»Das wäre prima.«

7

Ich genehmigte mir bei Henry einen Teller Suppe und trank danach eine halbe Kanne Kaffee, um der Lethargie entgegenzuwirken und wieder auf Touren zu kommen. Es war Zeit, mit einigen Hauptpersonen des Dramas Kontakt aufzunehmen. Um sieben fuhr ich an der Küste entlang nach Süden, in Richtung Perdido/Olvidado.

Richtig dunkel würde es erst in einer Stunde werden, aber das Licht schwand schon und ging in aschgraues Zwielicht über. Nebelschwaden, die vom Ozean hereinrollten, verhüllten alles bis auf die markantesten Aspekte des Landes. Zu meiner Linken stiegen steil tiefeingeschnittene Felswände in die Höhe, während rechts die wogenden grauen Wassermassen des Pazifik donnernd an die Küste brandeten.

Am dunstigen Himmel wurde der Mond sichtbar, eine blasse Lichtsichel, die noch kaum zu erkennen war. Am Horizont lagen die Bohrinseln wie eine flammende Armada. Die Inseln San Miguel, Santa Rosa und Santa Cruz reihen sich über dem Cross-Islands-Graben aneinander, in jenem Gebiet, in dem die Erdkruste in westöstlicher Richtung von zahllosen Parallelrissen durchzogen ist. Der Santa-Ynez-Graben, der North-Channel-Slope-Graben, Pitas Point, Oak Ridge, der San-Cayetano-Graben und der San-Jacinto-Graben – sie alle zweigen von der mächtigsten dieser Verwerfungen ab, dem gewaltigen San-Andreas-Graben. Aus der Luft gesehen, bildet er einen Gebirgskamm, der sich über Meilen erstreckt und an die Spur eines riesigen Maulwurfs erinnert, der sich unterirdisch fortbewegt.

Es gab einmal eine Zeit, lange ehe die Erdkruste sich zu Gebirgen zusammenschob, da war das Perdidobecken hundert Meilen lang, und ein großer Teil Kaliforniens war Tiefland, das von weiten Eozänmeeren bedeckt war. Damals lag dieses ganze Gebiet bis zur Grenze Arizonas unter Wasser. Die Öllager stammen tatsächlich von Meeresorganismen, und das Sediment ist an manchen Stellen fast dreißigtausend Fuß dick. Ich bekomme buchstäblich eine Gänsehaut bei dem Gedanken an diese unglaubliche Welt von damals. Ich versuche, mir die Veränderungsprozesse vorzustellen, eine Million Jahre im Schnellverfahren, wie mit Zeitraffer aufgenommen, wie das Land sich in die Höhe schiebt und aufbricht, emporsteigt und herabfällt und in donnernden Konvulsionen immer neue Formen gebiert.

Ich blickte zum Horizont. Vierundzwanzig der zweiunddreißig Bohrinseln an der kalifornischen Küste liegen vor den Landkreisen Santa Teresa und Perdido, neun davon nur drei Meilen von der Küste entfernt.

Ich hatte die Diskussionen darüber gehört, ob diese alten Bohrinseln einem schweren Erdbeben von Stärke 7 standhalten könnten. Die Meinung der Fachleute war geteilt. Auf der einen Seite standen die Geologen und die Vertreter der staatlichen *Seismic Safety Commission*, die immer wieder darauf hinwiesen, daß die ältesten Bohrinseln vor der Küste zwischen 1958 und 1969 errichtet worden waren, noch bevor die Ölindustrie einheitliche Bauvorschriften eingeführt hatte.

Die Sprecher der Ölgesellschaften wiederum, denen die Bohrinseln gehören, versicherten uns, wir hätten nichts zu befürchten. Es war wirklich verwirrend. Ich versuchte mir die Katastrophe vorzustellen, wenn all diese Bohrinseln gesprengt wurden und sich das Öl in einer gewaltigen schwarzen Springflut in den Ozean ergoß.

Ich dachte an die jetzt schon bestehende Verseuchung der Strände, die Abwässer, die ungefiltert in Meere und Flüsse geleitet wurden, das Ozonloch, die abgeholzten Wälder, die Giftmülldeponien, all die schrecklichen Dinge, die der Mensch noch auf Dürre und Hungersnot draufgibt, die die Natur sowieso alljährlich auftischt. Was wird uns wohl zuerst erwischen? Manchmal denke ich, wir sollten einfach den ganzen Planeten in die Luft jagen und es hinter uns bringen. Spannung kann ich nicht aushalten.

Ich folgte der Straße um die Landzunge herum und erreichte

den westlichen Ortsrand von Perdido. An der ersten Ausfahrt bog ich ab und fuhr langsam durch das Geschäftsviertel im Zentrum, während ich mich orientierte. In der breiten Hauptstraße standen zu beiden Seiten schräggeparkte Autos – viele Lieferwagen und Touristenfahrzeuge. Hinter mir fuhr langsam ein Kabrio mit donnerndem Radio durch die Straße. Die Kombination aus Bläsern und dröhnenden Bässen erinnerte mich an die Paraden zur Feier des 4. Juli. Die Schaufenster jedes zweiten Geschäfts waren von hübschen Leinenmarkisen beschattet, und ich fragte mich, ob der Bürgermeister vielleicht einen Schwager hatte, der in der Branche tätig war.

Die Wohnsiedlung, in der Dana Jaffe jetzt lebte, war wahrscheinlich in den Siebzigern aus dem Boden gestampft worden, als sich Perdido eines kurzen Immobilienbooms erfreut hatte. Das Haus war einstöckig, anthrazitgrau, mit weißen Fensterstöcken und Türen. In den Einfahrten der meisten Häuser im Viertel standen drei oder vier Fahrzeuge, was darauf schließen ließ, daß in vielen dieser sogenannten »Einfamilienhäuser« mehrere Parteien hausten. Ich steuerte meinen Wagen in die Einfahrt und stellte ihn hinter einem Honda älteren Modells ab.

Das abendliche Zwielicht verdichtete sich. Neben dem Gartenweg waren Gruppen von Zinnien und Ringelblumen angepflanzt. Im spärlichen Lichtschein einer ornamentalen Lampe konnte ich erkennen, daß die Büsche ordentlich gestutzt waren, der Rasen frisch gemäht. In dem Bemühen, dem Haus, das seinen Nachbarn zum Verwechseln ähnlich war, ein eigenes Gesicht zu geben, hatte man an der Grundstücksgrenze ein Gitter hochgezogen, an dem sich betörend süß duftendes Geißblatt emporrankte und wenigstens eine Illusion von Privatheit vermittelte. Ich läutete und nahm, während ich wartete, eine meiner Geschäftskarten aus der Handtasche. Auf der Veranda vor dem Haus standen, gepackt und verschlossen, Stapel von Umzugskartons. Es hätte mich interessiert, wohin sie wollte.

Nach einer Weile öffnete mir Dana Jaffe, mit einem Telefonhörer am Ohr, den sie an einem langen Kabel durch das ganze Haus mitgeschleppt hatte. Mit dem honigblonden Haar, den feingemeißelten Wangen, dem ruhigen, kühlen Blick war sie genau der Typ Frau, den ich furchtbar einschüchternd fand. Sie hatte eine schmale, gerade Nase, ein kräftiges Kinn und einen leichten Überbiß. Sehr weiße Zähne blitzten hinter vollen Lippen.

Sie drückte die Sprechmuschel des Hörers an ihre Brust, als sie mich ansprach. »Ja?«

Ich hielt ihr meine Karte hin, so daß sie meinen Namen lesen konnte. »Ich würde gern kurz mit Ihnen sprechen.«

Mit einem kleinen Stirnrunzeln der Verwunderung blickte sie auf die Karte, ehe sie sie mir zurückgab. Sie hob einen Zeigefinger und machte eine entschuldigende Miene, als sie mich ins Haus winkte. Ich trat durch die Haustür direkt ins Wohnzimmer. Mein Blick folgte dem Telefonkabel in ein Eßzimmer, das in ein Büro umfunktioniert worden war. Offenbar war sie als eine Art Hochzeitsberaterin tätig. Überall lagen Stapel von einschlägigen Zeitschriften. An einer Pinwand über dem Schreibtisch hingen Fotografien, Mustereinladungen und -anzeigen, Bilder von Brautsträußen, Artikel über Flitterwochenangebote. Eine Liste mit etwa fünfzehn bis zwanzig Namen und Daten erinnerte sie an kommende Termine.

Der Teppich war weiß und flauschig, die Couchgarnitur stahlblau mit Zierkissen in Creme und Seegrün. Abgesehen von einer Gruppe Familienfotos in silbernen Rahmen gab es keinerlei Schnickschnack. Einige glänzende Grünpflanzen schmückten den Raum; große, gesunde Exemplare, die die Luft mit Sauerstoff anzureichern schienen. Ein Glück bei dem vielen giftigen Zigarettenrauch, der in der Luft hing. Die Möbel waren geschmackvoll, wahrscheinlich preiswerte Nachahmungen von Designerstücken.

Dana Jaffe war gertenschlank. Sie trug eine enge, ausgewaschene Jeans, ein einfaches weißes T-Shirt und Tennisschuhe ohne Strümpfe. Wenn ich mich so anziehe, sehe ich aus, als wollte ich bei meinem Auto mal schnell einen Ölwechsel machen. Bei ihr hatte man den Eindruck lässiger Eleganz. Ihr Haar hatte sie im Nacken mit einem Tuch zusammengebunden. Ich sah jetzt, daß das Blond von Grau durchzogen war; es schien sie nicht zu kümmern, als sei sie sicher, daß zunehmende Reife ein Gesicht, das so vollkommen geschnitten war, nur interessanter machen könne. Durch den leichten Überbiß wirkte ihr Mund aufgeworfen, und das verhinderte wahrscheinlich, daß man sie »schön« nannte, was auch immer das beinhaltete. Man würde sie wohl eher als »interessant« oder »apart« bezeichnen, obwohl ich persönlich alles für ein solches Gesicht gegeben hätte, so klar und fesselnd, mit einem so makellosen Teint.

Sie nahm die Zigarette, die sie im Aschenbecher abgelegt hatte, zog ausgiebig daran und setzte ihr Telefongespräch fort.

»Ich glaube nicht, daß Sie damit glücklich sein werden«, sagte sie. »Nun ja, der Schnitt schmeichelt nicht gerade. Sie haben mir doch gesagt, daß Coreys Cousine ein wenig zur Fülle neigt . . . gut, ein Dickerchen. Genau das sage ich. Ein Dickerchen mit Schößchen, das ist unmöglich . . . ein weiter Rock, hm, ja . . . Das wird Beine und Hüften ein wenig kaschieren . . . Nein, nein, nein. Ich spreche nicht von Fülle . . . Natürlich, das verstehe ich. Vielleicht etwas mit leicht heruntergezogener Taille. Ich finde, wir sollten etwas mit einem besonderen Ausschnitt nehmen, das lenkt den Blick nach oben. Verstehen Sie, was ich meine? . . . Hm, ja . . . Lassen Sie mich doch einfach einmal meine Hefte durchsehen, dann kann ich Ihnen sicher einige Vorschläge machen. Und vielleicht kann sich Corey im Supermarkt ein paar Zeitschriften mit Brautmoden besorgen. – Gut, wir sprechen uns morgen wieder . . . in Ordnung . . . Ja, gut, fein. Ich rufe Sie zurück . . . Aber gern, keine Ursache . . . Ihnen auch, danke.«

Sie legte auf und schob den Apparat von sich weg, dann drückte sie ihre Zigarette in einem Aschenbecher auf ihrem Schreibtisch aus und kam, während sie eine letzte Rauchwolke ausstieß, ins Wohnzimmer. Ich benutzte die Gelegenheit, um mich noch einmal umzusehen. In dem kleinen Ausschnitt des Hobbyraums, den ich sehen konnte, befanden sich diverse Babysachen: ein Laufstall, ein Kinderstühlchen, eine Babyschaukel zum Aufziehen, in der das Kindchen garantiert einschlief, wenn es nicht vorher spuckte.

»Sie hätten nie gedacht, daß ich schon Großmutter bin«, sagte sie ironisch, als sie meinen Blick auffing.

Ich hatte meine Karte auf den Couchtisch gelegt und sah, daß sie wiederum neugierig zu ihr hinuntersah. Ehe sie mich ins Verhör nehmen konnte, stellte ich selbst eine Frage. »Ziehen Sie um? Ich habe die Kartons auf der Veranda gesehen. Sieht aus, als ginge es im nächsten Moment los.«

»Nein, *ich* ziehe nicht um. Mein Sohn und seine Frau ziehen aus. Sie haben gerade ein kleines Haus gekauft.« Sie nahm die Karte vom Tisch. »Verzeihen Sie, aber ich würde doch gern wissen, worum es eigentlich geht. Wenn es mit Brian zu tun hat, muß ich Sie bitten, mit seinem Anwalt zu sprechen. Ich kann dazu nichts sagen.«

»Es geht nicht um Brian. Es geht um Ihren Mann.«

Ihr Blick wurde starr. »Nehmen Sie doch Platz.« Sie wies auf einen Sessel. Sie selbst setzte sich auf die Kante des Sofas und zog sich einen Aschenbecher heran. Sie zündete sich eine frische Zigarette an. Ihre Bewegungen waren schnell und präzise. Sie sog den Rauch tief ein und legte ihr Feuerzeug und die Packung Eve 100's ordentlich vor sich auf den Tisch. »Haben Sie ihn gekannt?«

»Nein«, antwortete ich. Ich saß ziemlich unbequem auf dem Regiesessel aus Chrom und grauem Leder, der unter meinem Gewicht unanständig knarrte.

Sie blies Rauch in die Luft. »Er ist nämlich tot, müssen Sie wissen. Er ist schon seit Jahren tot. Er geriet in Schwierigkeiten und hat sich das Leben genommen.«

»Genau darum bin ich hier. In der vergangenen Woche hat der Vertreter der California Fidelity, der Ihrem Mann die Lebensversicherung verkauft hat –«

»Dick wie heißt er gleich wieder . . . Mills.«

»Richtig. Mr. Mills machte Urlaub in einem kleinen mexikanischen Ferienort und sah Ihren Mann an der Bar.«

Sie lachte laut heraus. »Ja, ganz bestimmt.«

Mir war unbehaglich. »Es ist wahr«, sagte ich.

Ihr Lächeln wurde dünn. »Machen Sie sich nicht lächerlich.

Wovon reden wir hier, von einer Seance oder was? Wendell ist tot. Mein Mann ist tot, meine Beste.«

»Soviel ich weiß, hatte Dick Mills ziemlich viel mit ihm zu tun. Er kannte Ihren Mann gut genug, um ihn zunächst einmal zu identifizieren. Mich hat man nun beauftragt, der Sache weiter nachzugehen.«

Sie lächelte immer noch, aber es war nur noch Form ohne Inhalt. Mit Interesse sah sie mich an. »Er hat mit ihm gesprochen? Sie müssen meine Skepsis verzeihen, aber ich habe mit dieser Geschichte meine Probleme. Die beiden haben sich miteinander unterhalten?«

Ich schüttelte den Kopf. »Dick war zur fraglichen Zeit auf dem Weg zum Flughafen und wollte von Ihrem Mann nicht gesehen werden. Sobald er wieder zu Hause war, rief er einen der Vizepräsidenten der California Fidelity an, der mir dann den Auftrag gab, nach Mexiko zu fliegen. Eine positive Identifizierung haben wir im Moment noch nicht, aber es sieht gut aus. Er scheint nicht nur am Leben, sondern auch auf dem Weg hierher zu sein.«

»Das glaube ich nicht. Das kann nur eine Verwechslung sein.« Ihr Ton war emphatisch, doch ihr Gesicht mit dem unsicheren Lächeln verriet, daß sie auf die Pointe wartete. Ich fragte mich, wie oft sie eben diese Szene schon in ihrem Kopf durchgespielt hatte: von einem Polizeibeamten oder FBI-Mann, der bei ihr im Wohnzimmer saß und ihr mitteilte, daß ihr Mann quicklebendig sei – oder daß man endlich seine Leiche gefunden habe. Sie wußte wahrscheinlich selbst nicht mehr, was sie eigentlich hören wollte. Ich sah ihr an, daß sie mit widerstreitenden Emotionen kämpfte, von denen die meisten ungut waren.

Erregt nahm sie einen Zug von ihrer Zigarette, verzog den Mund zu einem ironischen Lächeln und sagte: »Darf ich mal raten? Ich wette, hier geht's um Geld. Eine kleine Erpressung vielleicht?«

»Weshalb sollte ich so etwas tun?« fragte ich.

»Was soll das Ganze dann? Warum erzählen Sie mir das? Nichts könnte mir gleichgültiger sein.«

»Ich hoffte, Sie würden mich informieren, falls Ihr Mann versuchen sollte, mit Ihnen Verbindung aufzunehmen.«

»Sie glauben, Wendell würde versuchen, mit *mir* Verbindung aufzunehmen? Das ist blühender Unsinn. Machen Sie sich nicht lächerlich.«

»Ich weiß nicht, was ich Ihnen sagen soll, Mrs. Jaffe. Ich verstehe, wie Ihnen zumute ist –«

»Was reden Sie überhaupt? Der Mann ist tot! Begreifen Sie das denn nicht? Er entwickelte sich zum Schwindler, zum gemeinen Gauner. Ich hatte es schwer genug, mit all diesen Leuten fertig zu werden, die er betrogen hat. Sie werden mir jetzt bestimmt nicht weismachen, daß er noch am Leben ist«, fuhr sie mich an.

»Wir glauben, er hat seinen Tod nur vorgetäuscht, wahrscheinlich um einer Strafverfolgung wegen Betrugs und Veruntreuung zu entgehen.« Ich griff nach meiner Handtasche. »Ich habe ein Bild, wenn Sie es sehen möchten. Es wurde von einem Polizeizeichner angefertigt. Es stimmt nicht ganz genau, aber es kommt der Wirklichkeit sehr nahe. Ich habe Ihren Mann selbst gesehen.« Ich nahm die Fotokopie der Zeichnung aus der Tasche, faltete sie auseinander und reichte sie ihr.

Sie betrachtete das Bild mit einer Intensität, die mich fast verlegen machte. »Das ist nicht mein Mann. Dieser Mensch hat nicht die geringste Ähnlichkeit mit ihm.« Sie warf das Bild auf den Tisch. Es rutschte vom Rand ab und segelte zu Boden. »Ich dachte, solche Zeichnungen würden mit dem Computer angefertigt. Oder ist die hiesige Polizei dazu zu geizig?« Sie griff wieder nach meiner Karte und las meinen Namen. Ich sah, daß ihre Hand zitterte. »Hören Sie, Miss Millhone, mir scheint, Sie brauchen eine Erklärung. Mein Mann hat mir das Leben zur Hölle gemacht. Ob er tot oder lebendig ist, ist für mich völlig belanglos. Wollen Sie wissen, wieso?«

Sie war dabei, sich in einen ordentlichen Wutanfall hineinzusteigern. »Soviel ich weiß, haben Sie ihn für tot erklären lassen«, sagte ich.

»Genau. Sie haben es erfaßt. Sehr gut«, sagte sie. »Ich habe seine Lebensversicherung kassiert. So tot ist er. Die Sache ist aus und vorbei. *Finito*, kapiert? Ich habe mein eigenes Leben, und ich lebe es weiter. Wendell Jaffe interessiert mich nicht. Ich habe andere Probleme, um die ich mich kümmern muß, und soweit es mich betrifft –«

Das Telefon läutete, und sie sah sich gereizt um. »Da geht der Anrufbeantworter ran.«

Das Gerät schaltete sich ein, und Dana sprach den üblichen Text bezüglich Name, Nummer und zu hinterlassender Nachricht. Unwillkürlich drehten wir uns beide herum und hörten zu. »Bitte warten Sie den Signalton ab«, sagte Danas Stimme, und wir warteten beide gehorsam.

Dann meldete sich eine Frauenstimme, etwas befangen und künstlich, wie das so ist, wenn man mit einem Anrufbeantworter spricht. »Hallo, Dana. Mein Name ist Miriam Salazar. Sie sind mir von Judith Prancer empfohlen worden. Meine Tochter Angela heiratet im kommenden April, und ich dachte, wir könnten uns vielleicht einmal unterhalten. Es wäre nett, wenn Sie mich zurückrufen würden. Vielen Dank.« Sie hinterließ ihre Telefonnummer.

Dana strich sich ihr Haar zurück und prüfte den Sitz des Tuchs in ihrem Nacken. »Lieber Gott, das war ein wahnsinniger Sommer«, bemerkte sie im Konversationston. »Ich hatte jedes Wochenende ein oder zwei Hochzeiten. Außerdem bereite ich eine kleine Ausstellung zum Thema Hochzeit vor.«

Ich starrte sie wortlos an. Genau wie viele andere Menschen schaffte sie es, mitten in einem emotionsgeladenen Gespräch Belanglosigkeiten von sich zu geben. Und ich wußte kaum, wie ich weitermachen sollte. Lieber Himmel, wenn ihr erst aufging, daß die California Fidelity die Versicherungssumme zurückverlangen würde, falls Wendell Jaffe tatsächlich am Leben war!

Diesen Gedanken hätte ich gar nicht zulassen dürfen. Kaum nämlich kam er mir in den Kopf, sprach sie ihn schon an, als hätte sie meine Gedanken gelesen.

»Moment mal! Sagen Sie nichts. Ich habe soeben eine halbe

Million Dollar kassiert. Ich hoffe, die Versicherungsgesellschaft glaubt nicht, daß ich das Geld zurückgeben werde.«

»Darüber müssen Sie mit den Leuten selbst sprechen. Im allgemeinen zahlen sie nicht, wenn der Versicherungsnehmer in Wirklichkeit gar nicht tot ist. Sie sind da ein bißchen pingelig.«

»Ach, verdammt noch mal! Wenn er lebt – was ich nicht eine Sekunde lang glaube –, wenn sich herausstellen sollte, daß er tatsächlich am Leben ist, dann kann ich doch nichts dafür.«

»Na ja, die Versicherung kann auch nichts dafür.«

»Ich habe Jahre auf dieses Geld gewartet. Ich wäre völlig pleite. Sie haben ja keine Ahnung, wie ich zu kämpfen hatte. Ich mußte zwei Jungen großziehen, ganz ohne Hilfe.«

»Sie täten wahrscheinlich gut daran, mit einem Anwalt zu sprechen«, meinte ich.

Mit einem Anwalt? Wozu denn? Ich habe nichts verbrochen. Ich habe wegen Wendell genug gelitten, und wenn Sie auch nur eine Minute glauben, ich gebe das Geld zurück, dann sind Sie verrückt. Wenn Sie das Geld haben wollen, müssen Sie schon zu ihm gehen.«

»Mrs. Jaffe, ich habe nichts für die California Fidelity zu entscheiden. Ich stelle lediglich Nachforschungen an und erstatte der Versicherung Bericht. Ich habe keinerlei Kontrolle darüber, was dann geschieht –«

»Ich habe nicht betrogen«, unterbrach sie mich.

»Niemand hat Sie des Betrugs beschuldigt.«

Sie legte eine Hand muschelförmig um ihr Ohr. »Noch nicht«, sagte sie. »Höre ich da nicht als Nachsatz ein dickes, fettes ›Noch nicht‹?«

»Sie hören falsch. Ich sage schlicht und einfach: Besprechen Sie die Angelegenheit mit den Versicherungsleuten. Ich bin nur hergekommen, weil ich fand, Sie sollten wissen, was vorgeht. Wenn Ihr Mann versuchen sollte, mit Ihnen Verbindung aufzunehmen –«

»Du meine Güte! Hören Sie doch auf! Welchen Grund sollte er haben, mit mir Verbindung aufzunehmen?«

»Möglicherweise weil er in sämtlichen mexikanischen Zeitungen von Brians Eskapaden gelesen hat.«

Das brachte sie erst einmal zum Schweigen. Sie sah mich mit dem panischen Blick einer Frau an, die auf einem Bahnübergang einen Zug auf sich zurasen sieht und ihren Wagen nicht in Gang bringen kann. Ihre Stimme wurde leise. »Ich kann mich damit jetzt nicht befassen. Tut mir leid, aber für mich ist das alles blanker Unsinn. Ich muß Sie bitten zu gehen.« Sie stand auf, und ich folgte ihrem Beispiel.

»Mama?«

Dana fuhr zusammen.

Ihr ältester Sohn, Michael, kam die Treppe herunter. Als er uns sah, blieb er stehen. »Oh, entschuldige. Ich wußte nicht, daß du Besuch hast.« Er war groß und schlank mit dunklem seidigen Haar, dem ein Schnitt gut getan hätte. Sein Gesicht war schmal, beinahe hübsch, mit großen dunklen Augen, die von langen Wimpern umkränzt waren. Er trug Jeans, ein Sweatshirt mit dem Emblem eines Colleges und Basketballstiefel.

Dana lächelte strahlend, um ihn von ihrer Verzweiflung nichts merken zu lassen. »Wir sind gerade fertig geworden. Was ist denn, Michael? Wollt ihr etwas zu essen?«

»Ich möchte schnell was einkaufen. Juliet braucht Zigaretten und die Pampers für das Baby werden auch knapp. Ich wollte dich fragen, ob du etwas brauchst.«

»Ja, du könntest mir Milch mitbringen. Wir haben fast keine mehr«, antwortete sie. »Nimm die entrahmte Milch und bring gleich noch einen Orangensaft mit, ja? Auf dem Küchentisch liegt Geld.«

»Geld hab' ich«, sagte er.

»Das behalt mal schön, Schatz. Ich hole es.« Sie ging zur Küche.

Michael kam die restlichen Stufen herunter und nahm seine Jacke vom Treppenpfosten, an dem er sie aufgehängt hatte. Er nickte mir scheu zu. Vielleicht hielt er mich für eine Kundin seiner Mutter. Obwohl ich zweimal verheiratet war, habe ich nie eine große Hochzeit gefeiert. Am nächsten kam ich diesem Traum aller jungen Mädchen, als ich einmal zu Halloween als Frankensteins Braut ging. Ich war damals in der zweiten Klasse. Ich hatte Vampirzähne und war vollgeschmiert mit künstlichem Blut. Meine Tante hatte mir ziemlich ungeschickt schwarze Nähte ins Gesicht gemalt. Mein Hochzeitsschleier war mit zahllosen Klemmen in meinem Haar befestigt. Die meisten hatte ich bis zum Ende des Abends verloren. Das Kleid selbst war eine Nachahmung eines Ballerinakostüms – *Schwanensee* mit knöchellangem Rock. Meine Tante spritzte Klebstoff drauf und streute Flitter darüber. Es glitzerte herrlich. Nie hatte ich mich so schön gefühlt. Ich weiß noch, daß ich an dem Abend im Schmuck meines Netzschleiers vor dem Spiegel stand und dachte, daß dies wohl das schönste Kleid sei, das ich je besitzen würde. Und ich habe auch wirklich nie wieder etwas Ähnliches besessen, aber in Wahrheit vermisse ich weniger das Kleid als das Gefühl von damals.

Dana kam ins Wohnzimmer zurück und drückte Michael einen Zwanziger in die Hand. Sie sprachen kurz miteinander. Während ich wartete, nahm ich eines der in Silber gerahmten Fotos zur Hand. Es schien Wendell Jaffe im Highschool-Alter zu zeigen.

Michael ging. Dana kam zu dem Tisch, vor dem ich stand. Sie nahm mir das Bild aus der Hand und stellte es wieder auf den Tisch.

Ich sagte: »Ist das Ihr Mann in der Highschool?«

Sie nickte zerstreut. »Cottonwood Academy. Die gibt's inzwischen nicht mehr. Seine Klasse war die letzte, die dort abgeschlossen hat. Seinen Schulring habe ich Michael geschenkt. Den Collegering bekommt Brian, wenn es soweit ist.«

»Wenn was soweit ist?«

»Ach, wenn es einen besonderen Anlaß gibt. Ich sage ihnen, das sei etwas, was ihr Vater und ich immer besprochen hätten.«

»Da tragen Sie aber schon ein bißchen dick auf, finden Sie nicht?«

Dana zuckte mit den Achseln. »Sie müssen von Wendell nicht

genauso negativ denken wie ich. Sie sollen einen Vater haben, zu dem sie aufsehen können, auch wenn es nicht wirklich so ist. Sie brauchen ein Vorbild.«

»Und da bieten Sie ihnen eine idealisierte Version?«

»Vielleicht ist es ein Fehler, aber was soll ich denn sonst tun?« fragte sie errötend.

»Ja, wirklich. Besonders wenn er solche Sachen macht.«

»Ich weiß ja, daß ich ihn besser hingestellt habe, als er ist, aber ich will den Mann doch vor seinen Söhnen nicht schlecht machen.«

»Das kann ich verstehen. Wahrscheinlich würde ich an Ihrer Stelle genauso handeln«, sagte ich.

Impulsiv legte sie mir die Hand auf den Arm. »Bitte lassen Sie uns in Ruhe. Ich weiß nicht, was vorgeht, aber ich möchte nicht, daß die Kinder hineingezogen werden.«

»Ich werde Sie nicht belästigen, wenn es sich vermeiden läßt, aber Sie müssen es ihnen trotzdem sagen.«

»Warum?«

»Weil Ihnen sonst vielleicht Ihr Mann zuvorkommt und Ihnen die Folgen möglicherweise gar nicht gefallen würden.«

8

Es war fast zehn Uhr abends, als ich über den Parkplatz hinter dem Santa Teresa Jachtclub ging. Nach meinem Besuch bei Dana Jaffe fuhr ich auf die 101 und raste die Küste hinauf zu meiner Wohnung, wo ich in aller Eile mehrere Kleider probierte, die Vera abgelegt und mir vermacht hatte. Ihrer völlig unvoreingenommenen Meinung nach bin ich ein absoluter Modemuffel, und jetzt versucht sie, mir wenigstens die Grundlagen modischen Schicks beizubringen. Vera hat es zur Zeit mit diesen Annie-Hall-Ensembles, in denen man aussieht, als hätte man vor, ein Leben lang auf

Parkbänken zu schlafen. Jacken über Westen über Kitteln über langen Hosen.

Ich wühlte die Sachen durch und fragte mich dabei verzweifelt, welches Stück denn nun mit welchem zu kombinieren sei. Bei diesem Quatsch brauche ich wirklich einen persönlichen Berater, jemanden, der mir die taktischen Einzelheiten erklärt. Da Vera ungefähr zehn Kilo mehr wiegt als ich und gut zehn Zentimeter größer ist, ließ ich die Hosen links liegen. In denen würde ich doch nur aussehen wie einer der sieben Zwerge, dachte ich. Sie hatte mir zwei lange Röcke mit Gummibund geschenkt und behauptet, die würden mit meinen schwarzen Lederstiefeln ganz toll aussehen. Ein Vierzigerjahrekleid war auch da, bunt bedruckter Rayon, tief angesetzte Taille, knöchellanger Rock. Ich zog das Kleid über und betrachtete mich im Spiegel. Ich hatte Vera in dem Ding gesehen, und sie hatte wie ein Vamp gewirkt. Ich sah aus wie eine Sechsjährige, die feine Dame spielt.

Ich entschied mich schließlich für einen der langen Röcke, schwarze Waschseide. Sie hatte wahrscheinlich gemeint, ich sollte ihn kürzen, aber ich schlug einfach den Bund mehrmals um. Sie hatte mir unter anderem ein loses Oberteil in einer Farbe geschenkt, die sie als ›taupe‹ bezeichnete – eine Mischung aus Grau und alten Zigarrenstummeln –, und dazu eine lange weiße Weste zum Darüberziehen. Sie hatte gesagt, ich könnte die Kombination mit Accessoires ein bißchen aufmotzen. Haha! Als hätte ich eine Ahnung, wie so was funktioniert. Ich kramte in meinen Schubladen vergeblich nach Schmuckstücken und beschloß schließlich, einfach den langen gehäkelten Läufer umzulegen, den meine Tante für den Toilettentisch gemacht hatte. Ich schlang ihn mir also lässig um den Hals und ließ die beiden Enden vorn herabhängen. Ich fand die Wirkung nicht übel, eine Spur verwegen, wie Isadora Duncan oder Amelia Earhart.

Der Jachtclub erhebt sich auf Pfählen über dem Strand. In der Nähe ist das Büro des Hafenmeisters, und links schwingt sich wie ein langer gekrümmter Arm die Mole ins Wasser hinaus. Die Brandung donnerte an diesem Abend; es klang wie das Dröhnen von Autos, die über Holzbohlen fahren. Das Meer war merkwürdig unruhig, die weitreichende Wirkung irgendwelcher ferner Unwetter, die uns wahrscheinlich niemals erreichen würden. Ein dichter Dunst verschleierte den Himmel. Durch ihn hindurch konnte ich nur schwach den mondbeleuchteten Horizont erkennen. Der Sand schimmerte weiß, und an den Felsen, die um das Fundament des Baus aufgetürmt waren, hingen Tangsträhnen.

Selbst vom Fußweg unterhalb konnte ich das grölende Gelächter der Betrunkenen hören. Ich stieg die breite Holztreppe zum Eingang hinauf und trat durch die Glastür ins Innere. Rechts schwang sich eine zweite Treppe in die Höhe, und ich folgte ihr nach oben in die Bar, wo mich Rauchschwaden und Musik vom Band empfingen. Der Raum war L-förmig, das lange Ende den Gästen vorbehalten, die essen wollten, das kurze denen, die nur trinken wollten. Es war unangenehm laut, obwohl der Speiseraum fast leer und auch an der Bar nicht mehr viel los war. Der Boden war mit Teppich ausgelegt, das ganze obere Stockwerk von großen Fenstern umgeben, die Blick auf den Pazifik boten. Bei Tag konnten die Clubmitglieder das Panorama genießen. Abends warf das schwarze Glas fleckige Spiegelbilder zurück, die zeigten, daß wieder einmal eine gründliche Fensterreinigung angesagt war. Als ich das Pult des Oberkellners erreichte, blieb ich stehen und wartete, während er von der anderen Seite des Raums auf mich zukam.

»Ja, Madam«, sagte er. Er schien erst vor kurzem befördert worden zu sein, denn er hielt den linken Arm abgewinkelt vor sich, als müßte er immer noch das weiße Serviertuch mit sich herumschleppen.

»Ich suche Carl Eckert. Ist er heute abend hier?«

Ich sah, wie sein Blick abwärts glitt zu meinen abgestoßenen Stiefeln und über den langen Rock, die Weste, die Umhängetasche aufwärts wanderte bis zu meinem schlecht geschnittenen Haar, das dank des Windes nach allen Seiten abstand. »Erwartet er Sie?« Sein Ton sagte, daß er bestimmt eher Marsmenschen erwartete.

Ich drückte ihm eine diskret gefaltete Fünfdollarnote in die Hand. »Jetzt erwartet er mich«, sagte ich.

Der Mann steckte den Schein ein, ohne ihn anzusehen. Ich wünschte, ich hätte ihm nur einen Dollar gegeben. Er zeigte mir einen Mann, der allein an einem Fenstertisch saß. Ich hatte reichlich Zeit, ihn mir anzusehen, als ich durch den Raum ging. Ich schätzte ihn auf Anfang Fünfzig, noch in einem Alter, in dem man ihn als ›jugendlich‹ bezeichnen konnte. Er war grauhaarig und untersetzt. Das früher einmal gutaussehende Gesicht war jetzt an der Kinnpartie erschlafft, wirkte aber immer noch angenehm. Während die meisten Männer in der Bar lässig gekleidet waren, trug Carl Eckert einen konservativen dunkelgrauen Fischgrätenanzug, dazu ein hellgraues Hemd und eine kleingemusterte dunkelblaue Krawatte. Ich überlegte krampfhaft, was ich eigentlich zu ihm sagen sollte. Er sah mich auf sich zukommen und richtete seinen Blick auf mich, als ich an seinen Tisch trat.

»Carl?«

Er lächelte höflich. »Richtig.«

»Kinsey Millhone. Darf ich mich zu Ihnen setzen?«

Ich bot ihm meine Hand. Er stand halb von seinem Stuhl auf, beugte sich höflich vor und reichte mir die Hand. Sein Händedruck war zupackend, die Haut seiner Handfläche eiskalt von seinem gekühlten Glas. »Bitte«, sagte er. Seine Augen waren blau und sein Blick unnachgiebig. Er wies auf einen Stuhl.

Ich stellte meine Handtasche auf den Boden und setzte mich auf den Stuhl neben seinem. »Ich hoffe, ich störe nicht.«

»Das kommt darauf an, was Sie von mir wollen.« Sein Lächeln war freundlich, aber oberflächlich und erreichte niemals seine Augen.

»Es sieht aus, als sei Wendell Jaffe am Leben.«

Sein Gesichtsausdruck wurde völlig neutral, und sein Körper ganz reglos, so als wäre alle Belebtheit durch vorübergehenden Energieverlust ausgeschaltet. Flüchtig schoß mir der Gedanke durch den Kopf, daß er mit Jaffe seit dessen Verschwinden in Verbindung gewesen sein könnte. Er war offenbar bereit, mir auf Anhieb zu glauben, dadurch blieb mir der ganze Quatsch erspart, den ich mit Dana hatte durchexerzieren müssen. Er nahm sich

Zeit, die Information zu verarbeiten, und verschonte mich mit jeglicher Bekundung von Schock und Überraschung. Ich sah keine Spur von Verleugnung oder Ungläubigkeit. Er schien wieder lebendig zu werden. Er griff in seine Jackentasche und nahm eine Packung Zigaretten heraus, seine Art, Zeit zu gewinnen, um zu überlegen, was ich im Schilde führte. Er hielt mir die Packung hin.

Ich schüttelte ablehnend den Kopf.

Er steckte sich eine Zigarette zwischen die Lippen. »Stört es Sie, wenn ich rauche?«

»Überhaupt nicht. Bitte.« Tatsächlich hasse ich Zigarettenrauch, aber ich wollte Informationen von ihm und hielt dies nicht für den geeigneten Moment, meine Abneigung kundzutun.

Er riß ein Streichholz an und legte seine Hand um das Flämmchen. Dann schüttelte er das Streichholz aus und warf es in den Aschenbecher. Er steckte das Heftchen wieder ein. Ich roch Schwefel und diesen ersten Hauch schwelenden Tabaks, der unvergleichlich widerlich riecht.

»Möchten Sie etwas trinken?« fragte er. »Ich wollte mir gerade noch etwas bestellen.«

»Gern, danke.«

»Was darf es sein?«

»Ich hätte gern einen Chardonnay.«

Er hob die Hand, um den Kellner auf sich aufmerksam zu machen. Der kam zu uns an den Tisch und nahm die Bestellung entgegen. Eckert nahm einen Scotch.

Als der Kellner gegangen war, kehrte seine Aufmerksamkeit zu mir zurück. Er sah mich an. »Wer sind Sie? Polizei? Drogenfahndung? Steuerfahndung?«

»Ich bin Privatdetektivin und im Auftrag der California Fidelity tätig. Es geht um die Lebensversicherung.«

»Dana hat sie gerade bekommen, nicht wahr?«

»Ja, vor zwei Monaten.«

Eine Gruppe Männer am Tresen brach in johlendes Gelächter aus, so daß Eckert gezwungen war, sich mir zuzuneigen, um sich Gehör zu verschaffen. »Was ist eigentlich passiert?«

»Wenn Wendell Jaffe sich melden sollte, werden Sie mir Bescheid geben?«

»Wahrscheinlich«, antwortete er. »Ich will auf keinen Fall mit ihm reden, das ist sicher. Er war ein guter Freund. Zumindest glaubte ich das.«

Wieder schallte lautes Gelächter in unser Gespräch. Eckert schob sein Glas weg. »Gehen wir runter aufs Boot. Hier ist es verdammt laut.«

Ohne auf meine Antwort zu warten, stand er auf und ging. Verdattert packte ich meine Handtasche und rannte ihm hinterher.

Der Geräuschpegel sank drastisch, sobald wir ins Freie traten. Die Luft war kalt und frisch. Der Wind hatte aufgefrischt. Krachend schlugen die Wellen an die Kaimauer, und Gischtfontänen übergossen den Fußweg mit Nässe.

Als wir das verschlossene Tor zum Jachthafen 1 erreichten, nahm Eckert seine Karte heraus und machte auf. Überraschend galant nahm er meinen Arm, um mir die glitschige Holzrampe hinunterzuhelfen. Ich hörte das Knarren der Boote, die schaukelnd im Hafenbecken lagen. Unsere Füße schlugen einen unregelmäßigen Takt auf den Holzplanken der Rampe.

Die vier Jachthäfen bieten etwa elfhundert Booten Liegeplätze in einem riesigen geschützten Hafenbecken. Der Kai auf der einen Seite ist wie ein gekrümmter Daumen, dem sich die Mole entgegenschwingt, so daß ein beinahe geschlossener Kreis entsteht, in den die Boote eingebettet sind. Neben den Gästen, die hier vorübergehend anlegen, gibt es eine kleine Anzahl Dauermieter, die auf ihren Booten wohnen. Die Waschräume, die nur mit Schlüssel zu öffnen sind, bieten Toiletten und Duschen. Am »J«-Dock bogen wir nach links ab und gingen noch etwa dreißig Meter bis zum Boot.

Die *Captain Stanley Lord* war eine Dreißig-Fuß-Fuji-Ketsch, aus einem von John Alden entworfenen Segelboot entwickelt. Der Rumpf war in einem intensiven Dunkelgrün gestrichen, die Verzierungen marineblau. Eckert zog sich auf das schmale Deck hinauf und bot mir die Hand, um mir ebenfalls hinaufzuhelfen. In der Dunkelheit konnte ich das Großsegel und den Kreuzmast ausmachen, aber viel mehr auch nicht. Eckert sperrte die Tür auf und schob die Luke nach vorn. »Seien Sie vorsichtig mit dem Kopf«, ermahnte er mich und stieg zur Kombüse hinunter. »Kennen Sie sich mit Booten ein bißchen aus?«

»Kaum«, antwortete ich, während ich ihm vorsichtig die steile, mit Teppich belegte Treppe hinunter folgte.

»Dieses Boot hier hat drei Vorsegel; einen Binnenklüver, einen Klüver und einen Außenklüver; und dann natürlich das Großsegel und das Kreuzsegel.«

»Warum heißt es *Captain Stanley Lord*? Wer war das?«

»Ach, das war typisch Wendells Humor. Stanley Lord war der Kapitän der *Californian,* des einzigen Schiffs, wie behauptet wird, das der *Titanic* so nahe war, daß es hätte Hilfe leisten können. Lord erklärte, er habe die Notsignale niemals empfangen, aber eine spätere Untersuchung legte nahe, daß er das SOS einfach ignoriert hatte. Man gab ihm die Schuld an dem Ausmaß der Katastrophe, und der Skandal ruinierte seine Karriere. Wendell gab der Firma den gleichen Namen: CSL Investments. Ich habe den Witz nie verstanden, aber er amüsierte sich königlich darüber.«

Unten in der Kabine war es so heimelig und unwirklich wie in einem Puppenhaus. Ich liebe solche kompakten Räume, in denen jeder Quadratzentimeter genutzt wird. Links von mir war ein Dieselofen, rechts befand sich ein Sortiment von Geräten und Apparaten: Radio, Kompaß, Feuerlöschgerät, Meßgeräte für die Windgeschwindigkeit, die elektrische Anlage mit Heizung, Hauptschalter und Startbatterie für den Motor. Ich sah, daß an einem der Sofakissen noch das Verkaufsetikett hing. Die Polster waren alle mit dunkelgrünem Leinen bezogen und weiß gepaspelt.

»Hübsch«, sagte ich.

Er errötete vor Freude. »Es gefällt Ihnen?«

»Sehr«, versicherte ich und ging zu einem der Sofas, um mich zu setzen. Ich streckte meinen Arm auf dem Polster aus. »Bequem«, bemerkte ich. »Wie lange haben Sie das Boot schon?«

»Ungefähr ein Jahr«, antwortete er. »Kurz nach Wendells Verschwinden wurde es von den Finanzbehörden beschlagnahmt. Ich war ungefähr anderthalb Jahre lang Gast des FBI. Danach war ich pleite. Als ich wieder etwas Geld zusammengekratzt hatte, mußte ich erst mal den Kerl finden, der das Boot dem Staat abgekauft hatte. Das war vielleicht ein Theater, ehe er sich endlich bereit erklärte zu verkaufen. Dabei konnte er mit dem Boot überhaupt nichts anfangen. Es sah grauenhaft aus, als er es mir schließlich übergab. Ich weiß nicht, warum manche Leute so dämlich sind.« Er legte sein Jackett ab und lockerte seinen Schlips, um den obersten Knopf seines Hemds öffnen zu können. »Möchten Sie noch ein Glas Weißwein? Ich habe eine Flasche im Kühlschrank.«

»Ein halbes Glas«, sagte ich. Er palaverte ein Weilchen über das Segeln, bis ich schließlich die Rede wieder auf Jaffe brachte. »Wo wurde das Boot damals gefunden?«

Er öffnete den Minikühlschrank und nahm eine Flasche Chardonnay heraus. »Vor Baja. Ungefähr sechs Meilen draußen sind riesige Wandersandbänke. Es sah so aus, als sei das Boot auf Grund gelaufen und nach einer Weile mit der Tide wieder weggetrieben.« Er schälte die Silberfolie vom Hals der Weinflasche, nahm einen Korkenzieher und öffnete die Flasche.

»Er hatte keine Crew?«

»Er segelte lieber allein. Ich habe ihm an dem Tag nachgesehen, als er hinausgesegelt ist. Orangefarbener Himmel und orangefarbenes Wasser mit einer trägen, hohen Dünung. War ein ganz merkwürdiger Tag. Wie in dem Gedicht *Rime of the Ancient Mariner*. Haben Sie das in der Schule gelernt?«

Ich schüttelte den Kopf. »In der Schule habe ich hauptsächlich fluchen und kiffen gelernt.«

Er lächelte. »Wenn man die Kanalinseln hinter sich läßt, segelt man durch eine Lücke zwischen den Bohrinseln hinaus. Er drehte sich um und winkte, als er ablegte. Ich sah ihm nach, bis er den Hafen verlassen hatte, und das war das letzte Mal, daß ich ihn gesehen habe.« Sein Ton hatte etwas Hypnotisches; schwacher Neid und schwaches Bedauern mischten sich in ihm. Er goß den Wein in ein Glas und reichte es mir.

»Wußten Sie, was er tun wollte?«

»Was *hat* er denn getan? Ich weiß es im Grunde bis heute nicht.«

»Nun, allem Anschein nach türmte er«, sagte ich.

Eckert zuckte mit den Achseln. »Ich weiß, daß er verzweifelt war. Ich glaubte nicht, daß er uns alle reinlegen wollte. Ich versuchte damals – besonders als sein Abschiedsbrief an Dana bekannt wurde –, den Gedanken an seinen Selbstmord zu akzeptieren. Ich hätte ihm so etwas nicht zugetraut, aber alle anderen waren überzeugt – wie kam ich da dazu, etwas dagegen zu sagen?« Er goß sich selbst ebenfalls etwas Wein ein, stellte die Flasche weg und setzte sich auf das Sofa mir gegenüber.

»Nicht alle«, korrigierte ich ihn. »Die Polizei hatte Zweifel. Und die California Fidelity ebenfalls.«

»Und Sie werden jetzt Lorbeeren ernten, wie?«

»Nur wenn wir Geld zurückbekommen.«

»Das halte ich für ziemlich unwahrscheinlich. Dana hat bestimmt schon alles ausgegeben.«

Darüber wollte ich nicht nachdenken. »Wie war Ihnen damals bei Jaffes ›Tod‹ zumute?«

»Schrecklich, natürlich. Ich habe ihn tatsächlich vermißt, obwohl ich von allen Seiten unter Beschuß stand. Das Verrückte ist, daß er es mir praktisch gesagt hatte. Ich glaubte ihm nicht, aber er hat versucht, mich zu warnen.«

»Er hat Ihnen gesagt, daß er die Absicht hatte, zu verschwinden?«

»Na ja, er hat so was angedeutet. Ich meine, direkt gesagt hat er's nie. Es war so eine Bemerkung, die man auslegen kann, wie man will. Er kam zu mir, ich glaube, es war im März, ungefähr sechs oder sieben Wochen, bevor er segelte. Und er sagte: ›Carl, alter Kumpel, ich steig' aus. Diese ganze verdammte Chose bricht über uns zusammen. Ich halte das nicht mehr aus. Es ist zuviel.‹ Oder so was Ähnliches. Ich dachte, er wolle nur Dampf ablassen.

92

Ich wußte, daß wir Riesenprobleme hatten, aber wir hatten schon des öfteren in solchen Klemmen gesteckt und waren immer wieder heil herausgekommen. Ich sah das Ganze nur als eine weitere haarige Episode in der ›Carl-und-Wendell-Show‹. Und dann höre ich, daß sie das Boot auf dem Meer treibend gefunden haben. In der Rückschau fragt man sich – nun, was er wohl gemeint hat, als er von ›Aussteigen‹ sprach, Abhauen oder Selbstmord.«

»Aber Sie waren so oder so der Dumme, richtig?«

»Richtig. Gleich als erstes haben sie die Bücher geprüft. Ich hätte natürlich in dem Moment auch einfach verschwinden können, mit nichts als dem, was ich auf dem Leib hatte, aber darin konnte ich keinen Sinn sehen. Ich hätte gar nicht gewußt, wohin. Ich hatte keinen Cent, es blieb mir also gar nichts anderes übrig, als die Sache durchzustehen. Unglücklicherweise hatte ich vom Ausmaß dessen, was er getan hatte, keine Ahnung.«

»War es wirklich Betrug?«

»Im großen Stil, ja. Jeden Tag wurde etwas Neues aufgedeckt. Er hatte die Firma völlig ausgeblutet. In dem Brief, den er hinterließ, behauptete er, er hätte jeden Cent wieder in die Firma gesteckt, aber ich habe nicht einen Beweis dafür gesehen, daß es so war. Aber was wußte ich schon? Als ich schließlich begriff, wie schlimm es wirklich war, gab es kein Entkommen mehr. Ich hatte nicht einmal mehr eine Möglichkeit, meine persönlichen Verluste wiedergutzumachen.« Er schwieg einen Moment und zuckte mit den Achseln. »Was soll ich sagen? Wendell war fort, und wir waren die Dummen. Ich habe alles hergegeben, was ich besaß. Ich habe mich für schuldig erklärt, weil ich dachte, das würde sich gut machen, und habe die Gefängnisstrafe auf mich genommen, nur um das alles hinter mich zu bringen. Und jetzt erzählen Sie mir, daß er lebt. Wenn das kein Witz ist!«

»Sie sind verbittert?«

»Aber natürlich.« Er stützte seinen Arm auf die Rückenlehne des Sofas und rieb sich die Stirn. »Ich kann verstehen, daß er raus wollte. Anfangs war mir das Ausmaß seines Verrats nicht klar. Dana und die Kinder taten mir leid, aber ich konnte nichts tun, wenn der Mann tot war.« Wieder zuckte er mit den Achseln. Er lächelte bitter, dann richtete er sich mit plötzlicher Energie auf. »Ach was, zum Teufel! Es ist vorbei, und das Leben geht weiter.«

»Das ist eine sehr großzügige Haltung, finde ich.«

Er machte eine achtlose Handbewegung. Dann sah er auf seine Uhr. »Ich muß Schluß machen. Ich habe morgen um sieben ein Arbeitsfrühstück. Da muß ich ausgeschlafen sein. Soll ich Sie hinausbegleiten?«

Ich stand auf und stellte mein Weinglas nieder. »Nein, das ist nicht nötig«, antwortete ich. »Das schaffe ich schon. Bis zum Tor ist es ja nicht weit.« Ich reichte ihm die Hand. »Ich danke Ihnen. Sie werden wahrscheinlich wieder von mir hören. Haben Sie meine Karte noch?«

Er zog eine Ecke der Karte aus seiner Hemdtasche.

»Wenn Wendell Jaffe sich meldet, würden Sie mir dann Bescheid geben?«

»Auf jeden Fall«, versicherte er.

Ich kletterte vorsichtig die Treppe hinauf und zog den Kopf ein, als ich durch die Luke an Deck stieg. Hinter mir spürte ich Eckerts Blick. Mit einem versonnenen Lächeln sah er mir nach. Seltsam, aber im nachhinein erschien mir Dana Jaffes Reaktion wahrhaftiger.

9

Für den Weg nach Hause brauchte ich keine zehn Minuten. Ich war immer noch hellwach, erfrischt durch die herbe Seeluft. Anstatt die Tür aufzudrücken und hineinzugehen, machte ich kehrt und ging die Straße hinunter zu Rosies Kneipe an der Ecke.

Früher war in Rosies schummriger Kneipe, die zweifellos rund um die Uhr von der Gesundheitspolizei überwacht wurde, immer gähnende Leere gewesen. Ich pflegte mich dort mit Klienten zu treffen, weil einen nie jemand störte. Ich konnte mich auch allein jederzeit reinsetzen, ohne angemacht zu werden. Rosie rückte mir vielleicht auf die Pelle, aber sonst niemand. In jüngster Zeit jedoch hatten die Sportfans den Laden entdeckt, und eine Reihe von Vereinen hat ihn sich zur Stammkneipe erkoren, in der man sich besonders gern zusammensetzt, wenn man gerade einen Wettbewerb gewonnen hat und das Bedürfnis zu feiern verspürt. Rosie, die ausgesprochen ekelhaft sein kann, scheint diesen ganzen Rummel samt überschüssigem Testosteron und Massenhysterie zu genießen. Sie hat den Sportsfreunden sogar das Bord hinter dem Tresen zur Ausstellung ihrer Hardware zur Verfügung gestellt, als da sind silberne Pokale und geflügelte Siegesgöttinnen, die Kugeln über ihren Köpfen in die Höhe halten. Heute die Bowlingmeisterschaft, morgen die freie Welt.

Wie immer war der Laden brechend voll, und mein Lieblingstisch ganz hinten war von einer Meute Rowdys besetzt. Von Rosie war nirgends eine Spur zu sehen. Auf einem Hocker am Tresen hockte William und sah sich mit einem Ausdruck tiefster Genugtuung im Saal um. Sämtliche Gäste schienen ihn zu kennen, und es flog eine Menge gutmütiger Frozzeleien hin und her.

Henry saß allein an einem Tisch, den Kopf über einen Schreibblock gebeugt, auf dem er gerade ein Kreuzworträtsel unter dem Titel ›Ich sehe was, was du nicht siehst‹ entwarf. Er arbeitete schon seit mehreren Tagen an dem Rätsel, dessen Thema Spionageromane und alte Fernsehserien waren. Er publiziert regelmäßig in den kleinen Rätselmagazinen, die man überall kaufen kann. Er hat dadurch nicht nur ein kleines Nebeneinkommen, sondern er ist den Rätselfreunden tatsächlich ein Begriff. Sein Gesicht verriet angestrengte Konzentration.

Ich zog den freien Stuhl heraus, der an seinem Tisch stand, drehte ihn herum, so daß die Rückenlehne den Tisch berührte, und setzte mich rittlings darauf, die Unterarme auf die Lehne gelegt.

Henry warf mir einen unwirschen Blick zu, sah, daß ich es war, und wurde freundlich. »Ich dachte, du wärst eine von ›denen‹.«

Ich sah mich um. »Was ist hier passiert? Vor einem Jahr noch war die Bude immer leer. Jetzt geht's zu wie auf dem Jahrmarkt. Na, wie läuft's?«

»Ich brauche ein Wort mit zehn Buchstaben, das mit S-c-h anfängt. Aufhören kann es eigentlich, wie es will.«

Mir fiel sofort ein Wort ein, und ich zählte die Buchstaben an meinen Fingern ab. »Schwindler«, sagte ich.

Er starrte mich mit leerem Blick an, während er nachzählte. »Nicht schlecht. Das nehme ich. Und jetzt fünf Buchstaben senkrecht –«

»Schluß«, unterbrach ich ihn. »Du weißt, ich hab' dafür überhaupt kein Talent, und außerdem macht's mich nervös. Ich habe einmal einen Treffer gelandet. Ich höre auf, solange ich im Plus bin.«

Er warf seinen Blick auf den Tisch und klemmte sich den Bleistift hinter das linke Ohr. »Recht hast du. Es ist Zeit, Schluß zu machen für heute. Was trinkst du? Komm, ich lade dich ein.«

»Ich trinke nichts. Ich hab' schon genug getrunken. Aber ich leiste dir Gesellschaft, wenn du dir noch was bestellst.«

»Ach, mir reicht's auch. Wie war der Besuch bei Dana Jaffe? Hat er was gebracht?«

»Das habe ich gar nicht erwartet. Ich wollte eigentlich nur ihre Bekanntschaft machen. Ich habe mich auch mit Jaffes ehemaligem Geschäftspartner unterhalten.«

»Und?«

Während ich ihm von meinen Gesprächen mit Dana Jaffe und Carl Eckert berichtete, sah ich Henrys Blick zur Küche schweifen und drehte mich automatisch um. »Na bitte, wer sagt's denn!« rief ich.

William trat mit einem vollen Tablett heraus, einer nicht unerheblichen Last für einen Mann von sechsundachtzig Jahren. Wie immer war er im Anzug mit Weste, trug ein Hemd mit gestärktem Kragen und eine vorbildlich geknotete Krawatte. Er sah Henry so ähnlich, daß er sein Zwilling hätte sein können; doch in Wirklichkeit waren die beiden zwei Jahre auseinander. William wirkte hochzufrieden mit sich, gutgelaunt und tatenfroh. Es war das erste Mal, daß ich diese Veränderungen an ihm registrierte. Vor sieben Monaten, als er bei Henry eingezogen war, war er nur um sich selbst und seine mannigfaltigen Krankheiten und Leiden gekreist. Er hatte seine ganze Krankengeschichte von zu Hause mitgebracht und überprüfte dauernd seinen Gesundheitszustand: seinen Herzschlag, seine Darmtätigkeit, seine Allergien. Eine seiner Lieblingsbeschäftigungen war es, zu Beerdigungen zu gehen und mit den anderen Trauergästen sein Beileid zu bekunden, um sich davon zu überzeugen, daß er selbst noch nicht tot war. Nachdem er dem Liebesglück mit Rosie begegnet war, hatte sich seine Stimmung zusehends aufgehellt, und jetzt war es gar so weit, daß er Seite an Seite mit ihr arbeitete. Als er sah, daß wir ihn beobachteten, grinste er vergnügt. Er stellte das Tablett ab und begann die Teller zu verteilen. Einer der Gäste am Tisch sagte etwas zu ihm. Er lachte und schlug dem Mann kumpelhaft auf den Rücken.

»Worüber ist er denn so glücklich?«

»Er hat Rosie gebeten, seine Frau zu werden.«

Ich starrte Henry fassungslos an. »Das gibt's doch nicht. Im Ernst? Mensch, das ist ja Klasse. Du lachst dich kaputt.«

»Also, ich würde nicht gerade sagen, daß es zum Lachen ist. Es zeigt nur, was passiert, wenn man in Sünde miteinander lebt.«

»Sie leben seit *einer Woche* in Sünde. Und jetzt macht er eine ›ehrenhafte‹ Frau aus ihr, was auch immer das heißt. Ich finde es süß.« Ich packte Henry am Arm und schüttelte ihn. »Du hast doch in Wirklichkeit gar nichts dagegen, oder? Ich meine, ganz tief im Innern.«

»Sagen wir mal so – ich bin nicht so entsetzt, wie ich glaubte, daß ich sein würde. Ich hab' mich schon an dem Tag, an dem er zu ihr gezogen ist, mit der Möglichkeit abgefunden. Er ist ein viel zu konventioneller Mensch, um gegen den Strom zu schwimmen.«

»Und wann steigt das Ganze?«

»Ich habe keine Ahnung. Sie haben noch kein Datum festgesetzt. Er hat sie ja erst heute abend gefragt. Sie hat noch nicht eingewilligt.«

»Ach so! So wie du geredet hast, dachte ich, es wäre eine klare Sache.«

»Äh, nein, aber einen Mann von seinem Format wird sie wohl kaum abblitzen lassen.«

Ich gab ihm einen Klaps auf die Hand. »Du bist ja ein richtiger kleiner Snob, Henry.«

Er sah mich lächelnd an und zog die Brauen über den blauen Augen hoch. »Ich bin kein kleiner Snob, ich bin ein großer. Komm, ich begleite dich nach Hause.«

Zu Hause nahm ich eine Handvoll Tabletten gegen meine diversen Erkältungssymptome und eine Dosis NyQuil für ungestörten Schlaf. Um sechs wälzte ich mich schlaftrunken aus meinem Bett und stieg in meinen Jogginganzug. Beim Zähneputzen machte ich Inventur: Meine Bronchien waren immer noch verstopft, aber der Schnupfen war fast weg, und der Husten hörte sich nicht mehr so an, als sei meine Lunge am Rande des Kollaps. Meine Hautfarbe war heller geworden und hatte den sanften Goldton von Aprikosen angenommen. In ein, zwei Tagen, sagte ich mir, würde ich meine natürliche Hautfarbe wiederhaben. Nie habe ich mich so sehr nach meinem blassen Teint gesehnt.

Ich packte mich fest ein gegen die Morgenkühle. Mein graues Joggingzeug hatte fast die Farbe des Ozeans. Der Sand am Strand war kreidehell, von der auslaufenden Tide mit Schaum gesprenkelt. Grauweiße Möwen standen reglos am Strand und starrten ins Wasser. Der Himmel am Horizont leuchtete in einer Mischung aus Milchweiß und Silber, und die Inseln im Kanal waren durch den Morgendunst nur schemenhaft zu erkennen. In den fernen Gebieten des Pazifik war jetzt Hurricansaison, aber bisher hatte uns nicht einmal eine Ahnung tropischer Brandung erreicht. Es herrschte eine tiefe Stille, die vom sanften Plätschern der Wellen akzentuiert wurde. Soweit das Auge reichte war keine Menschenseele zu sehen. Der Dreimeilenlauf wurde zur Meditation; nur ich, mein keuchender Atem und das Spiel meiner Beinmuskeln. Als ich wieder zu Hause war, war ich bereit, den Tag anzupacken.

Durch die Wohnungstür hörte ich gedämpft das Läuten des Telefons. Hastig sperrte ich auf. Beim dritten Läuten schaffte ich es und hob keuchend den Hörer an mein Ohr. Es war Mac.

»Was ist denn los, daß du mich so früh anrufst?« Ich drückte mein Gesicht in mein T-Shirt, um einen Hustenanfall zurückzuhalten.

»Wir hatten gestern abend eine Besprechung. Gordon Titus hat von dieser Geschichte mit Wendell Jaffe Wind bekommen und möchte mit dir sprechen.«

»Mit mir?« krächzte ich.

Mac lachte. »Er beißt nicht.«

»Das braucht er auch gar nicht«, versetzte ich. »Titus kann mich nicht ausstehen und ich ihn genausowenig. Er behandelt mich wie den letzten Dreck.«

»Trotzdem solltest du herkommen, so schnell du kannst.«

Ich blieb noch einen Moment sitzen und streckte dem Telefon die Zunge heraus, meine gewohnt reife Art, mit der bösen Welt umzugehen. Ich stürzte nicht, wie mir empfohlen worden war, Hals über Kopf zur Tür hinaus. Erst mal zog ich meinen Jogginganzug aus, nahm eine heiße Dusche, wusch mir gründlich das Haar und zog mich an. Ich machte mir ein kleines Frühstück und las dabei mit großem Interesse die Zeitung. Danach wusch ich Tasse, Teller und Löffel ab und trug den Müll hinaus. Als mir keine weiteren Vorwände zur Vermeidung des Unvermeidlichen einfielen, nahm ich meine Handtasche, einen Stenoblock und meine Wagenschlüssel und machte mich auf den Weg. Ich hatte Magenschmerzen.

Das Büro hatte sich kaum verändert, obwohl mir zum erstenmal eine allgemeine Schäbigkeit auffiel. Der Spannteppich war Synthetik bester Qualität, jedoch wegen seiner »Strapazierfähigkeit« ausgewählt worden, Synonym für kleine scheckige Muster, auf denen Flecken garantiert nicht auffallen. Das Großraumbüro mit Dutzenden ineinandergeschachtelter kleiner Arbeitsplätze für die Sachbearbeiter wirkte eng und gedrängt. Außen herum waren die verglasten Büros der leitenden Angestellten. Die Wände brauchten einen frischen Anstrich, an Holzleisten und Verschalungen blätterte die Farbe ab. Vera sah auf, als ich an ihrem Schreibtisch vorbeikam. Nur ich konnte ihre Grimassen sehen, die verdrehten Augen und die herausgestreckte Zunge, die zeigen sollten, wie sehr das alles hier sie anödete.

Wir trafen uns in Titus' Büro. Ich hatte den Mann seit dem Tag unseres Rencontres nicht mehr gesehen. Ich hatte keine Ahnung, was mich erwartete, und wußte nicht recht, wie ich mich verhalten sollte. Er machte es mir leicht, indem er mich freundlich begrüßte, ganz so, als sähen wir einander zum erstenmal und hätten nie ein böses Wort gewechselt. Es war ein ausgesprochen brillanter Schachzug von ihm. Er enthob mich der Notwendigkeit, mich zu verteidigen oder zu entschuldigen, und befreite sich selbst von der Bürde, auf unser vergangenes Arbeitsverhältnis Bezug zu nehmen. Binnen sechzig Sekunden stellte ich fest, daß es keine Verbindung mehr gab. Der Mann hatte jetzt keine Macht mehr über mich. Die Schulden auf beiden Seiten waren bezahlt, und wir hatten beide das bekommen, was wir gewollt hatten. Er war den, wie er sagte, »überflüssigen Ballast« losgeworden. Ich hatte mir einen Arbeitsplatz in einem Klima gesucht, das mir sympathischer war.

Doch kehren wir in die Gegenwart zurück. Mac Voorhies und Gordon Titus hätten gegensätzlicher kaum sein können. Macs brauner Anzug war so zerknittert wie ein Herbstblatt, seine Zähne und das Büschel weißen Haars, das ihm in die Stirn fiel, waren vom Nikotin verfärbt. Gordon Titus trug ein eisblaues elegantes Hemd, dessen Ärmel er aufgekrempelt hatte. Die graue Hose hatte messerscharfe Bügelfalten, der Farbton paßte genau zu seinem vorzeitig ergrauten Haar. Seine Krawatte setzte einen farbigen Akzent, der so scharf und präzise war wie sein geschäftliches Verhalten. Selbst Mac wagte es nicht, in seiner Gegenwart eine Zigarette anzuzünden.

Titus setzte sich an seinen Schreibtisch und schlug die Akte auf, die er vor sich hatte. Ganz typisch für ihn, hatte er die relevanten Daten über Dana und Wendell Jaffe zusammengefaßt. In säuberlich eingerückten Absätzen zogen sich die Zeilen quer über das Papier, das hier und dort, wo er mit dem Füller zu fest aufgedrückt hatte, kleine Löcher hatte. Er sprach, ohne mich anzusehen, und sein Gesicht war so ausdrucksleer wie das einer Schaufensterpuppe. »Mac hat mich bereits aufs laufende gebracht, wir brauchen also nicht zu rekapitulieren«, sagte er. »Was ist der derzeitige Stand der Dinge?«

Ich holte meinen Stenoblock heraus, blätterte zu einer leeren Seite und berichtete, was ich über Danas gegenwärtige Situation wußte. Ich ging soweit wie möglich ins Detail und sagte am Ende zusammenfassend: »Sie hat wahrscheinlich einen Teil der Versicherungssumme dazu verwendet, das Haus ihres Sohnes Michael zu finanzieren. Und einen anderen ansehnlichen Teil wird sie als Pauschale für Brians Anwalt hingelegt haben.«

Titus machte sich Notizen. »Haben Sie mit unseren Anwälten über unsere Position in dieser Sache gesprochen?«

»Wozu denn?« mischte Mac sich ein. »Was besagt es denn schon, wenn Jaffe seinen Tod vorgetäuscht hat? Was für ein Verbrechen hat er begangen? Verstößt es gegen das Gesetz, einen Selbstmord vorzutäuschen?« rief er.

»O ja, wenn man es in der Absicht tut, die Versicherungsgesellschaft zu betrügen«, versetzte Titus beißend.

Mac entgegnete mit ungeduldiger Miene: »Aber wo ist denn der Betrug? Welcher Betrug? Bis jetzt wissen wir nicht, ob er auch nur einen einzigen Cent kassiert hat.«

Titus sah Mac an. »Da haben Sie völlig recht. Um ganz genau zu sein, wir wissen nicht einmal, ob wir es tatsächlich mit Jaffe zu tun haben.« Er wandte sich an mich: »Ich möchte konkrete Beweise, Fingerabdrücke oder sonst was.«

»Ich tue, was ich kann«, sagte ich in einem Ton aus Zweifel und Verteidigung. Ich machte mir eine Notiz auf dem leeren Blatt, nur um geschäftig zu wirken. Die Notiz lautete: ›Wendell suchen.‹ Als hätten da Unklarheiten bestanden, bis Titus es deutlich ausgesprochen hatte. »Und was soll in der Zwischenzeit geschehen? Wollen Sie sich an Mrs. Jaffe halten?«

Wieder machte sich Macs Gereiztheit bemerkbar. Ich verstand nicht, worüber er so erregt war. »Verdammt, was hat *sie* denn getan? Soweit wir wissen, hat sie nichts Gesetzwidriges getan. Wie kann man sie dafür haftbar machen, daß sie Geld ausgibt, von dem sie glaubt, es sei rechtmäßig ihres?«

»Und woher wollen Sie wissen, daß sie nicht von Anfang an mit von der Partie war? Es kann genausogut sein, daß die zwei unter einer Decke stecken«, sagte Titus.

»Was sollte sie davon haben?« warf ich freundlich ein. »Seit fünf Jahren hat die Frau keinen Penny, sondern nur einen Haufen Schulden. Inzwischen sitzt Jaffe mit einer anderen in Mexiko. Was soll das für ein Geschäft sein? Selbst wenn sie kassiert, kann sie das Geld nur noch dazu verwenden, ihre Schulden zu bezahlen.«

»Dafür haben Sie nur ihr Wort«, entgegnete Titus. »Außerdem wissen wir nicht, wie Mr. und Mrs. Jaffe ihre Beziehung geklärt haben. Vielleicht war die Ehe vorbei, und das war der Unterhalt, den er ihr gezahlt hat.«

»Toller Unterhalt«, sagte ich nur.

Titus ließ sich nicht aus dem Konzept bringen. »Und wie Sie selbst gesagt haben, scheint sie es ja immerhin geschafft zu haben, dem einen Jungen ein Haus zu kaufen und für den anderen einen erstklassigen Anwalt zu engagieren. Der langen Rede kurzer Sinn, wir müssen mit Wendell Jaffe sprechen. Also, wie wollen Sie ihn ausfindig machen?« Die Frage war brüsk, aber der Ton war eher neugierig als herausfordernd.

»Meiner Ansicht nach ist Brian der perfekte Köder, und wenn Wendell zuviel Angst hat, um im Gefängnis mit ihm Kontakt aufzunehmen, kann er sich immer mit Dana in Verbindung setzen. Oder mit Michael, seinem Ältesten, der ein Kind hat, das Jaffe nie gesehen hat. Selbst sein ehemaliger Partner, Carl Eckert, ist eine Möglichkeit.« Es klang alles recht dünn, aber was sollte ich tun? Na, ein bißchen auf den Putz hauen, eben.

Mac wandte sich mir zu. »Du kannst nicht die ganze Bande vierundzwanzig Stunden lang überwachen. Selbst wenn wir noch andere Leute dafür anheuern. Außerdem kostet das Tausende von Dollar, und wofür das Ganze?«

»Da hast du recht«, meinte ich. »Hast du einen Vorschlag?«

Mac verschränkte die Arme vor der Brust und richtete seine Aufmerksamkeit wieder auf Titus. »Ganz gleich, was wir tun, wir sollten uns beeilen«, sagte er. »Meine Frau könnte eine halbe Million in einer Woche ausgeben.«

Titus stand auf und klappte seine Akte zu. »Ich werde unseren Anwalt anrufen und sehen, ob er nicht eine einstweilige Verfügung auf Unterlassung erwirken kann. Damit könnten wir Mrs. Jaffes Bankkonto sperren lassen und verhindern, daß weitere Gelder rausgehen.«

»Sie wird hingerissen sein«, sagte ich.

»Haben Sie inzwischen einen bestimmten Auftrag für sie, Gordon?«

Titus maß mich mit einem frostigen Lächeln. »Ich bin sicher, ihr wird etwas einfallen.« Er sah auf seine Uhr, zum Zeichen, daß wir entlassen waren.

Mac ging in sein Büro, das zwei Türen weiter war. Vera war nirgends zu sehen. Ich machte einen kleinen Plausch mit Darcy Pascoe, der Empfangsdame, dann fuhr ich zurück zu Lonnies Kanzlei und erledigte die täglichen Kleinigkeiten. Ich hörte den Anrufbeantworter ab, machte meine Post auf, setzte mich in meinen Drehsessel und drehte mich ein Weilchen hin und her, in der Hoffnung auf Inspiration. Da der Geistesblitz ausblieb, tat ich das einzige, was mir sonst einfiel.

Ich rief Lieutenant Whiteside auf der Polizeidienststelle an und fragte ihn, ob er mir die Telefonnummer von Lieutenant Brown geben könnte, der vor fünf Jahren den Fall Jaffe bearbeitet hatte. Jonah Robb hatte mir erzählt, daß Brown inzwischen im Ruhestand sei, aber er konnte dennoch nützliche Informationen haben.

»Glauben Sie, er wäre bereit, mit mir zu sprechen?« fragte ich.

»Ich habe keine Ahnung, aber ich mache Ihnen einen Vorschlag«, antwortete er. »Seine Telefonnummer ist nicht eingetragen, und ich möchte sie Ihnen nicht gern ohne seine Zustimmung geben. Sobald ich einen Moment Zeit habe, rufe ich ihn an. Wenn er interessiert ist, bitte ich ihn, sich mit Ihnen in Verbindung zu setzen.«

»Wunderbar. Das wäre großartig.«

Ich legte auf und machte mir eine Notiz. Wenn ich innerhalb von zwei Tagen nichts hören sollte, würde ich zurückrufen. Ich hatte natürlich keine Ahnung, ob der Mann überhaupt eine Hilfe sein würde, aber man konnte nie wissen. Einige dieser alten Polizeibeamten tun nichts lieber als in Erinnerungen schwelgen. Er konnte mir vielleicht einen Tip geben, wo Jaffe untergeschlüpft sein konnte. Und bis dahin, was? Ich ging in den Kopierraum und machte einen ganzen Stapel Kopien von dem Flugblatt mit Jaffes Fotografie. In einem Kästchen unten auf dem Blatt hatte ich meinen Namen und meine Telefonnummer angefügt und auf mein Interesse am Verbleib des Mannes hingewiesen.

Ich tankte und brauste wieder einmal nach Perdido. Ich tuckerte langsam an Danas Haus vorbei, wendete an der Kreuzung und parkte auf der anderen Straßenseite. Dann begann ich, von Haus zu Haus zu gehen, um die Nachbarn zu befragen. Ein Haus nach dem anderen klapperte ich ab, und wo niemand zu Hause war, hinterließ ich ein Flugblatt. Auf Danas Straßenseite arbeiteten offenbar viele Paare; die Häuser waren dunkel, und es standen keine Autos davor. Wenn ich jemanden zu Hause antraf, lief das Gespräch eigentlich stets nach dem gleichen langweiligen Muster ab. »Guten Tag«, sagte ich und beeilte mich, mein Anliegen vorzubringen, um nicht für eine Hausiererin gehalten zu werden. »Ich hoffte, Sie könnten mir vielleicht weiterhelfen. Ich bin Privatdetektivin und versuche, einen Mann ausfindig zu machen, von dem wir glauben, daß er sich hier in der Gegend aufhält. Haben Sie ihn vielleicht kürzlich gesehen?« Dann hielt ich die Polizeizeichnung von Wendell Jaffe hoch und wartete ohne große Hoffnung, während mein Gegenüber das Gesicht musterte.

Viel geistiges Kinnreiben. »Nein, ich glaube nicht. Nein, Madam. Was hat der Mann denn getan? Er ist doch hoffentlich nicht gefährlich.«

»Er wird in Zusammenhang mit einer Betrugsaffäre gesucht.«
Hand hinter das Ohr gelegt. »Wie bitte?«

Ich hob dann meine Stimme. »Erinnern Sie sich vielleicht an diese Immobilienaffäre vor ein paar Jahren? Zwei Männer, die mit ihrer Firma namens CSL Investments den Leuten unerschlossene Grundstücke verkauft –«

»Ach, du lieber Gott, natürlich. Klar, daran erinnere ich mich. Der eine hat sich umgebracht, der andere mußte ins Gefängnis.«

Und so ging es weiter, immer im Kreis, ohne daß irgend jemand mir etwas Neues sagen konnte.

Auf der anderen Straßenseite, schräg gegenüber von Dana, hatte ich mehr Glück. Ich klopfte an die Tür eines Hauses, das ein Abklatsch des ihren war, ebenso dunkelgrau, mit den gleichen weißen Fenstern und Türen. Der Mann, der mir öffnete, war Anfang Sechzig. Er trug Shorts, ein Flanellhemd, dunkle Socken und, völlig unpassend, robuste zwiegenähte Schuhe. Sein graues Haar war borstig. Über die schmutzigen Halbgläser seiner Brille hinweg sah er mich mit seinen blauen Augen fragend an. Ein weißer Stoppelbart bedeckte die untere Hälfte seines Gesichts, möglicherweise das Resultat einer Weigerung, sich mehr als zweimal die Woche zu rasieren. Er hatte schmale Schultern, und seine Haltung war leicht gebeugt. Er verkörperte eine merkwürdige Mischung aus Eleganz und Resignation. Vielleicht waren die festen Schuhe ein Relikt seiner früheren beruflichen Tätigkeit. Ich tippte auf Vertreter oder Börsenmakler, jedenfalls jemand, der sein Leben praktisch im Nadelstreifenanzug verbrachte.

»Was kann ich für Sie tun?« fragte er automatisch.

»Ich wollte Sie um Ihre Hilfe bitten. Kennen Sie zufällig Mrs. Jaffe, die hier gegenüber wohnt?«

»Die Frau mit dem Jungen, der nur verrückte Sachen treibt? Wir kennen die Familie«, sagte er vorsichtig. »Was hat er denn jetzt wieder angestellt? Oder, was hat er *nicht* angestellt, das wäre wohl die bessere Frage in diesem Fall.«

»Mir geht es um seinen Vater.«

Einen Moment blieb es still. »Ich dachte, der sei tot.«

»Das dachten bis vor kurzem alle. Jetzt haben wir Anlaß zu glauben, daß er lebt und möglicherweise auf dem Rückweg nach Kalifornien ist. Das ist ein Bild von ihm, das seinem heutigen Aussehen entspricht. Hier unten steht meine Telefonnummer. Ich wäre Ihnen dankbar, wenn Sie mich anrufen würden, falls Sie ihn sehen sollten.« Ich hielt ihm das Flugblatt hin, und er nahm es.

»Na, das ist ja nicht zu glauben. Bei diesen Leuten ist doch immer was los«, sagte er. Sein Blick wanderte von Wendell Jaffes Konterfei zu Danas Haus und dann zurück zu mir. »Es geht mich ja nichts an, aber in was für einer Beziehung stehen Sie zu den Jaffes? Sind Sie eine Angehörige?«

»Ich bin Privatdetektivin und arbeite für die Versicherungsgesellschaft, bei der Jaffes Leben versichert war.«

»Tatsächlich«, sagte er und legte den Kopf ein wenig zur Seite. »Kommen Sie doch auf einen Sprung rein. Ich würde gern Näheres hören.«

10

Ich zögerte nur einen Moment, und ein Lächeln flog über sein Gesicht.

»Keine Angst. Ich bin nicht der schwarze Mann. Meine Frau ist draußen im Garten und jätet Unkraut. Wir arbeiten beide zu Hause. Wenn Mr. Jaffe überhaupt jemandem auffallen sollte, dann höchstwahrscheinlich uns. Wie war doch gleich Ihr Name?«

Er wich in das Vestibül zurück und winkte mir, ihm zu folgen.

»Kinsey Millhone«, sagte ich und trat hinter ihm ins Haus. »Tut mir leid. Ich hätte mich vorstellen sollen. Da unten auf dem Flugblatt steht mein Name.« Ich bot ihm die Hand, und wir tauschten einen kurzen Händedruck.

»Freut mich, Sie kennenzulernen. Jerry Irwin. Meine Frau

heißt Lena. Sie hat Sie gesehen, als Sie drüben von Haus zu Haus gegangen sind. Ich habe hinten ein Arbeitszimmer. Sie kann uns eine Tasse Kaffee bringen, wenn Sie möchten?«

»Nein, danke, für mich nichts.«

»Oh, das wird sie interessieren«, sagte er. »Lena? Huhu, Lena!«

Das Arbeitszimmer war ein kleiner Raum, in hellem Holz getäfelt, größtenteils von einem L-förmigen Schreibtisch eingenommen. An den Wänden standen deckenhohe Bücherregale aus Metall.

»Ich will mal sehen, ob ich sie finden kann. Nehmen Sie inzwischen Platz«, sagte er und eilte durch den Flur in Richtung Hintertür davon.

Ich setzte mich auf einen Klappstuhl aus Metall und musterte interessiert meine Umgebung, um mir während Irwins Abwesenheit ein Bild von ihm zu machen. Computer, Bildschirm, Keyboard. Massenhaft floppy disks, säuberlich geordnet. Offene Kästen, mit irgendwelchen farbigen Illustrationen gefüllt, die durch Pappdeckel voneinander abgeteilt waren. In einem niedrigen Metallregal rechts vom Schreibtisch standen zahlreiche dicke Wälzer, deren Titel ich nicht entziffern konnte. Ich neigte mich mit zusammengekniffenen Augen näher. *Burke's General Armory, Armorial General Rietstap, New Dictionary of American Family Names, Dictionary of Surnames, Dictionary of Heraldry.* Lauter Werke über Wappen- und Namenskunde. Ich hörte ihn draußen im Garten rufen, und Sekunden später die Stimmen beider, die sich dem Zimmer näherten, in dem ich wartete. Ich lehnte mich auf meinem Stuhl zurück und bemühte mich, so zu tun, als sei Neugier kein Laster von mir. Als sie eintraten, stand ich auf, aber Lena Irwin bat mich Platz zu behalten. Ihr Mann warf das Flugblatt auf seinen Schreibtisch und ging um das Möbel herum zu seinem Sessel.

Lena Irwin war klein und ein wenig mollig. Sie trug eine weite Leinenhose und ein blaues Hemd mit aufgekrempelten Ärmeln. Das graue Haar hatte sie hochgesteckt, hier und dort jedoch hatten sich feuchte Strähnen aus den Nadeln und Spangen gelöst. Die

Sommersprossen auf ihrem Nasenrücken legten die Vermutung nahe, daß ihr Haar früher einmal rot gewesen war. Die Sonnenbrille saß ihr wie ein Flitzebogen auf dem Kopf. Nach ihrer Arbeit im Garten hatte sie pechschwarze Nägel, und an der Hand, die sie mir reichte, hafteten noch Erdkrümel.

Voller Interesse musterte sie mich. »Guten Tag. Ich bin Lena.«

»Guten Tag. Tut mir leid, daß ich Sie bei der Gartenarbeit gestört habe«, sagte ich.

Sie winkte lässig ab. »Der Garten läuft mir nicht davon. Ich bin froh, daß ich eine Pause machen kann. Die Sonne ist Wahnsinn. Jerry hat mir von der Sache mit den Jaffes erzählt.«

»Wendell Jaffe im besonderen. Kannten Sie ihn?«

»Wir haben von ihm gehört«, antwortete Lena.

»*Sie* kennen wir ganz gut«, warf Jerry ein, »auch wenn wir gern Distanz halten. Perdido ist ein Nest, aber wir waren trotzdem platt, als wir hörten, daß sie hierhergezogen ist. Sie hat früher in einer besseren Gegend gewohnt. Nichts Luxuriöses, aber doch viel besser als dieses Viertel hier.«

»Wir glaubten natürlich, sie sei Witwe.«

»Das glaubte sie selbst auch«, sagte ich und gab eine kurze Erklärung der letzten Entwicklungen. »Hat Jerry Ihnen das Bild gezeigt?«

»Ja, aber ich hatte noch keine Gelegenheit, es mir genauer anzusehen.«

Jerry legte das Flugblatt auf seinem Schreibtisch gerade hin, so daß sein unterer Rand mit dem der Löschunterlage übereinstimmte. »Wir haben das mit Brian in der Zeitung gelesen. Unglaublich, dieser Junge! Praktisch jedesmal, wenn wir zum Fenster rausschauen, ist da drüben die Polizei.«

Lena mischte sich ein und wechselte das Thema. »Möchten Sie vielleicht eine Tasse Kaffee oder ein Glas Zitronensaft? Das ist gleich gemacht.«

»Besser nicht«, antwortete ich. »Ich habe noch eine Menge Arbeit vor mir. Ich will diese Flugblätter möglichst alle heute verteilen, für den Fall, daß Jaffe aufkreuzen sollte.«

»Also, wir werden auf jeden Fall die Augen offenhalten. So nahe beim Freeway haben wir hier natürlich eine Menge Autos, besonders in der Rushhour, wenn die Leute nach Schleichwegen suchen. Die Abfahrt ist ja gleich an der nächsten Kreuzung südlich von hier. Und am anderen Straßenende ist ein kleines Einkaufszentrum. Da haben wir hier natürlich auch ganz schön Fußgängerverkehr.«

Lena, die damit beschäftigt war, Erde unter ihren Fingernägeln herauszupulen, bemerkte: »Ich habe hier ein kleines Buchhaltungsbüro und arbeite in einem Zimmer, das nach vorn hinaus liegt. Ich sitze also jeden Tag mehrere Stunden am Fenster. Da entgeht uns nicht viel, wie Sie sich wahrscheinlich denken können. Tja, ich freue mich, daß wir Gelegenheit hatten, uns kennenzulernen. Jetzt mache ich besser im Garten weiter, damit ich dann noch zu meiner Arbeit komme.«

»Gut, und ich mache mich wieder auf den Weg. Sie wissen, ich bin Ihnen für jeden Tip dankbar.«

Mit dem Flugblatt und einer meiner Karten in der Hand brachte sie mich zur Tür. »Ich hoffe, Sie nehmen mir eine persönliche Frage nicht übel, aber Ihr Vorname ist ungewöhnlich. Kennen Sie seinen Ursprung?«

»Kinsey ist der Mädchenname meiner Mutter. Ich vermute, sie wollte ihn nicht ganz verlieren und hat ihn deshalb an mich weitergegeben.«

»Ich frage deshalb, müssen Sie wissen, weil Jerry sich, seit er im Ruhestand ist, mit Namens- und Wappenforschung beschäftigt.«

»Ja, das dachte ich mir schon, als ich die vielen Bücher zu dem Thema sah. Der Name ist englisch, glaube ich.«

»Und Ihre Eltern? Leben sie hier in Perdido?«

»Sie sind beide vor Jahren bei einem Verkehrsunfall ums Leben gekommen. Sie wohnten damals in Santa Teresa. Sie sind ums Leben gekommen, als ich fünf Jahre alt war.«

Sie musterte mich mit einem langen, aufmerksamen Blick. »Es würde mich interessieren, ob Ihre Mutter mit den Burton Kinseys in Lompoc verwandt war.«

»Soviel ich weiß, nicht. Ich kann mich nicht erinnern, diesen Namen je gehört zu haben.«

Immer noch studierte sie mein Gesicht. »Sie haben nämlich eine unheimliche Ähnlichkeit mit einer Freundin von mir, die eine geborene Kinsey ist. Sie hat eine Tochter in Ihrem Alter. Wie alt sind Sie – zweiunddreißig?«

»Vierunddreißig«, antwortete ich, »aber ich habe keine Familie mehr. Meine einzige nahe Verwandte war die Schwester meiner Mutter, die vor zehn Jahren gestorben ist.«

»Na ja, wahrscheinlich gibt's da keine Verbindung, aber ich wollte einfach mal fragen. Sie sollten Jerry in seinen Akten nachsehen lassen. Er hat mehr als sechstausend Namen in seinem Computerprogramm. Er könnte das Familienwappen bestimmen und Ihnen eine Kopie machen.«

»Ja, vielleicht das nächste Mal, wenn ich herkomme. Es klingt spannend.« Ich versuchte, mir das Wappen der Familie Kinsey auf einem flatternden Banner vorzustellen. Ich konnte es vielleicht über der Ritterrüstung im großen Rittersaal anbringen lassen. Genau das richtige für die besonderen Anlässe, bei denen man ein bißchen Eindruck schinden möchte.

»Ich werde Jerry sagen, er soll mal nachforschen«, erklärte sie entschieden. »Das ist nicht Genealogie – ihn interessiert nur die Herkunft der Familiennamen.«

»Er soll sich nur meinetwegen keine Mühe machen«, sagte ich.

»Das ist keine Mühe. Er tut es gern. Wir haben jeden Sonntagnachmittag einen Stand auf dem Kunstmarkt in Santa Teresa. Kommen Sie doch mal vorbei. Der Stand ist gleich beim Kai.«

»Ja, das tue ich vielleicht. Und vielen Dank noch mal, daß Sie sich Zeit für mich genommen haben.«

»Keine Ursache. Wir halten die Augen offen.«

»Wunderbar. Und rufen Sie bitte jederzeit an, wenn Ihnen etwas Verdächtiges auffällt.«

»Sie können sich darauf verlassen.«

Ich winkte ihr noch einmal zu, dann eilte ich die Verandatreppe hinunter. Ich hörte hinter mir die Haustür zufallen.

Als ich meine Flugblätter in sämtlichen Häusern der Straße verteilt hatte, war bei Dana ein knallroter Möbelwagen vorgefahren, und zwei bullige Männer waren dabei, ein Doppelbett die Treppe hinunterzubugsieren. Die Fliegengittertür stand weit offen, und ich konnte sehen, wie sie manövrierten, um die Biegung zu schaffen. Michael half auch mit, wahrscheinlich um den Prozeß zu beschleunigen und auf diese Weise die Kosten niedriger zu halten. Von Zeit zu Zeit kam eine junge Frau mit einem Kleinkind auf dem Arm aus dem Haus, Michaels Frau Juliet, vermutete ich. Sie stand in ihren weißen Shorts auf dem Rasen, wiegte das Kind auf der Hüfte und sah den Packern bei der Arbeit zu. Das Garagentor stand offen, auf der einen Seite stand ein gelbes VW Kabrio, das hinten bis unter das Verdeck mit allen möglichen Dingen vollgepackt war, die man den Möbelpackern nicht anvertrauen mochte. Danas Wagen war nicht da; ich konnte nur annehmen, daß sie unterwegs war und Besorgungen machte.

Ich schloß die Tür zu meinem Wagen auf und setzte mich hinter das Steuer. Niemand achtete auf mich; sie waren alle viel zu sehr mit dem Umzug beschäftigt, um mich zu bemerken. Innerhalb einer Stunde war alles, was das junge Paar an Möbeln mitnahm, im Wagen verstaut. Michael und Juliet stiegen mit dem Kind in den VW. Als der Möbelwagen abfuhr, schloß sich Michael mit dem VW an. Ich wartete einen Moment und reihte mich dann ebenfalls in den Zug ein, wobei ich auf sicheren Abstand achtete. Michael mußte einen Schleichweg kennen; ich verlor ihn plötzlich aus den Augen. Aber der Möbelwagen war auf dem Highway deutlich zu erkennen. Wir fuhren auf dem 101 in nördlicher Richtung, an zwei Ausfahrten vorbei. An der dritten bog der Möbelwagen ab, fuhr erst rechts, dann links die Calistoga Street hinunter in eine Gegend von Perdido, die unter dem Namen *The Boulevards* bekannt ist. Nach einer Weile wurde die Fahrt langsamer, und schließlich hielt der Möbelwagen genau in dem Moment am Bordstein, als der VW aus der anderen Richtung auftauchte.

Das neue Haus sah aus, als sei es in den zwanziger Jahren erbaut worden: rosa-beigefarbener Anstrich, eine winzige Vorderveranda und ein ungepflegtes Vorgärtchen. Die Fensterstöcke waren in einem tieferen Rosé gestrichen und hatten schmale himmelblaue Abschlußkanten. Ich war bestimmt schon in einem Dutzend solcher Häuser gewesen. Es hatte innen höchstens neunzig Quadratmeter: drei Zimmer, Küche, Bad und nach hinten hinaus eine Kammer. Rechts vom Haus war die Einfahrt aus rissigem Beton. Sie führte zu einer Doppelgarage, über der, wie es schien, noch ein kleines Apartment war.

Die Packer gingen ans Ausladen. Von mir nahmen sie keine Notiz. Ich schrieb mir die Adresse auf, ehe ich Gas gab und zu Dana Jaffe zurückfuhr. Ich hatte keinen zwingenden Grund, noch einmal mit ihr zu sprechen, aber ich brauchte ihre Mithilfe und hoffte, eine Beziehung zu ihr herstellen zu können.

Sie kam im selben Moment an wie ich. Sie stellte ihren Wagen in die Garage und sammelte ein paar Pakete ein, ehe sie die Wagentür öffnete. Ich sah, wie ihr die Röte ins Gesicht schoß, als sie mich bemerkte. Sie schlug krachend die Wagentür zu und kam mir über den Rasen entgegen. Sie trug wieder Jeans, T-Shirt und Tennisschuhe. Die Papiertüten in ihren Armen schienen zu knistern vor zorniger Erregung. »Was tun Sie schon wieder hier? Ich betrachte das als Belästigung.«

»Ist es aber nicht«, entgegnete ich. »Wir suchen Ihren Mann, und da sind Sie der logische Ausgangspunkt.«

Ihre Stimme war leise geworden, und ihre Augen blitzten vor Zorn und Entschlossenheit. »Ich werde Sie anrufen, wenn ich ihn sehen sollte. Bis dahin möchte ich Sie hier nicht mehr sehen, sonst rufe ich meinen Anwalt an.«

»Dana, ich bin nicht Ihre Feindin. Ich bemühe mich nur, meine Arbeit zu tun. Warum wollen Sie mir nicht helfen? Sie müssen sich früher oder später mit der Sache auseinandersetzen. Michael sagen, was los ist. Und Brian auch. Sonst muß ich eingreifen und es ihnen sagen. Wir brauchen in dieser Sache Ihre Hilfe.«

Ihre Nase wurde plötzlich rot, und um ihren Mund und ihr Kinn bildete sich ein feuriges Dreieck. Die Tränen sprangen ihr in die Augen. Sie preßte die Lippen aufeinander, um die Wut zurückzuhalten. »Sagen Sie mir nicht, was ich zu tun habe. Ich weiß selbst, wie ich mich verhalten muß.«

»Dana! Können wir uns nicht drinnen weiterunterhalten?«

Sie sah zu den Häusern gegenüber. Ohne ein Wort machte sie kehrt und steuerte auf die Haustür zu. Ich folgte ihr hinein, und sie schloß die Tür hinter uns.

»Ich muß arbeiten.« Sie legte ihre Pakete und ihre Handtasche auf der untersten Treppenstufe ab und lief nach oben. Ich zögerte, sah ihr nach, bis sie aus meinem Blickfeld verschwand. Sie hatte nicht gesagt, ich dürfe ihr nicht folgen. Zwei Stufen auf einmal nehmend sprang ich die Treppe hinauf, blickte nach rechts und sah das leere Zimmer, in dem offenbar Michael und seine Frau bis zu diesem Tag gehaust hatten. Vor der Tür stand ein Staubsauger mit ordentlich aufgerolltem Kabel. Ich vermutete, daß Dana ihn dorthin gestellt hatte, in der Hoffnung, daß jemand den Wink verstehen und das Zimmer reinigen würden, wenn es ausgeräumt war. Aber die stillschweigende Aufforderung war offensichtlich ohne Reaktion geblieben. Sie stand in der Mitte des Zimmers, sah sich um und überlegte – wieder eine Vermutung von mir –, wo sie mit den Aufräumungsarbeiten beginnen sollte. Ich trat leise ins Zimmer und blieb an den Türpfosten gelehnt stehen, um die Waffenruhe zwischen uns möglichst nicht zu stören.

Ohne eine Spur der früheren Feindseligkeit drehte sie sich nach mir um. »Haben Sie Kinder?«

Ich schüttelte den Kopf.

»So sieht es aus, wenn sie aus dem Haus gehen«, sagte sie.

Das Zimmer wirkte traurig und leer. Auf dem Teppich, wo das Bett gestanden hatte, war ein großes reines Rechteck. Überall lagen Kleiderbügel herum, der Papierkorb quoll über. An den Rändern des Spannteppichs lagen Flusen. An der Wand lehnte ein Besen, eine kleine Schaufel lag neben ihm. Auf dem Fensterbrett war ein Aschenbecher mit einem Berg von Asche und Stummeln, auf dem eine leere Marlboropackung schwebte. Die Bilder waren abgenommen und hatten hellere Stellen auf der Wand hinterlassen. Auch die Vorhänge waren weg. Auf den Fensterscheiben lag ein grauer Film von Zigarettenrauch, sie waren vermutlich nicht mehr geputzt worden, seit die »Kinder« eingezogen waren. Juliet hatte mir, auch wenn ich sie nur aus der Ferne gesehen hatte, nicht den Eindruck einer Frau Saubermann gemacht. Das Putzen war Mutters Job, und ich konnte mir vorstellen, daß Dana im Ingrimm zupacken würde, sobald ich mich endlich verdrückte.

»Kann ich mal das Badezimmer benutzen?« fragte ich.

»Bitte.« Sie nahm den Besen und stocherte den Staub aus den Ecken, und während sie die letzten Überreste von Michaels Anwesenheit vernichtete, ging ich ins Badezimmer. Die Handtücher und die Bademalte waren weg. Die Tür des Apothekerschränkchens stand offen, seine Borde waren leer bis auf einen Hustensaftfleck auf dem untersten. Der ganze Raum wirkte kahl. Ich benutzte das letzte Fetzchen Toilettenpapier und wusch mir dann die Hände ohne Seife, trocknete sie an meinen Jeans ab. Sogar die Glühbirne war herausgeschraubt worden.

Ich ging wieder ins andere Zimmer und fragte mich, ob ich helfen sollte. Aber ich sah nirgends ein Staubtuch oder einen Schwamm oder sonst irgend etwas, das zum Putzen zu gebrauchen war. Dana attackierte den Staub, als hätte die Arbeit therapeutische Wirkung.

»Wie geht es Brian? Haben Sie schon mit ihm gesprochen?«

»Er hat mich gestern abend angerufen, nachdem die Aufnahmeformalitäten erledigt waren. Sein Anwalt war bei ihm, aber ich weiß eigentlich nicht, was sie besprochen haben. Anscheinend hat es irgendwelche Probleme gegeben, als er hergebracht wurde, und sie haben ihn in Einzelhaft gesteckt.«

»Wirklich?« sagte ich. Sie fegte mit dem Besen den Teppich ab.

»Wie ist es soweit gekommen, Dana? Was ist mit ihm passiert?«

Zuerst glaubte ich, sie würde mir gar nicht antworten. Kleine Staubwölkchen stiegen von den Teppichrändern auf. Als sie um das Zimmer herum war, stellte sie den Besen weg und nahm sich eine Zigarette. Sie zündete sie an und ließ meine Frage erst einmal unbeantwortet. Dann lächelte sie bitter. »Es fing mit Schuleschwänzen an. Als Wendell starb – verschwand – und der Skandal an die Öffentlichkeit drang, war Brian derjenige, der reagierte. Jeden Morgen gab es Riesenauseinandersetzungen, weil er partout nicht zur Schule wollte. Er war zwölf Jahre alt und wollte einfach nicht mehr hingehen. Er versuchte es mit allen Mitteln. Er schützte Magenschmerzen und Kopfschmerzen vor. Er tobte. Er weinte. Er bettelte, zu Hause bleiben zu dürfen. Was hätte ich tun sollen? Er sagte: ›Mama, alle Kinder wissen, was Daddy getan hat. Alle hassen ihn, und mich hassen sie auch.‹ Ich habe immer wieder versucht, ihm klarzumachen, daß das, was sein Vater getan hatte, mit ihm nichts zu tun hatte, daß das eine ganz getrennte Sache war und ihn überhaupt nicht betraf, aber ich konnte ihn nicht überzeugen. Er hat es nicht einen Moment lang geglaubt. Und es war wirklich so, daß die anderen Kinder ihm das Leben schwergemacht haben. Bald prügelte er sich mit anderen und schwänzte einfach die Schule. Vandalismus, kleine Diebstähle. Es war ein Alptraum.« Sie klopfte ihre Zigarette an dem überquellenden Aschenbecher ab.

»Und Michael?«

»Der war genau das Gegenteil. Manchmal glaube ich, Michael benutzte die Schule als Mittel, um die Wahrheit zu verdrängen. Brian war hypersensibel, Michael legte sich einen Panzer zu. Wir haben mit Schulberatern und Lehrern gesprochen. Ich weiß nicht, wie viele Sozialarbeiter bei uns waren. Jeder hatte seine eigene Theorie, aber nichts half. Ich hatte kein Geld, um wirklich qualifizierte Hilfe zu bezahlen. Brian war so intelligent, und er schien so begabt zu sein. Es hat mir wirklich das Herz gebrochen. Aber Wendell, mein Mann, war natürlich in vieler Hinsicht genauso. Kurz und gut, ich wollte nicht, daß die Jungen glaubten, er habe sich das Leben genommen. Das war nicht seine Art. Unsere Ehe war gut, und er liebte die Kinder. Er war sehr auf die Familie bezogen. Da können Sie jeden fragen. Ich war überzeugt, daß er absichtlich niemals etwas tun würde, was uns geschadet hätte. Ich habe immer geglaubt, daß Carl Eckert derjenige war, der die Bücher frisiert hat. Vielleicht hat Wendell es nicht geschafft, den Dingen ins Auge zu sehen. Ich will ja gar nicht behaupten, daß er nicht auch seine Schwächen hatte. Er war nicht vollkommen, aber er hat sich bemüht.«

Ich ließ es dabei bewenden. Mir lag nichts daran, ihre Version der Ereignisse in Frage zu stellen. Ich sah ihren stockenden Versuch, die Familiengeschichte zu korrigieren. Die Toten sind immer leichter zu charakterisieren. Man kann ihnen jede Einstellung und jedes Motiv zuschreiben, ohne Widerspruch fürchten zu müssen.

»Ich nehme an, Ihre beiden Söhne sind sehr verschieden«, sagte ich.

»Ja, das stimmt. Michael ist offensichtlich der verläßlichere, zum Teil sicher, weil er älter ist und sich als Beschützer fühlt. Er war immer ein sehr vernünftiges Kind, Gott sei Dank. Er war der einzige, auf den ich mich nach Wendells – nach dem, was Wendell zugestoßen war, verlassen konnte. Zumal Brian ja völlig außer Kontrolle geraten war. Wenn Michael einen Fehler hat, dann den, daß er zu ernst ist. Er bemüht sich immer, das Rechte zu tun. Juliet ist ein gutes Beispiel dafür. Er hätte sie nicht heiraten müssen.«

Ich hielt ganz still und sagte nichts, weil mir klar war, daß sie mir hier eine kritische Information zu der Situation gab. Sie nahm an, ich sei bereits im Besitz der Fakten. Offensichtlich war Juliet schwanger gewesen, als Michael sie geheiratet hatte.

Dana fuhr fast ohne Pause zu sprechen fort, und es klang, als spräche sie so sehr mit sich selbst wie mit mir.

»Sie hat ihn weiß Gott nicht gedrängt. Sie wollte das Kind haben, ja, und sie brauchte finanzielle Unterstützung. Aber sie hat keineswegs auf einer Heirat bestanden. Die Heirat war Michaels Idee. Ich bin mir nicht sicher, daß es eine gute Idee war, aber bis jetzt machen die beiden ihre Sache ganz ordentlich.«

»War es schwierig für Sie, sie hier im Haus zu haben?«

Sie zuckte mit den Achseln. »Größtenteils habe ich es genossen. Juliet geht mir hin und wieder auf die Nerven, weil sie so eigensinnig ist. Alles muß immer nach ihrem Kopf gehen. Sie ist auf jedem Gebiet die absolute Expertin. Mit ihren achtzehn Jahren! Ich weiß, daß das ihrer eigenen Unsicherheit entspringt, aber es ist trotzdem nervig. Sie kann keine Hilfe von mir annehmen und kann es nicht ertragen, wenn man ihr Vorschläge macht. Sie hat von der Mutterschaft keine Ahnung. Ich meine, sie ist ganz verrückt mit dem Kleinen, aber sie behandelt ihn wie ein Spielzeug. Sie sollten sie sehen, wenn sie ihn badet. Das Herz bleibt einem stehen. Sie bringt es fertig, ihn allein auf der Wickelkommode liegen zu lassen, während sie weggeht, um irgendwas zu holen. Es ist ein Wunder, daß er noch nicht heruntergefallen ist.«

»Und Brian? Wohnt er auch hier?«

»Er und Michael hatten bis zu diesem letzten Zwischenfall eine kleine Wohnung zusammen. Nachdem Brian verurteilt worden war und seine Gefängnisstrafe antrat, konnte sich Michael die Wohnung nicht mehr leisten. Er verdient nicht soviel und dann Juliet – es war nicht zu machen. Sie hat an dem Tag, an dem er sie geheiratet hat, zu arbeiten aufgehört.«

Mir fiel auf, wie geschickt sie alles schönfärbte. Wir sprachen nicht von einer ungeplanten Schwangerschaft, einer überstürzten Heirat und den nachfolgenden finanziellen Schwierigkeiten. Keine Rede war von dem Gefängnisausbruch und der brutalen Schießerei. Das waren Episoden und Zwischenfälle, unerklärliche Ereignisse, an denen keiner der Jungen Schuld zu tragen schien.

Als hätte sie meine Gedanken aufgenommen, wechselte sie plötzlich das Thema. Sie ging in den Flur und nahm den Staubsauger. Auf quietschenden Rollen zog sie ihn hinter sich her, suchte die nächste Steckdose und zog genug Kabel heraus, um ihn anschließen zu können...

»Vielleicht bin ich an allem schuld, was Brian durchgemacht hat. Ich kann Ihnen nur sagen, als Alleinerziehende zwei Kinder großziehen zu müssen, das ist der härteste Job, den ich je kennengelernt habe. Wenn man dazu auch noch mittellos ist, kann man nur verlieren. Brian hätte die beste Hilfe gebraucht. Statt dessen hat er gar nichts bekommen, was Therapie angeht. Seine Probleme sind nur verstärkt worden, und das ist ja wohl kaum seine Schuld.«

»Wollen Sie mit den beiden reden? Ich möchte mich nicht einmischen, aber ich muß mit Brian sprechen.«

»Warum? Wozu? Wenn mein Mann wirklich hier auftaucht, hat das mit *ihm* nichts zu tun.«

»Vielleicht doch. Von der Schießerei in Mexicali haben alle Zeitungen berichtet. Ich weiß, daß Ihr Mann in Viento Negro die Blätter gelesen hat. Es ist doch durchaus vorstellbar, daß er unter diesen Umständen hierher zurückkommen würde.«

»Sie wissen das nicht sicher.«

»Nein. Aber nehmen Sie nur einmal an, es ist wahr. Meinen Sie nicht, Brian sollte erfahren, was vorgeht? Sie möchten doch nicht, daß er eine Dummheit macht.«

Das schien anzukommen. Ich konnte sehen, wie sie die verschiedenen Möglichkeiten erwog. Sie zog die Düse für die Polstermöbel ab und schob die für Boden und Teppich auf das Rohr. »Und warum nicht, verdammt noch mal? Viel schlimmer kann's ja nicht mehr werden. Der arme Junge«, sagte sie.

Ich hielt es für besser, ihr nicht zu sagen, daß ich ihn als Köder in einer Falle sah.

Unten im Büro läutete das Telefon. Dana begann eine Aufzählung von Brians Heimsuchungen, aber ich ertappte mich dabei, daß ich dem Gebabbel des Anrufbeantworters lauschte, das die Treppe heraufschallte. Nach dem Signalton meldete sich eine von Danas Kundinnen mit der neuesten Beschwerde. »Hallo, Dana. Hier spricht Ruth. Hören Sie, Bethany hat ein kleines Problem mit dem Partyservice, den Sie empfohlen haben. Wir haben die Frau jetzt zweimal um einen schriftlichen Kostenvoranschlag für den Empfang gebeten, aber sie rührt sich einfach nicht. Wir dachten, Sie könnten vielleicht mal bei ihr anrufen und ihr ein bißchen Feuer unter dem Hintern machen. Ich bin den ganzen Morgen hier. Sie können mich jederzeit zurückrufen, okay? Danke. Bis später. Tschüß.«

Es hätte mich interessiert, ob Dana diesen jungen Bräuten jemals erzählte, was für Probleme sie erwarteten, wenn die Hochzeit erst vorbei war: Langeweile, Gewichtszunahme, Verantwortungslosigkeit, Streitereien über Sex, Ausgaben, Familienurlaube und darüber, wer die Socken aufhebt. Vielleicht zeigte sich da nur meine zynische Natur, aber Kostenvoranschläge für den Hochzeitsempfang schienen trivial im Vergleich zu den ganz normalen Ehekonflikten.

». . . wirklich hilfsbereit, großzügig und kooperativ. Er hat so ein einnehmendes Wesen und kann so komisch sein. Er ist hochintelligent.« Sie sprach von Brian, dem vermutlichen Killer. Nur eine Mutter kann einen Jungen, der gerade aus dem Gefängnis ausgebrochen ist und wie ein Amokläufer um sich geballert hat, als ›einnehmend und komisch‹ beschreiben. Sie sah mich erwartungsvoll an. »Ich muß hier weitermachen, damit ich mein Schlafzimmer wieder in Besitz nehmen kann. Haben Sie noch Fragen, ehe ich anfange zu saugen?«

Auf Anhieb fielen mir keine ein. »Danke, nein. Das wär's fürs erste.«

Sie drückte auf den Schalter, und der Staubsauger erwachte jaulend zum Leben. In dem schrillen Geheul war jede weitere Unterhaltung unmöglich. Ich ging.

11

Es war fast Mittag. Ich fuhr zum Gefängnis von Perdido County. Es befand sich in einem weitläufigen, 1978 erbauten Komplex, in dem außerdem die Justizbehörden und die Gemeindeverwaltung untergebracht waren. Ich stellte meinen Wagen auf einem der großen Parkplätze ab, die die Anlage umgeben, und trat durch die Glastür des Haupteingangs in das untere Foyer. Dort wandte ich mich nach rechts und ging durch einen kurzen Korridor zur Anmeldung des Gefängnisses.

Ich nannte dem Beamten am Schalter meinen Namen und wurde zur Wache verwiesen, wo ich wiederum meine Papiere vorlegte. Ich mußte einen Moment warten, während der Beamte telefonierte, um festzustellen, ob der Leiter der Gefängnisverwaltung im Haus sei. Sobald ich den Namen des Mannes hörte, wußte ich, daß das Glück mir hold war. Ich war mit Tommy Ryckman zusammen zur Schule gegangen. Er war zwei Klassen über mir gewesen, aber wir hatten es damals, als man das noch ohne Angst vor Tod oder Krankheit tun konnte, ziemlich schlimm miteinander getrieben. Erst war ich mir nicht sicher, ob er sich an mich erinnern würde, aber offenbar wußte er gleich, wer ich war. Er war sofort bereit, mit mir zu sprechen.

Als ich sein kleines Büro betrat, stand er, lang und schlaksig wie immer, aus seinem Sessel auf und sagte mit einem breiten Lächeln: »Mann, wir haben uns wirklich viel zu lange nicht gesehen! Wie geht's dir?«

»Gut, Tommy. Und dir?«

Über den Schreibtisch hinweg reichten wir uns die Hände, gaben unserer Wiedersehensfreude Ausdruck, tauschten kurze Zusammenfassungen dessen aus, was wir erlebt hatten, seit wir uns das letzte Mal gesehen hatten. Er war jetzt Mitte Dreißig, glattrasiert mit weichem braunen Haar, das seitlich gescheitelt und an seinen Kopf angeklatscht war. Ein wenig begann sich sein Haar schon zu lichten, und seine Stirn war faltig, wie von den Zinken einer Gabel durchzogen. Er trug eine Nickelbrille, seine khakifarbene Uniform, die ihn als Angehörigen des Sheriff's Department auswies, war gestärkt und tadellos gebügelt. Die Hose sah aus, als wäre sie ihm auf den Leib geschneidert worden. Er hatte lange Arme und große Hände und trug natürlich einen Ehering.

Er wies mich zu einem Sessel und ließ sich wieder hinter seinem Schreibtisch nieder. Selbst im Sitzen konnte er die Figur eines Basketballspielers nicht verleugnen. Seine Beine waren so lang, daß die Knie über der Kante des Schreibtischs zu sehen waren. Die schwarzen Schuhe mußten mindestens Größe 45 sein. Wenn er sprach, klang immer noch ein leichter Akzent durch, und ich erinnerte mich, daß er mitten im Schuljahr aus dem Mittleren Westen – Wisconsin? – nach Santa Teresa gekommen war. Auf dem Schreibtisch stand eine Fotografie, die eine betulich aussehende Frau und drei Kinder zeigte, zwei Jungen und ein Mädchen, alle mit braunem Haar, das ordentlich gekämmt war, alle mit Brille. Zwei der Kinder waren in dem Alter, in dem ihnen dauernd irgendwelche Zähne fehlen.

»Du bist wegen Brian Jaffe hier?«

»Mehr oder weniger«, antwortete ich. »Eigentlich interessiert mich mehr, wo sein Vater abgeblieben ist.«

»Das hörte ich. Lieutenant Whiteside hat mir erzählt, was los ist.«

»Kennst du den Fall? Ich habe einiges darüber gehört, aber nur oberflächlich.«

»Ein guter Freund von mir hat mit Lieutenant Brown zusammen den Fall bearbeitet. Er hat mir einiges erzählt. Hier weiß so ziemlich jeder von der Sache. Einige Leute sind mit der CSL übel auf die Nase gefallen. Es war ein Schwindel nach dem Lehrbuch. Mein Freund ist inzwischen versetzt worden, aber du solltest auf jeden Fall mit Harris Brown sprechen, wenn wir dir nicht weiterhelfen können.«

»Ich versuche schon eine ganze Weile, ihn zu erreichen, aber er ist ja jetzt wohl im Ruhestand?«

»Das stimmt, aber ich bin sicher, er würde sich nach Kräften bemühen, dir zu helfen. Weiß der Junge, daß die Chance besteht, daß sein Vater noch lebt?«

Ich schüttelte den Kopf. »Ich habe eben mit seiner Mutter gesprochen, und die hat ihm noch nichts gesagt. Er ist doch gerade erst nach Perdido zurückgebracht worden, nicht?«

»Ja. Wir haben übers Wochenende zwei Deputys nach Mexicali geschickt, um den Jungen herbringen zu lassen. Er ist gestern abend hier angekommen.«

»Wäre es möglich, daß ich ihn sehen kann?«

»Heute wahrscheinlich nicht. Im Augenblick ist Essenszeit und danach muß er zur ärztlichen Untersuchung. Du kannst es aber morgen oder übermorgen mal versuchen, solange er keine Einwände hat.«

»Wie hat er es eigentlich geschafft, aus Connaught herauszukommen?«

Tommy Ryckman wich meinem Blick aus. »Darüber sprechen wir lieber nicht«, sagte er. »Sonst steht's morgen in der Zeitung, und alle Welt weiß Bescheid. Sagen wir, die Häftlinge entdeckten eine kleine Lücke im Netz und haben die Gelegenheit genutzt. Noch einmal wird das nicht passieren, das kannst du mir glauben.«

»Wird man ihn als Erwachsenen behandeln?«

Tommy Ryckman streckte sich, daß seine Gelenke krachten. »Da mußt du schon den Staatsanwalt fragen. Ich kann nur sagen, mir wär's recht. Der Junge ist ein gerissenes Früchtchen. Wir sind überzeugt, daß er den Ausbruchsplan ausgearbeitet hat, aber er kann natürlich jetzt sagen, was er will. Zwei seiner Kumpel sind tot und der dritte schwebt in Lebensgefahr. Er wird sich als das unschuldige Opfer hinstellen. Du weißt, wie das läuft. Diese Bürschchen übernehmen doch nie die Verantwortung. Seine Mutter hat ihm schon einen hochkalibrigen Anwalt aus Los Angeles besorgt.«

»Wahrscheinlich mit einem Teil des Geldes aus der Lebensversicherung des Vaters«, sagte ich. »Ich wünschte, der gute Wendell Jaffe würde klammheimlich aufkreuzen. Ich kann mir zwar nicht vorstellen, daß er das riskiert, aber meine Ahnungen wären dann bestätigt.«

»Hm, diese Hoffnung wirst du wahrscheinlich begraben müssen. Bei einem Fall wie diesem, der solche Wellen geschlagen hat, wird die Verhandlung wahrscheinlich unter Ausschluß der Öffentlichkeit und bei strengsten Sicherheitsmaßnahmen stattfinden. Der Anwalt des Jungen wird kräftig auf den Putz hauen und alle möglichen Argumente dafür bringen, daß sein Mandant als Jugendlicher zu behandeln sei. Er wird eine Untersuchung beantragen, Gutachten anfordern und einen Riesenzirkus veranstalten, und solange die Frage nicht entschieden ist, wird er behaupten, sein Mandant hätte ein Recht auf Jugendschutz.«

»Es gibt wohl keine Möglichkeit für mich, seine Strafakte einzusehen?« sagte ich. Die Frage war eigentlich völlig überflüssig, aber manchmal erlebt man Überraschungen, auch mit Bullen.

Tommy Ryckman verschränkte die Hände hinter dem Kopf und lächelte mir mit einer Art brüderlicher Nachsichtigkeit zu. »Unmöglich«, sagte er milde. »Aber du kannst es ja mal bei der Zeitung probieren. Die Reporter können dir wahrscheinlich alles besorgen, was du haben willst. Ich weiß nicht, wie sie's machen, aber sie scheinen ihre kleinen Tricks zu haben.« Er beugte sich vor. »Ich wollte gerade zum Mittagessen gehen. Hast du Lust, mir Gesellschaft zu leisten?«

»Gern«, antwortete ich.

Als er aufstand, wurde mir bewußt, wie sehr er noch gewachsen war, seit ich ihn das letzte Mal gesehen hatte, und da war er schon über einen Meter achtzig groß gewesen. Jetzt hielt er die Schultern leicht nach vorn gekrümmt und trug den Kopf halb zur Seite geneigt, vielleicht weil er hoffte, dann einen betäubenden Zusammenstoß mit dem Türsturz vermeiden zu können, wenn er ein Zimmer betrat oder verließ. Ich hätte Geld darauf gewettet, daß seine Frau höchstens einen Meter fünfzig groß war und ständig seine Gürtelschließe vor Augen hatte. Beim Tanzen sahen die beiden wahrscheinlich aus, als begingen sie gerade einen obszönen Akt.

»Ich hoffe, es stört dich nicht, wenn ich unterwegs noch ein paar Dinge erledige.«

»Nein, nein, das ist ganz in Ordnung«, versicherte ich.

Wir traten den Weg durch das Gewirr von Korridoren an, die die einzelnen Büros und Abteilungen miteinander verbanden. Sie wurden alle von Videokameras überwacht, und mehrmals mußten wir Sicherheitskontrollen passieren. Von einer Zone zur anderen trat eine subtile Veränderung der Gerüche ein: Nahrungsmittel, Bleiche, brennende Chemikalien, als hätte jemand den Plastikring um ein Sechserpack Limonadendosen angezündet, muffige Wolldecken, Bodenwachs, Gummireifen. Tommy Ryckman entledigte sich diverser administrativer Aufgaben, Dinge von minderer Bedeutung, die im Amtsjargon abgehandelt wurden. In der Compu-

terabteilung arbeitete eine überraschend hohe Zahl von Frauen –
aller Altersstufen und und aller Ausführungen, meist in Jeans oder
Polyesterhosen. Die Leute gingen, wie ich bemerkte, angenehm
kameradschaftlich miteinander um.

Schließlich erreichten wir die kleine Kantine für die Angestellten. Auf der Speisekarte standen an diesem Tag Lasagne, Schinken-
Käse-Toast, Pommes frites und Mais. Ein bißchen knapp an Fett
und Kohlehydraten für meinen Geschmack. Es gab auch eine
Salatbar, die in Behältern aus rostfreiem Stahl Eisbergsalat, geras-
pelte Karotten, grüne Paprikaringe und Zwiebeln anbot. Das Menü
für die Häftlinge war auf eine Tafel geschrieben: Bohnensuppe,
Schinken-Käse-Toast, Bœuf Stroganoff oder Lasagne, Weißbrot,
Pommes frites und der Mais, der nie fehlen durfte. Anders als im
Gefängnis von Santa Teresa, wo die Häftlinge sich selbst bedienten,
wurden die Speisen für die Insassen hier auf Tabletts geladen, die in
großen Wärmewagen gestapelt wurden. Die wurden dann im
Lastenaufzug in die Gefängnisabteilungen befördert.

Tommy Ryckman hatte immer noch den Riesenappetit eines
Heranwachsenden. Er nahm sich eine doppelte Portion Lasagne,
zwei Schinken-Käse-Toasts, einen Berg Mais und einen gleich
großen Berg Pommes frites, eine große Schüssel Salat mit massenhaft Thousand-Island-Soße darüber. Zum Schluß zwängte er noch
zwei Behälter Magermilch auf sein Tablett. Ich begnügte mich mit
einem Schinken-Käse-Toast und einem bescheidenen Häufchen
Pommes frites und wunderte mich, daß ich in dieser Umgebung
überhaupt Appetit entwickeln konnte. Wir suchten uns einen
freien Tisch und luden ab.

»Hast du schon in Perdido gearbeitet, als Jaffe seine Firma
gegründet hat?« fragte ich.

»Aber ja«, antwortete Tommy Ryckman. »Aber ich lasse mich
natürlich niemals auf solche Geschäfte ein. Mein Vater hat immer
gesagt, ich wäre besser dran, wenn ich mein Geld in eine Kaffee-
büchse schmeiße. Depressionsmentalität, aber der Rat ist gar nicht
so schlecht. Jedenfalls kannst du nur hoffen, daß nicht bekannt
wird, daß Jaffe noch unter uns weilt. Ich habe zwei Kollegen, die er

reingelegt hat. Wenn der sein Gesicht zeigt, wird er sehr schnell eine ganze Horde wütender Mitbürger auf den Fersen haben.«

»Was geht in solchen Leuten eigentlich vor?« fragte ich. »Ich verstehe das nicht.«

Er spritzte eine Ladung Ketchup auf seine Pommes und reichte mir die Flasche weiter. Es war offensichtlich, daß wir eine Vorliebe für ungesundes Essen teilten.

Er aß hastig, die Aufmerksamkeit auf seinen Teller konzentriert, während der Berg, den er vor sich hatte, langsam kleiner wurde. »Das System basiert auf Vertrauen – ob du nun Schecks, Kreditkarten oder Verträge irgendwelcher Art hast. Betrüger fühlen sich in keiner Weise moralisch verpflichtet, ihre Abmachungen zu erfüllen. Das Kontinuum reicht von der finanziellen Verantwortungslosigkeit und der Bauernfängerei bis zu Schwindel und Betrug. Man erlebt es ständig. Banker, Immobilienmakler, Anlageberater – du kannst jeden nehmen, der mit großen Geldsummen zu tun hat. Nach einer Weile sind sie offenbar einfach nicht mehr fähig, die Finger davon zu lassen.«

»Die Versuchung ist zu groß«, meinte ich, während ich mir die Hände an einer Papierserviette abwischte.

»Es ist mehr als das. Meiner Meinung nach geht es diesen Leuten nicht nur ums Geld. Das Geld repräsentiert gewissermaßen nur die Punktzahl. Man braucht diesen Leuten nur zuzuschauen, dann merkt man nach einer Weile, daß es das Spiel ist, auf das sie süchtig sind. Das gleiche gilt für die Politiker. Es ist ein power trip. Uns normale Sterbliche brauchen sie einzig für ihre Selbstbestätigung.«

»Es wundert mich, daß Leute aus eurer Behörde auf den Schwindel reingefallen sind. Gerade ihr hier müßtet doch eigentlich gescheiter sein. Ihr habt doch dauernd mit solchen Geschichten zu tun.«

Kauend schüttelte er den Kopf. »Man hofft doch immer auf den Volltreffer, den großen Gewinn bei kleinem Einsatz. Da steht unsereiner auch nicht drüber.«

»Ich habe mich gestern abend mit Jaffes Expartner unterhalten«, bemerkte ich. »Der scheint mit allen Wassern gewaschen zu sein.«

»Ist er. Kaum war er raus, war er schon wieder im Geschäft. Und was, zum Teufel, sollen wir dagegen tun? Jeder hier in der Gegend weiß, daß der Bursche im Knast war. Aber das macht nichts. Er war noch keinen Tag wieder auf freiem Fuß, da haben sie ihm schon wieder ihr Geld nachgeworfen. Eine Strafverfolgung ist in diesen Fällen gerade deshalb so schwierig, weil die Opfer nicht glauben wollen, daß sie getäuscht worden sind. Sie werden alle von dem Schwindler abhängig, der sie übers Ohr haut. Sobald sie ihm einmal ihr Geld gegeben haben, sind sie darauf angewiesen, daß er Erfolg hat, wenn sie ihr Geld zurückhaben wollen. Und der Schwindler hat natürlich immer Entschuldigungen und Ausflüchte parat, um die Rückzahlung zu verschleppen. Es ist verdammt schwer, in diesen Fällen was zu beweisen. Soundso oft kann die Staatsanwaltschaft sich nicht mal auf die Kooperation der Opfer verlassen.«

»Ich verstehe nicht, wieso gescheite Leute so auf die schiefe Bahn geraten.«

»Ach, wenn man weit genug zurückschaut, kann man's wahrscheinlich kommen sehen. Jaffe zum Beispiel hat ein abgeschlossenes Jurastudium, aber er ist nie als Rechtsanwalt zugelassen worden. Hat nie die Prüfung gemacht.«

»Ach was! Das ist ja interessant.«

»Ja. Gleich nach dem Studium hat er Riesenmist gebaut und am Ende auf eine Anwaltslaufbahn verzichtet. Ein typischer Fall: Intelligent und akademisch, aber er hatte eine schlechte Veranlagung, die sich damals schon gezeigt hat.«

»Was hat er denn angestellt?«

»Es ging um eine Prostituierte, die bei irgendwelchen brutalen sexuellen Praktiken ums Leben gekommen ist. Jaffe war der Freier. Vor Gericht machte er geltend, es sei Totschlag gewesen, und kam mit einer Bewährungsstrafe davon. Und mit so einem schwarzen Fleck auf der weißen Weste kann man nicht Anwalt werden. Dazu ist Perdido zu klein.«

»Er hätte doch woandershin gehen können.«

»Das ist ihm anscheinend nicht eingefallen.«

»Ich finde die Geschichte irgendwie seltsam. Ich hätte ihn nicht für einen Mann gehalten, der zur Gewalt neigt. Wie ist er von Totschlag zu Betrug gekommen?«

»Wendell Jaffe ist nicht dumm. Es war nicht etwa so, daß er in einer Riesenvilla mit Swimmingpool und Tennisplätzen wohnte. Er kaufte ein solides Fünfzimmerhaus in einer guten Mittelstandswohngegend. Er und seine Frau fuhren amerikanische Autos, Kompaktwagen ohne Luxusaccessoires und keineswegs neu. Sein Wagen war sechs Jahre alt. Seine beiden Söhne gingen auf öffentliche Schulen. Im allgemeinen fällt bei solchen Leuten auf, daß sie auf großem Fuß leben, aber auf Jaffe traf das nicht zu. Keine Designerkleidung. Er und seine Frau machten keine großen Reisen und ließen keine großen Feten steigen. Nach Ansicht seiner Anleger – und er beeilte sich, ihnen das zu bestätigen – steckte er jeden Penny direkt wieder ins Geschäft.«

»Ja, was war dann der Trick?«

»Also, ich habe ein bißchen nachgegrast, als ich hörte, daß du kommst. Nach allem, was mir zu Ohren gekommen ist, war das Ganze ziemlich simpel. Er und Eckert hatten ungefähr zweihundertfünfzig Anleger, von denen einige bis zu fünfundzwanzig und fünfzigtausend Dollar investierten. CLS kassierte dann erst mal Honorare und Gebühren.«

»Auf der Grundlage eines Prospekts?«

»Richtig. Als erstes kaufte Jaffe nämlich eine Mantelfirma und taufte sie CLS Inc.«

»Und was war das für eine Gesellschaft?«

»Eine Treuhand. Dann machte er Schlagzeilen mit dem Kauf eines Hundertmillionen-Dollar-Komplexes und verkündete sechs Monate später, er hätte ihn für hundertneunundachtzig Millionen verkauft. In Wirklichkeit ist das Geschäft nie zustande gekommen, aber das wußte die Öffentlichkeit nicht. Jaffe beeindruckte seine Anleger mit einem tollen, ungeprüften Finanzbericht, der Aktiva in Höhe von über fünfundzwanzig Millionen Dollar aus wies. Danach war es ein Kinderspiel. Sie kauften Immobilien und täuschten Gewinne vor, indem sie sie an eine andere ihrer Mantelfirmen verkauften und auf diese Weise den Wert der Grundstücke künstlich aufblähten.«

»Ja, Wahnsinn!« sagte ich.

»Es war ein typisches Schneeballgeschäft. Einige von den Leuten, die schon früh eingestiegen waren, machten Gewinne wie die Banditen. Achtundzwanzig Prozent auf die investierte Summe. Es war nichts Ungewöhnliches, daß sie gleich noch einmal investierten, um von dem geschäftlichen Riecher der Herren von CLS zu profitieren. Wer hätte da widerstehen können? Jaffe schien ein ernsthafter, beschlagener, fleißiger, aufrichtiger und konservativer Mann zu sein. Er hatte nichts von einem Scharlatan an sich. Er zahlte gute Gehälter und behandelte seine Angestellten anständig. Er schien eine glückliche Ehe zu führen und ein guter Familienvater zu sein. Er war ein bißchen ein Workaholic, aber er schaffte es, ab und zu auch mal Urlaub zu machen: zwei Wochen im Mai, da fuhr er jedes Jahr zum Angeln, und noch mal zwei Wochen im August, um mit der Familie Campingferien zu machen.«

»Mann, du hast dich wirklich kundig gemacht. Und welche Rolle hat Carl Eckert gespielt?«

»Jaffe hat die Firma nach außen vertreten. Alles übrige hat Eckert erledigt. Jaffes Talent war die Werbung. Er war dabei so zurückhaltend und wirkte so unglaublich aufrichtig, daß man am liebsten gleich die Brieftasche gezogen und ihm alles gegeben hätte, was man besaß. Die beiden haben gemeinsam verschiedene Immobiliensyndikate gegründet. Den Anlegern wurde weisgemacht, ihr Geld läge auf einem separaten Konto, aus dem einzig und allein ein ganz bestimmtes Projekt finanziert würde. In Wirklichkeit wurden die Mittel für die verschiedenen Projekte alle in einen Topf geworfen und manche Gelder, die für ein neues Projekt bestimmt waren, wurden dazu benutzt, ein altes abzuschließen.«

»Und dann kam die Immobilienflaute.«

Tommy hielt den Daumen nach unten. »Du sagst es. Die Firma

hatte plötzlich Mühe, neue Anleger aufzutreiben. Und nach einer Weile wurde Jaffe wohl klar, daß sein schönes Kartenhaus kurz vor dem Einsturz war. Außerdem kündigte ihm das Finanzamt, wie ich hörte, eine Betriebsprüfung an. Das war der Moment, als er auf seinem Boot davonsegelte. Eines kann ich dir sagen: Dieser Bursche besaß eine solche Überzeugungskraft, daß viele der Anleger selbst dann noch an ihn glaubten, als sich herausstellte, daß sie ihr ganzes gutes Geld verloren hatten. Sie waren überzeugt, es gäbe eine andere Erklärung als Veruntreuung für die fehlenden Gelder. Und da saß dann Eckert in der Tinte.«

»Wußte Eckert, was Jaffe trieb?«

»Meiner Meinung nach, ja. Er hat immer behauptet, er hätte keine Ahnung gehabt, was Jaffe im Schilde führte, aber er hat doch die ganze interne Kleinarbeit gemacht, er muß es also gewußt haben. Eindeutig. Er konnte an seiner Unschuld nur festhalten, weil niemand da war, der ihm widersprechen konnte.«

»Genau wie das jetzt bei Brian Jaffe der Fall ist«, bemerkte ich.

Tommy lächelte. »In solchen Fällen ist es immer sehr hilfreich, wenn die Komplizen tot sind.«

Es war Viertel nach eins, als ich aus dem Gebäude trat und im Zickzack über den vollen Parkplatz zu der Ecke ging, in der mein Auto stand. Auf der Fahrt zum Highway 101 schaffte ich es, sämtliche roten Ampeln zwischen mir und der Auffahrt mitzunehmen. Bei jedem Halt vertrieb ich mir die Zeit damit, die Frauen in den anderen Autos zu beobachten, die den Moment vor dem roten Licht benutzten, um ihr Augen-Make-up zu prüfen oder sich mit den Fingern durch die Haare zu fahren. Ich verstellte meinen Rückspiegel und warf einen raschen Blick auf meinen eigenen borstigen Schopf. Ich war fast sicher, daß das Haar an der kleinen Stoppelstelle über meinem linken Ohr schon ein wenig nachgewachsen war.

Unwillkürlich glitt mein Blick zu dem Wagen hinter mir. Es durchzuckte mich, als hätte ich einen elektrisch geladenen Draht berührt. Renata saß am Steuer, die Stirn leicht gerunzelt, ihre Aufmerksamkeit auf ihr Autotelefon konzentriert. Sie war allein im Wagen, der nicht nach einem Mietwagen aussah, es sei denn, Avis oder Hertz hatten sich jetzt Jaguar zugelegt. Die Ampel schaltete um, und ich fuhr los. Renata folgte mir mit gleicher Geschwindigkeit. Ich war auf der inneren Spur und fuhr in südlicher Richtung. Sie scherte auf die andere Spur aus, gab Gas und überholte mich von rechts.

Ich sah ihren rechten Blinker aufleuchten, zog den Wagen auf die andere Spur hinüber und reihte mich hinter ihr ein. Rechts von uns tauchte ein großes Einkaufszentrum auf. Ich sah, wie sie abbog, doch ehe ich es ihr gleichtun konnte, schob sich ein anderer Wagen vor mich. Ich bremste scharf ab, um einen Auffahrunfall zu vermeiden, und musterte dabei den Parkplatz vor mir. Renata war sofort links abgebogen und hatte ihren Jaguar dann in die zweite Durchfahrt gelenkt, die sich über die ganze Länge des Einkaufszentrums zu erstrecken schien. Ich bog eine volle Minute nach ihr in die Einfahrt ein. Ich raste auf einem Parallelkurs über den Parkplatz und hüpfte über Rüttelschwellen wie ein Skifahrer über eine Buckelpiste. Die ganze Zeit dachte ich, sie würde irgendwo parken, aber sie fuhr immer weiter. Zwei Autoreihen trennten uns; einmal konnte ich sie deutlich erkennen und sah, daß sie immer noch am Telefon war. Ganz gleich, was der Inhalt des Gesprächs war, es schien sie bewogen zu haben, den Gedanken an einen Einkaufsbummel fallenzulassen. Ich sah, wie sie sich nach rechts beugte und den Hörer auflegte. Gleich darauf erreichte sie eine Ausfahrt, bog scharf links ab und reihte sich wieder in den Verkehrsstrom auf der Straße ein. Ich folgte ihr, durch zwei Autos von ihr getrennt. Ich glaubte nicht, daß sie mich bemerkt hatte, und bezweifelte, daß sie mich in einer so anderen Umgebung überhaupt erkennen würde.

Sie machte Tempo, als sie sich der Auffahrt zum Highway näherte. Der Fahrer vor mir wurde langsamer. »Fahr doch«, schimpfte ich ungeduldig. Der Mann war alt und vorsichtig, scherte weit nach links aus, um nach rechts in die Tankstelle an der Ecke einzubiegen. Als ich endlich an ihm vorbei war und die Rampe hinaufbrauste, war Renatas Jaguar unter den nach Norden fahrenden Autos nicht mehr sichtbar. Sie war eine typische Lükkenspringerin und offenbar schon weit vor mir. Die ganze Fahrt hielt ich angestrengt nach ihr Ausschau, aber sie war weg, weg, weg. Zu spät fiel mir ein, daß ich die Gelegenheit versäumt hatte, mir ihr Kennzeichen zu notieren. Mein einziger Trost war die schlichte Vermutung, daß Wendell Jaffe wahrscheinlich nicht weit vom Schuß war, wenn Renata sich in der Gegend befand.

12

Wieder in Santa Teresa, fuhr ich sofort ins Büro, hievte meine Smith-Corona heraus und tippte meine Notizen ab – einen Bericht der Ereignisse der vergangenen zwei Tage, Namen, Adressen und andere Daten. Dann berechnete ich meine Arbeitszeit und rechnete Benzin und Meilengeld dazu. Ich würde der California Fidelity wahrscheinlich eine Pauschale von fünfzig Dollar pro Stunde in Rechnung stellen, aber ich wollte eine detaillierte Abrechnung parat haben, falls Gordon Titus mir pingelig kommen sollte. Tief im Inneren wußte ich, daß diese buchhalterische Gewissenhaftigkeit nichts als Ablenkung von der steigenden Erregung war, die mich erfaßt hatte. Jaffe mußte in der Nähe sein, aber was tat er, und was war nötig, um ihn ans Licht zu bringen? Wenigstens hatte sich meine Ahnung bestätigt – es sei denn Renata und Jaffe hatten sich getrennt, was ich nicht für wahrscheinlich hielt. Er hatte Familie hier. Ich war nicht sicher, ob sie ebenfalls Angehörige in der Gegend hatte. Ich nahm mir das örtliche Telefonbuch vor, fand aber keinen Eintrag unter dem Namen Huff. Sie reiste wahrscheinlich genauso unter falschem Namen wie er. Ich hätte so ziemlich alles gegeben, um den Mann zu Gesicht zu bekommen, aber langsam bekam ich das Gefühl, daß das ungefähr so wahrscheinlich war wie eine Begegnung mit einem UFO.

Immer wenn die Ermittlungen dieses Stadium erreicht haben, beginne ich ungeduldig zu werden. Und immer beschleicht mich das gleiche Gefühl – daß dieser Fall mir schließlich zum Verhängnis werden wird. Bisher habe ich noch keinen Auftrag verpfuscht. Zwar entwickeln sich die Dinge nicht immer ganz so, wie ich es voraussehe, aber bis jetzt habe ich noch jeden Fall aufgeklärt. Das Schwierige ist, daß es für den Privatdetektiv keine festen Regeln gibt. Es gibt kein eindeutiges Verfahren, keine Firmendirektiven, keine vorgeschriebene Strategie. Jeder Fall liegt anders, und letztlich kann man sich nur auf sein Gefühl verlassen. Wenn man jemandes Biographie überprüft, kann man natürlich die Ämter abklappern und sich über Vermögensverhältnisse und Grundbesitz, Geburten und Todesfälle, Heiraten, Scheidungen, Kreditwürdigkeit, geschäftlichen und privaten Leumund informieren. Jeder tüchtige Privatdetektiv lernt sehr rasch, wie man der Fährte aus Papierschnipseln folgt, die der private Bürger auf seinen Irrungen durch den Wald der Bürokratie hinterläßt. Aber der Erfolg bei der Suche nach einem Vermißten hängt von Einfallsreichtum, Beharrlichkeit und schlichtem Glück ab. Jeder Anhaltspunkt, den man sich schafft, basiert auf persönlichem Kontakt, und da ist es nicht schlecht, wenn man ein bißchen Menschenkenntnis besitzt.

Ich setzte mich hin und dachte darüber nach, was ich bisher in Erfahrung gebracht hatte. Viel war es im Grunde nicht. Ich hatte nicht das Gefühl, Wendell Jaffe näher gekommen zu sein. Ich ging daran, meine Notizen auf Karteikarten zu übertragen. Wenn alles andere versagte, konnte ich sie ja mischen und Patience legen.

Als ich das nächste Mal aufsah, war es fünf nach halb fünf. Dienstag nachmittags hatte ich von fünf bis sieben Spanischunterricht. Ich hatte noch gut fünfzehn Minuten Zeit, aber meine Talente als Schreibkraft waren ausgeschöpft. Ich schob den ganzen Papierkram in eine Mappe und sperrte den Aktenschrank ab. Dann schloß ich mein Büro hinter mir ab und ging. Auf der Straße mußte ich erst einmal eine volle Minute lang überlegen, wo ich mein Auto geparkt hatte. Schließlich fiel es mir tatsächlich ein, und ich wollte mich gerade auf den Weg machen, als Alison vom Fenster zu mir herunterbrüllte.

»Huhuu, Kinsey!«

Ich beschattete meine Augen mit der Hand und sah hinauf. Sie stand auf dem kleinen Balkon vor John Ives' Büro, und ihr blondes Haar hing über das Geländer wie bei einem modernen Rapunzel. »Lieutenant Whiteside ist am Telefon. Soll ich eine Nachricht entgegennehmen?«

»Ach ja, bitte, wenn's dir nichts ausmacht. Oder er kann auf meinem Anrufbeantworter eine Nachricht hinterlassen. Ich gehe zum Spanisch, aber spätestens um halb acht bin ich zu Hause. Wenn ich ihn zurückrufen soll, dann bitte ihn um seine Nummer.«

Sie nickte, winkte und verschwand.

Ich holte meinen Wagen und fuhr zur Schule, zwei Meilen entfernt. Vera Lipton kam kurz nach mir auf den Parkplatz und bog in die erste kaum besetzte Gasse rechts ein. Ich hatte die zweite links genommen, näher beim Eingang. Wir waren beide dabei, unsere Theorien darüber zu erproben, wie man nach dem Unterricht am schnellsten wegkam. Die meisten der vorhandenen Klassenzimmer waren von der Abendschule besetzt, und nach dem Unterricht stiegen jedesmal hundertfünfzig bis zweihundert Leute gleichzeitig in ihre Autos.

Ich nahm meinen Block, meinen Stapel Papiere und mein *501 Spanische Verben*. Eilig verschloß ich den Wagen und rannte quer über den Platz, um Vera abzufangen. Wir hatten uns kennengelernt, als ich noch regelmäßig für die California Fidelity gearbeitet hatte, bei der sie angestellt war, zunächst als Sachbearbeiterin, dann als Abteilungsleiterin. Sie ist wahrscheinlich die beste Freundin, die ich je haben werde, obwohl ich eigentlich nicht recht weiß, was zu so einer Beziehung gehört. Jetzt, da wir nicht länger benachbarte Büros hatten, hatten unsere Kontakte etwas Sporadisches bekommen. Das war ein Grund, weshalb die Idee, zusammen einen Spanischkurs zu besuchen, so reizvoll erschienen war. In der Pause pflegten wir uns in aller Eile über die besonderen

Ereignisse der Woche auszutauschen. Manchmal lud sie mich nach dem Unterricht zum Essen bei sich zu Hause ein, und dann lachten und schwatzten wir häufig bis tief in die Nacht. Nach siebenunddreißig Jahren überzeugten Alleinlebens hatte Vera einen Allgemeinmediziner namens Neil Hess geheiratet, mit dem sie im Jahr zuvor eigentlich mich hatte verkuppeln wollen. Was mich damals amüsierte, war die Tatsache, daß sie hin und weg war, aber aus Gründen, die ich für vorgeschoben hielt, meinte, er passe nicht zu ihr. Ganz besonders störte es sie, daß sie beinahe einen Kopf größer war als er. Am Ende siegte die Liebe. Oder Neil legte sich Plateausohlen zu.

Sie waren nun seit neun Monaten verheiratet – seit dem vergangenen November –, und ich fand, daß sie nie besser ausgesehen hatte. Sie ist groß und stramm: vielleicht einen Meter fünfundsiebzig bei 65 Kilo, nicht zierlich. Sie war wegen ihrer großzügigen Proportionen niemals verlegen gewesen. Tatsache ist, daß Männer in ihr eine Art Göttin zu sehen schienen und überall, wo sie auftauchte, mit ihr ins Gespräch zu kommen versuchten. Jetzt, da sie und Neil regelmäßig Sport treiben – Jogging und Tennis – hatte sie zehn Kilo abgenommen. Ihr früher rotgefärbtes Haar hatte wieder seine natürliche Farbe, ein lichtes Braun, und sie trug es schulterlang. Sie kleidete sich immer noch wie eine Fluglehrerin: Overalls mit dicken Schulterpolstern und eine getönte Fliegerbrille, manchmal mit hohen Absätzen, heute abend mit Stiefeln.

Als sie mich sah, nahm sie ihre Brille ab und winkte heftig. »¡Hola!« rief sie vergnügt. Bisher war dies das einzige Wort, das wir wirklich gemeistert hatten, und wir gebrauchten es, so häufig wir konnten. Ein junger Bursche, der gerade die Hecken stutzte, sah erwartungsvoll auf. Wahrscheinlich glaubte er, Veras Ruf gelte ihm.

»¡Hola!« antwortete ich. »¿Dónde están los gatos?« Immer noch auf der Suche nach diesen geheimnisvollen schwarzen Katzen.

»En los árboles.«

»Muy bueno«, sagte ich.

»Mensch, klingt das nicht toll?«

»Doch, und der Bursche da drüben glaubt bestimmt, wir seien Hispanos«, erwiderte ich.

Vera lachte und winkte ihm einmal kurz zu, ehe sie sich wieder mir zuwandte. »Du bist ja heute richtig früh dran. Meistens flatterst du doch mit einer Viertelstunde Verspätung herein.«

»Ich hab' am Schreibtisch gesessen und konnte es nicht mehr erwarten, den ganzen Papierkram wegzulegen. Wie geht's dir? Du schaust gut aus.«

Wir gingen ins Klassenzimmer und schwatzten vergnügt, bis die Lehrerin kam. Patty Abkin-Quiroga ist klein und zierlich, sehr enthusiastisch und unseren tolpatschigen Gehversuchen in ihrer Sprache gegenüber sehr tolerant. Nichts ist so frustrierend, wie in einer fremden Sprache herumzustolpern wie ein Narr, und wäre nicht ihr Verständnis gewesen, so hätten wir schon nach den ersten Wochen entmutigt aufgegeben. Wie gewöhnlich begann sie den Unterricht, indem sie uns eine lange Geschichte auf Spanisch erzählte, irgend etwas, das mit ihren Aktivitäten an diesem Tag zu tun hatte. Entweder hatte sie ein tostado gegessen, oder ihr kleiner Sohn Eduardo hatte seine Flasche in der Toilette hinuntergespült, und sie hatte den Klempner holen müssen.

Als ich nach dem Kurs nach Hause kam, sah ich das rote Licht meines Anrufbeantworters blinken. Ich drückte auf den Knopf und hörte das Gerät ab, während ich in meinem kleinen Wohnzimmer umherging und die Lichter anknipste.

»Hallo, Kinsey. Lieutenant Whiteside hier von der Polizei Santa Teresa. Ich habe heute nachmittag von unseren Freunden bei der Paßbehörde Los Angeles ein Fax bekommen. Über einen Dean DeWitt Huff haben sie nichts, aber für Renata Huff haben sie mir die folgende Adresse in Perdido mitgeteilt.« Ich schnappte mir einen Stift und kritzelte seine Angaben auf eine Papierserviette. »Wenn ich mich nicht irre, ist das drüben in den Perdido Keys. Lassen Sie mich wissen, was Sie herausbekommen haben. Morgen habe ich frei, aber am Donnerstag bin ich wieder hier.«

»Okay«, sagte ich und schüttelte mit erhobenen Armen beide Fäuste. Ich führte ein kleines Tänzchen, komplett mit Hinterngewackel, auf, um dem Universum für kleine Gefälligkeiten zu danken. Anstatt wie geplant zu Rosie's zum Essen zu gehen, machte ich mir ein Brot, wickelte es in Wachspapier und verpackte es in einem Plastikbeutel, wie meine Tante es mich gelehrt hatte. Meine zweite haushaltliche Fertigkeit neben dem Konservieren frischer Sandwiches ist – dank ihren schrulligen Vorstellungen – das Verpacken von Geschenken jeglicher Größe und Form ohne Zuhilfenahme von Tesafilm. Dies betrachtete sie als wichtige Vorbereitung auf das Leben.

Es war zehn vor acht und noch hell, als ich wieder auf den 101 fuhr. Auf der Fahrt verspeiste ich mein Picknick, indem ich mit einer Hand lenkte, in der anderen das belegte Brot hielt und dabei vergnügt vor mich hin summte. Mein Autoradio hüllte sich seit Tagen in ominöses Schweigen, und ich vermutete, daß irgendeine wesentliche Röhre tief in seinem Inneren ihren Geist aufgegeben hatte. Ich schaltete es trotzdem versuchshalber mal ein. Er konnte ja sein, daß es während meiner Abwesenheit einen Selbstheilungsprozeß durchgemacht hatte. Aber solches Glück hatte ich nicht. Ich knipste es also wieder aus und unterhielt mich dafür mit Erinnerungen an die Jahresfeier der Gemeinde Perdido/Olvidado, die jedesmal aus einem lahmen Festzug, der Errichtung unzähliger Freßbuden und der Menge der Einheimischen bestand, die gelangweilt herumliefen und sich ihre P/O-T-Shirts mit Senf und Ketchup vollkleckerten.

Pater Junipero Serra, der erste Präsident der Alta-California-Missionen, errichtete an dem sechshundertfünfzig Meilen langen Küstenstreifen zwischen San Diego und Sonoma neun Missionen. Pater Fermin Lasuen, der 1785, im Jahr nach Serras Tod, die Führerschaft übernahm, gründete neun weitere Missionen. Es folgten noch andere, weniger brillante Missionsleiter, zahllose Brüder und Pater, deren Namen aus dem öffentlichen Gedächtnis verschwunden sind. Einer von diesen, Pater Prospero Olivarez, bat zu Beginn des Jahres 1781 darum, am Santa-Clara-Fluß zwei kleinere Missionen errichten zu dürfen. Der Pater behauptete, zwei benachbarte *presidios* oder Forts würden nicht nur der Mission, die in Santa Teresa erbaut werden sollte, als Schutz dienen, sondern könnten zugleich die Bekehrung, Beherbergung und Ausbildung kalifornischer Indianer unternehmen, die dann als gelernte Arbeiter bei den geplanten Bauunternehmen eingesetzt werden könnten. Pater Junipero Serra war sehr angetan von dieser Idee und gab voll Enthusiasmus seine Zustimmung. Pläne wurden angefertigt, und der Platz, an dem die Missionen einmal stehen sollten, wurde feierlich eingeweiht. Doch infolge unerklärlicher Verzögerungen wurde der Beginn der Bauarbeiten immer wieder aufgeschoben, bis Pater Serra schließlich starb, worauf das Projekt abserviert wurde. Pater Olivarez' Zwillingskirchen wurden nie erbaut. Einige Historiker haben Olivarez als weltlich und ehrgeizig dargestellt und die Meinung vertreten, daß man ihm die Unterstützung für sein Projekt entzogen hatte, um seinen weltlichen Bestrebungen einen Dämpfer aufzusetzen. Kirchendokumente, die seither ans Licht gekommen sind, legen eine andere Möglichkeit nahe: daß nämlich Pater Lasuen, der sich für die Errichtung von Missionen in Soledad, San José, San Juan Bautista und San Miguel einsetzte, in Olivarez eine Bedrohung seiner eigenen Ziele gesehen und bewußt die Bemühungen des Rivalen bis zum Tod Pater Serras sabotiert habe. Seine Machtübernahme sei für Olivarez' Vision der Todesstoß gewesen. Wie auch immer die Wahrheit aussehen mag, zynische Beobachter gaben dem Zwillingsort den Namen Perdido/Olvidado, eine Verhohnepipelung von Prospero Olivarez' Namen. Übersetzt bedeuten die beiden Namen Verloren und Vergessen.

Auf dieser Fahrt mied ich das Zentrum. Architektonisch war der Ort eine Mischung aus nüchternen modernen Kästen und viktorianischem Schnörkel. In jenem Teil der Städtchen, der sich zwischen dem 101 und dem Meer befindet, waren ganze Landflächen einfach asphaltiert, eine Serie ineinander übergehender Riesenparkplätze von Supermärkten, Tankstellen und Fast-Food-Abspeisen. Man konnte kilometerweit über schwarze Asphaltfelder fahren, ohne eine Straße benutzen zu müssen. Bei Seacove fuhr ich vom Highway ab und nahm Kurs auf die Perdido Keys.

Näher am Ozean sahen die Häuser aus wie die eines kleinen Seebads – Holzverschalung mit großen Sonnenterrassen, meerblau oder -grau gestrichen, in den Gärten leuchtende rote, gelbe und orangefarbene Blumen. Ich kam an einem Haus vorüber, auf dessen Balkon im ersten Stockwerk so viele Anzüge zum Trocknen aufgehängt waren, daß es aussah, als wären die Gäste einer Cocktailparty auf die Terrasse getreten, um frische Luft zu schnappen.

Das Tageslicht verblaßte im Indigoblau des Abends, und in den Häusern rundherum gingen die Lichter an, als ich endlich die Straße fand, die ich suchte. Die Häuser auf beiden Seiten der schmalen Straße lagen am Wasser. Die meisten hatten hinten einen breiten Holzsteg, von dem eine kurze Holzrampe zu einem Bootsanlegeplatz hinunterführte. Der Kanal war tief genug für Boote stattlicher Größe. Ich roch den kühlen Meeresduft, und die Stille wurde akzentuiert vom gelegentlichen Plätschern von Wasser und dem Quaken von Fröschen.

Ich fuhr langsam durch die Straße und versuchte mit zusammengekniffenen Augen die Hausnummern auszumachen, bis ich die entdeckte, die Lieutenant Whiteside mir angegeben hatte. Renata Huffs Haus war ein einstöckiger Bau, der Verputz dunkelblau gestrichen und weiß abgesetzt. Hinten war das Grundstück durch einen weißen Bretterzaun vor neugierigen Blicken von der Straße geschützt. Das Haus war dunkel, und an einem Pfosten im Vorgarten hing ein Schild, »Zu verkaufen«. Ich sagte: »Interessant!«

Nachdem ich das Auto auf der anderen Straßenseite abgestellt hatte, ging ich eine lange Holzrampe hinauf zur Haustür und läutete, als erwartete ich, eingelassen zu werden. Auch wenn das Haus zu verkaufen war, konnte es gut sein, daß Renata hier noch wohnte. Während ich vor der Tür stand und wartete, musterte ich die beiden Nachbarhäuser rechts und links. Das eine war ganz dunkel; im anderen brannte hinten Licht. Ich drehte mich um, so daß ich die Häuser gegenüber in Augenschein nehmen konnte. Soweit feststellbar, wurde ich nicht beobachtet, und es schienen auch keine bissigen Hunde auf den Anwesen in der Nachbarschaft zu sein. Ich betrachte das häufig als stillschweigende Aufforderung zum Einbruch, aber hier hatte ich durch eines der schmalen Fenster, die die Haustür flankierten, den verräterischen Schimmer eines roten Lämpchens gesehen, ein Zeichen, daß die Alarmanlage eingeschaltet war. Nicht nett von Renata.

Und nun? Ich konnte nach Santa Teresa zurückfahren, aber es hätte mich geärgert, die Fahrt ganz umsonst unternommen zu haben. Wieder sah ich zu dem Nachbarhaus hinüber, in dem Licht brannte. Durch ein Seitenfenster sah ich eine Frau, die mit gesenktem Kopf in ihrer Küche arbeitete. Ich ging die Rampe wieder hinunter und durchquerte den Garten, wobei ich darauf achtete, nicht in die Blumenbeete zu treten. Ich läutete und sah, während ich wartete, ohne sonderliches Interesse zu Renatas Vorderveranda hinüber. Genau in diesem Momenht gingen im Haus automatisch die Lichter an – das sollte den Eindruck erwecken, es sei bewohnt. Tatsächlich sah es jetzt nur aus wie ein leeres Haus, in dem sinnlos Licht brannte.

Über mir flammte die Verandalampe auf, und dann wurde die Haustür einen Spalt geöffnet. »Ja bitte?« Die Frau war meiner Schätzung nach in den Vierzigern. Ich konnte nur ihr langes, dunkles Haar sehen, das lockig über ihre Schultern herabfiel wie eine altmodische Allongeperücke. Sie roch nach Flohpulver. Erst dachte ich, es sei ein neues Designerparfüm, aber dann sah ich den in ein Handtuch vermummten Hund, den sie unter den Arm geklemmt hielt. Es war eines dieser kleinen schwarz-braunen Hündchen, die ungefähr die Größe eines Brotlaibs haben. Schnucki, Putzi, Püppchen.

»Guten Abend«, sagte ich. »Ich hoffte, Sie könnten mir vielleicht eine Auskunft über das Haus nebenan geben, das zu verkaufen ist. Mir ist die Rampe vor der Tür aufgefallen. Wissen Sie zufällig, ob das Haus für eine behinderte Person eingerichtet ist?«

»Ja.«

Ich hatte mir eigentlich mehr Details erhofft. »Innen auch?«

139

»O ja. Ihr Mann erlitt vor ungefähr zehn Jahren einen schweren Schlaganfall – einen Monat bevor sie mit dem Bau des Hauses anfingen. Sie ließ daraufhin die Pläne radikal ändern und sogar einen Lift zum ersten Stock einbauen.«

»So ein Zufall«, murmelte ich. »Meine Schwester ist nämlich behindert, wissen Sie, und wir suchen schon Ewigkeiten nach einem Haus, in dem sie sich mit ihrem Rollstuhl einigermaßen frei bewegen kann.« Da ich das Gesicht der Frau nicht sehen konnte, richtete ich das Wort unwillkürlich an den Hund, der mir auch recht aufmerksam zuhörte.

Die Frau sagte: »Ach, wirklich? Was fehlt ihr denn?«

»Sie hatte vor zwei Jahren einen Unfall beim Tauchen und ist seither querschnittgelähmt.«

»Wie schrecklich«, sagte die Frau mit jener Art gespielter Anteilnahme, die man der Geschichte einer fremden Person entgegenzubringen pflegt. Ich hätte schwören können, daß ihr Fragen durch den Kopf schwirrten, die zu stellen sie zu höflich war.

Tatsächlich fing ich schon selbst an, mich richtig elend zu fühlen wegen meiner Schwester, auch wenn sie so eine tapfere Person war. »Sie trägt es eigentlich sehr gut. Und heute sind wir den ganzen Tag herumgefahren und haben hier in der Gegend nach Häusern geschaut. Wir tun das seit Wochen, aber das Haus hier ist das erste, das sie interessiert hat, darum bin ich noch mal hergekommen, um mich genauer zu erkundigen. Wissen Sie vielleicht, wieviel das Haus kosten soll?«

»Vier fünfundneunzig, habe ich gehört.«

»Ach, das ist gar nicht so übel. Ich glaube, ich werde unseren Immobilienmakler bitten, einen Termin zu vereinbaren, damit wir es uns einmal ansehen können. Ist die Eigentümerin tagsüber hier zu erreichen?«

»Das ist schwer zu sagen. In letzter Zeit war sie viel auf Reisen.«

»Wie heißt sie gleich wieder?« fragte ich, als hätte sie es mir schon einmal gesagt.

»Renata Huff.«

»Was ist mit ihrem Mann? Wenn sie nicht da ist, könnte unser Makler vielleicht den Mann anrufen.«

»Oh, tut mir leid. Dean ist tot. Mr. Huff, meine ich. Ich dachte, ich hätte Ihnen gesagt, daß er einen schweren Schlaganfall hatte.« Der Hund, den das endlose Gerede langweilte, begann unruhig zu werden.

»Ach, wie traurig«, sagte ich. »Wann ist er denn gestorben?«

»Ich weiß nicht genau. So vor fünf, sechs Jahren.«

»Und sie hat nicht wieder geheiratet?«

»Nein, das schien sie gar nicht zu interessieren. Mich wundert das, ehrlich gesagt. Ich meine, sie ist ja noch jung – in den Vierzigern –, und sie stammt aus einer reichen Familie. Jedenfalls hat man es mir so erzählt.« Der Hund begann seine lange Zunge auszufahren und versuchte, ihr das Gesicht abzulecken. Das war sicher irgendein Hundesignal, von dessen Bedeutung ich leider keine Ahnung hatte. Bussi, Fressi, Runter, Aufhören.

»Und warum will sie verkaufen? Zieht sie weg von hier?«

»Das weiß ich wirklich nicht, aber wenn Sie möchten, können Sie mir Ihre Nummer hier lassen, dann sage ich ihr das nächste Mal, wenn ich sie sehe, daß Sie hier waren.«

»Gern. Das ist nett.«

»Augenblick. Ich hole mir nur was zu schreiben.«

Sie ging von der Tür zu einem Beistelltisch im Vestibül und kam gleich darauf mit einem Stift und einem alten Briefumschlag zurück.

Ich erfand eine Nummer mit der Vorwahl von Montebello, wo die Reichen wohnen. »Können Sie mir vielleicht Mrs. Huffs Nummer geben?«

»Die habe ich leider nicht. Ich glaube, sie ist nicht eingetragen.«

»Ach, na ja, der Makler wird sie schon haben«, meinte ich sorglos. »Glauben Sie, sie hätte was dagegen, wenn ich inzwischen mal einen kurzen Blick durch die Fenster werfe?«

»Bestimmt nicht. Es ist wirklich ein hübsches Haus.«

»Ja, das kann ich mir vorstellen«, sagte ich. »Ich habe gesehen, daß auch ein Bootssteg da ist. Hat Mrs. Huff ein Boot?«

»O ja, ein großes Segelboot . . . achtundvierzig Fuß. Aber ich hab's schon eine ganze Weile nicht mehr draußen gesehen. Vielleicht läßt sie was dran machen. Ich weiß, daß sie es von Zeit zu Zeit aus dem Wasser nimmt. Na ja . . . ich gehe jetzt besser hinein, dem Hund wird kalt.«

»Natürlich. Vielen Dank noch mal.«

»Keine Ursache«, sagte sie.

13

Aus zwei altmodischen Kutschenlampen, die wahrscheinlich nachgemacht waren, fielen zwei sich überschneidende Lichtkreise auf die vordere Veranda. Rechts und links von der Haustür waren schmale, hohe Fenster. Ich drückte meine Nase an die Scheibe des rechten und schirmte meine Augen mit den Händen gegen das Licht ab. Hinter dem Vestibül sah ich einen kurzen Korridor, der sich in einen großen, nach hinten hinaus liegenden Raum öffnete. Das Haus hatte, soweit ich sehen konnte, glänzende Holzfußböden, die blaßgrau gebeizt worden waren, und überbreite Türen. Durch eine Reihe Fenstertüren in der hinteren Mauer konnte ich bis zur Sonnenterrasse hinter dem Haus sehen.

Rechts von mir schwang sich eine Treppe zur ersten Etage. Die Nachbarin hatte von einem Lift erzählt, aber ich konne keinen sehen. Vielleicht hatte Renata ihn nach Mr. Huffs Hinscheiden entfernen lassen. Es hätte mich interessiert, ob es sein Reisepaß war, mit dem Wendell Jaffe durch die Lande streifte.

Während ich von Fenster zu Fenster ging, öffnete sich das Haus meinem Blick. Die Zimmer waren nicht überladen, ordentlich aufgeräumt, alles schien zu blitzen. Vorn waren ein Arbeitszimmer und ein zweiter Raum, der mir nach einem Gästezimmer aussah, wahrscheinlich mit eigenem Bad.

Ich stieg die Verandatreppe hinunter und ging zur linken Seite des Hauses. Die Garage war abgeschlossen, wahrscheinlich auch durch die Alarmanlage gesichert. Ich sah mir die Gartenpforte an. Sie schien kein Schloß zu haben. Ich zog an einem Ring, an dem ein Stück Schnur festgemacht war. Der Riegel öffnete sich, und mit angehaltenem Atem, darauf gefaßt, daß jeden Moment die Alarmanlage losgehen würde, trat ich durch das Törchen. Totenstille. Nur das Quietschen der Pforte war zu hören. Ich schloß sie behutsam hinter mir und ging den schmalen Fußweg zwischen Garage und Zaun entlang. Ich sah das Abluftrohr eines Wäschetrockners und stellte mir den Waschraum auf der anderen Seite der Mauer vor.

Die Sonnenterrasse war vom grellen Schein mehrerer Zweihundert-Watt-Scheinwerfer taghell erleuchtet. Ich schlich mich an der Hauswand entlang und spähte durch die Fenstertüren ins Innere: das große Wohnzimmer mit einem anschließenden Speisezimmer, auf dessen anderer Seite ich ein Stück Küche erkennen konnte. Ach, du lieber Gott. Renata hatte jene Art von Tapete gewählt, die nur Innenarchitekten schön finden: ein giftiges Chinesengelb voll grüner Ranken und explodierender Boviste. Das Muster wiederholte sich im teuren Stoff der Vorhänge und Möbelbezüge. Es konnte sein, daß in diesem Raum ein Pilz außer Kontrolle geraten war und sich wie ein Virus reproduziert hatte, bis jede Ecke überwuchert war. Ich hatte mal ähnliche Bilder in einem wissenschaftlichen Magazin gesehen. Schimmelpilzsporen in neunzehnhundertfacher Vergrößerung.

Ich ging über die Terrasse und dann die Rampe hinunter zum dunklen Wasser. Dort drehte ich mich herum und blickte zum Haus zurück. Es gab keine Außentreppe, keinen Weg, soweit ich sehen konnte, zum ersten Stockwerk hinauf. Ich ging durch die Pforte wieder zurück, ließ den Riegel hinter mir lautlos einschnappen, vergewisserte mich, daß auf der Straße kein Auto kam. Das hätte mir jetzt gerade noch gefehlt, daß genau in diesem Moment Renata nach Hause kam und mich im Licht ihrer Scheinwerfer in ihrer Einfahrt ertappte.

Als ich am Briefkasten vorn an der Straße vorbeikam, tippte mir ein kleiner Teufel auf die Schulter und meinte, ich sollte doch ruhig mal die Postvorschriften der Vereinigten Staaten verletzen. »Willst du wohl aufhören?« sagte ich empört, aber natürlich hatte ich die Klappe schon aufgezogen, um das Bündel Briefe aus dem Kasten zu nehmen, das an diesem Tag gebracht worden war. Es war zu dunkel auf der Straße, um das Zeug zu sortieren; ich mußte den ganzen Packen in meine Handtasche stopfen. Ich bin wirklich durch und durch schlecht. Ich kann manchmal selbst nicht glauben, was ich für Scheiß mache. Erst lüge ich die Nachbarin an, und dann klaue ich Renatas Post. Gab's denn gar nichts, wovor ich zurückschreckte? Nein, anscheinend nicht. Flüchtig fragte ich mich, ob man bei Postdiebstahl pro Fall oder pro Postsendung bestraft wurde. Wenn das letztere der Fall sein sollte, sammelte ich ganz schön Strafpunkte.

Ehe ich nach Hause fuhr, machte ich noch einen Abstecher zu Dana Jaffes Haus. Ich schaltete die Scheinwerfer aus und hielt meinen Wagen ihrem Haus gegenüber an. Ich ließ den Schlüssel im Zündschloß und eilte lautlos über die Straße. Im Erdgeschoß brannten alle Lichter. Um diese Zeit war auf der Straße kaum Verkehr. Von den Nachbarn war nichts zu sehen. In der Dunkelheit huschte ich über den Rasen. Die Büsche seitlich vom Haus gaben so viel Deckung, daß ich ungestört spionieren konnte. Wenn schon Postdiebstahl, dachte ich mir, dann auch gleich noch ein bißchen unbefugtes Betreten von Privatgrundstücken.

Dana sah fern. Ihr Gesicht war dem Gerät zwischen den Fenstern zugewandt und wurde von wechselnden Lichtreflexen beleuchtet. Sie zündete sich eine Zigarette an, nahm das Glas, das neben ihr auf dem Beistelltisch stand, und trank einen Schluck. Von Wendell Jaffe war keine Spur zu sehen; nichts ließ darauf schließen, daß außer Dana noch jemand im Haus war. Ab und zu lächelte sie, vielleicht in Reaktion auf das vorgefertigte Fernsehgelächter, das ich gedämpft hören konnte. Ich wurde mir plötzlich bewußt, daß ich die ganze Zeit den Verdacht gehabt hatte, sie stecke mit ihm unter einer Decke und hätte all die Jahre immer gewußt, wo er war. Als ich sie jetzt allein sah, ließ ich diesen

Verdacht fallen. Ich konnte mir einfach nicht vorstellen, daß sie dem Mann dabei geholfen haben sollte, seine Söhne im Stich zu lassen. Beide Jungen hatten in den vergangenen fünf Jahren gelitten.

Ich setzte mich wieder in meinen Wagen, ließ den Motor an und wende, bevor ich meine Scheinwerfer wieder einschaltete. Als ich wieder in Santa Teresa war, machte ich bei McDonald's in der Milagro Street halt und holte mir einen Viertelpfünder und eine Portion Pommes. Den Rest der Fahrt begleitete mich der Geruch nach geschmorten Zwiebeln und warmen Dillgurken, nach Hackfleisch und geschmolzenem Käse und diversen Gewürzen. Ich stellte das Auto ab und trat mit der Tüte mit meinem verspäteten Abendessen in der Hand durch das quietschende Tor.

Bei Henry brannte kein Licht mehr. Ich ging in meine Wohnung. Dort stellte ich den Styroporbehälter auf die Arbeitsplatte, machte den Deckel auf und benutzte den als Behälter für die Pommes. Nachdem ich aus den Tütchen, die ich mitgenommen hatte, Ketchup auf die Kartoffeln gegeben hatte, setzte ich mich auf einen Barhocker und mampfte, während ich die Post durchsah, die ich gestohlen hatte. Wie soll ich das Stehlen aufgeben, wenn es mir eine solche Fülle an Informationen einbringt? Meinen niedrigen Instinkten folgend, hatte ich doch tatsächlich Renatas Telefonrechnung erwischt, die nicht nur ihre nicht eingetragene Nummer enthielt, sondern auch eine chronologische Liste aller Nummern, von denen sie in den vergangenen dreißig Tagen per Kreditkarte angerufen hatte. Die Visa-Rechnung, die auf Renatas Namen und den ihres Mannes lautete, gab eine genaue Übersicht über die Orte, die sie und ›Dean DeWitt Huff‹ besucht hatten. Für einen Toten war er ganz schön unternehmungslustig. Einige der Kreditkartenquittungen enthielten hervorragende Handschriftenproben von ihm. Die Ausgaben in Viento Negro war noch nicht aufgeführt, aber ich konnte die beiden von La Paz nach Cabo San Lucas und San Diego zurückverfolgen. Lauter Hafenstädte, die per Boot gut zu erreichen waren, wie ich bemerkte.

Um halb elf ging ich zu Bett und schlief wie ein Murmeltier bis sechs. Eine halbe Sekunde, ehe mein Wecker rasselte, wachte ich auf. Ich schob die Bettdecke weg und griff nach meinen Joggingsachen. Nachdem ich mich in aller Eile gewaschen hatte, hopste ich meine Wendeltreppe hinunter und ging auf die Straße.

Es war noch morgendlich kühl, doch die Luft war seltsam drückend, als würde die vom vergangenen Tag verbliebene Hitze von der dichten Wolkendecke am Himmel niedergehalten. Das frühe Licht schimmerte perlgrau. Der Strand sah so fein und weich aus wie graues Leder, von den Nachtwinden gekräuselt und von der Brandung geglättet. Meine Erkältung war bereits viel besser, aber ich wagte es noch nicht, die vollen drei Meilen zu laufen. Ich wechselte zwischen Gehen und Laufen und achtete dabei auf meinen Atem und die Proteste meiner Beinmuskeln. Um diese frühe Zeit mache ich mich immer auf das Unerwartete gefaßt. Ich sehe den gelegentlichen Obdachlosen, geschlechtslos und anonym, der im Gras schläft, und eine alte Frau mit einem Einkaufswagen allein an einem Picknicktisch. Besonders achte ich auf die seltsam aussehenden Männer in abgerissenen Anzügen, die sich lachend und gestikulierend mit unsichtbaren Begleitern unterhalten. Ich habe Angst davor, in diese befremdlichen und beängstigenden Dramen miteinbezogen zu werden. Wer weiß, was für Rollen wir in den Träumen anderer spielen?

Ich duschte, zog mich an und aß, während ich die Zeitung durchsah, eine Schale Flocken. Dann fuhr ich zum Büro und suchte zwanzig frustrierende Minuten lang nach einem Parkplatz, bei dem ich nicht damit rechnen mußte, einen Strafzettel zu bekommen. Gerade als ich aufgeben wollte, rettete mich eine Frau mit einem Lieferwagen, die direkt gegenüber vom Büro einen Platz freimachte.

Ich sah die Post vom Vortag durch. Nichts von Interesse außer der Mitteilung, daß ich eine Million Dollar gewonnen hatte. Genauer gesagt, entweder ich oder die beiden anderen genannten Personen. Im Kleingedruckten hieß es, Minnie und Steve seien in der Tat bereits dabei, ihre Millionen in 40 000-Dollar-Raten zu kassieren. Na, da machte ich mich aber sofort an die Arbeit, riß die perforierten Marken auseinander, befeuchtete sie und klebte sie in die verschiedenen Kästchen. Ich sah mir das übersandte Material aufmerksam an und machte mir ernstlich Sorgen, ich könnte den dritten Preis gewinnen, ein Paar Skier. Was, zum Teufel, sollte ich mit denen dann anfangen? Na, vielleicht konnte ich sie Henry zum Geburtstag schenken. Während ich dann meine Scheckabrechnung machte, um klare Verhältnisse zu schaffen, griff ich zum Telefon und rief mehrmals Renata Huffs nicht eingetragene Nummer an. Ohne Erfolg.

Irgend etwas beunruhigte mich innerlich, und es hatte mit Jaffe und Renata Huff überhaupt nichts zu tun. Es war Lena Irwins gestrige Bemerkung über die Familie Burton Kinsey in Lompoc. Obwohl ich behauptet hatte, der Name sei mir kein Begriff, hatte er etwas in mir ausgelöst, und das ließ mir jetzt keine Ruhe. In vieler Hinsicht basierte mein ganzes Selbstgefühl auf der Tatsache, daß meine Eltern bei einem Autounfall ums Leben gekommen waren, als ich fünf Jahre alt gewesen war. Ich wußte, daß mein Vater die Kontrolle über den Wagen verloren hatte, als von einem Steilhang ein Stein heruntergestürzt war und die Windschutzscheibe durchschlagen hatte. Ich saß hinten und wurde beim Zusammenprall nach vorn, gegen den Sitz geschleudert. So saß ich stundenlang eingeklemmt, während die Feuerwehrmänner ihr Bestes taten, um mich aus dem Wrack zu befreien. Ich erinnere mich an das hoffnungslose Weinen meiner Mutter und das Schweigen, das ihm folgte. Ich erinnere mich, eine Hand um die Seite des Fahrersitzes geschoben und die Hand meines Vaters, von dem ich nicht wußte, daß er tot war, umfaßt zu haben. Ich weiß, daß ich dann bei meiner Tante wohnte, der Schwester meiner Mutter mit Namen Virginia. Ich nannte sie Gin Gin oder Tante Gin. Sie hatte mir wenig, fast gar nichts über die Familie erzählt. Ich wußte nur – weil diese Tatsache Teil der Unfallgeschichte war –, daß meine Eltern am Tag ihres Todes auf dem Weg nach Lompoc gewesen waren, aber ich hatte nie über den Grund für diese Fahrt nachgedacht. Meine Tante verlor nie ein Wort darüber, und ich fragte nicht danach. In Anbetracht meiner schier unersättlichen Wißbegier und meiner natürlichen Neigung, meine Nase in Dinge zu stecken, die mich nichts angehen, war es wirklich sonderbar, wie wenig Beachtung ich meiner eigenen Vergangenheit geschenkt hatte. Ich hatte blind akzeptiert, was man mir erzählt hatte und mir aus den spärlichen Tatsachen meine eigene Legende gebastelt. Warum hatte ich den Schleier niemals heruntergerissen?

Ich dachte über mich selbst nach, über das Kind, das ich mit fünf, sechs gewesen war, isoliert, auf einer einsamen Insel. Nach dem Tod der Eltern schuf ich mir in einem Pappkarton, den ich mit Decken und Kissen füllte und einer Nachttischlampe erhellte, meine eigene kleine Welt. Ich war im Essen sehr heikel. Ich pflegte mir Brote zu machen, Käse und eingelegte Gurken, oder Krafts Käse mit Oliven und Piment, in vier genau gleiche Streifen geschnitten, die ich dann auf einem Teller säuberlich arrangierte. Ich mußte alles selbst tun und war sehr pingelig. Verschwommen erinnere ich mich, daß meine Tante immer in der Nähe war. Damals war ich mir ihrer Besorgnis nicht bewußt, aber wenn ich mir heute ihr Bild ins Gedächtnis rufe, weiß ich, daß sie meinetwegen tief beunruhigt gewesen sein muß. Ich pflegte mein Essen zu nehmen und in meinen Karton zu kriechen. Dort sah ich mir Bilderbücher an und aß dabei, starrte zur Pappdecke hinauf, summte leise vor mich hin, schlief. Vier Monate oder fünf verkroch ich mich in diesem Nest künstlicher Wärme, in diesem Kokon des Schmerzes. Ich brachte mir selbst das Lesen bei. Ich malte Bilder, machte Schattenspiele an den Wänden meiner Höhle. Ich lernte von selbst eine Schleife binden. Vielleicht glaubte ich, sie würden zurückkommen, diese Mutter, dieser Vater, deren Gesichter ich herbeizaubern konnte, Heimkino für die Waise, ein kleines Mädchen, das bis vor kurzem geborgen im Schoß der kleinen Familie gelebt hatte. Ich weiß heute noch, wie kalt es mir draußen vorkam, wenn ich aus meiner Höhle kroch. Meine Tante ließ mich gewähren. Als im Herbst die Vorschule begann, kroch ich wie ein kleines Tier aus meiner Höhle. Die Vorschule war schrecklich. Ich war andere Kinder nicht gewöhnt. Ich war Lärm und Strenge nicht gewöhnt. Ich mochte Mrs. Bowman, die Vorschullehrerin, nicht, in deren Augen ich sowohl Mitleid als auch Mißbilligung lesen konnte. Ich war ein seltsames Kind. Ich war schüchtern. Ich war immer ängstlich. Nie mehr war später etwas so schlimm wie diese ersten Schuljahre. Ich weiß jetzt, daß die Geschichte mir wie ein Gespenst von Klasse zu Klasse gefolgt sein muß, von Lehrer zu Lehrer, bei jedem Gespräch mit dem Schulleiter gegenwärtig... was sollen wir mit ihr anfangen? Wie sollen wir mit ihren Tränen und mit ihrer Versteinerung umgehen? So intelligent, so fragil, eigensinnig, introvertiert, asozial, labil...

Als das Telefon läutete, fuhr ich zusammen. Das Herz schlug mir bis zum Hals, als ich den Hörer von der Gabel riß. »Kinsey Millhone, Privatdetektei.«

»Hallo, Kinsey, hier spricht Tommy. Du weißt schon, Perdido-County-Gefängnis. Brian Jaffes Anwalt hat uns gerade mitgeteilt, daß du mit dem Jungen sprechen kannst, wenn du möchtest. Er schien darüber nicht allzu glücklich zu sein, aber Mrs. Jaffe hat anscheinend darauf bestanden.«

»Ach was?« Ich konnte meine Überraschung nicht verbergen.

Er lachte. »Vielleicht glaubt sie, daß du für ihn in die Bresche springen und dieses Mißverständnis mit dem Gefängnisausbruch und dem Mord an dem kleinen Mädchen aufklären wirst.«

»Klar«, sagte ich. »Wann kann ich kommen?«

»Jederzeit.«

»Und wen verlange ich? Dich?«

»Nein, frag nach Robert Tiller. Er kennt den Jungen schon aus der Zeit, als er noch für die Schulbehörde die Schulschwänzer aufgelesen hat. Ich könnte mir denken, daß du ganz gern mit ihm reden möchtest.«

»Wunderbar.«

Ehe ich ihm noch richtig danken konnte, hatte er schon aufgelegt. Ich lächelte vergnügt, als ich meine Handtasche nahm und zur Tür ging. Das ist das Nette bei den Bullen – wenn sie einen einmal in Ordnung finden, gibt es kaum jemanden, der großzügiger ist.

Deputy Tiller und ich gingen durch den Korridor. Unsere Schritte, die nicht im Takt waren, knallten, seine Schlüssel klapperten. Die Kamera oben in der Ecke behielt uns im Auge. Er war älter, als ich erwartet hatte, Ende Fünfzig und korpulent. Seine Uniform saß knapp. Ich stellte mir vor, wie er nach Schichtende seine Kleider mit der Erleichterung einer Frau abstreifte, die ihren Strumpfgürtel ablegt. Sein Körper trug wahrscheinlich bleibende Male all dieser Schließen und Knöpfe. Sein rotblondes Haar begann über der Stirn zurückzuweichen. Er hatte einen rotblonden Schnauzer, grüne Augen, eine Stupsnase – ein Gesicht, das zu einem Zwanzigjährigen gepaßt hätte. Sein dicker Ledergürtel knarrte bei jedem seiner Schritte, und mir fiel auf, daß sich seine Haltung und sein Gebaren veränderten, wenn er einem Häftling in die Nähe kam. Eine kleine Gruppe, fünf, um genau zu sein, wartete vor einer Eisentür mit vergitterter Glasscheibe. Latinos, Anfang Zwanzig. Sie trugen die blauen Gefängnishosen und weiße T-Shirts, an den Füßen Gummisandalen. Den Vorschriften folgend, sprachen sie nichts und hielten ihre Hände auf dem Rücken gefaltet.

Ich sagte: »Sergeant Ryckman hat mir erzählt, daß Sie Brian Jaffe kennenlernten, als Sie für die Schulschwänzer zuständig waren. Wie lange ist das her?«

»Fünf Jahre. Der Junge war damals zwölf, frech wie eine Lore Affen. Einmal habe ich ihn an einem Tag dreimal erwischt und in die Schule geschleppt. Ich weiß gar nicht mehr, wie oft wir uns seinetwegen mit den Tutoren zusammengesetzt haben. Der Schulpsychologe hat schließlich das Handtuch geworfen. Mir hat die Mutter leid getan. Wir haben ja alle gewußt, was die Frau durchzumachen hatte. Er ist ein mißratenes Kind. Gescheit und nett anzusehen, aber ein Mundwerk – unglaublich.« Deputy Tiller schüttelte den Kopf.

»Haben Sie seinen Vater gekannt?«

»Ja, ich habe Wendell gekannt.« Er hatte die Angewohnheit, mit einem zu sprechen, ohne Blickkontakt aufzunehmen. Es wirkte seltsam.

Da wir auf dieser Schiene nicht weiterzukommen schienen, stieg ich um. »Wie sind Sie zu diesem Posten hier gekommen?«

»Ich habe mich um eine Verwaltungsstelle beworben. Jeder, der befördert werden will, muß erst einmal ein Jahr im Gefängnis Dienst schieben. Scheußlicher Job. Mit den Leuten hier komme ich ganz gut zurecht, aber man sieht immer nur künstliches Licht. Man kommt sich vor, als lebte man in einer Höhle. Und dann diese Klimaanlage. Da wäre ich lieber draußen auf der Straße. Ein bißchen Gefahr hat noch nie geschadet. Das hält einen auf Trab.«

Wir blieben vor einem großen Aufzug stehen.

»Brian ist doch aus dem Jugendhaus ausgebrochen, nicht? Warum war er überhaupt drinnen?«

Deputy Tiller drückte auf einen Knopf und bat, man möge uns den Aufzug schicken und uns in den zweiten Stock befördern, wo die Häftlinge in sogenannter gesonderter Verwahrung und die, die ärztliche Betreuung brauchten, untergebracht waren. Der Aufzug hatte innen keinerlei Armaturen, so daß er von den Häftlingen nicht benutzt werden konnte.

»Einbruch, Besitz und Ziehen einer Faustfeuerwaffe, Widerstand bei der Festnahme. Er war übrigens in Connaught, das ist ein Jugendgefängnis mit normalen Sicherheitsmaßnahmen. Das ehemalige Jugendhaus ist heute eine Hochsicherheitsanstalt.«

»Oh, das ist aber eine Veränderung, nicht? Ich dachte, das Jugendhaus sei für Minderjährige, mit denen die Eltern nicht mehr fertig werden.«

»Die Zeiten sind vorbei. Früher waren diese Jugendlichen als ›Statustäter‹ bekannt. Die Eltern konnten sie unter gerichtliche Vormundschaft stellen lassen. Jetzt ist aus dem Jugendhaus eine Jugendstrafanstalt geworden. Die Jugendlichen dort sind hartgesottene Verbrecher. Mord und Totschlag und ein Haufen Bandenkram.«

»Und Jaffe? Was ist mit dem?«

»Der Junge hat keine Seele. Sie werden es in seinen Augen sehen. Völlig leer. Er hat Grips, aber überhaupt kein Gewissen. Er

151

ist ein Soziopath. Wir sind überzeugt, daß er den Ausbruch ausbaldowert hat. Die anderen Kerle hat er nur dazu überredet, weil er Leute brauchte, die spanisch konnten. Der Plan sah vor, daß sie sich trennen sollten, sobald sie die Grenze überschritten hatten. Ich weiß nicht, wohin er wollte, aber die anderen landeten im Leichenhaus.«

»Alle drei? Ich dachte, einer der Jungen hätte die Schießerei überlebt.«

»Er ist vergangene Nacht gestorben, ohne das Bewußtsein wiedererlangt zu haben.«

»Und das Mädchen? Wer hat sie auf dem Gewissen?«

»Da müssen Sie schon Jaffe fragen. Er ist ja der einzige, der noch übrig ist. Sehr günstig für ihn, und Sie können's mir glauben, das wird er nutzen.«

Wir hatten den Vernehmungsraum erreicht. Tiller zog einen Schlüsselbund heraus und schloß auf, öffnete die Tür zu dem leeren Raum, in dem ich mit Brian Jaffe zusammentreffen sollte.

»Ich dachte immer, diese jungen Leute seien zu retten, wenn wir nur unsere Arbeit gewissenhaft machen. Jetzt scheint's, daß wir von Glück sagen können, wenn wir es schaffen, sie von der Straße fernzuhalten.« Er schüttelte mit einem bitteren Lächeln den Kopf. »Ich werde langsam zu alt für diese Arbeit. Wird Zeit, daß ich mir einen Schreibtischposten suche. Setzen Sie sich. Der Junge wird gleich kommen.«

Der Vernehmungsraum war etwa zwei Meter breit und zweieinhalb Meter lang und hatte kein Fenster. Die Wände waren kahl, beigefarben gestrichen. Ich konnte den Farbgeruch noch wahrnehmen. Ich habe mir erzählen lassen, es gibt eine Mannschaft, die von morgens bis abends nur die Wände streicht. Wenn die Leute oben im vierten Stock fertig sind, müssen sie unten schon wieder anfangen. Es gab einen kleinen Holztisch und zwei Metallstühle mit grünen Kunststoffsitzen. Die Bodenfliesen waren braun. Sonst befand sich außer einer Videokamera in einer Ecke unter der Decke nichts im Zimmer. Ich nahm mir den Stuhl mit Blick zur offenen Tür.

Als Brian kam, war ich zunächt überrascht. Er war klein für seine achtzehn Jahre, und er wirkte zaghaft. Ich hatte schon Augen wie seine gesehen, sehr klar, sehr blau, rührend in ihrer Unschuld. Mein geschiedener Mann Daniel hatte auch so etwas an sich, einen Aspekt seines Wesens, der unglaublich sanft und kindlich war. Daniel war drogenabhängig. Er war außerdem ein Lügner und ein Betrüger im Vollbesitz seiner geistigen Kräfte und intelligent genug, um zwischen Recht und Unrecht unterscheiden zu können. Dieser Junge war etwas anders. Tiller hatte behauptet, er sei ein Soziopath, aber da war ich noch nicht sicher. Er hatte die gleichen hübschen Gesichtszüge wie Michael, aber während Michael dunkel war, war er blond. Beide hatten eine schlanke Figur, Michael war jedoch größer und wirkte so, als besäße er mehr Substanz.

Brian setzte sich, lehnte sich mit ausgestreckten Beinen zurück und hielt die Hände lose zwischen seinen Schenkeln. Er schien schüchtern zu sein, aber vielleicht war das nur Theater – um sich bei den Erwachsenen lieb Kind zu machen. »Ich habe mit meiner Mutter gesprochen. Sie hat mir gesagt, daß Sie vielleicht kommen würden.«

»Hat sie Ihnen auch gesagt, was ich will?«

»Nur daß es sich um meinen Vater handelt. Sie sagt, er ist vielleicht am Leben. Stimmt das?«

»Mit Sicherheit wissen wir es noch nicht. Ich habe den Auftrag, es festzustellen.«

»Haben Sie meinen Vater gekannt? Ich meine, bevor er – na ja, verschwunden ist?«

Ich schüttelte den Kopf. »Nein. Man hat mir nur Fotos von ihm gegeben und gesagt, wo er zuletzt gesehen wurde. Ich habe dort tatsächlich einen Mann angetroffen, der große Ähnlichkeit mit ihm hatte, aber er verschwand plötzlich wieder. Ich hoffe immer noch, es wird mir gelingen, ihn ausfindig zu machen, aber im Augenblick habe ich keinerlei Anhaltspunkte. Ich persönlich bin überzeugt, daß der Mann Ihr Vater war«, fügte ich hinzu.

»Das ist ja Wahnsinn! Sich vorzustellen, daß er vielleicht lebt!

Ich kann's nicht fassen. Ich meine, ich weiß nicht mal, wie das wäre.« Er hatte einen vollen Mund und Grübchen. Es fiel mir schwer zu glauben, daß er diese Naivität vortäuschen konnte.

»Ja«, sagte ich, »das ist sicher ein merkwürdiges Gefühl.«

»Hey, ehrlich... wo ich jetzt gerade so im Dreck sitze. Ich würde nicht wollen, daß er mich so sieht.«

Ich zuckte mit den Achseln. »Wenn er wirklich hierher zurückkommt, wird er wahrscheinlich selbst in Schwierigkeiten geraten.«

»Ja, das hat meine Mutter auch gesagt. Ich glaub', sie war nicht besonders erfreut. Na ja, kann man ihr wahrscheinlich nicht übelnehmen nach allem, was passiert ist. Ich meine, wenn er wirklich die ganze Zeit am Leben war, dann heißt das doch, daß er sie ganz gemein aufs Kreuz gelegt hat.«

»Haben Sie ihn noch klar in Erinnerung?«

»Eigentlich nicht. Michael – mein Bruder – schon. Haben Sie ihn kennengelernt?«

»Flüchtig. Bei Ihrer Mutter.«

»Haben Sie meinen kleinen Neffen gesehen, Brendan? Der ist echt cool. Fehlt mir, der kleine Kahlkopf.«

Genug von diesem Gerede. Ich wurde ungeduldig. »Haben Sie etwas dagegen, wenn ich Ihnen ein paar Fragen über Mexicali stelle?«

Man sah ihm an, daß ihm unbehaglich zumute wurde. Er setzte sich gerade hin und fuhr sich mit der Hand durch das Haar. »Hey, Mann, das war übel. Da darf ich gar nicht dran denken. Ich hab' niemanden umgebracht, damit hatte ich nichts zu tun, ich schwör's. Julio und Ricardo hatten die Kanone«, behauptete er.

»Was ist mit dem Ausbruch? Wie ist es dazu gekommen?«

»Hm, äh – na ja, wissen Sie, ich glaub', meinem Anwalt wär's nicht recht, wenn ich darüber rede.«

»Ich habe nur zwei Fragen – im strengsten Vertrauen. Ich möchte mir gern ein Bild machen können, was hier eigentlich vorgeht«, erklärte ich. »Was Sie mir sagen, bleibt unter uns.«

»Es ist besser, ich sage nichts«, murmelte er.

»War es Ihr Einfall?«

»Nie im Leben. Sie halten mich wahrscheinlich für einen Idioten. Es war blöd von mir, daß ich mitgemacht hab'... Das sehe ich jetzt ein – aber damals wollte ich nur raus. Um jeden Preis. Waren Sie mal im Knast?«

Ich schüttelte den Kopf.

»Da können Sie froh sein.«

Ich sagte: »Von wem stammte der Einfall?«

Er sah mir direkt ins Gesicht. Seine blauen Augen waren so klar wie ein Swimmingpool. »Ernesto hat's vorgeschlagen.«

»Sie waren ziemlich gut befreundet?«

»Keine Spur. Ich hab' die nur gekannt, weil wir in Connaught alle im selben Pavillon gewohnt haben. Der andere, Julio, hat gesagt, er würde mich alle machen, wenn ich mich raushalte. Ich wollte erst nicht. Ich mein', ich wollte nicht mitmachen, aber er war ein richtiger Schrank – echt groß –, und er hat gesagt, er würd's mir geben.«

»Er hat Ihnen gedroht?«

»Ja, er hat gesagt, er und Ricardo würden mich zureiten.«

»Sie sprechen von sexuellem Mißbrauch?«

»Ja.«

»Warum gerade Sie?«

»Warum ich?«

»Ja. Was hatten Sie zu bieten, daß Sie für das Unternehmen so wichtig waren? Warum haben sie sich nicht noch einen Hispano ausgesucht, wenn sie nach Mexiko wollten?«

Er zuckte mit den Achseln. »Woher soll ich das wissen? Die spinnen doch alle.«

»Was wollten Sie denn in Mexiko tun, wenn Sie nicht einmal die Sprache sprechen?«

»Mich verstecken. Mich nach Texas durchschlagen. Hauptsächlich wollte ich raus aus Kalifornien.«

Der Gefängniswärter klopfte, die Sprechzeit war um.

Irgend etwas an Brians Lächeln hatte mich bereits veranlaßt abzuschalten. Ich bin eine geborene Lügnerin mit ein bißchen

Talent, und ich kultiviere es. Ich verstehe wahrscheinlich mehr vom Einseifen anderer als die meisten Leute auf dem Planeten. Wenn dieser Junge die Wahrheit gesagt hätte, dann hätte er meiner Ansicht nach bei weitem nicht so betont aufrichtig getan.

14

Auf dem Weg zurück zum Büro machte ich einen Abstecher zum Staatsarchiv, das sich in einem Flügel des Gerichtsgebäudes von Santa Teresa befand. Das Gerichtsgebäude selbst wurde in den späten zwanziger Jahren neu erbaut, nachdem beim Erdbeben im Jahr 1925 das alte Gebäude und eine Anzahl von Geschäftshäusern im Ortszentrum zerstört worden waren. Gehämmerte Kupferplatten auf dem Portal des Staatsarchivs zeigen eine allegorische Darstellung der Geschichte des Staates Kalifornien. Ich trat durch die Tür in einen großen Raum, der durch eine Theke in zwei geteilt war. Rechts, in einer kleinen Empfangsecke standen zwei schwere Eichentische mit passenden Ledersesseln. Die Böden waren mit polierten dunkelroten Steinplatten gefliest, die hohen Zimmerdecken mit Mustern in verblichenem Blau und Gold bemalt. Auf dicken Deckenbalken wiederholte sich das Muster. Anmutige Holzsäulen mit ionischen Kapitellen, auch sie in gedämpften Tönen bemalt, zeigten sich in regelmäßigen Abständen. Die vielscheibigen Fenster hatten Spitzbogenform.

Die Arbeit des Archivs wurde mit Hilfe moderner Technologie erledigt: Telefon, Computer, Mikrofilm. In einem weiteren Zugeständnis an moderne Zeiten waren Teile der Wände mit schalldichtem Material getäfelt.

Ich bemühte mich, nicht nachzudenken, während ich gegen einen merkwürdigen Widerwillen ankämpfte, die beabsichtigten Nachforschungen in Angriff zu nehmen. An der Theke standen mehrere Leute, und einen kurzen Moment erwog ich, die Sache auf einen anderen Tag zu verschieben. Aber dann erschien ein zusätzlicher Angestellter, ein großer, magerer Mann im kurzärmligen Hemd und mit einer Brille, bei der ein Glas undurchsichtig war, und sagte: »Kann ich Ihnen behilflich sein?«

»Ich möchte gern die Unterlagen zu einer staatlichen Heiratserlaubnis einsehen, die im November 1935 ausgestellt worden ist.«

»Auf welchen Namen?« fragte er.

»Millhone. Terrence Randall Millhone. Brauchen Sie den Namen der Frau auch?«

Er machte sich eine Notiz. »Nein, das reicht.«

Er schob mir ein Formular über den Tisch, ich füllte brav die Leerstellen aus, um dem Staat den Grund meiner Nachforschungen zu erläutern. Ich hielt dies für eine alberne Formalität, da ja Geburten, Todesfälle, Eheschließungen und Grundstücksübertragungen in öffentlichen Urkunden niedergelegt werden. Das Ablagesystem, das man hier anwendete, war ein merkwürdiges Verfahren, bei dem die Vokale im Nachnamen ganz weggelassen und den Konsonanten unterschiedliche numerische Werte zugeteilt wurden. Der junge Mann half mir, den Namen Millhone Soundex-gerecht umzuwandeln und schickte mich dann zu einem altmodischen Kartenkatalog, in dem ich eine Eintragung für meine Eltern fand sowie genaue Hinweise darauf, in welchem Buch die Heiratserlaubnis eingetragen war. Mit diesen Informationen kehrte ich zur Theke zurück. Der Angestellte telefonierte mit irgendeiner Person in den finsteren Tiefen des Gemäuers, deren Aufgabe es war, die gefragten, auf Kassetten festgehaltenen Daten herbeizuschaffen.

Der Angestellte verwies mich an den Mikrofilmprojektor und leierte im Eilzugtempo eine Litanei von Anweisungen herunter, die ich nur zur Hälfte mitbekam. Es war nicht weiter schlimm, da er selbst die Maschine einschaltete und die Kassette einlegte, während er mir seine Erklärungen gab. Schließlich überließ er es aber doch mir, mich durch das Band bis zu dem gewünschten Dokument hindurchzuspulen. Und plötzlich hatte ich sie vor mir – Namen und persönliche Daten, sauber verzeichnet in einem

Dokument, das beinahe fünfzig Jahre alt war. Terrence Randall Millhone, wohnhaft in Santa Teresa, Kalifornien, und Rita Cynthia Kinsey, wohnhaft in Lompoc, Kalifornien, hatten am 18. November 1935 die Ehe geschlossen. Er war damals dreiunddreißig Jahre alt gewesen und hatte als Beruf Briefträger angegeben. Der Name seines Vaters war Quillen Millhone. Der Mädchenname seiner Mutter war Dace. Rita Kinsey war zur Zeit der Eheschließung achtzehn Jahre alt gewesen, ohne Beruf wie es schien, Tochter von Burton Kinsey und Cornelia Straith LaGrand. Ein Richter Stone vom Berufungsgericht Perdido hatte sie nachmittags um vier Uhr in Santa Teresa getraut. Die Trauzeugin, deren Unterschrift die Urkunde zierte, war Virginia Kinsey gewesen, meine Tante Gin. Da waren sie also, die drei, wie sie zusammen vor dem Richter gestanden hatten, nicht ahnend, daß in zwanzig Jahren Mann und Frau tot sein würden. Soviel ich wußte, gab es von der Hochzeit keine Fotografien und keinerlei Andenken. Ich hatte nur ein oder zwei Bilder von ihnen gesehen, die später aufgenommen worden waren. Irgendwo hatte ich ein paar Fotos aus meiner Säuglings- und Kleinkinderzeit, aber Aufnahmen von den Angehörigen meiner Eltern existierten nicht.

Ich wurde mir bewußt, in was für einem Vakuum ich lebte. Andere Leute haben Anekdoten, Fotoalben, Briefe, Familienfeiern – alles, was zur Tradition einer Familie gehört. Ich hatte praktisch nichts. Die Vorstellung, daß die Familie meiner Mutter noch immer in Lompoc lebte, beschwor merkwürdige, einander widersprechende Emotionen herauf. Und was war mit der Familie meines Vaters? Niemals hatte ich von den Millhones gehört.

Ich machte eine plötzliche Perspektivveränderung durch. Blitzartig erkannte ich, was für eine perverse Genugtuung es mir verschafft hatte, mit keinem Menschen verwandt zu sein. Ich hatte es tatsächlich geschafft, meine Isolation als Anlaß zu nehmen, mich überlegen zu fühlen. *Ich* war nicht ein Durchschnittsprodukt des Mittelstands. *Ich* hatte keinen Anteil an irgendwelchen verwickelten Familiendramen – den Fehden, stillschweigenden Bündnissen, geheimen Vereinbarungen und kleinlichen Schikanen. Natürlich hatte ich auch an den angenehmen Dingen keinen Anteil, aber war das so schlimm? Ich war anders. Ich war etwas Besonderes. Bestenfalls hatte ich mich selbst erschaffen; schlimmstenfalls war ich das unglückliche Werk meiner Tante mit ihren verschrobenen Vorstellungen von der Erziehung kleiner Mädchen. Wie dem auch sein mochte, ich betrachtete mich selbst als Außenseiterin und Einzelgängerin, und es gefiel mir so. Nun aber mußte ich mich mit dieser unbekannten Familie befassen und mit der Möglichkeit, auf sie Anspruch zu erheben oder von ihr in Anspruch genommen zu werden.

Ich spulte das Band zurück und brachte die Kassette wieder an die Theke. Auf dem Weg zu meinem Auto warf ich einen Blick zur Staatsbibliothek, die sich rechts von mir befand. Dort gab es ein Telefonbuch von Lompoc. Aber interessierte mich das überhaupt? Widerstrebend blieb ich stehen. Es ist doch nur eine Information, sagte ich mir. Du mußt keine Entscheidung treffen, du brauchst dich nur zu informieren.

Ich machte einen Schwenk nach rechts, stieg die Treppe hinauf und ging in das Gebäude. Adreß- und Telefonbücher aller Orte des Staates befanden sich in der ersten Etage. Ich suchte mir das Telefonbuch von Lompoc heraus und blätterte gleich im Stehen. Ich wollte nicht den Eindruck erwecken, es sei mir so wichtig, daß ich mich dazu setzen müßte.

Unter ›Kinsey‹ gab es nur einen Eintrag, nicht auf Burton, sondern auf Cornelia, die Mutter meiner Mutter. Es stand nur die Telefonnummer dabei, keine Adresse. Ich suchte das Adreßbuch für Lompoc und die Vandenberg Air Force Base heraus, schlug dort auf, wo die Telefonnummern nach örtlichen Vorwahlnummern aufgelistet waren und fand Cornelia unter der Anschrift Willow Avenue. Ich schaute im Adreßbuch vom Vorjahr nach und sah, daß Burton damals noch mit ihr zusammen eingetragen gewesen war. Die naheliegende Schlußfolgerung war, daß er in der Zwischenzeit verstorben war. Prächtig. Da erfahre ich zum erstenmal, daß ich einen Großvater habe, und dann ist er tot. Ich schrieb die Adresse auf einen der Scheckbelege in meinem

159

Scheckbuch. Praktisch alle Leute, die ich kenne, verwenden Scheckbelege anstelle von Geschäftskarten. Warum legen die Banken nicht einfach ein paar Blankobelege für solche Zwecke ins Scheckbuch? Ich stopfte das Buch in meine Handtasche, entschlossen, es zu vergessen. Später würde ich eine Entscheidung fällen.

Als ich in mein Büro kam, sah ich, daß an meinem Anrufbeantworter das rote Licht blinkte. Ich drückte auf ›playback‹ und machte das Fenster auf, während ich die Nachricht abhörte.

»Miss Millhone, hier spricht Harris Brown. Ich war früher bei der Polizei von Santa Teresa und bin jetzt im Ruhestand. Soeben hat mich Lieutenant Whiteside angerufen und mir berichtet, daß Sie versuchen, Wendell Jaffe ausfindig zu machen. Das war, wie er Ihnen wohl sagte, einer der letzten Fälle, die ich bearbeitete, ehe ich in den Ruhestand ging. Ich bin gern bereit, mich mit Ihnen über einige Details zu unterhalten, wenn Sie mich zurückrufen möchten. Am besten können Sie mich zwischen zwei und Viertel nach drei unter . . .«

Ich ergriff einen Stift und notierte mir die Nummer, die er angab. Dann sah ich auf meine Uhr. Erst Viertel vor eins. Ich wählte die Nummer dennoch; es konnte ja sein, daß er jetzt da war. Aber ich hatte kein Glück. Ich versuchte es noch einmal bei Renata Huff, aber auch sie war nicht zu Hause. Ich hatte die Hand noch auf dem Hörer, als das Telefon läutete.

»Kinsey Millhone, Detektei«, sagte ich.

»Ich hätte gern Mrs. Millhone gesprochen«, sagte eine Frau mit eintöniger Stimme.

»Ich bin selbst am Apparat«, antwortete ich mißtrauisch. Bestimmt war das irgendeine Umfrage oder ein Verkaufsgespräch.

»Mrs. Millhone, hier spricht Patty Kravitz von der Firma Telemarketing. Wie geht es Ihnen heute?« Sie hatte Anweisung, an dieser Stelle zu lächeln, damit ihre Stimme warm und freundlich klang.

»Gut, danke. Und Ihnen?«

»Das ist nett. Mrs. Millhone, wir wissen, daß Sie eine vielbeschäftigte Frau sind, aber wir führen zur Zeit eine Umfrage über

160

ein aufregendes neues Produkt durch, und ich möchte Sie fragen, ob Sie sich ein paar Minuten Zeit nehmen können, um einige Fragen zu beantworten. Wenn Sie bereit sind, uns zu helfen, erwartet Sie ein schöner Preis. Er liegt schon für Sie bereit. Also, können wir auf Ihre Hilfe zählen?«

Ich konnte das Gebabbel anderer Stimmen im Hintergrund hören. »Um was für ein Produkt handelt es sich denn?«

»Es tut mir leid, aber diese Fragen dürfen wir nicht beantworten. Ich *darf* Ihnen jedoch sagen, daß es sich um eine Dienstleistung im Rahmen der Reiseflugindustrie handelt, die innerhalb der nächsten Monate die Einführung eines völlig neuen Konzepts bei Geschäfts- und Urlaubsreisen ermöglichen wird. Dürfen wir ein paar Minuten Ihrer kostbaren Zeit in Anspruch nehmen?«

»Meinetwegen, warum nicht?«

»Sehr freundlich. Also, Mrs. Millhone, sind Sie ledig, verheiratet, geschieden oder verwitwet?«

Die aufrichtige und spontane Art, wie sie den Text von ihrer Karte ablas, gefiel mir wirklich. »Verwitwet«, antwortete ich.

»Das tut mir leid«, sagte sie pflichtschuldig und segelte gleich weiter zur nächsten Frage. »Ist Ihr Haus oder Ihre Wohnung gemietet oder Eigentum?«

»Früher hatte ich zwei Häuser«, antwortete ich lässig. »Eines hier in Santa Teresa und eines in Fort Myers, Florida. Aber nach Johns Tod mußte ich den Besitz in Florida verkaufen. Gemietet ist nur meine Wohnung in New York.«

»Ach, tatsächlich?«

»Ich reise ziemlich viel. Darum bin ich auch bereit, Ihnen bei Ihrer Umfrage zu helfen«, erklärte ich. Ich sah förmlich, wie sie ihrer Chefin eifrig Zeichen gab. Sie hatte einen echten Fisch an der Angel und würde vielleicht Unterstützung brauchen.

Wir kamen nun zu meinem Jahreseinkommen, von dem ich ihr sagen konnte, daß es dieses Jahr dank der Extramillion, die ich erwartete, beträchtlich sein würde. Munter log und schwindelte ich drauflos und vergnügte mich mit den Fragen, wobei ich mich in der Kunst der Verschleppung übte. Bald gelangten wir an den

Punkt, an dem ich nur einen Scheck über neununddreißig Dollar neunundneunzig auszustellen brauchte, um den Preis in Empfang zu nehmen, den ich gewonnen hatte: ein neunteiliges Reisegepäck, das in den meisten Warenhäusern mehr als sechshundert Dollar kostete.

Ich gab mich skeptisch. »Das gibt's doch nicht«, sagte ich. »Das ist wirklich kein Trick? Ich zahle tatsächlich nur neununddreißig neunundneunzig? Das ist ja nicht zu glauben.«

Sie versicherte mir, es handle sich um ein reelles Angebot. Das Reisegepäck koste mich keinen Penny. Ich müßte nur die Versandspesen übernehmen, die ich ja mit Kreditkarte bezahlen könne, wenn mir das lieber sei. Sie erbot sich, innerhalb der nächsten Stunde jemanden zur Abholung des Schecks vorbeizuschicken, aber ich fand, es wäre einfacher, meine Kreditkarte zu belasten. Ich nannte ihr eine erfundene Kontonummer, die sie mir brav noch einmal vorlas. Ihrem Ton merkte ich deutlich an, daß sie ihr Glück kaum fassen konnte. Ich war wahrscheinlich an diesem Tag die einzige Person, die nicht bei ihren ersten Worten prompt aufgelegt hatte.

Zum Mittagessen führte ich mir einen Magerjoghurt zu Gemüte und hielt dann in meinem Sessel ein kleines Nickerchen. Zwischen Autojagden und wilden Schießereien gibt es für uns Privatdetektive auch mal so einen geruhsamen Tag. Um zwei riß ich mich aus der Beschaulichkeit, griff zum Telefon und versuchte noch einmal mein Glück bei Harris Brown.

Beim vierten Läuten hob jemand ab. »Harris Brown.« Sein Ton klang verdrossen, und er schien außer Atem zu sein.

Ich nahm meine Füße vom Schreibtisch und stellte mich vor.

Sein Ton änderte sich, sein Interesse erwachte. »Ich bin froh, daß Sie anrufen. Ich war ganz überrascht, als ich hörte, daß der Bursche aufgetaucht ist.«

»Na ja, wir haben noch keine Bestätigung, aber es sieht gut aus. Wie lang hatten Sie mit dem Fall zu tun?«

»Ach, Gott, sieben Monate vielleicht. Ich habe keinen Moment lang geglaubt, daß er tot ist, aber ich hab's nicht geschafft, jemanden von meiner Meinung zu überzeugen. Es tut gut zu hören, daß man doch recht gehabt hat. Aber wie dem auch sei, sagen Sie mir, was für Hilfe Sie brauchen.«

»Das weiß ich selbst noch nicht genau. Ich habe wahrscheinlich einfach auf ein Brainstorming gehofft«, antwortete ich. »Ich bin der Frau auf der Spur, mit der er gereist ist. Sie heißt Renata Huff und hat ein Haus auf den Perdido Keys.«

Das schien ihn zu verblüffen. »Wie haben Sie denn das rausbekommen?«

»Hm, so deutlich möchte ich das lieber nicht sagen. Ich habe eben so meine Methoden«, versetzte ich.

»Scheinen gut zu wirken«, meinte er.

»Man tut, was man kann«, sagte ich. »Das Problem ist nur, daß sie mein einziger Anhaltspunkt ist, und ich weiß nicht, an wen ich mich sonst noch wenden kann.«

»Wozu?«

Ich machte unwillkürlich einen Rückzieher; es behagte mir nicht, meine Theorie über Wendell Jaffe preiszugeben. »Na ja, ich weiß nicht, aber ich denke, er wird von Brian gehört haben . . .«

»Von dem Ausbruch und der Schießerei.«

»Richtig. Ich glaube, er kommt zurück, um seinem Sohn zu helfen.«

Einen Moment blieb es still. »Aber wie denn?«

»Das weiß ich noch nicht. Ich weiß einfach keinen anderen Grund, warum er es riskieren sollte zurückzukommen.«

»Hm, klingt ganz plausibel«, meinte er nach einiger Überlegung. »Sie glauben also, er nimmt entweder mit seiner Familie oder alten Freunden Kontakt auf?«

»Genau. Ich kenne inzwischen seine ehemalige Frau und habe mit ihr gesprochen, aber sie scheint keine Ahnung zu haben.«

»Und das glauben Sie?«

»Ja, ich glaube, sie ist ehrlich.«

»Weiter. Tut mir leid, daß ich Sie unterbrochen habe.«

»Das macht nichts. Soweit es Jaffe betrifft, sitze ich eigentlich hauptsächlich herum und hoffe, daß er sich zeigt, was er aber

163

bisher nicht getan hat. Und darum dachte ich, wenn wir zwei uns mal zusammensetzen, kämen wir vielleicht auf ein paar andere Möglichkeiten. Haben Sie ein wenig Zeit für mich?«

»Ich bin im Ruhestand, Miss Millhone. Zeit ist das einzige, was ich habe. Leider habe ich heute nachmittag schon etwas vor. Aber morgen ginge es gut, wenn es Ihnen paßt.«

»Ja, gern. Zum Mittagessen? Sind Sie da frei?«

»Wäre machbar«, sagte er. »Wo sind Sie?«

Ich nannte ihm meine Büroadresse.

»Ich bin hier draußen in Colgate«, sagte er, »aber ich habe sowieso etwas in der Stadt zu erledigen. Wo wollen wir uns treffen?«

»Da kann ich mich ganz nach Ihnen richten.«

Er schlug ein großes Lokal in der State Street vor, nicht gerade das beste zum Essen, aber ich wußte, daß wir dort zum Mittagessen keinen Tisch zu bestellen brauchten. Ich notierte mir den Termin in meinem Kalender, nachdem ich aufgelegt hatte. Dann versuchte ich es spaßeshalber noch einmal bei Renata Huff.

Es läutete zweimal, dann hob sie ab.

Oh, Mist, dachte ich. »Ich hätte gern Mr. Huff gesprochen.«

»Er ist im Augenblick nicht hier. Möchten Sie eine Nachricht hinterlassen?«

»Spreche ich mit Mrs. Huff?«

»Ja.«

Ich versuchte ein Lächeln. »Mrs. Huff, hier spricht Patty Kravitz von der Firma Telemarketing. Wie geht es Ihnen heute?«

»Wollen Sie mir etwas verkaufen?«

»Aber nein, auf keinen Fall, Mrs. Huff. Das garantiere ich Ihnen. Wir sind ein Marktforschungsinstitut. Das Unternehmen, für das ich tätig bin, interessiert sich für Ihre Freizeitbeschäftigungen und Ihre Ausgaben dafür. Die Formulare werden nach Nummern abgelegt, Ihre Antworten bleiben also völlig anonym. Und für Ihre Hilfe bekommen Sie einen schönen Preis, der schon bereitsteht.«

»Na klar!«

Lieber Himmel, diese Person war echt mißtrauisch. »Es kostet Sie nur fünf Minuten Ihrer kostbaren Zeit«, sagte ich und hielt den Mund, um sie in Ruhe darüber nachdenken zu lassen.

»Na gut, aber machen Sie es kurz, und wenn sich herausstellen sollte, daß Sie doch etwas verkaufen, werde ich sehr ärgerlich werden.«

»Natürlich, das verstehe ich. Also, Mrs. Huff, sind Sie ledig, verheiratet, geschieden oder verwitwet?« Ich nahm einen Bleistift und malte Männchen auf einen Schreibblock, während ich krampfhaft überlegte. Was hoffte ich von ihr zu erfahren?

»Verheiratet.«

»Gehört Ihr Haus Ihnen oder ist es gemietet?«

»Was hat das denn mit Reisen zu tun?«

»Darauf komme ich gleich. Ist das der Hauptwohnsitz oder ein Ferienwohnsitz?«

»Ach so.« Sie war beschwichtigt. »Es ist der Hauptwohnsitz.«

»Und wie viele Reisen haben Sie in den letzten sechs Monaten unternommen? Keine, eine bis drei, mehr als drei?«

»Eine bis drei.«

»Wie viele von den Reisen, die Sie in den letzten sechs Monaten unternommen haben, waren Geschäftsreisen?«

»Würden Sie jetzt bitte endlich mal zur Sache kommen?«

»Aber gern. Wir lassen einfach ein paar von diesen Fragen aus. Haben Sie oder Ihr Mann vor, in den nächsten Wochen eine Reise zu unternehmen?«

Totenstille.

»Hallo?« sagte ich.

»Warum fragen Sie das?«

»Nun, damit sind wir am Ende meines Fragebogens, Mrs. Huff«, erklärte ich schnell und glatt. »Als Dankeschön möchten wir Ihnen zwei Flugtickets nach San Francisco und zurück schenken, einschließlich zwei Tage Aufenthalt im Hyatt Hotel. Meinen Sie, Ihr Mann wird bald wieder zu Hause sein, um die Geschenkscheine in Empfang zu nehmen? Es besteht selbstverständlich keinerlei Verpflichtung auf Ihrer Seite, aber er muß den Empfang quittieren, da der Fragebogen ja auf seinen Namen läuft. Wann würde Ihnen die Lieferung der Flugscheine passen?«

»So geht das nicht«, sagte sie mit einem Unterton von Irritation in der Stimme. »Wir werden voraussichtlich kurzfristig abreisen, sobald – ich weiß nicht, wann er hier sein wird. Im übrigen sind wir gar nicht interessiert.« Damit legte sie auf.

Mist! Ich knallte meinerseits den Hörer auf die Gabel. Wo war der Mann, und was hatte er vor, das ihm zur ›kurzfristigen‹ Abreise aus Perdido Anlaß geben konnte? Niemand hatte von ihm gehört. Jedenfalls meines Wissens nicht. Ich konnte mir nicht vorstellen, daß er mit Carl Eckert gesprochen hatte, es sei denn, das Gespräch hatte innerhalb der letzten sechs Stunden stattgefunden. Soweit ich feststellen konnte, hatte er sich bei Dana und Brian nicht gemeldet. Bei Michael war ich mir nicht so sicher. Das würde ich wohl nachprüfen müssen.

Was, zum Teufel, trieb Wendell Jaffe? Warum fuhr er erst zu seiner Familie und meldete sich dann nicht? Es war natürlich immer möglich, daß er mit allen dreien gesprochen hatte, und wenn das zutraf, waren sie bessere Lügner als ich. Vielleicht war es an der Zeit, daß die Polizei Renata Huff beschattete. Und es konnte vielleicht nicht schaden, Wendell Jaffes Bild in den lokalen Zeitungen zu veröffentlichen. Warum nicht die Hunde auf ihn hetzen, solange er auf der Flucht war? Inzwischen würde ich noch einmal nach Perdido fahren.

15

Ich wartete bis nach dem Abendessen, ehe ich losfuhr. Die Fahrt war angenehm, das Licht um diese Zeit ein Lohgelb, das die Bergketten in Gold tauchte. Als ich am Rincon Point vorbeikam, waren immer noch Surfer im Wasser. Die meisten saßen rittlings auf ihren Brettern und ließen sich von der seichten Dünung schaukeln, schwatzten miteinander, während sie, ohne je die Hoffnung aufzugeben, auf eine große Welle warteten. Die Brandung war im Augenblick sehr zahm, doch die Wetterkarte in der Morgenzeitung hatte einen ostpazifischen Hurricane gezeigt, der sich der kalifornischen Küste näherte, und es hieß, er wandere nordwärts die Küste hinauf. Mir fiel auf, daß der Horizont von schwarzen Wolken gesäumt war, die wie eine lange Reihe von Bürsten frühe Dunkelheit hereinfegten. Rincon Point mit seinen Felsvorsprüngen und den vorgelagerten Sandbänken scheint turbulentes Wetter förmlich anzuziehen.

Rincón ist das spanische Wort für eine Bucht, die durch eine ins Meer hinausragende Landzunge gebildet wird. Hier reihen sich mehrere solche Buchten aneinander, und ein ganzes Stück weit grenzt der Ozean direkt an die Straße. Bei Flut brechen sich die Wellen an der Böschung und schieben eine weiße Wand schäumenden Wassers in die Höhe. Auf der anderen Seite, links von mir, waren terrassenförmig angelegte Blumenfelder. Die Rot-, Gold- und Magentatöne von Zinnien glühten im schwindenden Licht.

Es war kurz nach sieben, als ich an der Perdido Street vom Highway abfuhr. Ich brauste gerade noch bei Grün über die Kreuzung und überquerte die Main Street in nördlicher Richtung. Ich fuhr durch die Boulevards, bog an der Median Street links ab und fuhr etwa sechs Häuser weiter unten an den Bordstein. Michaels gelber Käfer stand in der Einfahrt. Die Fenster vorn im Haus waren dunkel, aber hinten, wo ich die Küche und ein Schlafzimmer vermutete, brannte Licht.

Ich klopfte und wartete auf der kleinen Veranda, bis Michael mir aufmachte. Er trug einen blauen Overall wie ein Installateur. Wieder fiel mir die Ähnlichkeit der beiden Brüder auf. Der eine war blond, der andere dunkel, aber beide hatten sie Danas vollen Mund und feingemeißelte Züge mitbekommen. Michael schien mich erwartet zu haben; er zeigte jedenfalls keine Überraschung, als er mich sah.

»Kann ich einen Moment reinkommen?«

»Bitte. Aber ich warne Sie, hier schaut's fürchterlich aus.«

»Das macht nichts«, antwortete ich.

Ich folgte ihm durch das Haus nach hinten. Im Wohnzimmer und in der Küche standen immer noch geöffnete, aber größtenteils nicht ausgepackte Kartons herum, aus denen Wolken verknüllten Zeitungspapiers quollen.

Michael und Juliet hatten sich in das größere der beiden kleinen Zimmer geflüchtet, einen Raum von vielleicht zwölf Quadratmetern, der fast ganz von dem französischen Doppelbett und dem großen Farbfernsehgerät eingenommen wurde, in dem gerade ein Baseballspiel gezeigt wurde. Pizzaschachteln und Getränkedosen drängten sich auf der Kommode und dem Toilettentisch. Das Zimmer war unaufgeräumt, es roch nach feuchten Handtüchern, Pommes frites, Zigarettenqualm und Männersocken. Im Abfalleimer aus Plastik mit dem Schwingdeckel häuften sich die gebrauchten Pampers.

Michael, dessen Aufmerksamkeit sofort wieder von dem Spiel im Fernsehen gefangen war, hockte sich auf die Kante des großen Betts, auf dem Juliet sich ausgestreckt hatte und *Cosmopolitan* las. Neben ihr auf der Tagesdecke stand ein Aschenbecher voller Stummel. Sie war barfuß, hatte Shorts und ein fuchsienrotes Top an. Sie konnte nicht älter als achtzehn oder neunzehn sein und hatte alles Übergewicht, das sie sich vielleicht in der Schwangerschaft zugelegt hatte, schon wieder verloren. Ihr Haar war sehr kurz geschnitten, gaminhaft, um die Ohren herum geschoren. Hätte ich sie nicht besser gekannt, ich hätte vermutet, sie sei soeben ins Militär eingetreten und auf dem Weg zum Ausbildungslager. Sie hatte ein sommersprossiges Gesicht, und ihre blauen Augen waren von dunklen Wimpern umkränzt, die mit Tusche verklebt waren. Ihre Lider waren in zwei Farben getönt, blau und grün. In den Ohren trug sie große Kreolen aus pinkfarbenem Kunststoff, offensichtlich auf ihr Top abgestimmt. Sichtlich verärgert über die Lautstärke des Fernsehapparats legte sie ihre Zeitschrift weg. Auf dem Bildschirm erschien mit schrillen Fanfarenstößen der Werbespot eines örtlichen Autohändlers.

»Um Gottes willen, Michael, kannst du das verdammte Ding nicht ein bißchen leiser drehen? Bist du etwa taub?«

Michael drückte auf den entsprechenden Knopf der Fernbedienung, und die Lautstärke sank wenigstens soweit, daß man nicht mehr um sein Trommelfell zu fürchten brauchte. Von meiner Anwesenheit nahmen beide keine Notiz. Ich hatte den Eindruck, ich hätte mich zu ihnen aufs Bett flegeln und den Abend mit ihnen verbringen können, ohne daß es ihnen aufgefallen wäre. Juliet warf schließlich einen Blick in meine Richtung, und Michael machte uns ziemlich halbherzig miteinander bekannt. »Das ist Kinsey Millhone. Sie ist die Privatdetektivin, die meinen Vater sucht.« Mit einer Kopfbewegung zu Juliet sagte er: »Das ist Juliet, meine Frau.«

»Hallo, guten Abend«, sagte ich.

»Nett, Sie kennenzulernen«, erwiderte sie, während ihr Blick schon wieder zu der Zeitschrift abglitt. Ich konnte nicht umhin zu bemerken, daß ich um ihre Aufmerksamkeit mit einem Artikel über die Kunst des Zuhörens konkurrieren mußte. Sie tastete nach der Zigarettenpackung, die neben ihr auf dem Bett lag, schob suchend den Zeigefinger hinein, nahm die Packung zur Hand und sah hinein. Mit einem Flunsch der Gereiztheit stellte sie fest, daß sie leer war. Ich war fasziniert von ihrem Anblick. Mit diesem Bürstenhaarschnitt sah sie aus wie ein halbwüchsiger Junge mit Lidschatten und Riesenohrringen. Sie versetzte Michael einen Stoß mit dem Fuß.

»Du hast doch gesagt, du gehst noch was einkaufen. Ich hab' keine Zigaretten mehr, und der Kleine braucht Pampers. Kannst du jetzt gleich gehen? Bitte?«

Seine ganze Funktion als Ehemann schien darin zu bestehen, Zigaretten und Pampers einzukaufen. Ich gab dieser Ehe noch bestenfalls zehn Monate. Bis dahin würde sie dieses ewige Zuhausesitzen vor Langeweile nicht mehr aushalten. Es war merkwürdig, aber Michael schien mir, so jung er war, der Typ zu sein, der wirklich bereit war, es ernsthaft zu versuchen. Juliet war diejenige, die gereizt und unzufrieden werden und ihre Pflichten vernachlässigen würde, bis die Beziehung schließlich in die Brüche ging. Am Ende würde wahrscheinlich Dana das Kind großziehen müssen.

Michael, dessen Aufmerksamkeit immer noch auf das Baseballspiel gerichtet war, gab eine vage Antwort, ohne auch nur Anstalten zu machen, sich zu erheben. Er spielte mit dem Schulring seines Vaters von der Cottonwood Academy, drehte ihn endlos an seinem Finger.

»Michael! Kannst du mir vielleicht sagen, was ich tun soll, wenn Brendan sich wieder naß macht? Ich hab' eben die letzte Windel genommen.«

»Ja, ja, gleich, Schatz. Gleich, okay?«

Juliet schnitt ein Gesicht und verdrehte die Augen.

Er spürte ihre Verärgerung und drehte sich um. »Ich geh' ja gleich. Schläft der Kleine? Mama wollte gern, daß sie ihn sieht.«

Verblüfft begriff ich, daß das ›sie‹ sich auf mich bezog.

Juliet schwang ihre Beine vom Bett. »Ich weiß nicht. Ich kann ja mal nachsehen. Ich hab' ihn gerade erst hingelegt. Er schläft fast nie ein, wenn der Fernseher so laut ist.«

Sie stand auf und ging in den schmalen Flur zwischen den Zimmern. Ich folgte ihr und versuchte krampfhaft, mir einen freundlichen Gemeinplatz über Babys einfallen zu lassen, für den Fall, daß der Kleine einen Eierkopf hatte.

Ich bemerkte: »Ich sollte vielleicht besser nicht so nah an ihn ran gehen, sonst bekommt er noch meine Erkältung.« Manche Mütter wollten ja allen Ernstes, daß man das Kindchen einmal in den Armen hielt.

Juliet sah in das kleine Zimmer. Eine ganze Mauer von Schrankkartons war in das Zimmer bugsiert worden, alle voll schwer behangener Bügel, die an den oben in den Kartons angebrachten Metallstangen hingen. In der Mitte dieser Festung aus zerknitterter Baumwolle und dicker Winterkleidung stand das Kinderbettchen. Aus irgendeinem Grund stellte ich mir vor, daß das Zimmer auch nach Monaten noch so aussehen würde. Immerhin war es in diesem Dschungel alter Wintermäntel ruhiger, und ich vermutete, Brendan würde sich mit der Zeit an den Geruch nach Mottenkugeln und verfilzter Wolle gewöhnen. Ein Hauch im späteren Leben, und es würde ihm ergehen wie Marcel Proust. Ich stellte mich auf Zehenspitzen und spähte Juliet über die Schulter.

Brendan saß aufrecht in seinem Bett, den Blick auf die Tür gerichtet, als wüßte er, daß sie kommen und ihn hochnehmen würde. Er war ein richtiges Bilderbuchbaby: rundlich und wohlgeformt, mit großen blauen Augen, Grübchen in den Wangen und den zwei ersten Zähnchen. Er hatte einen blauen Flanellpyjama an, und hielt die Arme nach beiden Seiten ausgestreckt, um sich im Gleichgewicht zu halten. Kaum gewahrte er Juliet, da verzog er das Gesichtchen zu einem strahlenden Lächeln und begann erregt mit den Armen zu wedeln. Juliets Gesicht verlor den verdrossenen Ausdruck. Sie begrüßte ihn in einer eigenen Sprache, und er gluckste und krähte vor Vergnügen. Als sie ihn hochnahm, drückte er seine Wange an ihre Schulter und preßte sich voller Glück an sie. Es war der einzige Moment in der Geschichte, da ich mir wünschte, ich hätte auch so einen Racker.

Juliet lachte. »Ist er nicht süß?«

»Ja, niedlich«, sagte ich.

»Michael darf zur Zeit nicht mal versuchen, ihn hochzunehmen«, sagte sie. »Er will plötzlich nur bei mir sein. Er fremdelt wie verrückt. Erst seit letzter Woche. Bis dahin war er ganz begeistert von seinem Vater. Aber wenn ich ihn jetzt jemand anders gebe – Sie sollten sein Gesicht sehen! Und hören, wie er weint. Ach Gott, es könnte einem wirklich das Herz zerreißen. Dieser kleine Gauner ist ganz verharrt in seine Mama«, sagte Juliet.

Brendan hob das dralle Händchen und schob ihr mehrere Finger in den Mund. Sie tat so, als wollte sie beißen, und das Kind auf ihrem Arm lachte. Aber da veränderte sich ihr Gesicht plötzlich, sie rümpfte die Nase. »Ach, du lieber Gott, er scheint die Hose voll zu haben.« Sie schob einen Finger unter den Rand der Windel, um einen Blick riskieren zu können. »Michael!«

»Was denn?«

Sie ging wieder ins andere Zimmer. »Würdest du vielleicht nur einmal das tun, worum ich dich bitte? Der Kleine hat die Hose voll, und es sind keine Pampers mehr da. Das habe ich dir bereits zweimal gesagt.«

Michael stand gehorsam vom Bett auf, ohne jedoch den Blick vom Baseballspiel auf dem Bildschirm zu lösen. Als dann der nächste Werbespot eingeblendet wurde, schien der Bann gebrochen.

»Wenn's geht, noch heute, ja?« sagte sie und setzte sich den Kleinen auf die Hüfte.

Michael zog aus einem Haufen Kleider auf dem Boden seine Windjacke heraus. »Ich bin gleich wieder da«, sagte er zu niemand Bestimmtes. Als er in seine Jacke schlüpfte, erkannte ich plötzlich, daß sich hier die ideale Gelegenheit bot, mit ihm zu sprechen.

»Kann ich mitkommen?« fragte ich.

»Mir recht«, sagte er mit einem Blick zu Juliet. »Brauchst du sonst noch was?«

Sie schüttelte den Kopf, während sie zusah, wie auf dem Bildschirm ein paar kleine Putzteufelchen einen verkrusteten Eßteller rein spülten. Ich hätte jederzeit gewettet, daß sie noch nicht einmal Geschirr spülen konnte.

Michael ging schnell, den Kopf gesenkt, die Hände in den Taschen seiner Jacke vergraben. Er war leicht einen Kopf größer als ich, bewegte sich locker und geschmeidig. Das heraufziehende Unwetter hatte den Himmel über uns verdunkelt, und ein tropischer Wind fegte gefallenes Laub raschelnd durch die Rinnsteine. Die Zeitung hatte angekündigt, daß das Sturmtief sich abschwächen und uns wahrscheinlich höchstens einen Schauer bringen würde. Die Luft war bereits heftig bewegt, der Himmel anthrazitgrau. Michael hob wie witternd den Kopf.

Ich mußte laufen, um mit ihm Schritt zu halten. »Könnten Sie vielleicht ein bißchen langsamer gehen?«

»Oh, entschuldigen Sie«, sagte er und nahm Tempo weg.

Der Supermarkt war an der Ecke, vielleicht zwei Straßen entfernt. Ich sah die Lichter vor uns, obwohl die Straße selbst dunkel war. Bei jedem dritten, vierten Haus, an dem wir vorüberkamen, brannte die Außenbeleuchtung. Essensgerüche hingen in der kühlen Abendluft: der Duft gebackener Kartoffeln und gebratenen Fleischs. Ich hatte schon zu Abend gegessen, aber ich war dennoch hungrig.

»Ich nehme an, Sie wissen, daß Ihr Vater möglicherweise auf dem Weg hierher ist«, sagte ich zu Michael, um mich abzulenken.

»Ja, das hat meine Mutter mir gesagt.«

»Wissen Sie schon, was Sie tun werden, wenn er sich bei Ihnen melden sollte?«

»Mit ihm reden, denke ich. Warum? Was sollte ich sonst tun?«

»Es gibt immer noch einen Haftbefehl gegen ihn«, versetzte ich.

Michael prustete verächtlich. »Na großartig. Den eigenen Vater hinhängen. Man hat ihn jahrelang nicht gesehen, und dann holt man als erstes die Bullen.«

»Ja, das klingt beschissen, das gebe ich zu.«

»Das klingt nicht nur so. Das *ist* beschissen.«

»Haben Sie noch viele Erinnerungen an ihn?«

Michael zog eine Schulter hoch. »Ich war siebzehn, als er ge – weggegangen ist. Ich erinnere mich, daß meine Mutter viel geweint hat und wir zwei Tage nicht in die Schule gehen mußten. An den Rest versuche ich nicht zu denken. Aber eines kann ich Ihnen sagen: Ich dachte immer, okay, mein Vater hat sich umgebracht – na und? Verstehen Sie? Aber dann kam mein Sohn, und damit hat sich meine ganze Einstellung geändert. Ich könnte dem Kleinen so was niemals antun. Niemals könnte ich ihn einfach im Stich lassen, und ich frage mich heute, wie mein Vater *mir* das antun konnte. Was für ein gemeines Schwein ist er eigentlich, daß er so was fertig bringt? Daß er mir und Brian so was antut? Wir waren brave Kinder, völlig in Ordnung, das können Sie mir glauben.«

»Brian scheint ziemlich verstört gewesen zu sein.«

»Ja, das war er. Brian hat immer so getan, als machte es ihm nichts aus, aber ich weiß, daß er es sehr schwergenommen hat. An mir ist das meiste einfach abgeprallt.«

»Ihr Bruder war damals zwölf?«

»Ja. Ich war in der letzten Klasse der Highschool. Er war in der sechsten. In dem Alter sind Kinder ganz gemein.«

»Kinder sind in jedem Alter gemein«, entgegnete ich. »Ihre Mutter hat mir erzählt, daß um diese Zeit ungefähr die Schwierigkeiten mit Brian angefangen haben.«

»Ja.«

»Was hat er getan?«

»Ach, ich weiß nicht, Kleinigkeiten . . . Er hat die Schule geschwänzt, Wände vollgesprüht, er hat sich mit anderen geprügelt, aber das waren doch alles nur Dummheiten. Es war harmlos. Ich will damit nicht sagen, daß es in Ordnung war, aber alle haben es gleich so verdammt aufgebauscht. Sofort haben sie ihn wie einen Verbrecher behandelt, dabei war er doch nur ein kleiner Junge. In dem Alter sind viele Kinder schwierig. Er hat Quatsch gemacht und ist erwischt worden. Das ist der einzige Unterschied. Ich hab' das gleiche getan, als ich in dem Alter war, und kein Mensch hat mich einen ›jugendlichen Verbrecher‹ genannt. Und kommen Sie mir jetzt bloß nicht mit dem Quatsch vom Hilfeschrei.«

»Ich hab' doch gar nichts gesagt. Ich höre nur zu.«

»Ich kann nur sagen, mir tut er leid. Wenn die Leute einen erst einmal für schlecht halten, kann man ebensogut auch gleich schlecht sein. Das macht mehr Spaß, als immer brav zu sein.«

»Ich kann mir nicht vorstellen, daß Brian dort, wo er jetzt ist, viel Spaß hat.«

»Ich kenne nicht alle Tatsachen. Brian hat mir von diesem Kerl erzählt, Guevara heißt er, glaube ich. Ein ganz mieser Typ. Die beiden waren in derselben Gruppe, und der Typ hat immer irgendwelchen Scheiß gemacht, um Brian bei den Aufsehern Scherereien zu machen. Er ist auch derjenige, der ihn zum Ausbrechen überredet hat.«

»Man hat mir gesagt, daß er in der vergangenen Nacht gestorben ist.«

»Geschieht ihm recht.«

»Ich nehme an, Sie haben mit Brian gesprochen, seit er wieder zurück ist. Ihre Mutter hat ihn besucht und ich ebenfalls.«

»Ich hab' nur mit ihm telefoniert, da konnte er nicht viel reden. Vor allem hat er gesagt, ich soll nichts glauben, solange ich es nicht von ihm selbst gehört hätte. Er ist stinksauer. Der Richter hat ihm Flucht, Raubüberfall, Autodiebstahl und Verbrechen mit Todesfolge vorgeworfen. Ist das zu fassen? Eine Sauerei ist das. Die Idee zu dem Ausbruch stammte ja nicht mal von ihm.«

»Warum hat er dann mitgemacht?«

»Sie haben ihn bedroht. Sie haben gesagt, wenn er nicht mitmacht, murksen sie ihn ab. Er war praktisch eine Geisel.«

»Das wußte ich nicht«, antwortete ich, um einen neutralen Ton bemüht.

Michael war so darauf konzentriert, seinen Bruder zu verteidigen, daß er die Skepsis gar nicht wahrnahm.

»Es ist die Wahrheit. Brian hat es geschworen. Er sagt, Julio Rodriguez hat die Frau auf der Straße erschossen. Er selbst hat niemanden getötet. Er sagt, er hätte das alles nur grauenvoll gefunden. Er hatte keine Ahnung, daß diese Brüder so einen Scheiß machen würden. Mord! Also wirklich!«

»Michael, die Frau wurde in Verbindung mit der Verübung eines Verbrechens getötet, damit ist es automatisch Mord. Selbst wenn Ihr Bruder die Schußwaffe nicht einmal berührt hat, gilt er als Mittäter.«

»Aber das macht ihn noch lange nicht *schuldig*. Er wollte ja die ganze Zeit nur weg.«

Ich unterdrückte den Impuls zu widersprechen. Ich merkte, daß er sich aufregte, und wußte, daß ich mich besser zurückhielt, wenn ich seine Hilfe haben wollte. »Nun ja, das wird sein Anwalt klären müssen.« Ich beschloß, das Gespräch wieder auf ein neutrales Thema zu lenken. »Und Sie? Was arbeiten Sie?«

»Ich arbeite auf dem Bau. Da verdiene ich endlich ganz gut. Meine Mutter möchte, daß ich studiere, aber ich sehe keinen

Sinn darin. Jetzt, wo Brendan noch so klein ist, soll Juliet nicht arbeiten. Ich weiß sowieso nicht, was für einen Job sie überhaupt kriegen würde. Sie hat die Highschool fertig gemacht, aber viel mehr als den Mindestlohn würde sie bestimmt nicht verdienen, und bei den heutigen Kosten für Babysitter wäre das völlig unsinnig.«

Wir hatten den hellerleuchteten Supermarkt erreicht. Unser Gespräch kam zum Stillstand, als Michael in den Regalen nach den Dingen suchte, die einzukaufen er hergekommen war. Ich blieb vor dem Zeitungsregal stehen und musterte die verschiedenen Frauenzeitschriften. Nach den Themen, die auf den Titelblättern angekündigt waren, interessierten uns nur Schlankheitskuren, Sex und Tips zur preiswerten Verschönerung der eigenen vier Wände – in eben dieser Reihenfolge. Ich nahm *Home & Hearth* zur Hand und blätterte es durch, bis ich zu einem dieser Beiträge mit dem Titel »Fünfundzwanzig Dinge, die Sie für fünfundzwanzig Dollar oder weniger selbst anfertigen können« kam. Ein Vorschlag war, aus alten Bettlaken eine Garnitur Schonbezüge mit Schleifchen für Klappstühle zu nähen.

Als ich aufblickte, sah ich Michael an der Kasse stehen. Er hatte offenbar schon für seine Einkäufe bezahlt. Die Kassiererin war gerade dabei, sie in eine Tüte zu packen. Ich weiß nicht, was es war, aber plötzlich hatte ich das Gefühl, daß da außer mir noch jemand anders zusah. Wie beiläufig drehte ich mich herum und ließ meinen Blick durch das Geschäft schweifen. Links nahm ich verschwommene Bewegungen wahr, den Schatten eines Gesichts, das in den Glasscheiben der Kühlschränke an der rückwärtigen Wand, dem Eingang gegenüber, gespiegelt wurde. Hastig wandte ich mich um, aber vorn war nichts zu sehen.

Ich lief hinaus und trat in die kühle Abendluft. Auf dem Parkplatz war keine Menschenseele zu sehen. Die Straße war leer und still. Keine Fußgänger, keine streunenden Hunde. Kein Lufthauch bewegte das Gebüsch. Doch das Gefühl ließ mich nicht los. Es überlief mich kalt. Es bestand kein Anlaß zu der Vermutung, daß jemand sich für Michael oder mich interessierte. Außer Wendell Jaffe natürlich. Der Wind frischte auf und trieb Dunstschwaden über den Bürgersteig.

»Was ist denn?« Michael war neben mich getreten.

»Ach, ich dachte, ich hätte an der Tür jemanden stehen sehen, der Sie beobachtet hat.«

Er schüttelte den Kopf. »Ich habe nichts bemerkt.«

»Vielleicht ist es meine überreizte Phantasie, aber eigentlich passiert mir so was selten«, meinte ich.

»Sie glauben, es könnte mein Vater gewesen sein?«

»Ich kann mir nicht vorstellen, wer sich sonst für Sie interessieren sollte.«

Wie ein witterndes Tier hob er plötzlich den Kopf. »Ich höre einen Automotor.«

»Ja?« Ich horchte aufmerksam, aber ich hörte nichts außer dem Rascheln des Windes in den Bäumen. »Woher kommt das Geräusch?«

Er schüttelte den Kopf. »Jetzt ist es weg. Von da drüben, glaube ich.«

Ich spähte zur dunklen Straßenseite hinüber, auf die er hinwies, aber nichts rührte sich dort. Die in großen Abständen angebrachten Straßenlampen schufen seichte Pfützen trüben Lichts, die die tiefen Schatten zwischen ihnen nur um so schwärzer erscheinen ließen. Ein Luftzug strich wie eine Welle durch die Baumwipfel. Das Rascheln vermittelte ein Gefühl von Heimlichkeit und Scheu. Ich konnte das Aufschlagen der Regentropfen auf den obersten Blättern hören. Ganz schwach, irgendwo in der Ferne, glaubte ich das Knallen von Absätzen hören, Schritte, die sich in der Dunkelheit verloren. Ich drehte mich um. Sein Lächeln erlosch, als er mein Gesicht sah.

»Sie sehen aus, als hätten Sie Gespenster gesehen.«

»Die Vorstellung, beobachtet zu werden, ist mir ausgesprochen unsympathisch.«

Die Kassiererin im Laden starrte zu uns, wahrscheinlich verwundert über unser Verhalten. Ich sah Michael an. »Gehen wir. Juliet wird sich schon wundern, wo wir bleiben.«

177

Wir gingen schnell. Diesmal bat ich Michael nicht um ein gemächlicheres Tempo. Ich ertappte mich dabei, daß ich von Zeit zu Zeit zurückblickte, doch immer schien die Straße leer zu sein. Meiner Erfahrung nach ist es leichter, auf die Dunkelheit zuzugehen als von ihr wegzugehen. Erst als wir die Haustür hinter uns zugemacht hatten, erlaubte ich mir, mich zu entspannen. Ich atmete hörbar auf. Michael, der mit seiner Tüte in die Küche gegangen war, warf einen Blick zur Tür heraus. »Hey, wir sind völlig sicher.«

Mit den Pampers und einer Stange Zigaretten kam er heraus und ging zum Schlafzimmer. Ich folgte ihm.

»Ich wäre Ihnen dankbar, wenn Sie mir Bescheid geben würden, falls Ihr Vater mit Ihnen Verbindung aufnehmen sollte. Ich gebe Ihnen meine Karte. Sie können mich jederzeit anrufen.«

»Natürlich.«

»Vielleicht sollten Sie auch Juliet vorbereiten.«

»Wie Sie meinen.«

Er blieb pflichtschuldig stehen, während ich in meiner Handtasche nach einer Karte kramte. Ich gebrauchte mein erhobenes Knie als Unterlage, um meine private Nummer auf die Rückseite der Karte zu schreiben, ehe ich sie ihm reichte. Er warf einen desinteressierten Blick darauf und steckte sie ein. »Danke.«

Sein Ton verriet mir, daß er nicht die geringste Absicht hatte, mich anzurufen. Wenn sein Vater versuchen sollte, ihn zu erreichen, so würde er den Kontakt wahrscheinlich willkommen heißen.

Wir gingen ins Schlafzimmer. Im Fernsehen lief immer noch das Baseballspiel. Juliet war mit dem Kind im Badezimmer. Ich konnte durch die Tür hören, wie sie mit Brendan Unsinn babbelte. Michael hing schon wieder vor der Glotze. Er hatte sich auf den Boden gesetzt, mit dem Rücken an das Bett gelehnt, und drehte wieder den Ring seines Vaters, den er an der rechten Hand trug. Ich nahm den Karton Pampers und klopfte an die Badezimmertür.

Juliet schaute heraus. »Oh! Gut! Vielen Dank. Wollen Sie mir helfen, wenn ich ihn jetzt bade? Er hat so schlimm ausgesehen, daß ich ihn gleich in die Wanne gesteckt habe.«

»Nein, ich muß gehen«, erwiderte ich. »Es sieht aus, als würde es jeden Moment zu schütten anfangen.«

»Wirklich? Wir bekommen Regen?«

»Wenn wir Glück haben.«

Ich sah ihr Zögern. »Darf ich Sie was fragen? Wenn Michaels Vater wirklich zurückkommen sollte, würde er den Kleinen sehen wollen? Brendan ist schließlich sein einziges Enkelkind, und es kann doch sein, daß er nie wieder eine Gelegenheit bekommt.«

»Wundern würde es mich nicht. Ich an Ihrer Stelle wäre vorsichtig.«

Sie schien etwas sagen zu wollen, überlegte es sich dann aber anders. Als ich die Tür schloß, kaute Brendan auf dem Waschlappen.

16

Als ich auf den Highway kam, fielen die ersten Tropfen, und als ich ungefähr fünfzig Meter von meiner Wohnung entfernt einen Parkplatz entdeckte und mein Auto abstellte, hatte der Regen einen gleichmäßigen Rhythmus gefunden. Ich sperrte den VW ab und ging um die sich sammelnden Pfützen herum zum Tor. Bei Henry brannte noch Licht. Seine Küchentür stand offen, und ich roch frisches Gebäck, eine verlockende Kombination aus Vanille und Schokolade, die sich mit dem Geruch des Regens und des feuchten Rasens mischte. Ein plötzlicher Windstoß rüttelte die Baumwipfel, und ein kurzer Schauer von Blättern und dicken Wassertropfen fiel auf mich herab. Ich zog den Kopf ein und schwenkte ab zu Henry.

Henry schnitt gerade ein Blech Brownies auf. Er war barfuß, hatte weiße Shorts und ein leuchtendes blaues T-Shirt an. Ich hatte Fotos von ihm aus seiner Jugend und als er fünfzig und sechzig war gesehen, aber so wie er jetzt war, mager und sehnig, gefiel er mir besser. Er sah so gut aus mit seinem seidigen weißen Haar und seinen blitzblauen Augen, daß es überhaupt keinen Anlaß gab zu glauben, ihm würde es nicht von Jahr zu Jahr immer besser gehen. Ich klopfte an den Rahmen seiner Fliegengittertür. Er blickte auf und lachte erfreut, als er mich sah.

»Kinsey, hallo! Das ging aber schnell. Ich habe gerade erst auf deinen Anrufbeantworter gesprochen.« Er winkte mich herein.

Ich wischte mir die Schuhe auf dem Abtreter ab, ehe ich sie auszog und an der Tür stehen ließ. »Ich hab' Licht gesehen. Ich bin gerade aus Perdido zurückgekommen und war noch nicht mal in meiner Wohnung. Ist der Regen nicht eine Wucht? Woher ist der plötzlich gekommen?«

»Den hat Hurricane Jackie uns beschert, wie ich gehört habe. In den nächsten zwei Tagen soll es immer wieder Schauer geben. Ich hab' eine Kanne Tee gemacht. Du brauchst nur Tassen und Untertassen herauszuholen.«

Ich folgte seinem Vorschlag und holte auch gleich die Milch aus dem Kühlschrank. Henry spülte und trocknete sein Messer und trug das Blech mit den Brownies zum Küchentisch. In Santa Teresa wird es abends für gewöhnlich immer angenehm kühl, doch an diesem Abend war die Luft wegen des Unwetters von einer beinahe tropischen Schwüle. Und die Küche wirkte wie ein Inkubator. Henry hatte seinen alten schwarzen Ventilator herausgeholt, der mit unablässigem eintönigen Brummen seinen eigenen Schirokko schuf.

Wir setzten uns einander gegenüber an den Tisch, zwischen uns, auf einem Topflappen, das Blech mit den Brownies. Die Kruste war hellbraun, wirkte so fein und zerbrechlich wie getrocknete Tabakblätter. Henrys Messer hatte eine unregelmäßige Kerbe hinterlassen, und dort, wo die Kruste gesprungen war, konnte man das Innere des Gebäcks sehen, dunkel und feucht wie Humus, mit Walnüssen und Schokoladensplittern gespickt. Henry nahm das erste rechteckige Stück mit einem Kuchenheber heraus und reichte es mir. Danach aßen wir direkt vom Blech.

Ich goß jedem von uns eine Tasse Tee ein und gab meinem Milch hinzu. Ich zerbrach ein Brownie in zwei Hälften und teilte es noch einmal. Das war meine Vorstellung vom Kaloriensparen. Mein Mund schwamm in warmer Schokolade, und wenn ich laut schmatzte, so war Henry zu höflich, um davon Notiz zu nehmen.

»Ich habe eine merkwürdige Entdeckung gemacht«, sagte ich. »Es ist möglich, daß ich hier in der Gegend Familie habe.«

»Wie meinst du das?«

»Na, du weißt schon, Leute mit dem gleichen Namen, die behaupten, verwandt zu sein, Blutsbande, wie es so schön heißt.«

Er sah mich mit Interesse an. »Tatsächlich? Na, das ist aber wirklich eine Überraschung. Wie sind sie?«

»Keine Ahnung. Ich kenne sie noch nicht.«

»Ach so, ich dachte, du hättest sie schon kennengelernt. Woher weißt du von ihrer Existenz?«

»Ich habe gestern in Perdido eine Haus-zu-Haus-Befragung gemacht. Und da sagte eine Frau, ich käme ihr so bekannt vor, und fragte mich nach meinem Namen. Dann wollte sie wissen, ob ich mit den Burton Kinseys in Lompoc verwandt sei. Ich sagte nein, aber danach habe ich mir die Heiratsurkunde meiner Eltern angesehen. Der Vater meiner Mutter war Burton Kinsey. Weißt du, es ist so, als hätte ich das tief drinnen immer gewußt und mich nur nicht damit befassen wollen. Komisch, nicht?«

»Und was tust du jetzt?«

»Das weiß ich noch nicht. Erst mal überlegen. Wer weiß, was da auf mich zukommt.«

»Die Büchse der Pandora, hm?«

»Du sagst es. Kann ganz übel werden.«

»Vielleicht aber auch nicht.«

Ich schnitt eine Grimasse. »Ich will das Risiko nicht eingehen. Ich habe nie Familie gehabt. Was sollte ich jetzt mit einer anfangen?«

Henry lächelte vor sich hin. »Was meinst du denn, was du mit ihr anfangen würdest?«

»Keine Ahnung. Ich find's unheimlich. Es wäre bestimmt nervig. Denk an William. Er macht dich doch ganz verrückt.«

»Aber ich habe ihn lieb. Und darum geht es doch, nicht wahr?«

»Ja?«

»Du tust natürlich, was du für richtig hältst, aber eins steht fest, Blut ist dicker als Wasser.«

Ich schwieg eine Weile, aß ein Stück Brownie, das die Form des Staates Utah hatte. »Ich glaube, ich werde erst mal abwarten. In dem Moment, in dem ich Kontakt aufnehme, gibt's nämlich kein Zurück.«

»Weißt du etwas über die Leute?«

»Nein.«

Henry lachte. »Na, wenigstens begeistern dich die Möglichkeiten.«

Ich lächelte unbehaglich. »Ich hab's erst heute erfahren. Außerdem weiß ich nur von einer Verwandten mit Gewißheit – der Mutter meiner Mutter, Cornelia Kinsey. Mein Großvater ist, glaube ich, gestorben.«

»Ah, deine Großmutter ist Witwe. Das ist ja interessant. Woher willst du wissen, daß sie nicht genau die richtige für mich wäre?«

»Das ist ein Gedanke«, sagte ich trocken.

»Nun komm schon. Was macht dir solche Angst?«

»Wer sagt denn, daß ich Angst habe? Ich habe keine Angst.«

»Warum meldest du dich dann nicht?«

»Angenommen, sie ist bissig und herrschsüchtig?«

»Angenommen, sie ist klug und liebevoll?«

»Hm. Wenn Sie so verdammt liebevoll ist, warum hat sie sich dann neunundzwanzig Jahre lang nicht gemeldet?« fragte ich.

»Vielleicht war sie beschäftigt.«

Mir fiel auf, wie sprunghaft unser Gespräch war. Wir kannten uns gut genug, um auf Übergänge verzichten zu können. Dennoch hatte ich ein Gefühl, als hätte ich ein Brett vor dem Hirn.

»Überhaupt, wie soll ich das denn anstellen? Wie soll ich das machen?«

»Ruf sie an. Sag hallo. Mach dich mit ihr bekannt.«

Ich wand mich. »Das tu' ich bestimmt nicht«, widersprach ich. »Ich warte erst mal ab.« »Stur« wäre wahrscheinlich das geeignete Wort gewesen, um meine Haltung zu beschreiben, obwohl ich sonst gar nicht der sture Typ bin.

»Na schön, dann warte ab«, meinte er mit einem leichten Achselzucken.

»Das mache ich auch. Genau. Überleg doch bloß mal, wieviel Zeit seit dem Tod meiner Eltern vergangen ist. Es wäre doch seltsam, mich jetzt zu melden.«

»Das hast du schon einmal gesagt.«

»Weil es die Wahrheit ist.«

»Na schön, dann melde dich eben nicht. Du hast völlig recht.«

»Genau. Ich werde mich überhaupt nicht rühren«, sagte ich gereizt. Seine Bereitwilligkeit, mir zuzustimmen, irritierte mich. Er hätte mich drängen können zu handeln. Er hätte mir einen Aktionsplan vorschlagen können. Statt dessen sagte er mir genau das, was ich *ihm* sagte. Alles klang so viel vernünftiger, wenn ich es sagte. Was er wiederholte, wirkte verbohrt und halsstarrig. Ich verstand nicht, was mit ihm los war, aber vielleicht war das ja eine verrückte Reaktion auf den vielen raffinierten Zucker in den Brownies.

Das Gespräch wandte sich William und Rosie zu. Da gab es nichts Neues zu berichten. Sport und Politik wurden jeweils mit einem Satz abgehandelt. Kurz danach trottete ich verdrießlicher Stimmung nach Hause. Henry schien sich ganz wohl zu fühlen, aber mir kam es so vor, als hätten wir einen furchtbaren Krach gehabt. Ich schlief auch nicht besonders gut.

Um fünf Uhr neunundfünfzig regnete es immer noch, und ich verzichtete aufs Laufen. Meine Erkältung hatte sich weitgehend gebessert, aber ich hielt es dennoch nicht für empfehlenswert, im strömenden Regen herumzusausen. Ich konnte mir kaum vorstellen, daß ich vor einer Woche noch am Pool in Mexiko gelegen und mich von oben bis unten eingecremt hatte. Ich blieb noch ein Weilchen liegen und starrte zum Oberlicht hinauf. Die Wolken hatten die Farbe alter galvanisierter Rohre, und der Tag schrie förmlich nach ernster Lektüre. Ich streckte einen Arm in die Höhe und begutachtete die künstliche Sonnenbräune, die nunmehr zu einem hellen Pfirsichton verblaßt war. Ich hob ein Bein und bemerkte zum erstenmal die vielen Flecken rund um den Knöchel. Rasieren könnte ich mich auch mal wieder. Das sah ja aus, als hätte ich Angorakniestrümpfe an. Gelangweilt von der Selbstbetrachtung, wälzte ich mich schließlich aus dem Bett. Ich duschte, rasierte mir die Beine und zog mich an. Frische Jeans und einen Baumwollpulli zur Feier meines bevorstehenden Mittagessens mit Harris Brown. Dann ging ich frühstücken und stopfte mich mit Fetten und Kohlehydraten voll, diesen natürlichen Antidepressiva. Ida Ruth hatte mir gesagt, sie würde heute später kommen, und mir erlaubt, meinen Wagen auf ihren Parkplatz zu stellen. Punkt neun ritt ich im Büro ein.

Alison hing am Telefon, als ich kam. Wie ein Verkehrspolizist hob sie eine Hand zum Zeichen, daß sie eine Nachricht hatte. Ich blieb stehen und wartete auf eine Pause in ihrem Gespräch.

»Nein, nein, das ist völlig in Ordnung, kein Problem. Lassen Sie sich ruhig Zeit«, sagte sie und legte die Hand über die Sprechmuschel, während ihr Gesprächspartner am anderen Ende offenbar etwas erledigte. »Ich habe Ihnen jemanden ins Büro gesetzt. Ich hoffe, das war richtig. Ich stelle vorläufig keine Anrufe zu Ihnen durch.«

»Warum nicht?«

Ihre Aufmerksamkeit wurde wieder am Telefon verlangt. Ich zuckte mit den Achseln und ging durch den Korridor zu meinem Büro, dessen Tür offen war. Am Fenster stand mit dem Rücken zu mir eine Frau.

Ich ging zum Schreibtisch und warf meine Handtasche auf den Sessel. »Guten Morgen. Was kann ich für Sie tun?«

Sie drehte sich um und sah mich mit jener gespannten Neugier an, die man normalerweise Prominenten vorbehält, die man zum erstenmal aus der Nähe sieht. Und ich sah sie genauso an. Wir hätten Schwestern sein können, so ähnlich waren wir uns. Ihr Gesicht war mir so vertraut wie die Gesichter in einem Traum, auf Anhieb erkennbar, aber bei näherem Hinsehen doch fremd. Keinesfalls waren unsere Gesichtszüge identisch. Sie sah nicht wie ich aus, sondern so, wie ich meinte, daß ich in den Augen anderer aussah. Noch während ich sie musterte, schwand die Ähnlichkeit dahin. Sie war höchstens einen Meter fünfundfünfzig, ich hingegen zehn Zentimeter größer, und sie war dicker, so als äße sie zu üppig und bewege sich zu wenig. Ich lief seit Jahren und wurde mir manchmal bewußt, auf welche Weise mein Körper sich durch die vielen, vielen Meilen, die ich im Lauf der Jahre hinter mich gebracht hatte, verändert hatte. Sie hatte mehr Busen und ein breiteres Gesäß. Dafür war sie gepflegter als ich. Ich bekam eine Ahnung davon, wie ich hätte aussehen können, wenn ich mir einmal einen ordentlichen Haarschnitt geleistet, die Grundlagen des richtigen Make-ups gelernt und mich mit Flair gekleidet hätte. Das Ensemble, das sie anhatte, war aus cremefarbener Waschseide: ein langer, leicht gereihter Rock mit einer passenden losen Jacke darüber und einem korallenroten Oberteil darunter. Die fließenden Linien, die das Auge ablenkten, kaschierten wirksam ihre Rundlichkeit.

Lächelnd bot sie mir die Hand. »Hallo, Kinsey. Ich freue mich, dich kennenzulernen. Ich bin deine Cousine Liza.«

»Wie sind Sie – bist du hierhergekommen?« fragte ich. »Ich habe gestern erst erfahren, daß ich hier in der Gegend vielleicht Verwandte habe.«

»Ja, wir haben es auch erst gestern gehört. Das heißt, ganz stimmt das nicht. Lena Irwin hat gestern abend meine Schwester Pam angerufen, und daraufhin haben wir uns sofort zusammengesetzt. Lena war überzeugt, du müßtest mit uns verwandt sein. Meine beiden Schwestern waren ganz versessen darauf herzukommen, um dich kennenzulernen, aber wir fanden, das wäre ein bißchen viel auf einmal für dich. Außerdem mußte Tasha dringend nach San Francisco zurück, und Pamela kommt jeden Moment nieder.«

Plötzlich hatte ich drei Cousinen. Das war wirklich ein bißchen viel auf einmal. »Woher kennt ihr Lena?«

Liza antwortete mit einer wegwerfenden Handbewegung wie ich sie jeden Tag zwanzigmal machte. »Sie stammt aus Lompoc. Sofort als sie sagte, sie habe dich kennengelernt, wußten wir, daß wir herkommen müssen. Grand haben wir bis jetzt kein Wort verraten, aber sie wird dich bestimmt kennenlernen wollen.«

»Grand?«

»Ach, entschuldige. Das ist unsere Großmutter, Cornelia. Ihr Mädchenname war LaGrand, und wir haben einen Spitznamen daraus gemacht. Jeder nennt sie Grand.«

»Was weiß sie von mir?«

»Nicht viel. Wir kannten natürlich deinen Namen, aber wir wußten eigentlich nichts über deinen Verblieb. Dieser ganze Familienskandal war ja so lächerlich. Damals natürlich nicht. Im Gegenteil, er hat die Schwestern in zwei Lager gespalten, habe ich mir erzählen lassen. Aber sag, störe ich dich bei der Arbeit? Das hätte ich gleich fragen sollen.«

»Gar nicht«, antwortete ich mit einem raschen Blick auf die Uhr. Ich hatte noch drei Stunden Zeit bis zu meiner Mittagsverabredung. »Alison sagte mir gleich, sie würde keine Gespräche durchstellen, aber ich konnte mir gar nicht vorstellen, was so wichtig sein sollte. Kannst du mir Näheres über die Schwestern erzählen?«

»Es waren fünf Schwestern. Sie hatten auch einen Bruder, aber der ist schon als Säugling gestorben. Der Bruch zwischen Grand und Tante Rita hat sie, wie ich schon gesagt habe, in zwei Lager gespalten. Hast du die Geschichte wirklich nie gehört?«

»Nein«, antwortete ich. »Ich sitze hier und frage mich, ob du bei mir an der richtigen Adresse bist.«

»Eindeutig«, gab sie zurück. »Deine Mutter war eine Kinsey. Rita Cynthia, richtig? Ihre Schwester hieß Virginia. Wir haben sie Tante Gin genannt. Oder manchmal auch Gin Gin.«

186

»So habe ich sie auch genannt«, sagte ich schwach. Ich hatte immer geglaubt, das sei mein spezieller Kosename für sie; ein Name, den ich erfunden hatte.

Liza fuhr fort. »Ich habe sie nicht allzugut gekannt wegen des Zerwürfnisses zwischen den beiden und Grand, die übrigens dieses Jahr achtundachtzig wird. Aber sie ist geistig unglaublich auf Draht. Ich meine, sie ist praktisch blind und gesundheitlich nicht ganz auf der Höhe, aber für ihr Alter hat sie sich phantastisch gehalten. Ich weiß nicht, ob die beiden je wieder ein Wort mit Grand gesprochen haben, aber Tante Gin ist manchmal zu Besuch gekommen, und dann haben sich die Schwestern alle wieder zusammengesetzt. Der große Horror war, daß Grand irgendwie davon Wind bekommen könnte, aber ich glaube, das ist nie passiert. Übrigens, unsere Mutter heißt Susanna. Sie ist die Jüngste von den fünf Schwestern. Hast du was dagegen, wenn ich mich setze?«

»Aber nein. Entschuldige. Bitte, nimm Platz. Möchtest du einen Kaffee? Ich kann uns welchen holen.«

»Nein, nein, nicht nötig. Es tut mir nur leid, daß ich hier so hereingeplatzt bin und dich jetzt mit diesen Geschichten überschütte. Was habe ich gerade gesagt? Ach ja. Deine Mutter war die Älteste, meine die Jüngste. Es leben jetzt nur noch zwei Schwestern – meine Mutter, Susanna, sie ist achtundfünfzig, und die Schwester, die ihr im Alter am nächsten ist, Maura, sie ist einundsechzig. Sarah ist vor fünf Jahren gestorben. Wirklich, es tut mir leid, daß ich dich mit dem allen so überfalle. Wir haben einfach angenommen, du wüßtest das alles.«

»Was ist mit Burton – Großvater Kinsey?«

»Er ist auch tot. Er ist erst vor einem Jahr gestorben, aber er war seit Jahren krank.« Sie sagte das so, als hätte ich die Natur seiner Krankheit kennen müssen.

Ich sagte nichts dazu. Ich wollte mich nicht mit Feinheiten aufhalten, wenn ich noch Mühe mit dem Gesamtbild hatte. »Wie viele Cousins und Cousinen gibt es?«

»Nur Cousinen. Wir sind drei, Maura hat zwei Töchter, Delia und Eleanor, und Sarah hatte vier Töchter.«

»Und ihr lebt alle in Lompoc?«

»Nicht ganz«, erwiderte sie. »Drei von Sarahs Töchtern leben an der Ostküste. Eine ist dort verheiratet, zwei studieren. Was die vierte tut, weiß ich gar nicht. Sie ist so eine Art schwarzes Schaf, weißt du. Mauras Töchter leben beide in Lompoc. Maura und Mutter wohnen im selben Viertel. Das war Teil von Grands großem Plan.« Sie lachte, und ich sah, daß wir beide die gleichen Zähne hatten, sehr weiß und kantig. »Wir sollten das vielleicht lieber in kleinen Dosen abhandeln, sonst stirbst du noch am Schock.«

»Die Gefahr besteht durchaus, ja.«

Sie lachte wieder. Irgend etwas an der Frau ging mir auf die Nerven. Sie hatte viel zuviel Spaß an der Geschichte, und ich hatte überhaupt keinen. Ich bemühte mich, all die Neuigkeiten aufzunehmen und zu verarbeiten, höflich zu sein und nicht ins Fettnäpfchen zu treten. Aber ich kam mir wie eine Idiotin vor, und ihre unbekümmerte, rücksichtslose Art war keine Hilfe. Ich hob meine Hand wie ein Schulmädchen. »Könntest du vielleicht erst mal abbrechen und noch einmal zum Anfang zurückkehren?«

»Ach, entschuldige. Du mußt ja ganz durcheinander sein, du armes Ding. Ich wollte wirklich, Tasha hätte mit dir gesprochen. Sie hätte ihren Flug verschieben sollen. Ich habe ja gleich gewußt, daß ich es wahrscheinlich in den Sand setzen würde, aber eine andere Möglichkeit gab's eben nicht. Also, daß Rita Cynthia von zu Hause durchgebrannt ist, weißt du wohl. *Das* werden sie dir doch wohl erzählt haben.« Sie redete so, als handle es sich um eine Selbstverständlichkeit wie etwa, daß die Erde rund ist.

Wieder schüttelte ich den Kopf. »Ich war fünf, als meine Eltern bei dem Autounglück ums Leben kamen. Danach hat Tante Gin mich großgezogen, aber sie hat mir überhaupt nichts über die Familie erzählt. Du kannst ruhig davon ausgehen, daß ich von nichts eine Ahnung habe.«

»Du meine Güte! Hoffentlich hab' ich selbst noch alles im Kopf. Also, ich lege jetzt mal los, und wenn du Erklärungen brauchst, dann unterbrichst du einfach. Unser Großvater Kinsey war ein reicher Mann. Seine Familie besaß ein Unternehmen zum Abbau und zur Verarbeitung von Kieselalgenlagern. Kieselalgen werden im wesentlichen zur Herstellung von Kieselgut verwendet. Weißt du, was das ist?«

»Eine Art Filtermittel?«

»Richtig. Die Kieselalgenlager in Lompoc gehören zu den größten und reinsten auf der Welt. Das Unternehmen ist seit Jahren im Besitz der Kinseys. Großmutter muß auch aus einer wohlhabenden Familie stammen, auch wenn sie kaum darüber spricht. Darum weiß ich auch nichts Genaueres. Ihr Mädchenname war LaGrand, und solange ich denken kann, haben alle sie Grand genannt. Aber das habe ich dir ja schon erzählt. Kurz und gut, sie und Großvater hatten sechs Kinder – den Jungen, der gestorben ist, und dann die fünf Mädchen. Rita Cynthia war, wie gesagt, die Älteste. Sie war Grands Liebling. Wahrscheinlich weil sie ihr so ähnlich war. Ich vermute, sie war sehr verwöhnt – so heißt es jedenfalls. Rebellisch und dickköpfig. Sie weigerte sich absolut, Grands Erwartungen zu erfüllen. Darum ist sie in unserer Familie praktisch zu einer Legende geworden. Die Heilige der Befreiung. Wir alle – alle ihre Nichten – haben in ihr immer ein Symbol der Selbständigkeit und des Muts gesehen, eine Frau, die sich nicht gescheut hat, aufmüpfig und trotzig zu sein, die emanzipierte Frau, die unsere Mütter gern gewesen wären. Rita Cynthia ließ sich von Grand überhaupt nichts sagen, obwohl die damals ein ganz schöner Drachen war. Rigide und snobistisch, tyrannisch und herrschsüchtig. Ihre Töchter mußten spuren. Versteh mich nicht falsch. Sie konnte durchaus großzügig sein, aber die Großzügigkeit war immer mit Bedingungen verknüpft. Sie bezahlte einem zum Beispiel das Studium, aber dafür mußte man am Ort studieren oder an der Universität, die sie für richtig hielt. Bei Häusern war es das gleiche. Sie war bereit, einem die Anzahlung zu geben und sogar für die Hypothek zu bürgen, aber dafür mußte man ein Haus in ihrer nächsten Umgebung nehmen. Es hat ihr wirklich das Herz gebrochen, als Tante Rita ging.«

»Ich verstehe immer noch nicht, was eigentlich passiert ist.«

»Ach Gott, ja, natürlich. Okay, ich werde versuchen, zur Sache zu kommen. Also, im Jahr 1935 hatte Rita ihr gesellschaftliches Debüt. Am fünften Juli –«

»Meine Mutter war eine Debütantin? Und du weißt sogar noch das genaue Datum ihres Debüts? Du mußt ein hervorragendes Gedächtnis haben.«

»Nein, nein. Das gehört alles zur Geschichte. Jeder in unserer Familie weiß das. Das ist so wie Hänsel und Gretel oder Rumpelstilzchen. Grand ließ nämlich zwölf silberne Serviettenringe machen, in die Rita Cynthias Name und das Datum ihres Debüts eingraviert waren. Sie wollte das bei jeder ihrer Töchter so halten, aber irgendwie hat's dann nicht geklappt. Sie machte ein Riesenfest zur Feier von Ritas Debüt und lud lauter ungeheuer erlesene junge Männer aus der besten Gesellschaft ein.«

»Aus *Lompoc*?«

»Nein, nein, nein. Sie kamen von überall. Aus Marin County, Walnut Creek, San Francisco, Atherton, Los Angeles und so weiter. Grand hatte ihr Herz daran gehängt, daß Rita eine ›gute Partie‹ machen sollte, wie man damals sagte. Aber statt dessen verliebte sich Rita in deinen Vater, der bei dem Fest bediente.«

»Er war Kellner?«

»Genau. Ein Freund von ihm war bei der Firma angestellt, die bei dem Fest für Speisen und Getränke sorgte und das Bedienungspersonal stellte, und hatte ihn gebeten mitzuhelfen. Von dem Abend an traf sich Rita heimlich mit Randy Millhone. Das war mitten in der Depression. Er war eigentlich kein Kellner, sondern arbeitete hier in Santa Teresa bei der Post.«

»Na, Gott sei Dank«, sagte ich trocken, doch die Ironie war an sie verschwendet. »Und was hat er bei der Post gearbeitet?«

»Er war Briefträger. ›Ein kleiner Beamter‹, wie Grand naserümpfend zu sagen pflegte. Weißes Pack in ihren Augen, viel zu alt für Rita und nicht standesgemäß. Sie kam dahinter, daß sich die beiden heimlich trafen, und machte einen Riesenkrach, aber sie konnte nichts dagegen tun. Rita war achtzehn und ließ sich von keinem etwas sagen. Je mehr Grand schimpfte und zeterte, desto störrischer wurde sie. Und im November war sie plötzlich verschwunden. Sie ist durchgebrannt und hat geheiratet, ohne einer Menschenseele etwas zu sagen.«

»Doch, Virginia hat sie es gesagt.«

»Ach ja?«

»Ja. Tante Gin war Trauzeugin.«

»Ach. Das wußte ich gar nicht, aber eigentlich ist es ganz logisch. Na, wie dem auch sei, als Grand es erfuhr, war sie so außer sich, daß sie Rita enterbte. Nicht einmal die silbernen Serviettenringe hat sie ihr gelassen.«

»Welch grausames Schicksal.«

»Na, damals muß es so gewirkt haben«, sagte sie. »Ich weiß nicht, was Grand mit den anderen Serviettenringen getan hat, aber es gab einen, um den haben wir uns bei den Familientreffen immer alle gestritten. Grand hatte eine ganze Sammlung Serviettenringe verschiedener Stilarten und so. Alle aus Sterlingsilber«, erklärte sie. »Und wenn sie der Meinung war, eine von uns sei vor dem Essen ungehorsam oder frech gewesen, dann bekam die Übeltäterin Rita Cynthias Serviettenring. Das sollte eine Strafe sein. Verstehst du, es war ihre Art, jemanden zu beschämen, der sich daneben benommen hatte, aber für uns war es das Höchste, wenn wir den Ring bekamen. Rita Cynthia war die einzige aus der Familie, die es je geschafft hatte, wirklich alle Brücken abzubrechen, und das fanden wir großartig. Darum setzten wir uns bei diesen Familientreffen immer heimlich zusammen und stritten darum, wer diesmal Ritas Ring haben dürfte. Diejenige, die siegte, hat sich dann ganz schrecklich benommen, und prompt bekam sie von Grand Ritas Serviettenring. Eine Riesenschande, aber für uns war es ein Riesenjux.«

»Hat denn niemand was dagegen unternommen, daß ihr so einen Wirbel darum gemacht habt?«

»Oh, Grand hatte keine Ahnung. Wir waren sehr vorsichtig, weißt du. Das war mit das Beste an dem Spiel. Ich bin nicht einmal sicher, daß unsere Mütter etwas merkten. Wenn ja, dann haben sie uns wahrscheinlich insgeheim applaudiert. Rita stand in hohem Ansehen bei ihnen und Virginia auch. Das war mit das Schlimmste an Tante Ritas Verschwinden. Wir hatten nicht nur sie verloren, sondern auch Gin.«

»Wirklich«, sagte ich, aber ich konnte kaum meine eigene Stimme hören. Mir war, als hätte man mich geschlagen. Liza konnte nicht ahnen, wie die Geschichte auf mich wirken würde. Meine Mutter war für diese Frauen niemals eine reale Person gewesen. Sie war nichts weiter als eine Symbolfigur, etwas um das man sich balgte wie Hunde um einen Knochen. Ich räusperte mich. »Warum wollten sie nach Lompoc?«

Diesmal war es Liza, die nicht verstand. Ich sah es in ihrem Blick.

»Meine Eltern sind auf der Fahrt nach Lompoc ums Leben gekommen«, erklärte ich sorgfältig, als übersetzte ich für eine Ausländerin. »Wenn sie mit der Familie gebrochen hatten, warum fuhren sie dann nach Lompoc?«

»Ach so. Ich nehme an, das hatte mit der Aussöhnung zu tun, die Tante Gin damals arrangierte.«

Ich muß sie auf besondere Weise angestarrt haben, denn ihr schoß plötzlich die Röte ins Gesicht. »Vielleicht ist es doch besser, wir warten, bis Tasha zurückkommt. Sie besucht uns alle zwei Wochen. Sie kann dir das alles viel besser und genauer erzählen als ich.«

»Aber was ist in den Jahren danach passiert? Warum hat nie jemand Kontakt aufgenommen?«

»Oh, ich bin sicher, sie haben es versucht. Ich weiß, sie wollten es. Sie haben oft mit Tante Gin telefoniert. Sie haben also alle gewußt, daß du bei ihr warst. Aber was geschehen ist, ist geschehen. Ich weiß nur, daß Mutter und Maura und Onkel Walter aus allen Wolken fallen, wenn sie hören, daß wir uns getroffen haben. Du mußt unbedingt bald einmal zu uns kommen.«

Ich spürte, daß etwas Seltsames mit meinem Gesicht geschah. »Keiner von euch hat einen Anlaß gesehen, hierherzukommen, als Tante Gin starb?«

»Ach Gott, jetzt bist du ganz verstört. Ich fühle mich scheußlich. Was ist denn?«

»Nichts. Mir ist eben eingefallen, daß ich einen Termin habe«, antwortete ich. Es war erst fünf vor halb zehn. Lizas Geschichte hatte nicht einmal eine halbe Stunde in Anspruch genommen. »Wir werden das wohl ein andermal abschließen müssen.«

Sie machte sich plötzlich eifrig an ihrer Handtasche zu schaffen. »Ja, dann fahre ich jetzt wohl besser. Ich hätte wahrscheinlich vorher anrufen sollen, aber ich dachte, es wäre eine lustige Überraschung. Ich hoffe, ich hab's nicht verpfuscht. Bist du okay?«

»Natürlich. Alles bestens.«

»Bitte ruf an. Oder ich rufe dich an, und wir treffen uns wieder. Tasha ist älter. Sie kennt die Geschichte viel besser als ich. Vielleicht kann sie dir alles erzählen. Wir waren alle ganz vernarrt in Rita Cynthia. Ehrlich.«

Und dann war meine Cousine Liza weg. Ich schloß die Tür hinter ihr und ging zum Fenster. Eine weiße Mauer zog sich hinter dem Haus am Grundstück entlang, überwachsen von tiefdunkler Bougainvillea. Theoretisch hatte ich unversehens eine ganze Familie gewonnen, Grund zu überschwenglicher Freude, wenn man den Frauenzeitschriften glaubt. In Wirklichkeit aber fühlte ich mich wie jemand, dem soeben alles genommen worden war, was ihm lieb und teuer war, Thema aller Bücher, in denen man von Diebstahl und Einbruch liest.

17

Das Lokal, das Harris Brown für unser Brainstorming gewählt hatte, war ein Labyrinth ineinander verschachtelter Räume, in deren Mitte eine mächtige Eiche wuchs. Ich stellte den VW auf dem Parkplatz seitlich des Gebäudes ab und trat durch Eingang T in einen Korridor mit Bänken auf beiden Seiten, die für Leute gedacht waren, die nicht gleich einen Platz bekamen und warten mußten, bis ihr Name aufgerufen wurde. Doch das Geschäft lief nicht mehr so gut, und jetzt war hier nur viel Leere mit einigen Gummibäumen und einem Möbel am Ende des Ganges, das aussah wie ein Lesepult. Fensterreihen zu beiden Seiten des Eingangs boten freien Blick auf die Gäste, die in den anschließenden Flügeln des Restaurants speisten.

Ich nannte der Hosteß, die für die Tischverteilung zuständig war, meinen Namen. Sie war eine Schwarze Anfang Sechzig und hatte eine Art an sich, als wollte sie durchblicken lassen, daß sie für diesen Job weit überqualifiziert sei. Arbeitsplätze sind in Santa Teresa dünn gesät, und sie war wahrscheinlich dankbar, daß sie diesen Job hatte. Als ich mich ihrem Pult näherte, griff sie nach einer Speisekarte.

»Mein Name ist Kinsey Millhone. Ich bin mit einem Mann namens Harris Brown hier zum Mittagessen verabredet, aber ich würde vorher gern noch die Toilette aufsuchen. Könnten Sie ihm einen Tisch geben, wenn er kommen sollte, bevor ich wieder da bin? Das wäre sehr nett.«

»Aber sicher«, sagte sie. »Sie wissen, wo die Damentoilette ist?«

»Ich werde sie schon finden«, meinte ich – irrigerweise, wie sich zeigte.

Ich hätte einen kleinen Plan haben oder Brotkrumen hinter mir verstreuen sollen. Zuerst marschierte ich schnurstracks in einen Wandschrank voller Besen und Schrubber, dann durch die Tür, die in einen Hinterhof führte. Ich kehrte wieder um und ging in der anderen Richtung. Da entdeckte ich endlich ein Schild in Gestalt eines Pfeils, der nach rechts wies: ›Telefone. Toiletten.‹ Ah, ein Hinweis. Ich fand tatsächlich die richtige Tür, die durch das Abbild eines hochhackigen Damenpumps gekennzeichnet war. Ich erledigte eilig, was ich zu erledigen hatte, und kehrte zum Eingang zurück, als die Hosteß gerade wiederkam. Sie zeigte zum Speisesaal auf der linken Seite. »Der zweite Tisch rechts.«

Beinahe automatisch warf ich einen Blick durch die Seitenfen-

194

ster und entdeckte Harris Brown, der aufgestanden war, um sein Sakko abzulegen. Instinktiv wich ich einen Schritt zurück und versteckte mich hinter einer Topfpalme. Ich sah die Hosteß an und wies mit dem Daumen in Richtung des Mannes. »*Das* ist Harris Brown?«

»Er hat nach Kinsey Millhone gefragt«, antwortete sie.

Ich lugte hinter meiner Palme hervor. Nein, es war kein Irrtum. Zumal er der einzige Mann dort im Saal war. Harris Brown, Lieutenant der Polizei im Ruhestand, war der »Betrunkene«, dem ich vor weniger als einer Woche in Viento Negro auf seinem Hotelbalkon begegnet war. Was, zum Teufel, hatte das zu bedeuten? Ich wußte, daß er damals an den Ermittlungen über die Betrugsaffäre mitgearbeitet hatte, aber das war Jahre her. Wie hatte er Wendell Jaffes Spur gefunden, und was hatte er in Mexiko zu tun gehabt? Und vor allem, würde er nicht mir genau die gleiche Frage stellen? Todsicher würde er sich an meine Nuttennummer erinnern, und wenn das an sich auch nichts war, dessen man sich schämen mußte, so hatte ich doch keine Ahnung, wie ich ihm erklären sollte, warum ich diese Nummer abgezogen hatte. Solange ich nicht wußte, was da gespielt wurde, hatte ich keinerlei Verlangen, mich mit dem Mann zu unterhalten.

Die Hosteß beobachtete mich interessiert. »Sie finden, daß er zu alt für Sie ist? Das hätte ich Ihnen gleich sagen können.«

»Sie kennen ihn?«

»Er ist früher, als er noch bei der Polizei war, ziemlich regelmäßig gekommen. Sonntags nach der Kirche war er immer mit seiner Frau und seinen Kindern hier.«

»Wie lange arbeiten Sie schon hier?«

»Schätzchen, der Laden gehört mir. Mein Mann und ich haben ihn 1965 gekauft.«

Ich spürte, wie ich rot anlief.

In ihren Wangen zeigten sich Grübchen, und sie sah mich lächelnd an. »Ach, jetzt verstehe ich. Sie dachten, ich hätte den Job hier angenommen, weil ich's dringend nötig hatte.«

Ich lachte, verlegen darüber, daß ich so leicht zu durchschauen war. »Ja, ich dachte, Sie wären wahrscheinlich heilfroh, Arbeit zu haben.«

»Oh, das bin ich auch. Und noch froher wäre ich, wenn das Geschäft ein bißchen zulegen würde. Na, wenigstens habe ich alte Freunde wie Mr. Brown, auch wenn ich ihn längst nicht mehr sooft sehe wie früher. Was läuft hier eigentlich? Will jemand Sie mit ihm verkuppeln und hat Sie blind zu dieser Verabredung geschickt?«

Ich war einen Moment verwirrt. »Sie haben doch eben gesagt, daß er verheiratet ist.«

»Das war er, bis sie gestorben ist. Ich dachte, jemand hätte das hier für Sie arrangiert, und jetzt gefällt er Ihnen nicht.«

»Nein, es ist ein bißchen verzwickter. Hm, könnten Sie mir vielleicht einen Gefallen tun?« fragte ich. »Ich gehe raus zu der Telefonzelle auf dem Parkplatz. Wenn ich anrufe und nach ihm frage, könnten Sie ihn dann ans Telefon holen?«

Sie warf mir einen argwöhnischen Blick zu. »Sie werden ihn doch nicht kränken?«

»Nein, bestimmt nicht. Sie können sich darauf verlassen. Um so was geht's hier gar nicht.«

»Na schön, wenn's keine Abfuhr ist. Da mache ich nämlich nicht mit.«

»Ehrenwort«, sagte ich.

Sie reichte mir eine Speisekarte für Abholer. »Die Telefonnummer steht oben«, sagte sie.

»Danke.«

Mit sorgsam abgewandtem Gesicht eilte ich aus dem Restaurant und lief zu der Telefonzelle an der Ecke des Parkplatzes. Ich lehnte die Speisekarte an den Apparat und kramte eine Vierteldollarmünze heraus, die ich in den Zahlschlitz steckte. Schon nach dem zweiten Läuten meldete sich die Wirtin.

»Hallo«, sagte ich. »Ich glaube, bei Ihnen sitzt ein Mann namens Harris Brown –«

»Ich hole ihn«, sagte sie kurz.

Wenig später meldete sich Brown, genauso verdrießlich und

ungeduldig wie beim erstenmal, als wir miteinander gesprochen hatten. Für einen Inkassovertreter hätte er genau die richtige Art gehabt.

»Ja?«

»Hallo, Lieutenant Brown. Hier spricht Kinsey Millhone.«

»Nennen Sie mich ruhig Harris«, sagte er kurz.

»Oh, gut, Harris. Ich hatte eigentlich gehofft, ich würde sie noch zu Hause erreichen, aber da muß ich Sie verpaßt haben. Mir ist leider etwas sehr Wichtiges dazwischengekommen, und ich muß für heute mittag absagen. Kann ich Sie später in der Woche noch einmal anrufen, um etwas auszumachen?«

Seine Stimmung besserte sich schlagartig, und das war wirklich beunruhigend, wenn man bedenkt, daß ich ihn praktisch sitzenließ. »Kein Problem«, versicherte er. »Melden Sie sich einfach, wenn es Ihnen paßt.« Gelassen, gutmütig.

Ein kleines Warnlicht begann zu blinken. »Danke. Das ist wirklich verständnisvoll von Ihnen. Es tut mir leid, daß ich Ihnen diese Ungelegenheit bereiten mußte.«

»Machen Sie sich deswegen nur kein Kopfzerbrechen. Ach – aber wissen Sie, ich wollte mich eigentlich mal kurz mit Jaffes Expartner unterhalten. Ich könnte mir denken, daß der was weiß. Ist es Ihnen gelungen, ihn aufzustöbern?«

Beinahe wäre ich mit meinen Informationen herausgeplatzt, aber im letzten Moment hielt ich mich zurück. So war das also. Der Bursche wollte mir ein Schnippchen schlagen und mich ausmanövrieren, um selbst an Jaffe heranzukommen. Ich sprach lauter. »Hallo?« Ich ließ zwei Sekunden verstreichen. »Hallooo?«

»Hallo?« echote er.

»Hallo? Sind Sie noch da?«

»Ich bin am Apparat«, schrie er.

»Könnten Sie vielleicht ein bißchen lauter sprechen? Ich kann Sie nicht hören. Das ist ja eine furchtbare Verbindung. Mensch, was ist denn mit diesem Telefon los? Können Sie mich hören?«

»Ich höre Sie bestens. Können Sie mich hören?«

»Was?«

»Ich sagte, wissen Sie zufällig, wie ich mich mit Carl Eckert in Verbindung setzen kann? Ich konnte bisher nicht feststellen, wo er jetzt lebt.«

Ich schlug den Hörer auf das kleine Bord, mit dem jede Telefonzelle ausgestattet ist. »Halllooo? Ich kann Sie nicht hören!« rief ich. »Hallo?« Und dann sagte ich in wütendem Ton: »Ach Mensch, verdammt noch mal!« und knallte den Hörer auf.

Sobald die Verbindung unterbrochen war, hob ich wieder ab. Ich blieb in der Zelle, den Hörer am Ohr, und tat so, als sei ich in ein angeregtes Gespräch vertieft, während ich den Restauranteingang im Auge behielt. Es dauerte nicht lang, da kam er heraus, ging über den Parkplatz und stieg in einen klapprigen alten Ford. Ich hätte ihm folgen können, aber wozu? Im Moment konnte ich mir nicht vorstellen, daß er mich an einen interessanten Ort führen würde. Und es war nicht allzu schwer, wieder mit ihm Verbindung aufzunehmen, insbesondere da ich Informationen besaß, die er gern haben wollte.

Als ich die Tür zu meinem Wagen öffnete, sah ich, daß die Wirtin des Restaurants mich durch das Fenster beobachtete. Ich überlegte, ob ich noch einmal zu ihr gehen und ihr ein nettes Märchen auftischen sollte, um zu verhindern, daß sie ihm erzählte, wie ich ihn hinters Licht geführt hatte. Aber ich wollte nicht mehr Wirbel um den Zwischenfall machen als unbedingt nötig. Er ging wahrscheinlich sowieso nur alle zwei bis drei Monate in den Laden. Warum ihre Aufmerksamkeit auf die Sache lenken? Ich wollte doch, daß sie sie vergaß.

Ich fuhr zu meinem Büro und gurkte endlos um den Block, bis ich endlich eine Parklücke fand. Ich mag gar nicht nachrechnen, wieviel Zeit ich jeden Tag auf diese Weise vertue. Manchmal begegne ich Alison oder Jim Thicket, unserem juristischen Mitarbeiter, die so angespannt wie ich den Block in der anderen Richtung umkreisen. Vielleicht wird Lonnie mal einen großen Fall gewinnen und jedem von uns einen eigenen kleinen Parkplatz spendieren.

198

Da ich schon einmal in der Nähe war, ging ich in den Supermarkt und kaufte mir etwas zu essen. Die Wettervorhersage, die ich im Auto gehört hatte, war gespickt gewesen mit obskuren meteorologischen Fachausdrücken und Hinweisen auf Hochs und Tiefs und Prozentsätze. Dem entnahm ich, daß die Wetterexperten genausowenig wie ich wußten, was als nächstes geschehen würde. Ich ging zu Fuß zum Gerichtsgebäude und suchte mir einen geschützten Ort. Der Himmel war bewölkt, die Luft ziemlich kühl und von den Bäumen tropfte noch der Regen von der Nacht zuvor. Im Augenblick war es trocken, und das Gras im Park duftete angenehm.

Eine weißhaarige Fremdenführerin führte gerade eine Gruppe Touristen durch den großen steinernen Torbogen zur jenseits liegenden Straße. Hier hatte ich in den Tagen unserer ›Romanze‹ oft mit Jonah zu Mittag gegessen. Jetzt fiel es mir schwer, mich zu erinnern, worin eigentlich die Anziehung bestanden hatte. Ich verspeiste mein Mittagessen aus der Tüte, sammelte dann Papier und leere Coladose ein und warf alles in den nächsten Abfalleimer. Wie auf ein Stichwort sah ich plötzlich Jonah über den durchweichten Rasen auf mich zukommen. Er sah überraschend gut aus für einen Mann, der wahrscheinlich nicht sehr glücklich war: groß und schlank, an den Schläfen leicht ergraut. Er hatte mich noch nicht bemerkt. Er ging mit gesenktem Kopf, in einer Hand eine braune Papiertüte. Ich wäre gern geflohen, aber ich stand wie angewurzelt und fragte mich, wie lange es dauern würde, bis er mich sah. Er hob den Kopf und sah mich ohne ein Zeichen des Erkennens an. Ich wartete reglos und voll Unbehagen. Als er noch etwa drei Meter entfernt war, hielt er plötzlich an. An seinen Schuhen klebten feuchte Grashalme.

»Ich kann's nicht glauben! Wie geht es dir?«

»Gut«, antwortete ich. »Und dir?«

Sein Lächeln wirkte mühsam und leicht verlegen. »Das haben wir doch vor ein paar Tagen schon mal am Telefon getan.«

»Das dürfen wir«, sagte ich milde. »Was tust du hier?«

Er sah wie verwundert zu der braunen Tüte in seiner Hand

hinunter. »Ich habe mich hier mit Camilla zum Mittagessen verabredet.«

»Ach ja, stimmt. Sie arbeitet hier. Das ist sehr bequem für euch beide, nicht, da deine Dienststelle gleich in der Nähe ist. Da könnt ihr gemeinsam zur Arbeit fahren.«

Jonah kannte mich gut genug, um meinen Sarkasmus zu ignorieren, der in diesem Fall nicht viel zu bedeuten hatte.

»Du hast Camilla nie kennengelert, nicht? Bleib doch einen Moment? Sie wird jeden Augenblick kommen.«

»Danke, aber ich habe noch etwas zu erledigen«, sagte ich. »Außerdem glaube ich nicht, daß meine Bekanntschaft sie sehr interessieren würde. Ein andermal vielleicht.« Heiliger Strohsack, Jonah, wach auf, dachte ich. Kein Wunder, daß Camilla dauernd wütend auf ihn war. Welche Ehefrau möchte schon die Frau kennenlernen, mit der ihr Mann während der letzten Trennung regelmäßig geschlafen hat?

»Na ja, es war schön, dich zu sehen. Du siehst gut aus«, sagte er und machte Anstalten zu gehen.

»Jonah? Ich habe doch noch eine Frage. Vielleicht kannst du mir da weiterhelfen.«

Er blieb stehen. »Heraus mit der Sprache.«

»Weißt du Näheres über Lieutenant Brown?«

Er schien verwundert über die Frage. »Ich weiß einiges, ja. Was denn im besonderen?«

»Ich hab' dir doch erzählt, daß die California Fidelity mich beauftragt hat, nach Mexiko zu fliegen, um zu prüfen, ob Jaffe wirklich dort ist.«

»Ja?«

»Harris Brown war da unten. Er hat im Zimmer neben Jaffes gewohnt.«

Jonahs Gesicht wurde ganz ausdruckslos. »Bist du sicher?«

»Glaub mir, Jonah. Ich irre mich nicht. Er war es. Ich war ihm so nahe.« Ich hielt meine Hand dicht vor meine Nase. Daß ich ihn auch noch geküßt hatte, sagte ich nicht. Bei dem Gedanken lief es mir sogar jetzt noch kalt den Rücken hinunter.

»Na ja, er kann auf eigene Faust ermittelt haben«, meinte Jonah. »Das ist sicher nicht verboten. Die Sache ist zwar Jahre her, aber er war dafür bekannt, daß er nie locker ließ.«

»Er ist also beharrlich.«

»Das kann man wohl sagen.«

»Kann er jetzt, wo er im Ruhestand ist, immer noch euren Computer benutzen?«

»Streng genommen wahrscheinlich nicht. Aber ich bin sicher, er hat noch Freunde bei der Truppe, die so was für ihn erledigen würden. Warum?«

»Ich wüßte nicht, wie er Jaffe ohne Zugang zu dem Computer gefunden haben sollte.«

Jonah zuckte unbeeindruckt mit den Achseln. »Diese Information haben wir gar nicht, sonst hätten wir ihn doch festgenommen. Wenn der Bursche wirklich noch am Leben sein sollte, haben wir einen Haufen Fragen an ihn.«

»Aber irgendwo muß er sich die Information geholt haben«, beharrte ich.

»Na hör mal. Brown war fünfunddreißig oder vierzig Jahre bei der Polizei. Er weiß, wie man sich Informationen beschafft. Der Bursche hat bestimmt seine Quellen. Vielleicht hat jemand ihm einen Tip gegeben.«

»Aber welchen Wert hat es für ihn? Warum hat er die Information nicht an jemanden auf der Dienststelle weitergegeben?«

Er musterte mich schweigend, und ich sah förmlich, wie die Rädchen in seinem Hirn sich drehten. »Das kann ich dir so nicht sagen. Ich persönlich glaube, du machst da aus einer Mücke einen Elefanten, aber ich kann ja mal nachfragen.«

»Diskret«, warnte ich.

»Absolut«, versicherte er.

Ich ging langsam rückwärts. Schließlich drehte ich mich um und machte mich aus dem Staub. Ich wollte nicht wieder in Jonahs Bann geraten. Ich habe dieses Knistern zwischen uns nie verstanden, und ich wußte bis heute nicht, was den Funken entzündet hatte. Vielleicht reichte schon körperliche Nähe, um ihn von neuem überspringen zu lassen. Der Mann tat mir nicht gut. Ich wollte ihn auf Abstand halten. Als ich zurückblickte, bemerkte ich, daß er mir intensiv nachsah.

Um Viertel nach zwei läutete bei mir im Büro das Telefon.

»Kinsey? Jonah hier.«

»Das ging aber schnell«, sagte ich.

»Weil es nicht viel zu berichten gibt. Es heißt, der Fall sei ihm entzogen worden, weil er persönlich betroffen war, und sich das auf seine Arbeit auswirkte. Er hatte seine gesamte Pension in CSL investiert und alles verloren. Seine Kinder scheinen fuchsteufelswild gewesen zu sein. Seine Frau hat ihn verlassen. Sie wurde dann krank und ist an Krebs gestorben. Seine Kinder sprechen heute noch nicht mit ihm. Eine ganz schlimme Geschichte.«

»Aber sehr interessant«, sagte ich. »Ist es möglich, daß er beauftragt worden ist, dem Fall nachzugehen?«

»Von wem?«

»Das weiß ich doch nicht. Vom Dienststellenleiter? Von der CIA? Vom FBI?«

»Nie im Leben. So was habe ich noch nie gehört. Der Mann ist seit über einem Jahr im Ruhestand. Unsere Mittel sind so knapp, daß wir kaum die Büroklammern bezahlen können. Woher bekommt er seine Gelder? Du kannst mir glauben, daß die Polizei von Santa Teresa kein Geld dafür rausschmeißt, einem Kerl hinterherzuhecheln, der vielleicht vor fünf oder sechs Jahren ein Verbrechen begangen hat. Wenn er aufkreuzen würde, müßten wir uns mit ihm unterhalten, aber keiner würde viel Zeit darauf verwenden. Wen interessiert schon Jaffe? Gegen ihn ist nie Haftbefehl erlassen worden.«

»Stimmt nicht. Jetzt läuft ein Haftbefehl gegen ihn«, widersprach ich scharf.

»Brown arbeitet da wahrscheinlich auf eigene Faust.«

»Und trotzdem muß man sich fragen, woher er seine Informationen hat.«

»Vielleicht von demselben Mann, der der California Fidelity den Tip gegeben hat. Vielleicht kennen die beiden sich.«

Das kam bei mir an. »Du meinst, Dick Mills? Ja, das ist wahr. Wenn er gewußt hat, daß Brown interessiert ist, hat er es vielleicht erwähnt. Mal sehen, ob ich von der Seite was in Erfahrung bringen kann. Das ist eine gute Idee.«

»Laß mich wissen, was dabei rauskommt. Ich möchte wissen, was vorgeht.«

Sobald er aufgelegt hatte, rief ich bei der California Fidelity an und fragte nach Mac Voorhies. Während ich darauf wartete, daß er einen anderen Anruf beendete, hatte ich Gelegenheit, über meinen schlimmen Hang zur Lüge nachzusinnen. Ich streute mir nicht gerade Asche aufs Haupt, aber ich mußte doch all die heiklen Folgen meines Tuns in Betracht ziehen. Beispielsweise mußte ich Mac eine Erklärung für mein Zusammentreffen mit Harris Brown in Viento Negro geben, wie aber konnte ich das tun, ohne meine Sünden zu gestehen? Mac kennt mich gut genug, um zu wissen, daß ich mich ab und zu über die Vorschriften hinwegsetzte, aber er möchte nicht gern mit konkreten Beispielen dafür konfrontiert werden. Wie die meisten von uns amüsiert er sich über die schillernden Seiten anderer, solange er nicht mit ihren Folgen fertig werden muß.

»Mac Voorhies«, meldete er sich.

Ich hatte mir noch keine gute Geschichte ausgedacht, und das hieß, daß ich auf die alte Methode zurückgreifen mußte, die halbe Wahrheit zu sagen. In dem Fall besteht die beste Strategie darin, starke Gefühle von Ehrlichkeit und Tugendhaftigkeit heraufzubeschwören, auch wenn man nichts in der Hand hat, um sie zu untermauern. Mir ist auch aufgefallen, daß die Leute besonders dann von der Aufrichtigkeit des anderen überzeugt sind, wenn der so tut, als vertraue er sich ihnen an.

»Hallo, Mac. Ich bin's, Kinsey. In unserem Fall gibt's eine interessante Entwicklung, die ich dir nicht vorenthalten möchte. Vor fünf Jahren, als Jaffe verschwand, wurde offenbar ein Beamter vom Betrugsdezernat hier in Santa Teresa mit der Sache betraut. Ein gewisser Harris Brown.«

»Der Name kommt mir bekannt vor, ja. Ich habe wahrscheinlich ein-, zweimal mit ihm zu tun gehabt«, bemerkte Mac. »Hast du Ärger mit dem Mann?«

»Nicht so, wie du vielleicht meinst«, erwiderte ich. »Ich habe ihn vor zwei Tagen angerufen, und da war er sehr hilfsbereit. Wir wollten uns eigentlich heute zum Mittagessen treffen, aber als ich hinkam, hab' ich nur einen Blick auf den Mann geworfen und gesehen, daß ich ihn aus Viento Negro kenne. Er wohnte im selben Hotel wie Wendell Jaffe.«

»Und was tat er da?«

»Genau das möchte ich rauskriegen«, sagte ich. »Ich halte nämlich nicht viel von Zufällen. Als ich sah, wer der Mann ist, habe ich die Verabredung sausen lassen und ihm telefonisch abgesagt. Die Verbindung ist also nicht abgerissen. Inzwischen habe ich einen Freund bei der Polizei gebeten, sich mal umzuhören, und er sagte mir, daß Brown einen Haufen Geld verloren hat, als Jaffes Schwindelgeschäfte aufflogen.«

»Hm«, sagte Mac.

»Er meinte, daß sich Brown und Dick Mills möglicherweise von früher kennen. Wenn Dick gewußt hat, daß Harris Brown ein persönliches Interesse an Jaffe hatte, hat er ihm vielleicht zur gleichen Zeit wie dir erzählt, daß er ihn in Mexiko gesehen hat.«

»Ich kann Dick ja mal fragen.«

»Würdest du das tun? Das wäre nett«, sagte ich. »Ich kenne ihn ja im Grunde gar nicht. Dir gegenüber wird er sicher eher offen sein.«

»Kein Problem. Ich mache das schon. Und was ist nun mit Jaffe? Hast du schon eine Spur aufgetan?«

»Ich bin auf dem besten Weg«, antwortete ich. »Ich weiß, wo Renata ist, und da wird er nicht weit sein.«

»Das Neueste von dem Jungen hast du wohl gehört.«

»Brian? Nein, was denn?«

»Er ist frei. Im Gefängnis von Perdido County gab's heute morgen eine Computerpanne. Brian Jaffe wurde auf freien Fuß gesetzt, und seitdem hat kein Mensch ihn mehr gesehen. Ich hab's heute mittag im Radio gehört. Na, wie gefällt dir das?«

18

Ich setzte mich wieder ins Auto. Allmählich kam es mir so vor, als sei dieses endlose Pendeln zwischen Santa Teresa und Perdido die wahre Definition der Hölle. Als ich in die Straße einbog, in der Dana Jaffe wohnte, sah ich vor ihrem Haus einen Wagen des Sheriff's Department von Perdido County stehen. Ich parkte schräg gegenüber und behielt das Haus im Auge.

Ich hatte vielleicht zehn Minuten so gesessen, als ich Danas Nachbar, Jerry Irwin, entdeckte, der gerade vom Nachmittagsjogging zurückkehrte. Er lief auf den Fußballen, beinahe auf Zehenspitzen, in der gekrümmten Haltung, die mir bei meinem Besuch bei ihm schon aufgefallen war. Er hatte karierte Bermudashorts an und ein weißes T-Shirt, schwarze Socken und Joggingschuhe. Sein Gesicht war rot und sein graues Haar schweißverkelbt. Er trat auf den letzten Metern seiner Runde noch einmal an und schloß sein Pensum mit einem kleinen Sprint ab. Er bewegte sich mit kleinen hüpfenden Trippelschritten, wie jemand, der über heißen Beton läuft. Ich beugte mich zur anderen Seite des Wagens hinüber und kurbelte das Fenster herunter.

»Hallo, Jerry! Wie geht's? Ich bin's, Kinsey Millhone.«

Keuchend beugte er sich vornüber, stützte die Hände auf seine knochigen Knie, während er nach Luft schnappte. Eine Schweißfahne wehte zum Fenster herein.

»Gut, danke.« Keuch, keuch. »Augenblick.« Niemals würde er wie ein echter Sportler aussehen. Er wirkte eher wie ein Mann, der gerade dem Tod von der Schippe gesprungen ist. Er stemmte die Hände in die Hüften, lehnte sich zurück und sagte: »Puuuh!« Er atmete immer noch schwer, aber wenigstens konnte er jetzt sprechen. Mit gerunzelter Stirn starrte er mich an. Seine Brillengläser begannen zu beschlagen.

»Ich wollte Sie sowieso anrufen. Ich habe gedacht, ich hätte vorhin Wendell hier gesehen.«

»Ach, wirklich?« sagte ich. »Steigen Sie doch einen Moment ein.« Ich beugte mich hinüber, öffnete die Verriegelung, und er machte die Tür auf und ließ sich auf den Sitz fallen.

»Ich bin natürlich nicht sicher, aber der Mann sah aus wie er. Da habe ich vorsichtshalber gleich die Polizei angerufen. Jetzt steht ein Wagen vom Sheriff drüben. Haben Sie's gesehen?«

Ich warf einen Blick zu Danas Veranda. Sie war immer noch leer.

»Ja, das habe ich schon gesehen. Sie haben das von Brian gehört?«

»Der Junge muß mit den Göttern im Bund sein«, meinte Jerry. »Glauben Sie, er wird nach Hause kommen?«

»Schwer zu sagen. Es wäre auf jeden Fall dumm – denn da sucht die Polizei ihn natürlich zuerst«, sagte ich. »Aber vielleicht hat er gar keine Wahl.«

»Ich kann mir nicht vorstellen, daß seine Mutter das dulden würde.«

Wir spähten beide in der Hoffnung auf irgendwelche Aktivitäten zu Danas Haus: Schüsse, Vasen, die durchs Fenster flogen. Aber es passierte gar nichts. Es blieb totenstill. Die Fassade des dunkelgrauen Hauses wirkte kalt und abweisend.

»Ich bin hergekommen, weil ich mit ihr sprechen wollte, aber ich hielt es für besser zu warten, bis der Deputy wieder gegangen ist. Wann haben Sie Jaffe gesehen? Vor kurzem erst?«

»Vor einer Stunde vielleicht. Eigentlich war's Lena, die ihn entdeckt hat. Sie hat mich dann gerufen, damit ich mir den Mann ansehe. Wir konnten uns nicht ganz einigen, ob er's nun war oder nicht, aber ich dachte, melden sollten wir's auf jeden Fall. Ich habe nicht geglaubt, daß sie tatsächlich jemanden herschicken würden.«

»Sie haben vielleicht einen Deputy losgeschickt, nachdem Brians Verschwinden entdeckt worden war. Ich habe die Meldung nicht gehört. Sie vielleicht?«

Jerry schüttelte den Kopf und nahm sich einen Moment Zeit, um sich die Stirn mit seinem T-Shirt abzuwischen. Im Auto fing es langsam an zu muffeln wie in einer Sportlerumkleide. »Vielleicht ist Wendell deshalb zurückgekommen«, sagte er.

»Ja, daran habe ich auch schon gedacht.«

Jerry schnupperte mal kurz an seiner Achselhöhle und besaß Anstand genug, die Nase hochzuziehen. »Ich nehm jetzt lieber eine Dusche, ehe ich Ihnen das ganze Auto verstänkere. Sie geben mir Bescheid, wenn sie ihn fassen.«

»Natürlich. Wahrscheinlich fahre ich nachher vorsichtshalber auch mal bei Michael vorbei. Ich nehme an, die Polizei wird ihn über den Tatbestand der Beihilfe aufklären.«

»Als ob das was hilft!«

Ich ließ die Fenster heruntergekurbelt, nachdem Jerry ausgestiegen war. Weitere zehn Minuten verstrichen. Dann erschien der Deputy an Danas Tür. Sie folgte ihm hinaus, und die beiden blieben auf der Veranda stehen. Der Deputy schaute auf die Straße. Selbst auf diese Entfernung wirkte sein Gesicht steinern. Dana sah gertenschlank und langgliedrig in einem kurzen Jeansrock, dem dunkelblauen T-Shirt und den flachen Schuhen aus. Das Haar hatte sie mit einem knallroten Tuch zurückgebunden. Die Haltung des Deputy verriet, daß er für die Wirkung nicht unempfänglich war. Sie schienen ihr Gespräch abzuschließen. Die Sprache ihrer Körper drückte Vorsicht und schwache Feindseligkeit aus. Ihr Telefon mußte geläutet haben, denn sie wandte sich hastig dem Haus zu. Er nickte kurz und ging die Stufen hinunter, während sie durch die Fliegengittertür ins Haus rannte.

Sobald der Deputy abgefahren war, stieg ich aus dem Wagen und ging zu Danas Haus. Sie hatte die Haustür offengelassen; die Fliegengittertür war geschlossen. Ich klopfte an den Rahmen, aber sie schien mich nicht zu hören. Ich sah sie drinnen hin und her gehen, das Telefon in die Halsbeuge geklemmt. Sie blieb stehen, um sich eine Zigarette anzuzünden und inhalierte tief.

»Natürlich können Sie sie die Fotos machen lassen«, sagte sie gerade, »aber ein professioneller Fotograf macht sicher bessere Bilder –« Sie wurde von der Person am anderen Ende der Leitung unterbrochen. Ich sah, wie sie unwillig die Stirn runzelte. Sie zupfte ein Tabakfädchen von ihrer Zunge. Ihr anderes Telefon begann zu läuten. »Ja, das ist wahr, und ich weiß natürlich, daß

das eine Menge Geld ist. Ungefähr in dieser Größenordnung,
ja...«

Wieder läutete der andere Apparat.

»Debbie, ich verstehe Sie natürlich, aber das wäre Sparsamkeit
an der falschen Stelle, glauben Sie mir. Sprechen Sie mit Bob.
Hören Sie, was er dazu sagt. Ich bekomme eben einen Anruf...
Gut, ja, Tschüß. Ich rufe Sie zurück.«

Sie drückte auf den Knopf, um das andere Gespräch entgegen-
zunehmen. »Ganz in Weiß«, meldete sie sich.

Selbst durch die Fliegengittertür konnte ich sehen, wie ihre
Haltung sich schlagartig veränderte.

»Oh, hallo.« Sie kehrte der Tür den Rücken und senkte die
Stimme so weit, daß das Lauschen für mich zum Problem wurde.
Sie legte ihre halb gerauchte Zigarette auf den Rand eines
Aschenbechers und betrachtete sich im Spiegel an der Wand
neben dem Schreibtisch. Sie strich sich über ihr Haar und
wischte etwas verschmierte Wimperntusche weg. »Tu das
nicht«, sagte sie. »Ich möchte wirklich nicht, daß du das tust...«

Ich drehte mich um und sah auf die Straße, während ich überlegte, ob ich noch einmal an die Tür klopfen sollte. Falls Brian
oder Wendell Jaffe irgendwo im Gebüsch lauerten, dann sah ich
sie nicht. Ich spähte wieder durch die Fliegengittertür. Dana
beendete ihr Gespräch und stellte das Telefon auf den Schreibtisch.

Als sie mich hinter dem Fliegengitter bemerkte, fuhr sie zusammen und griff sich automatisch ans Herz. »O Gott! Haben
Sie mich erschreckt«, sagte sie.

»Sie haben telefoniert, und ich wollte Sie nicht stören. Ich
habe die Geschichte mit Brian gehört. Darf ich hereinkommen?«

»Augenblick«, sagte sie, kam herüber und machte mir die Tür
auf. »Ich mache mir entsetzliche Sorgen um ihn. Ich habe keine
Ahnung, wohin er will, aber er *muß* sich stellen. Wenn er nicht
bald wieder auftaucht, werden sie ihm Fluchtversuch vorwerfen.
Eben war ein Deputy vom Sheriff hier und hat sich aufgeführt,
als hätte ich Brian unter dem Bett versteckt. Er hat es zwar nicht

208

direkt gesagt, aber Sie wissen ja, wie diese Leute sich gebärden, so amtsgewaltig und aufgeblasen.«

»Sie haben nichts von Brian gehört?«

Sie schüttelte den Kopf. »Und sein Anwalt auch nicht. Das ist kein gutes Zeichen«, sagte sie. »Brian muß seine rechtliche Position kennen.« Sie ging mir voraus ins Wohnzimmer und setzte sich auf das Sofa. Ich ließ mich auf der Armlehne auf der anderen Seite nieder.

Nur um ihre Reaktion zu sehen, sagte ich: »Wer war das eben am Telefon?«

»Wendells ehemaliger Geschäftspartner, Carl. Ich nehme an, er hat die Nachrichten gehört. Seit die Sache mit Brian publik geworden ist, steht mein Telefon nicht mehr still. Ich höre von Leuten, mit denen ich seit meiner Grundschulzeit kein Wort mehr gewechselt habe.«

»Halten Sie Verbindung mit ihm?«

»Er hält Verbindung mit mir, auch wenn wir nichts füreinander übrig haben. Ich fand immer, daß er einen ganz schlechten Einfluß auf meinen Mann hat.«

»Er hat dafür bezahlt«, sagte ich.

»Wir anderen vielleicht nicht?« versetzte sie scharf.

»Wie ist das nun mit Brians Entlassung? Weiß man inzwischen, wie er aus dem Gefängnis herausgekommen ist? Es ist wirklich schwer zu glauben, daß der Computer einen Fehler dieser Größenordnung gemacht haben soll.«

»Das ist Wendells Werk, da gibt es keinen Zweifel«, sagte sie.

Sie sah sich nach ihren Zigaretten um. Sie ging zum Schreibtisch und drückte den Stummel aus, den sie brennend im Aschenbecher liegen gelassen hatte. Dann nahm sie eine Packung Zigaretten und ein Feuerzeug und kam wieder zur Couch zurück. Sie machte Anstalten, sich eine Zigarette anzuzünden, tat es dann aber doch nicht. Ihre Hände zitterten stark.

»Wie sollte er an den Computer im Sheriff's Department herankommen?«

»Ich habe keine Ahnung, aber Sie haben es ja selbst gesagt: Er ist Brians wegen nach Kalifornien zurückgekommen. Und jetzt, wo er da ist, ist Brian auf freiem Fuß. Wie erklären Sie sich das sonst?«

»Die Computer sind bestimmt hervorragend gesichert. Wie sollte er es schaffen, ohne Genehmigung eine Freilassungsanordnung über den Computer zu schicken?«

»Vielleicht ist er unter die Hacker gegangen«, versetzte sie sarkastisch.

»Haben Sie mit Michael gesprochen? Weiß er, daß Brian auf freiem Fuß ist?«

»Bei Michael habe ich zuallererst angerufen. Er war schon zur Arbeit gegangen, aber ich habe mit Juliet gesprochen und ihr richtig Angst eingejagt. Sie ist ganz vernarrt in Brian und hat keinen Funken Vernunft. Sie hat mir fest versprochen, mich sofort anzurufen, wenn sie von ihm hören sollten.«

»Und Ihr Mann? Kann der wissen, wo Michael jetzt zu erreichen ist?«

»Warum nicht? Er braucht ja nur die Auskunft anzurufen. Die neue Nummer ist eingetragen. Da gibt's kein Geheimnis. Warum? Glauben Sie, Brian und mein Mann würden versuchen, sich bei Michael zu treffen?«

»Ich weiß es nicht. Halten Sie es für möglich?«

Sie überlegte einen Moment. »Ja, möglich ist es«, sagte sie dann. Sie schob ihre Hände zwischen ihre Knie, um ihr Zittern zu beruhigen.

»Ich gehe jetzt wohl besser«, sagte ich.

»Ich bleibe in der Nähe des Telefons. Wenn Sie etwas hören, melden Sie sich dann bei mir?«

»Natürlich.«

Von Dana aus fuhr ich zu den Perdido Keys. Meine Hauptsorge war in diesem Moment der Verbleib von Renatas Boot. Wenn Jaffe wirklich einen Weg gefunden hatte, Brian aus dem Gefängnis herauszuholen, würde er als nächstes versuchen, den Jungen außer Landes zu bringen.

Bei einem McDonald's hielt ich an, um in der Zelle auf dem

Parkplatz zu telefonieren. Ich wählte Renatas Nummer, aber ohne Erfolg. Ich konnte mich nicht erinnern, wann ich zuletzt gegessen hatte, darum nutzte ich die Gelegenheit, da ich schon einmal hier war, um mir ein Mittagessen mitzunehmen: einen Viertelpfünder mit Käse, eine Cola und eine große Portion Pommes. Wenigstens verdrängten jetzt die Essensgerüche die letzten Nachwehen von Jerry Irwins Ausdünstungen.

Als ich Renatas Haus erreichte, sah ich gleich, daß das Tor der großen Doppelgarage offen war. Von dem Jaguar war keine Spur zu sehen. Immerhin sah ich über den Zaun hinweg zwei sachte schwankende Holzmasten am Anlegeplatz. Das Boot war also da. Im Haus brannte kein Licht, und alles war still. Ich stellte mich mit meinem VW vielleicht drei Häuser weiter unter einen Baum und vertilgte mein verspätetes Mittagessen, wobei mir zum Schluß einfiel, daß ich schon einmal zu Mittag gegessen hatte. Ich sah auf meine Uhr. Aber das war Stunden her. Also, zwei jedenfalls.

Dann wartete ich. Da mein Autoradio nicht funktionierte, und ich nichts zu lesen mit hatte, wandten sich meine Gedanken beinahe wie von selbst dem jähen Neuerwerb von Familienbeziehungen zu. Was sollte ich mit diesen Leuten angefangen? Mit Großmutter, Tanten, Cousinen in allen Variationen – die sich alle meinetwegen keine grauen Haare hatten wachsen lassen. Die Gefühle, die sich da meldeten, hatten etwas Beunruhigendes. Und die meisten waren negativ. Ich hatte nie einen Gedanken an die Tatsache verschwendet, daß mein Vater Briefträger gewesen war. Ich hatte es natürlich gewußt, aber dieses Wissen hatte keinen besonderen Eindruck gemacht, und ich hatte im allgemeinen keinen Anlaß, über die Bedeutung der Tatsache nachzudenken. Nachrichten zu überbringen – gute und schlechte, Forderungen und Überweisungen, Abrechnungen, Dividendenschecks, Geburtsanzeigen und Nachrichten vom Tod alter Freunde, Liebesbriefe und Abschiedsbriefe –, das war die Aufgabe, die ihm in dieser Welt zugefallen war, eine Tätigkeit, die in den Augen meiner Großmutter offenbar zu minderwertig gewesen war, um Beachtung zu verdienen. Vielleicht hatten es Burton und Grand wirklich für ihre Pflicht gehalten, dafür zu sorgen, daß meine Mutter bei ihrer Verheiratung eine gute Wahl traf. Ich hatte das Gefühl, meinen Vater verteidigen, in Schutz nehmen zu müssen.

Mit ihren Offenbarungen hatte Liz mir die Augen für Dramen geöffnet, die sich ohne mein Wissen abgespielt hatten: Zerwürfnisse und Rituale, sanfte Frauenstimmen, rauhes Gelächter, gemütliches Geplauder bei einer Tasse Kaffee in der Küche, Familienessen, Geburten, gute Ratschläge, handgestickte Wäsche, die von Generation zu Generation weitergegeben wurde. Das Bild einer Familie wie aus der Frauenzeitschrift: üppige Fülle, Zimtduft, Tannenzweige und Christbaumschmuck, Footballspiele am Farbfernseher, Onkel, die vom vielen Essen schläfrig eindösten, Kinder, die völlig überdreht waren, weil sie ihren Mittagsschlaf versäumt hatten. Im Vergleich dazu erschien meine Welt grau und leer, und ausnahmsweise empfand ich dieses spartanische, einfache Leben ohne allen Firlefanz, das mir so teuer war, als fade und arm.

Fast gelähmt vor Langeweile, streckte ich mich. Es gab keinen Grund anzunehmen, daß Renata Huff überhaupt kommen würde. Überwachungsarbeit hat der Teufel gesehen. Es ist die Hölle, fünf oder sechs Stunden am Stück dazusitzen und ein Haus anzuglotzen. Es ist schwer, aufmerksam zu bleiben. Es ist schwer, nicht zu sagen, ach, habt mich doch gern. Im allgemeinen muß ich es als Zen-Meditation sehen und mir vorstellen, ich sei mit meiner höheren Macht in Kontakt und nicht nur mit meiner Blase.

Es wurde langsam Abend. Ich sah zu, wie die Farbe des Himmels sich veränderte. Die Temperatur fiel merklich. Die Sommerabende sind im allgemeinen kühl, und bei diesem Sturmtief, das da irgendwo vor der Küste lauerte, schienen die Tage so kurz, als sei vorzeitig der Herbst gekommen. Eine Nebelbank wälzte sich herein, eine Wand dunkler Wolken vor dem rasch dichter werdenden Kobaltblau des Abendhimmels. Ich kreuzte wärmesuchend die Arme über meiner Brust und rutschte tiefer in meinen Sitz. So verstrich wohl eine weitere Stunde.

Ich merkte, wie ich schläfrig wurde, und mir immer wieder die

Augen zufallen wollten. Ich setzte mich gerade und bemühte mich ganz bewußt, wach zu bleiben. Das hielt ungefähr eine Minute an. Diverse Körperteile begannen zu schmerzen, und ich mußte daran denken, wie kleine Kinder weinen, wenn sie müde sind. Wachbleiben wird zur körperlichen Qual, wenn der Körper Ruhe braucht. Ich setzte mich seitlich. Ich zog die Knie hoch und schwang meine Füße auf den Beifahrersitz. Ich drehte mich und lehnte mich mit dem Rücken an die Autotür. Ich kam mir vor wie betrunken, kämpfte darum, die Augen offenzuhalten. Ich stellte mir vor, wie all die Chemikalien aus dem ungesunden Zeug, das ich gegessen hatte, in meiner Blutbahn kreisten und diese narkotisierende Wirkung hervorriefen. Nein, so ging das nicht. Ich brauchte frische Luft. Ich mußte aufstehen und mich bewegen.

Ich holte meine kleine Taschenlampe und das Einbrecherwerkzeug aus dem Handschuhfach, schob meine Handtasche ganz unter den Sitz und nahm eine Jacke vom Rücksitz. Dann stieg ich aus, sperrte den Wagen ab und eilte, vom teuflischen Verlangen zu schnüffeln getrieben, über die Straße zu Renatas Haus. Wirklich, es war nicht meine Schuld. Was kann ich denn dafür, wenn die Langeweile so übermächtig wird? Anstandshalber läutete ich erst, obwohl ich wußte, daß mir niemand öffnen würde. Und richtig, nichts rührte sich. Was soll ein Mensch da tun? Ich ging durch das Seitentor nach hinten.

Ich huschte zum Steg, der unter mir zu schwanken schien. Renatas Boot, ironischerweise mit dem Namen *Fugitive*, war eine schnittige weiße Achtundvierzig-Fuß-Ketsch mit geräumiger Kajüte. Der Rumpf war aus Fiberglas, das Deck geöltes Teak mit Zierleisten aus poliertem Walnußholz und Beschlägen aus Messing und Chrom. Auf dem Boot konnten wahrscheinlich leicht sechs Personen schlafen, im Notfall auch acht. Zu beiden Seiten waren zahllose andere Boote festgemacht, und Lichter schimmerten auf dem tiefen Schwarz des kaum bewegten Wassers. Was konnte Wendell Jaffes Zwecken dienlicher sein, als durch die Keys direkten Zugang zum Ozean zu haben? Vielleicht segelte er schon

seit Jahren hier ein und aus, gänzlich anonym, gänzlich unent-
deckt.

Ich unternahm einen schwachen Versuch zu rufen, aber es
erfolgte keine Reaktion von Bord. Das war nicht verwunderlich;
das Boot war dunkel und in Persenning eingehüllt.

Ich kletterte an Bord, stieg über Kabel und Taue. An drei Stellen
zog ich den Reißverschluß der Umhüllung auf und schob das
Material zurück. Die Kajüte war abgeschlossen, aber ich spähte im
Licht meiner Taschenlampen durch die Luken und leuchtete den
Wohnraum unten aus. Er war edel eingerichtet: wunderschöne
Holztäfelung, Stoffe in sanften Sonnenuntergangsfarben. Renata
hatte Proviant eingekauft – Konserven und in Flaschen abgefüll-
tes Wasser, alles ordentlich in Kartons gestapelt –, der darauf
wartete, verstaut zu werden. Ich hob den Kopf und ließ meinen
Blick über die Häuser zu beiden Seiten schweifen. Nirgends war
eine Menschenseele zu sehen. Ich musterte die Häuser gegenüber. Dort brannten viele Lichter, hin und wieder sah ich flüchtig
auch Leute, aber ich hatte nicht den Eindruck, daß ich beobachtet
wurde. Ich kroch über das Deck nach vorn bis zur Luke über dem
Schlafraum. Das Bett war ordentlich gemacht, und es waren
einige persönliche Dinge zu sehen: Kleider, Taschenbücher, ge-
rahmte Fotografien.

Ich kehrte zur Kajüte zurück und setzte mich nieder, um mir das
Zylinderschloß vorzuknöpfen, das im Holz zwischen meinen
Knien eingelassen war. Ein Schloß dieses Typs hat im allgemeinen
sieben Stifte, und man rückt ihm am besten mit einem auf dem
Markt erhältlichen kleinen Werkzeug zu Leibe, das zu meiner
Garnitur gehörte. Diese kleine Wunderwaffe besteht aus sieben
dünnen Metallstäbchen, die sich so einstellen lassen, daß sie dem
Profil eines Schlüssels entsprechen. Man braucht dann nur noch
mit Gefühl ein bißchen hin- und herzuschieben und gleichzeitig
zu drehen, dann klappt es schon.

Ich bekam das Schloß schließlich auf, wenn auch nicht ohne ein
paar ausgewählte Flüche. Ich steckte das Werkzeug ein, öffnete die
Luke und stieg nach unten. Manchmal tut es mir leid, daß ich

nicht bei den Pfadfindern geblieben bin. Ich hätte da sicher ein paar Ehrenurkunden für besondere Verdienste einheimsen können, für Einbruch zum Beispiel. Mit meinem Taschenlämpchen in der Hand ging ich durch den Wohnraum und durchsuchte jede Schublade und jedes Fach, das ich finden konnte. Ich wußte selbst nicht, was ich eigentlich suchte. Ein kompletter Reiseplan wäre ein Volltreffer gewesen; Karten voll auffälliger roter Pfeile und Sternchen. Auch ein Beweis für Wendell Jaffes Anwesenheit in diesen Gewässern wäre mir recht gewesen. Ich fand nichts von Interesse. Etwa zur gleichen Zeit, als mich die Geduld verließ, verließ mich auch das Glück.

Ich schaltete die Taschenlampe aus und tauchte gerade oben aus der Luke, als Renata erschien. Plötzlich blickte ich direkt in die Mündung einer .357er Magnum. Die verdammte Kanone war riesengroß und sah aus wie ein Ding, das der Marshall im Wildwestfilm im Holster trägt. Ich erstarrte augenblicklich, da ich mir wohl bewußt war, was für ein Loch so eine Kanone in lebenswichtige Teile der Anatomie reißen kann. Automatisch hob ich die Hände, universelle Geste des guten Willens und der Kooperationsbereitschaft. Renata schien das allerdings nicht zu wissen; ihre Haltung war feindselig und ihr Ton war aggressiv. »Wer sind Sie?«

»Ich bin Privatdetektivin. Mein Ausweis ist in meiner Handtasche und die liegt draußen im Auto.«

»Ist Ihnen klar, daß ich Sie für Ihr Eindringen in das Boot erschießen könnte?«

»Das ist mir klar, ja. Ich hoffe, Sie werden es nicht tun.«

Sie starrte mich an, vielleicht dem Bemühen, meinen Ton zu deuten, der wahrscheinlich nicht so respektvoll war, wie sie es sich wünschte. »Was haben Sie da hinten getan?«

Ich drehte leicht den Kopf, als müßte ich erst einen Blick auf das »da hinten« werfen, um mich erinnern zu können. Ich kam zu dem Schluß, daß dies der falsche Moment für Lügen war. »Ich suche Wendell Jaffe. Sein Sohn ist heute morgen aus dem Gefängnis von Perdido County entlassen worden, und ich vermutete, daß die beiden vorhaben, sich zu treffen.«

Ich dachte, sie würde sich dumm stellen und fragen, ›Wer ist Wendell Jaffe?‹, und wir würden mit diesem Spielchen erst mal eine Menge Zeit vertun, aber sie schien bereit, sich nach meiner Vorgabe zu richten. Von meinem weiteren Verdacht, daß nämlich Jaffe, Brian und Renata wahrscheinlich planten, sich mit eben diesem Boot hier abzusetzen, sagte ich nichts. »Übrigens, nur interessehalber, hat Wendell diese Freilassung aus dem Gefängnis arrangiert?«

»Möglich.«

»Wie hat er das angestellt?«

»Habe ich Sie nicht schon einmal gesehen?«

»In Viento Negro. Letzte Woche. Ich habe sie im *Hacienda Grande* aufgestöbert.«

Selbst in der abendlichen Dunkelheit sah ich, wie sie die Brauen hochzog, und ich beschloß, sie in dem Glauben zu lassen, *ich* mit meinen überlegenen detektivischen Fähigkeiten sei ihnen auf die Spur gekommen. Warum Dick Mills erwähnen, wenn er doch Jaffe nur aus Zufall entdeckt hatte? Sie sollte Respekt vor mir haben.

»Ich sage Ihnen was«, bemerkte ich im Konversationston. »Sie brauchen mich wirklich nicht mit dieser Kanone zu bedrohen. Ich bin selbst unbewaffnet, und ich tue bestimmt nichts Unüberlegtes.« Langsam senkte ich meine Arme. Ich erwartete, daß sie protestieren würde, aber sie schien es nicht einmal zu bemerken. Offenbar war sie unschlüssig, was sie als nächstes tun sollte. Sie konnte mich natürlich umlegen, aber Leichen sind so leicht nicht loszuwerden, und wenn man es nicht richtig anfängt, muß man mit einem Haufen Fragen rechnen. Plötzlich einen Deputy vom Sheriff's Department vor ihrer Tür zu sehen, war bestimmt das letzte, was sie wollte.

»Was wollen Sie von Wendell?«

»Ich arbeite für die Gesellschaft, bei der sein Leben versichert war. Seine Frau hat gerade eine halbe Million Dollar kassiert, und wenn Wendell gar nicht tot ist, wollen die Leute ihr Geld wiederhaben.«

Ich sah, daß ihre Hand leicht zitterte; nicht aus Furcht, sondern weil die Kanone so schwer war. Es war der Moment zu handeln.

Ich stieß einen gellenden Schrei aus und knallte ihr den Unterarm aufs Handgelenk, daß es krachte. Ich glaube, es war der spitze Schrei, der bewirkte, daß ihre Hand an der Waffe sich lockerte. Die Kanone flog in die Luft wie ein Pfannkuchen, fiel aufs Deck und rutschte klappernd über die Planken zum Cockpit. Ich stieß Renata zurück, so daß sie das Gleichgewicht verlor, und hob die Waffe auf. Sie setzte sich auf ihre vier Buchstaben. Jetzt hatte ich die Kanone. Sie rappelte sich auf und hob die Hände. Das gefiel mir besser, wenn ich auch genausowenig wie sie vorher wußte, was ich nun tun sollte. Wenn ich angegriffen werde, bin ich der Gewalt fähig, aber keinesfalls würde ich auf sie schießen, während sie dastand und mich anstarrte. Ich konnte nur hoffen, daß sie das nicht wußte. Ich nahm kampflustige Haltung an – Beine gespreizt, Kanone mit beiden Händen umfaßt, Arme steif ausgestreckt. »Wo ist Wendell? Ich muß mit ihm reden.«

Ein ersticktes Quietschen drang aus ihrem Mund, und ihr Gesicht verzog sich, als sie zu weinen anfing.

»Hören Sie auf zu flennen, Renata. Antworten Sie mir gefälligst, sonst schieße ich in Ihren rechten Fuß. Ich zähle bis fünf.« Ich richtete die Waffe auf ihren rechten Fuß. »Eins. Zwei. Drei. Vier –«

»Er ist bei Michael.«

»Ich danke Ihnen. Sie sind sehr freundlich«, sagte ich. »Ich lasse die Kanone in Ihrem Briefkasten.«

Sie schauderte unwillkürlich. »Behalten Sie sie. Ich hasse Schußwaffen.«

Ich schob das Ding hinten in meinen Bund und sprang behende wie ein Reh auf den Steg. Als ich mich noch einmal nach ihr umdrehte, umklammerte sie mit schlotternden Knien den Mast.

Ich warf meine Karte in ihren Briefkasten und klemmte eine zweite in die Türritze. Dann fuhr ich zu Michael.

19

Hinten im Haus brannte Licht. Ich ging ohne zu läuten direkt in den Garten und schaute im Vorübergehen durch jedes Fenster. In der Küche war außer schmutzigem Geschirr auf sämtlichen Abstellmöglichkeiten nichts zu sehen. Immer noch stand alles mit Umzugskartons voll. Das zusammengeknüllte Zeitungspapier lag jetzt in einem Haufen in einer Ecke. Als ich zum großen Schlafzimmer kam, sah ich, daß Juliet durch Tips von *Schöner Wohnen* inspiriert, Handtücher vor die Fenster gehängt hatte, so daß mir die Sicht völlig versperrt war. Ich ging wieder nach vorn und fragte mich, ob ich anklopfen mußte wie Krethi und Plethi. Ich drehte versuchsweise den Türknauf und entdeckte zu meiner Freude, daß ich nur einzutreten brauchte.

Das Fernsehgerät im Wohnzimmer war ausgerastet. Statt eines Farbbilds war ein Chaos flimmernder Farben zu sehen, das dem Nordlicht ähnelte. Die Geräuschkulisse zu diesem bemerkenswerten Phänomen beschwor Bilder von harten Burschen mit Pistolen und einer aufregenden Autojagd herauf. Ich spähte zu den Schlafzimmern, konnte aber wegen der quietschenden Autobremsen und den krachenden Schußwechseln kaum etwas hören. Ich zog Renatas Kanone aus dem Bund und hielt sie wie eine Taschenlampe vor mich hin, während ich mich vorsichtig nach hinten schlich.

Das Kinderzimmer war dunkel, aber die Tür zum großen Schlafzimmer war angelehnt, und durch den Spalt fiel Licht auf den Flur. Mit dem Revolverlauf gab ich der Tür einen sachten Stoß. Leise quietschend schwang sie auf. Vor mir, in einem Schaukelstuhl, saß Wendell Jaffe mit seinem Enkel auf dem Schoß. Er stieß einen gedämpften Ausruf des Erschreckens aus. »Schießen Sie nicht auf das Kind.«

»Natürlich schieße ich nicht auf das Kind. Wofür halten Sie mich?«

Brendan lachte, als er mich sah, und wedelte zur Begrüßung überschwenglich mit beiden Armen. Er hatte einen Schlafanzug mit blauen Häschen an, und sein helles Haar war noch feucht vom Bad. Juliet hatte es zu einer kleinen Tolle aufgebürstet. Das ganze Zimmer roch nach Babypuder. Ich schob die Kanone wieder in den Bund meiner Jeans. Sehr bequem war das nicht, und ich war mir völlig im klaren darüber, daß ich riskierte, mich selbst in den Hintern zu schießen. Aber ich wollte die Kanone auch nicht in meine Handtasche stecken; da wäre ich im Notfall noch schlechter an sie herangekommen.

Ein glückliches Familienwiedersehen schien dies nicht gerade zu sein. Brendan war offensichtlich der einzige, der sich freute. Michael stand mit verschlossenem Gesicht an die Kommode gelehnt. Er starrte auf den Schulring hinunter, der einmal seinem Vater gehört hatte, und drehte ihn an seinem Finger wie in einer Art Meditation. Ich habe Ähnliches bei Profitennisspielern beobachtet. Sie vertiefen sich in die Prüfung der Saiten ihres Schlägers, um sich ihre Konzentration zu bewahren. Michael, in Sweatshort und schmutziger Jeans, schien sich nach der Arbeit nicht umgezogen zu haben. In seinem Haar konnte ich noch den Abdruck des Schutzhelms erkennen, den er tagsüber aufgehabt hatte. Wendell hatte ihn wohl bereits erwartet, als er nach Hause gekommen war.

Juliet hockte wie ein Häufchen Elend am Kopfende des Betts. Sie wirkte angespannt und klein in der abgeschnittenen Jeans und dem T-Shirt. Ihre Füße waren nackt. Sie hatte die Beine angezogen und hielt sie mit beiden Armen umschlungen. Sie war offensichtlich bemüht, sich aus dem Familiendrama herauszuhalten.

Nur eine Tischlampe brannte, vermutlich ein Import aus Juliets Kinderzimmer im Haus ihrer Eltern. Die Lampe hatte einen gerüschten Schirm in kräftigem Pink. Unten auf dem Sockel war eine Puppe mit steifem pinkfarbenen Rock. Ihr Körper war am Lampenständer befestigt, und sie hielt ihre Arme ausgebreitet. Ihr Mund war eine Rosenknospe, und dichte Wimpern verschleierten ihre Augen, die sich mechanisch öffneten und schlossen. Die Glühbirne hatte höchstens 40 Watt, doch das Zimmer wirkte warm in ihrem Schein.

In Juliets Gesichtszügen zeichnete sich ein scharfer Kontrast ab: die eine Wange in pinkfarbener Glut, die andere dunkel beschattet. Wendell Jaffes Gesicht wirkte kantig, wie holzgeschnitzt in diesem Licht, die Wangenknochen stark herausgearbeitet. Er sah hager aus. Michael wiederum hatte das Gesicht eines steinernen Engels, kalt und sinnlich. Seine dunklen Augen schienen zu leuchten. An Körpergröße konnte er es leicht mit seinem Vater aufnehmen, doch Wendell war kompakter, und es fehlte ihm Michaels Anmut. Zusammen gruppierten sich die drei zu einem Bild, das etwas Theaterhaftes hatte.

»Hallo, Wendell. Tut mir leid, daß ich stören muß. Erinnern Sie sich an mich?«

Jaffes Blick flog zu Michael. Er machte eine Kopfbewegung in meine Richtung. »Wer ist das?«

Michael hielt den Blick zu Boden gerichtet. »Eine Privatdetektivin«, antwortete er. »Sie hat vor ein paar Tagen mit Mutter über dich gesprochen.«

Ich winkte Jaffe nonchalant zu. »Sie arbeitet für die Versicherungsgesellschaft, die Sie um eine halbe Million Dollar betrogen haben«, warf ich ein.

»Ich?«

»Aber ja, Wendell«, versetzte ich in scherzhaftem Ton. »So merkwürdig es klingt, das ist der springende Punkt bei einer Lebensversicherung. Daß man tot ist. Aber Sie haben die Vereinbarung bis jetzt nicht erfüllt.«

Er sah mich mit einer Mischung aus Mißtrauen und Verwirrung an. »Ich kenne Sie doch irgendwoher?«

»Wir sind uns im Hotel in Viento Negro mal begegnet.«

In einem Moment des Erkennens saugte sich sein Blick an mir fest. »Waren Sie das, die in unser Zimmer eingebrochen ist?«

Ich schüttelte den Kopf und fabulierte. »Nein, nein, ich doch nicht. Das war ein ehemaliger Bulle namens Harris Brown.«

Er schüttelte den Kopf bei dem Namen.

»Er ist Lieutenant bei der Polizei. Oder war es.«

»Nie von ihm gehört.«

»Aber er hat von Ihnen gehört. Er hat Ihren Fall zugeteilt bekommen, als Sie verschwanden. Dann wurde er ihm aus unbekannten Gründen wieder entzogen. Ich dachte, Sie könnten das vielleicht erklären.«

»Sind Sie sicher, daß der Mann mich gesucht hat?«

»Ich glaube nicht, daß seine Anwesenheit dort Zufall war«, sagte ich. »Er hat in drei-vierzehn gewohnt. Ich in drei-sechzehn.«

»Hey, Dad? Könnten wir das jetzt vielleicht mal fertig besprechen?«

Brendan begann unruhig zu werden, und Jaffe tätschelte ihn ohne viel Erfolg. Er nahm einen kleinen Stoffhund und spielte mit ihm vor Brendans Gesichtchen herum, während er das Gespräch fortsetzte. Brendan packte das Tier bei den Ohren und zog es zu sich heran. Er zahnte anscheinend gerade, denn er nagte mit der gleichen Begeisterung an dem Hündchen, mit dem ich mich auf Brathuhn stürze.

Jaffe führte das Gespräch offensichtlich an dem Punkt fort, an dem es durch mein Erscheinen unterbrochen worden war. »Ich mußte weg, Michael. Das hatte mit dir nichts zu tun. Es war mein Leben. Es ging um mich. Ich hatte mich so tief hineingeritten, daß es keine andere Möglichkeit gab, damit fertig zu werden. Ich hoffe, du wirst das eines Tages verstehen. Die sogenannte Gerechtigkeit existiert in unserem Rechtssystem nicht.«

»Ach, hör doch auf. Erspar mir dieses Gelaber. Wo sind wir hier eigentlich? Im sozialwissenschaftlichen Seminar? Hör einfach auf mit dem Scheiß und erzähl mir nichts von Gerechtigkeit. Du bist ja nicht lang genug geblieben, um herauszufinden, was es damit auf sich hat.«

»Bitte, Michael. Nicht so. Ich will nicht streiten. Dazu ist keine Zeit. Ich erwarte ja gar nicht, daß du mit meiner Entscheidung einverstanden bist.«

»Es geht nicht nur um mich, Dad. Was ist mit Brian? Er hat das alles ausbaden müssen.«

»Ich weiß, daß er abgerutscht ist, und ich tue, was ich kann«, versetzte Jaffe.

»Brian hat dich gebraucht, als er zwölf war. Jetzt ist es zu spät.«

»Da bin ich anderer Meinung. Du täuschst dich, glaub mir.«

Michael verdrehte die Augen. »*Dir* glauben, Dad? Weshalb sollte ich dir wohl glauben? Ich werde dir niemals glauben.«

Jaffe schien Michaels harter Ton aus der Fassung zu bringen. Er mochte es nicht, wenn man ihm widersprach. Er war es nicht gewöhnt, daß sein Urteil angezweifelt wurde, und schon gar nicht von einem Jungen, der siebzehn gewesen war, als er sich aus dem Staub gemacht hatte. Michael war inzwischen erwachsen geworden; ja, hatte in der Tat die Lücke gefüllt, die sein Vater hinterlassen hatte. Vielleicht hatte Jaffe geglaubt, er könnte zurückkommen und den Bruch kitten, altes Ungemach bereinigen, alles wieder in Ordnung bringen. Vielleicht hatte er geglaubt, eine leidenschaftliche Erklärung würde Wiedergutmachung genug sein für Verlassen und Vernachlässigung.

»Wir werden uns wohl nie einigen können«, sagte er.

»Warum bist du nicht zurückgekommen und hast die Konsequenzen dessen, was du getan hattest, auf dich genommen?«

»Ich konnte nicht. Ich sah keine Möglichkeit dazu.«

»Mit anderen Worten, es interessierte dich nicht. Du wolltest keine Opfer für uns bringen. Besten Dank. Wir wissen deine väterliche Liebe zu schätzen. Das ist ganz typisch für dich.«

»Also, das ist nun wirklich nicht wahr, Michael.«

»Doch, es ist wahr. Du hättest bleiben können, wenn du gewollt hättest und wir dir etwas bedeutet hätten. Aber da haben wir die Wahrheit: Wir haben dir nichts bedeutet, und das war eben unser Pech, wie?«

»Natürlich bedeutet ihr mir etwas. Was glaubst du denn, wovon ich die ganze Zeit rede?«

»Ich weiß nicht, Dad. Soweit ich verstehe, versuchst du nur, dein Verhalten zu rechtfertigen.«

»Das ist ja sinnlos. Ich kann die Vergangenheit nicht ungeschehen machen. Ich kann nicht ändern, was damals vorgefallen ist. Brian und ich werden uns stellen. Das ist das Beste, was ich tun kann, und wenn das nicht gut genug ist, weiß ich nicht, was ich noch sagen soll.«

Michael wandte sich ab und schüttelte stumm den Kopf.

Jaffe räusperte sich. »Ich muß gehen. Ich habe Brian versprochen zu kommen.«

Er stand auf und drückte das Kind an seine Schulter. Juliet schwang die Beine vom Bett und stand ebenfalls auf, um ihm Brendan abzunehmen. Es war klar, daß das Gespräch ihr nahegegangen war.

Michael schob seine Hände tief in seine Hosentaschen. »Du hast Brian mit dieser erschwindelten Freilassung überhaupt keinen Gefallen getan.«

»Das ist wahr, wie sich jetzt herausgestellt hat, aber das konnten wir nicht voraussehen. Im übrigen habe ich über viele Dinge meine Meinung geändert. Aber das ist etwas, was dein Bruder und ich unter uns abmachen müssen.«

»Du hast für Brian alles noch schlimmer gemacht, als es schon war. Wenn du nicht schleunigst etwas unternimmst, wird die Polizei ihn schnappen und wieder ins Loch stecken. Da kommt er dann so schnell nicht wieder raus. Und du, was machst du dann? Machst auf irgendeinem beschissenen Boot die Flatter und kümmerst dich um nichts. Viel Glück!«

»Der Gedanke, daß ich auch einen Preis bezahlen muß, kommt dir wohl gar nicht?«

»Aber du bist nicht wegen Mordes angeklagt.«

»Ich weiß nicht, ob es einen Sinn hat, das fortzusetzen«, sagte Jaffe, ohne sachlich auf Michaels Bemerkung einzugehen. Die beiden schienen aneinander vorbeizureden. Jaffe versuchte, seine väterliche Autorität geltend zu machen. Michael reagierte nur sauer darauf. Er hatte jetzt selbst einen Sohn, er wußte, was sein Vater alles verspielt hatte. Jaffe wandte sich ab. »Ich muß gehen«, sagte er wieder und bot Juliet die Hand. »Ich bin froh, daß wir

Gelegenheit hatten uns kennenzulernen. Schade, daß es nicht unter erfreulicheren Umständen möglich war.«

»Sehen wir Sie wieder?« fragte Juliet. Sie weinte. Die verwischte Wimperntusche bildete dunkle Schatten unter ihren Augen. Michael wirkte angespannt und gequält; aus Juliet brach der Schmerz heraus wie Wasser, das einen Damm durchbricht.

Selbst Jaffe schien betroffen von soviel offen zur Schau getragenem Gefühl. »Aber natürlich. Ganz bestimmt. Ich verspreche es.«

Sein Blick glitt zu Michael. Vielleicht hoffte er auf ein Zeichen von Emotion. »Es tut mir leid, daß ich dir Schmerz bereitet habe. Wirklich.«

Michael kreuzte in dem Bemühen, unberührt zu bleiben, die Arme über der Brust. »Ja. Klar. Sicher.«

Jaffe drückte das Kind an sich, preßte sein Gesicht in den Nacken des Kleinen und atmete seinen süßen kindlichen Duft. »Ach, du süßer kleiner Junge«, murmelte er mit zitternder Stimme.

Brendan grapschte nach Jaffes Haar, bekam eine Faustvoll zu fassen und versuchte, es in den Mund zu stecken. Jaffe verzog das Gesicht und löste behutsam die Finger des Kleinen aus seinem Haar. Juliet streckte die Arme nach ihrem Kind aus. Michael beobachtete die Szene stumm. Seine Augen wurden feucht. Er wandte sich ab.

Jaffe reichte Juliet das Kind zurück und küßte sie auf die Stirn, ehe er sich Michael zuwandte. Die beiden Männer umarmten sich fest und lang. »Ich liebe dich, mein Sohn.« Sie wiegten sich sachte hin und her. Michael gab mit geschlossenen Augen einen gedämpften Laut von sich, der tief aus seinem Inneren kam. In diesem einen Moment völliger Offenheit waren er und sein Vater sich ganz nahe. Ich mußte mich abwenden. Ich konnte mir nicht vorstellen, wie es war, den Vater zu umarmen, von dem man geglaubt hatte, er sei tot. Michael löste sich. Jaffe zog ein Taschentuch heraus und wischte sich die Augen. »Ich melde mich«, flüsterte er.

Ohne sie noch einmal anzusehen, drehte er sich um und ging

aus dem Zimmer. Seine Schuld lag ihm wahrscheinlich wie ein unendlich schweres Gewicht auf dem Herzen. Er ging durch das Haus zur Tür, und ich folgte ihm. Ich weiß nicht, ob er meine Anwesenheit wahrnahm; er erhob jedenfalls keine Einwände.

Draußen war es kühl und feucht. Der Wind raschelte in den Bäumen. Die Straßenlampen waren von dichtbelaubten Zweigen fast ganz verdeckt, und auf der Straße jagten sich die Schatten. Ich hatte die Absicht, mich von dem Mann zu verabschieden, in meinen Wagen zu steigen und ihm dann in diskretem Abstand zu folgen, bis er mich zu Brian führte. Sobald ich den Jungen gefunden hatte, wollte ich die Bullen rufen. Ich sagte Jaffe gute Nacht und ging in der anderen Richtung davon.

Ich weiß nicht, ob er mich überhaupt gehört hat.

Ganz in Gedanken, zog Jaffe einen Autoschlüssel heraus und ging über den Rasen zu einem kleinen roten Maserati, der am Bordstein stand. Renata verfügte offenbar über eine ganze Autoflotte. Er schloß den Wagen auf und setzte sich ans Steuer. Er schlug die Tür zu.

Ich stieg in meinen VW und steckte den Zündschlüssel ein. Im Kreuz spürte ich den Druck von Renatas Revolver. Ich zog ihn aus dem Hosenbund, drehte mich um, nahm meine Handtasche vom Rücksitz und verstaute die Waffe in ihr. Ich hörte das Mahlen des Motors von Jaffes Wagen. Ich startete den VW und wartete mit ausgeschalteten Scheinwerfern.

Der Motor des Maserati mahlte und mahlte, aber er sprang nicht an. Es war ein schrilles, unproduktives Geräusch. Einen Moment später sah ich Jaffe aus dem Wagen steigen. Nervös sah er unter der Motorhaube nach. Er fummelte an den Kabeln, stieg wieder ein und versuchte erneut, den Motor zu starten. Ohne Erfolg. Es schien hoffnungslos zu sein. Ich legte den Gang ein, schaltete die Scheinwerfer an und fuhr langsam vor, bis ich neben ihm auf gleicher Höhe war. Ich kurbelte mein Fenster herunter. Er öffnete das seine ebenfalls.

Ich sagte: »Steigen Sie ein. Ich fahre Sie zu Renata. Von da können Sie einen Abschleppwagen rufen.«

Er überlegte einen Moment, warf einen raschen Blick zu Michaels Haus. Er hatte keine großen Möglichkeiten. Auf keinen Fall wollte er mit einem so prosaischen Anliegen wie einem Anruf beim Abschleppdienst noch einmal ins Haus gehen. Er stieg aus, schloß den Wagen ab und stieg in den VW.

Ich bog an der Perdido Street rechts ab, fuhr dann vor dem Rummelplatz links bis zur Strandstraße und dann wieder links. Der Wind hatte ganz beträchtlich aufgefrischt, und über dem pechschwarzen Wasser des Ozeans hingen schwere Wolkenmassen.

»Ich hatte Montagabend ein nettes Gespräch mit Carl«, bemerkte ich. »Haben Sie mit ihm besprochen?«

»Ich wollte mich eigentlich später mit ihm treffen, aber er hatte auswärts zu tun«, antwortete Jaffe zerstreut.

»Tatsächlich? Er meinte, er wäre zu wütend, um mit Ihnen zu reden.«

»Wir haben geschäftliche Dinge zu klären. Er hat etwas, das mir gehört.«

»Sie meinen das Boot?«

»Ja, das auch, aber ich spreche von etwas anderem.«

Der Himmel war anthrazitgrau, und weit draußen über dem Wasser wetterleuchtete es. Das Licht flackerte zwischen den dunklen Wolkenbänken und schuf eine Illusion von Artilleriefeuer, das zu fern war, um gehört werden zu können. Die Luft war von einer Art nervöser Energie erfüllt.

Ich warf einen Blick auf Jaffe. »Interessiert es Sie nicht, wie wir Ihnen auf die Spur gekommen sind? Es wundert mich, daß Sie nicht fragen.«

Seine Aufmerksamkeit war auf den flackernden Horizont gerichtet. »Ist doch egal. Irgendwann mußte es ja passieren.«

»Hätten Sie was dagegen, mir zu verraten, wo Sie sich in all den Jahren aufgehalten haben?«

Er starrte zum Seitenfenster hinaus, so daß ich sein Gesicht nicht sehen konnte. »Nicht weit von hier. Es würde Sie wundern zu hören, wie wenig ich umhergereist bin.«

»Sie haben eine Menge dafür aufgegeben.«

»Ja«, sagte er nur.

»Waren Sie die ganze Zeit mit Renata zuammen?«

»O ja«, antwortete er mit einem Anflug von Bitterkeit. Danach wurde es ein Weilchen still, bis er voll Unbehagen den Kopf drehte. »Glauben Sie, es war falsch von mir zurückzukommen?«

»Das kommt darauf an, was Sie damit zu erreichen hofften.«

»Ich möchte ihnen helfen.«

»Helfen wobei? Brian hat bereits eine bestimmte Richtung eingeschlagen und Michael ebenfalls. Dana hat sich durchgebracht, so gut es ging, und das Geld ist ausgegeben. Sie können nicht einfach wieder in ein Leben zurückkehren, aus dem Sie ausgestiegen sind, und den Ausgang der Geschichten ändern. Ihre Frau und Ihre Kinder verarbeiten die Konsequenzen Ihrer Entscheidung. Und das müssen Sie selbst auch tun.«

»Ja, ich kann wohl nicht erwarten, daß ich alles innerhalb von ein paar Tagen wiedergutmachen kann.«

»Ich bin nicht sicher, ob Sie es überhaupt können«, entgegnete ich. »Fürs erste werde ich Sie jedenfalls nicht aus den Augen lassen. Sie sind mir einmal entwischt. Das wird nicht noch einmal passieren.«

»Ich brauche etwas Zeit. Ich habe einiges zu ordnen.«

»Sie hatten schon vor fünf Jahren einiges zu ordnen.«

»Dies hier ist etwas anderes.«

»Wo ist Brian?«

»Er ist in Sicherheit.«

»Ich habe nicht gefragt, wie es um ihn bestellt ist. Ich habe gefragt, *wo* er ist.« Der Wagen begann zu stottern und wurde langsam. Ich blickte verdattert nach unten und trat mehrmals schnell hintereinander das Gaspedal durch. Aber der Wagen wurde immer langsamer. »Herrgott noch mal, was ist denn das?«

»Haben Sie kein Benzin mehr?«

»Ich habe gerade erst getankt.« Ich lenkte den Wagen, der schon fast stand, an den Bordstein.

Er sah aufs Armaturenbrett. »Die Tankuhr steht auf ›voll‹.«

227

»Das hab' ich Ihnen doch gesagt. Ich habe eben erst getankt.«

Wir standen. Es war totenstill, dann nahm ich das Brausen des Windes und der Brandung wahr. Obwohl der Mond von Wolken verdunkelt war, konnte ich die Schaumkronen auf dem Wasser erkennen.

Ich holte meine Handtasche vom Rücksitz und kramte die kleine Taschenlampe heraus. »Schauen wir mal, was los ist«, sagte ich so forsch, als verstünde ich was von Autos.

Ich stieg aus. Jaffe stieg auf seiner Seite aus und ging mit mir zusammen um den Wagen herum nach hinten. Ich war froh, daß er da war. Vielleicht verstand er mehr von Autos als ich – kein Kunststück. Ich machte hinten auf und beäugte angestrengt den Motor. Er sah aus wie immer, in Form und Größe einer Nähmaschine ähnlich. Ich erwartete lose Teile, lockere Schrauben, einen abgerissenen Treibriemen. »Was meinen Sie?«

Er nahm die Taschenlampe und neigte sich mit zusammengekniffenen Augen näher. Jungen kennen sich mit solchen Sachen aus: Kanonen, Autos, Rasenmäher, Müllschlucker, Lichtschalter, Baseballstatistiken. Ich neigte mich mit ihm über den Motor.

»Schaut ein bißchen aus wie eine Nähmaschine, nicht?« meinte er.

Hinter uns krachte eine Fehlzündung, und ein Stein knallte gegen den hinteren Kotflügel des VW. Jaffe begriff einen Wimpernschlag schneller als ich. Wir warfen uns beide zu Boden. Jaffe packte mich, und gemeinsam robbten wir auf die Seite des Wagens. Ein zweiter Schuß fiel, und die Kugel prallte klirrend vom Wagendach ab. Wir hockten dicht nebeneinander. Jaffe hatte beschützerisch seinen Arm um mich gelegt. Er knipste die Taschenlampe aus. Nun war es stockdunkel. Ein schreckliches Verlangen bemächtigte sich meiner, mich auf Fensterhöhe hochzuschrauben und auf die andere Straßenseite hinüberzuspähen. Ich wußte, daß es nicht viel zu sehen geben würde: Finsternis, eine Böschung, vorübersausende Autos auf dem Freeway. Der Schütze mußte uns von Michaels Haus aus gefolgt sein, nachdem er zuerst Jaffes und dann meinen Wagen außer Betrieb gesetzt hatte. »Das kann nur einer von Ihren Freunden sein. Ich bin in meiner Clique nicht so unbeliebt«, sagte ich.

Wieder krachte ein Schuß. Das Rückfenster des VW zersprang, aber nur ein kleines Stück fiel heraus.

»Herr Jesus«, sagte Jaffe.

»Amen«, antwortete ich.

Er sah mich an. Seine frühere Lethargie war wie weggeblasen. Wenigstens hatte die Situation ihn aufgeweckt. »Ich werde schon seit einigen Tagen verfolgt.«

»Und? Haben Sie eine Theorie?«

Er schüttelte den Kopf. »Ich habe ein paar Leute angerufen. Ich brauchte Hilfe.«

»Wer hat gewußt, daß Sie zu Michael wollten?«

»Nur Renata.«

Ich ließ mir das durch den Kopf gehen. Ich hatte Renata ihre Kanone abgenommen, die, wie mir jetzt einfiel, in meiner Handtasche steckte. Im Auto. »Ich habe einen Revolver im Auto, wenn Sie ihn erreichen können«, sagte ich. »Meine Handtasche liegt auf dem Rücksitz.«

»Geht dann nicht die Innenbeleuchtung an?«

»In *meinem* Auto? Keine Chance.«

Jaffe öffnete die Tür auf der Mitfahrerseite. Und natürlich ging die Innenbeleuchtung an. Die nächste Kugel kam prompt geflogen und hätte ihn beinahe am Hals erwischt.

Wir zogen wieder die Köpfe ein und legten eine Minute der Besinnung für Jaffes Halsschlagader ein.

Ich sagte: »Carl Eckert muß gewußt haben, daß Sie bei Michael sein würden, wenn Sie ihm vorgeschlagen haben, ihn hinterher zu treffen.«

»Das war, bevor er seine Pläne geändert hat. Im übrigen weiß er gar nicht, wo Michael wohnt.«

»Er sagt, seine Pläne hätten sich geändert. Aber Sie wissen nicht, ob es stimmt. Und man braucht nicht gerade Einstein zu sein, um die Auskunft anzurufen. Er brauchte nur Dana zu fragen. Er hat mit ihr Verbindung gehalten.«

»Klar! Er liebt Dana. Er hat sie immer geliebt. Ich bin überzeugt, er war glückselig, daß ich endlich von der Bildfläche verschwunden war.«

»Was ist mit Harris Brown? Der hätte eine Waffe.«

»Ich sagte Ihnen doch schon – ich habe nie von ihm gehört.«

»Hören Sie doch endlich auf, Quatsch zu erzählen, Wendell. Ich brauche klare Antworten.«

»Ich sage die Wahrheit.«

»Bleiben Sie unten. Ich versuch jetzt noch mal, ob ich die Tür aufmachen kann.«

Jaffe machte sich ganz platt, als ich mit einem Ruck die Tür aufriß. Die nächste Kugel bohrte sich nicht weit von uns in den Sand. Ich klappte den Sitz vor, packte meine Handtasche, riß sie heraus und knallte die Tür wieder zu. Das Herz schlug mir bis zum Hals vor Angst. Außerdem mußte ich dringend pinkeln. Ich zog den Revolver mit dem weißen Perlmuttkolben aus der Handtasche. »Machen Sie mal Licht.«

Jaffe knipste die Taschenlampe an und schirmte sie ab wie ein Streichholz.

Das Ding, das ich in der Hand hielt, war so ein altmodischer Trommelrevolver, wie vielleicht John Wayne ihn bevorzugt hätte. Ich öffnete die Trommel. Voll geladen. Ich drückte das Magazin wieder zu. Die Kanone wog mindestens drei Pfund.

»Woher haben Sie den?«

»Den habe ich Renata abgenommen. Warten Sie hier. Ich bin gleich wieder da.«

Er sagte etwas, aber ich watschelte schon geduckt in die Finsternis, immer in Richtung auf den Strand, weg von dem Heckenschützen. Ich schwenkte links ab und schlug in ungefähr hundert Meter Abstand vom Wagen einen Bogen. Ich konnte nur hoffen, daß der Schütze mich nicht sah. Meine Augen hatten sich jetzt ganz auf die Dunkelheit eingestellt, und ich fühlte mich sehr exponiert. Ich blickte zurück und versuchte, die Entfernung zu schätzen, die ich zurückgelegt hatte. Mein hellblauer VW sah aus wie ein geisterhafter Iglu oder ein kleines Schutzzelt. Ich gelangte

230

zu einer Linkskurve in der Straße, duckte mich und rannte blitzschnell auf die andere Seite. Von dort schlich ich an die Stelle an, von der aus meiner Schätzung nach der Schütze feuerte.

Ich brauchte wahrscheinlich an die zehn Minuten, um die Stelle zu erreichen, und mir wurde plötzlich bewußt, daß ich die ganze Zeit keinen Schuß mehr gehört hatte. Alles war öde und verlassen. Ich befand mich jetzt genau meinem Auto gegenüber auf der zweispurigen Straße. Wie ein Präriehund hob ich den Kopf. »Wendell?« rief ich.

Keine Antwort. Keine Schüsse. Keine Bewegung. Und kein Gefühl von Gefahr mehr. Die Nacht schien auf einmal nur freundlich. Ich richtete mich auf. »Wendell?«

Ich drehte mich einmal im Kreis, suchte die unmittelbare Nachbarschaft ab und duckte mich wieder. Ich sah nach rechts und nach links, eilte immer noch geduckt über die Straße. Als ich den Wagen erreichte, schlich ich um die vordere Stoßstange herum zu unserem Versteck. »Hey, ich bin's«, sagte ich.

Nur der Wind antwortete mir.

Wendell Jaffe war verschwunden.

20

Es war mittlerweile zehn Uhr abends, und die Straße war verlassen. Die Lichter des Freeway lockten, aber mir war klar, daß um diese Zeit kein vernünftiger Mensch mich in seinem Auto mitnehmen würde. Ich holte meine Handtasche aus dem Wagen und hängte sie mir über die Schulter. Dann ging ich zur Fahrerseite und machte die Tür auf, um den Zündschlüssel abzuziehen. Ich hätte den Wagen absperren können, aber wozu? Er tat es im Moment sowieso nicht, und das Rückfenster war zersplittert, so daß jeder Dieb sich bedienen konnte, wenn er wollte.

Ich marschierte zur nächsten Tankstelle, die vielleicht eine

Meile entfernt war. Es war sehr dunkel. Die Abstände zwischen den Straßenlampen waren groß, und sie spendeten nur trübes Licht. Das Gewitter war anscheinend irgendwo vor der Küste hängen geblieben, lauerte mit finsteren Wolken und zuckenden Blitzen. Der Wind fegte über den Sand, und in den Palmen knisterten welke Wedel. Ich nahm mir einen Moment Zeit, um mir klarzuwerden, wie ich mich fühlte, und stellte fest, daß ich in Anbetracht all der Aufregung recht gut in Form war. Einer der Vorteile körperlicher Fitneß ist es, daß man ohne große Anstrengung eine Meile zu Fuß gehen kann. Ich hatte Jeans an, ein kurzärmeliges Sweatshirt und meine Tennisschuhe, nicht gerade die ideale Ausrüstung zum Wandern, aber eine bessere als manche andere.

Es war eine dieser großen Tankstellen, die rund um die Uhr geöffnet sind, aber in der Nacht war nur ein Mann da. Natürlich konnte er seinen Platz nicht verlassen. Ich ließ mir eine Handvoll Wechselgeld geben und rief von der öffentlichen Telefonzelle an der Ecke des Parkplatzes aus die AAA an. Ich gab den Leuten meine Nummer an und erklärte ihnen, wo ich war. Während ich dann auf den Abschleppwagen wartete, rief ich Renata an und berichtete ihr, was sich ereignet hatte. Sie schien mir unseren kleinen Zusammenstoß auf dem Bootsdeck nicht nachzutragen. Sie sagte, Jaffe sei noch nicht angekommen, aber sie würde sich in den Wagen setzen und die Strecke zwischen ihrem Haus und der Uferstraße, auf der ich ihn zuletzt gesehen hatte, einmal abfahren.

Der Abschlepper trudelte eine Dreiviertelstunde später ein. Ich setzte mich zum Fahrer in die Kabine und dirigierte ihn zu meinem Wagen. Er war ein Mann in den Vierzigern, der anscheinend sein Leben lang nichts anderes getan hatte, als Autos abzuschleppen, und einen unerschöpflichen Fundus an guten Ratschlägen besaß. Als wir bei meinem VW ankamen, stieg er aus, zog einmal kräftig seine Hose hoch und ging, die Hände in die Hüften gestemmt, um den Wagen herum. Dann blieb er stehen und spie aus. »Was ist hier eigentlich los?« Möglich, daß er wegen des zersplitterten Rückfensters fragte, aber das ignorierte ich erst einmal.

»Ich habe keine Ahnung. Ich tuckerte mit ungefähr vierzig die Straße runter, da gab der Wagen plötzlich seinen Geist auf.«

Er deutete aufs Wagendach, in dem eine großkalibrige Kugel ein Loch von der Größe eines Zehncentstücks hinterlassen hatte. »Und was ist *das*?«

»Oh. Sie meinen *das*?« Mit zusammengekniffenen Augen beugte ich mich vor.

Das Loch sah aus wie ein schwarzer Tupfen auf dem hellblauen Lack. Er schob eine Fingerspitze hinein. »Das sieht mir aus wie ein Einschußloch.«

»Mein Gott, ja, es sieht wirklich so aus, nicht?«

Wir umrundeten den Wagen noch einmal, und an allen beschädigten Stellen, an denen wir vorbeikamen, tat ich so konsterniert wie er. Er fragte mich gründlich aus, aber ich wehrte seine Fragen ab. Der Kerl war schließlich LKW-Fahrer und kein Polizeibeamter. Und ich stand nicht unter Eid.

Schließlich setzte er sich kopfschüttelnd ans Steuer und versuchte, den Wagen zu starten. Ich vermute, es hätte ihm tiefe Befriedigung verschafft, wenn der Motor auf Anhieb angesprungen wäre. Er gehörte meinem Gefühl nach zu den Männern, die nichts dagegen haben, wenn Frauen dumm dastehen. Aber er hatte Pech. Er stieg wieder aus, ging nach hinten und guckte. Er knurrte vor sich hin, fummelte hier und fummelte dort und versuchte erneut zu starten. Wieder ohne Erfolg. Er schleppte den VW zur Tankstelle und zuckelte dann mit einem letzten argwöhnischen Blick zurück und einem Kopfschütteln davon. Frauen! Ich redete mit dem Tankwart, der mir versicherte, daß der Mechaniker punkt sieben am nächsten Morgen kommen würde.

Inzwischen war es nach Mitternacht. Ich war nicht nur total erledigt, sondern auch ohne fahrbaren Untersatz. Ich hätte Henry anrufen können. Er wäre sofort in sein Auto gesprungen, um mich zu holen. Aber mir graute einfach vor der Fahrt; noch eine Runde in dem eintönigen Rennen, das ich zwischen Santa Teresa und Perdido fuhr. Zum Glück fehlte es in dieser Gegend nicht an Motels. Ich entdeckte eines gleich auf der anderen Seite des Freeway, zu Fuß leicht zu erreichen, und machte mich auf den Weg über die Überführung. Um für solche Notfälle gewappnet zu sein, habe ich in meiner Handtasche immer eine Zahnbürste, Zahnpasta und ein frisches Höschen.

Das Motel hatte noch ein einziges freies Zimmer. Ich bezahlte mehr, als ich wollte, aber ich war zu müde, um mich herumzustreiten. Für die extra dreißig Dollar kam ich in den Genuß eines winzigen Fläschchens Shampoo und eines ebenso winzigen Behälters mit Körpermilch. Sie reichte gerade mal für ein Bein. Aber man bekam das Zeug schon mal überhaupt nicht heraus. Ich gab schließlich auf und legte mich mit ungepflegter Haut schlafen.

Um sechs erwachte ich und wußte einen Moment lang nicht, wo ich war. Als es mir wieder einfiel, kroch ich noch einmal unter die Decke und wachte erst um halb neun wieder auf. Ich duschte, schlüpfte in mein frisches Höschen und dann in die Kleider von gestern. Das Zimmer war bis Mittag bezahlt, darum behielt ich den Schlüssel, holte mir am Automaten einen Becher Kaffee und ging über den Freeway zur Tankstelle.

Der Mechaniker war achtzehn Jahre alt, hatte krauses rotes Haar, braune Augen, eine Stupsnase, eine Lücke zwischen den Schneidezähnen und einen dicken texanischen Akzent. Der Overall, den er anhatte, sah aus wie ein Spielanzug. Als er mich sah, winkte er mich mit gekrümmtem Zeigefinger zu sich. Er hatte den Wagen aufgebockt, und wir sahen ihn uns beide von unten an. Ich spürte schon, wie die Geldscheine zum Fenster hinausflogen. Er wischte sich die Hände an einem Lappen ab und sagte: »Schauen Sie mal.«

Ich schaute, ohne zunächst zu begreifen, was er mir zeigen wollte. Er langte hinauf und berührte eine Klemmschraube, die an einer Leitung festgemacht war.

»Da hat Ihnen jemand dieses Ding an die Benzinleitung geklemmt. Sie konnten wahrscheinlich gerade mal ein paar hundert Meter fahren, ehe Ihnen der Saft ausgegangen ist.«

Ich lachte. »Und das ist alles?«

Er nahm die Klemmschraube ab und legte sie mir in die Hand.

»Das ist alles. Der Wagen müßte jetzt laufen wie geschmiert.«

»Danke. Das ist ja wunderbar. Was bekommen Sie von mir?«

»Ein Dankeschön reicht da, wo ich herkomme«, sagte er.

In meinem Motelzimmer setzte ich mich auf das ungemachte Bett und rief Renata an. Ihr Anrufbeantworter meldete sich, und ich bat sie, mich zurückzurufen. Als nächstes versuchte ich es bei Michael und hatte ihn zu meiner Überraschung sofort an der Leitung.

»Hallo, Michael. Kinsey hier. Ich dachte, Sie wären arbeiten. Haben Sie von Ihrem Vater gehört?«

»Nein. Und Brian auch nicht. Er hat heute morgen angerufen und gesagt, daß mein Vater nie erschienen sei. Er war sehr beunruhigt. Ich habe mich krank gemeldet, damit ich in der Nähe des Telefons bleiben kann.«

»Wo ist Brian?«

»Das sagt er mir nicht. Ich glaube, er hat Angst, daß ich ihn der Polizei ausliefere, ehe er und mein Vater zusammenkommen. Glauben Sie, daß mit meinem Vater alles in Ordnung ist?«

»Das ist schwer zu sagen.« Ich berichtete ihm von den Ereignissen des vergangenen Abends. »Ich habe Renata eine Nachricht hinterlassen und hoffe, daß sie sich bei mir meldet. Als ich gestern abend mit ihr sprach, wollte sie versuchen, ihn zu finden. Vielleicht hat sie ihn irgendwo auf der Straße aufgegabelt.«

Ein kurzes Schweigen folgte. »Wer ist Renata?«

Ach, du meine Güte. »Äh – hm. Sie ist eine Bekannte Ihres Vaters. Ich glaube, er wohnt bei ihr im Haus.«

»Sie wohnt hier in Perdido?«

»Sie hat ein Haus auf den Keys.«

Wieder Schweigen. »Weiß meine Mutter davon?«

»Ich glaube nicht. Wahrscheinlich nicht.«

»Mann o Mann. So ein Schwein.« Wieder Schweigen. »Na gut, ich will Sie nicht aufhalten. Ich möchte die Leitung nicht besetzen, für den Fall, daß er anruft.«

235

Ich sagte: »Sie haben meine Nummer. Geben Sie mir Bescheid, wenn Sie von ihm hören?«

»Natürlich«, antwortete er kurz. Ich hatte den Verdacht, daß alles noch verbliebene Loyalitätsgefühl mit der Neuigkeit von Renata ausgelöscht worden war.

Ich rief bei Dana an. Auch hier meldete sich der Anrufbeantworter. Ich lauschte fingertrommelnd den Klängen des Hochzeitsmarschs, während ich auf den Pfeifton wartete. Ich bat sie, mich zurückzurufen. Ich hätte mich ohrfeigen können, daß ich Michael gegenüber Renata erwähnt hatte. Jaffe hatte den Jungen genug verletzt, da hätte ich nicht auch noch seine Freundin ins Spiel zu bringen brauchen. Ich rief im Gefängnis von Perdido County an und verlangte Lieutenant Ryckman. Er war nicht im Büro. Ich ließ mich mit Deputy Tiller verbinden, der mir berichtete, in der Dienststelle werde es wegen Brians nicht ordnungsgemäßer Freilassung zu drastischen personellen Veränderungen kommen. Jeder Beamte, der Zugang zum Computer hatte, würde genauestens unter die Lupe genommen. Dann kam ein Anruf für ihn, und er mußte Schluß machen. Ich sagte, ich würde nach meiner Rückkehr nach Santa Teresa noch einmal versuchen, Ryckman zu erreichen.

Ich hatte meine Ortsgespräche fast alle erledigt. Um zehn war ich unterwegs nach Santa Teresa. Ich hoffte, bis zu meiner Rückkehr würden in meinem Büro einige Anrufe eingegangen sein, aber als ich die Tür aufsperrte, starrte mich nur das grüne Licht des Anrufbeantworters blöde an. Ich widmete mich den üblichen Routinearbeiten: Anrufe und Post, ein paar Buchhaltungseintragungen, ein paar Rechnungen, die gezahlt werden mußten. Ich kochte mir eine Kanne Kaffee und rief dann meine Versicherung an, um den Zwischenfall vom vergangenen Abend zu melden. Die Sachbearbeiterin meinte, ich solle das Rückfenster ruhig ersetzen lassen. Es sei doch klar, daß ich nicht mit beschädigtem Rückfenster herumfahren könne.

Ich war versucht, die Einschüsse zu lassen, wo sie waren. Wenn man zu viele Schadensfälle meldete, kündigten sie einem entweder die Versicherung oder erhöhten die Beiträge ins Astronomische. Was machten mir schon ein paar Einschußlöcher aus? Ich konnte ja selbst mit einigen aufwarten. Ich rief die Werkstatt an und machte einen Termin für den späten Nachmittag aus, um das Fenster austauschen zu lassen.

Kurz nach der Mittagspause meldete mir Alison, daß Renata Huff am Empfang wartete. Ich ging nach vorn. Sie saß auf dem kleinen Sofa, den Kopf nach hinten geneigt, die Augen geschlossen. Sie sah nicht gut aus. Sie hatte eine weite lange Hose an, mit einem Gürtel in der Taille, und ein schwarzes Oberteil mit V-Ausschnitt und einen orangefarbenen Anorak darüber. Ihr lockiges dunkles Haar war noch feucht von einer kürzlichen Dusche, doch ihre Augen hatten dunkle Schatten, und ihre Wangen wirkten schmal, wie eingefallen. Mit einem entschuldigenden Lächeln zu Alison, die im Vergleich zu ihr besonders frisch wirkte, stand sie auf.

Ich führte sie in mein Büro, setzte sie in den Besuchersessel und schenkte uns beiden Kaffee ein.

»Danke«, murmelte sie und trank mit Genuß. Wieder schloß sie die Augen, während sie den Kaffee auf ihrer Zunge zergehen ließ. »Hm, der schmeckt gut. Den habe ich gebraucht.«

»Sie sehen müde aus.«

»Ich bin müde.«

Es war das erste Mal, daß ich Gelegenheit hatte, sie mir näher anzusehen. In Ruhe war ihr Gesicht nicht eigentlich hübsch. Sie hatte einen sehr schönen Teint – ein klares Oliv ohne jeden Makel –, aber ihre Gesichtszüge hatten nichts Gefälliges: dunkle, buschige Brauen, dunkle Augen, die zu klein waren. Ihr Mund war sehr groß, und durch das kurze Haar wirkte die untere Gesichtspartie sehr kantig. Ihr Ausdruck hatte normalerweise etwas Düsteres, doch in den seltenen Momenten, wenn sie lächelte, war ihr Gesicht völlig verändert – exotisch, voller Licht.

»Wendell ist gestern ungefähr um Mitternacht nach Hause gekommen. Heute morgen mußte ich weg, um etwas zu erledigen. Ich war bestimmt nicht länger als vierzig Minuten weg. Als ich zurückkam, war alles, was ihm gehört, verschwunden und er selbst auch. Ich habe ungefähr eine Stunde gewartet, dann habe ich mich in den Wagen gesetzt und bin hergefahren. Eigentlich wollte ich die Polizei anrufen, aber ich dachte mir, ich versuch's erst mal bei Ihnen und höre mir an, was Sie raten.«

»Raten? Wozu?«

»Er hat Geld von mir mitgenommen. Viertausend Dollar in bar.«

»Und was ist mit der *Fugitive*?«

Sie schüttelte müde den Kopf. »Er weiß, daß ich ihn umbringen würde, wenn er das Boot nähme.«

»Haben Sie nicht auch ein Motorboot?«

»Es ist kein Motorboot. Es ist ein Schlauchboot. Aber das ist noch da. Im übrigen hat Wendell keinen Schlüssel zur *Fugitive*.«

»Wieso nicht?«

Sie wurde ein wenig rot. »Ich habe ihm nie getraut.«

»Sie sind seit fünf Jahren mit ihm zusammen und trauen ihm nicht einmal so weit, daß Sie ihm die Schlüssel zu Ihrem Boot geben?«

»Er hatte ohne mich auf dem Boot nichts zu suchen«, versetzte sie in schroffem Ton.

Ich ging darauf nicht weiter ein. »Und was haben Sie nun für einen Verdacht?«

»Ich glaube, er hat sich die *Lord* wiedergeholt. Weiß der Himmel, was er danach vorhat.«

»Weshalb sollte er Eckerts Boot stehlen?«

»Weil er alles stehlen würde. Verstehen Sie das denn nicht? Die *Lord* war ursprünglich sein Boot, und er wollte sie wiederhaben. Außerdem ist die *Fugitive* ein Küstenschiff. Die *Lord* ist ein Hochseeschiff, für seine Zwecke besser geeignet.«

»Und die wären?«

»Soweit wie möglich von hier wegzukommen.«

»Warum kommen Sie damit zu mir?«

»Ich dachte, Sie wüßten, wo die *Lord* liegt. Sie sagten, Sie hätten mit Eckert auf dem Boot gesprochen. Ich wollte nicht erst eine Menge Zeit beim Hafenmeister verschwenden.«

»Wendell hat mir gestern abend erzählt, Carl Eckert sei auswärts.«

»Ja, natürlich. Das ist doch der springende Punkt. Er wird das Boot erst vermissen, wenn er zurückkommt.« Sie sah auf ihre Uhr. »Wendell muß ungefähr um zehn Uhr heute morgen aus Perdido abgefahren sein.«

»Wie hat er das gemacht? Hat er den Wagen richten lassen?«

»Er hat den Jeep genommen, den ich immer auf der Straße stehen lasse. Selbst wenn er vierzig Minuten gebraucht hat, besteht immer noch eine Chance, daß die Küstenwache ihn aufhalten kann.«

»Was wäre denn sein Ziel?«

»Mexiko, vermute ich. Er kennt die Gewässer um die Baja, und er hat einen gefälschten mexikanischen Paß.«

»Ich hole meinen Wagen«, sagte ich.

»Wir können meinen nehmen.«

Wir rannten die Treppe hinunter, ich voraus, Renata hinterher. »Sie sollten den Jeep bei der Polizei als gestohlen melden.«

»Gute Idee. Ich hoffe, er hat ihn irgendwo auf dem Parkplatz am Jachthafen stehen lassen.«

»Was hat er gesagt, wo er gestern abend abgeblieben ist? Ich habe ihn ungefähr um zehn verloren. Wenn er erst um Mitternacht nach Hause gekommen ist, was hat er dann in den zwei Stunden getan? Solange braucht man nicht, um anderthalb Meilen zu Fuß zu gehen.«

»Ich weiß es nicht. Nachdem Sie angerufen hatten, habe ich mich in meinen Wagen gesetzt und auf die Suche gemacht. Ich bin alle Straßen zwischen meinem Haus und dem Strand abgefahren und habe keine Spur von ihm gefunden. Nach dem, was er sagte, scheint jemand ihn abgeholt zu haben. Aber wer das war, wollte er nicht sagen. Vielleicht einer seiner Söhne.«

»Das glaube ich nicht«, widersprach ich. »Ich habe vor kurzem mit Michael gesprochen. Er erzählte mir, daß Brian ihn heute morgen angerufen hat. Wendell wollte gestern abend zu ihm kommen, ist aber nie erschienen.«

239

»Wendell ist ein Meister der leeren Versprechungen.«

»Wissen Sie, wo Brian sein könnte?«

»Nein, ich habe keine Ahnung. Wendell hat immer darauf geachtet, daß ich möglichst wenig wußte. Dann konnte ich mich, wenn die Polizei mich vernehmen sollte, auf Nichtwissen berufen.«

Das war anscheinend Wendell Jaffes normale Vorgehensweise, aber ich fragte mich, ob es sich nicht diesmal rächen würde, daß er alle im unklaren ließ.

Inzwischen waren wir auf der Straße. Renata hatte sämtlichen Parkverboten Trotz geboten und sich mitten ins Halteverbot gestellt. Und hatte sie vielleicht einen Strafzettel? Natürlich nicht. Die Reifen des Jaguar quietschten dezent, als sie losfuhr. Ich hielt mich fest.

»Vielleicht ist Wendell zur Polizei gegangen«, bemerkte ich. »Michael sagte er, daß er sich stellen will. Und nachdem auf ihn geschossen worden war, meinte er vielleicht, er sei im Knast sicherer.«

Sie warf mir nur einen zynischen Blick zu. »Er hatte nicht die geringste Absicht, sich zu stellen. Das war nur Gerede. Er sagte was davon, daß er zu Dana wollte, aber das kann auch nur Gerede gewesen sein.«

»Er war gestern abend bei Dana? Weswegen?«

»Ich weiß nicht, ob er wirklich bei ihr war. Er sagte, er wolle mit ihr reden. Er hatte ihr gegenüber ein schlechtes Gewissen. Er wollte sich wahrscheinlich entlasten, bevor er wieder verschwand.«

»Sie glauben also, daß er ohne Sie weggegangen ist?«

»Zutrauen würde ich es ihm jedenfalls. Er hat kein Rückgrat. Er hat nie die Konsequenzen seines Verhaltens auf sich genommen. Niemals. Mir ist es inzwischen egal, ob er im Kittchen landet.«

Sie schien die rote Welle erwischt zu haben, doch wenn rechts und links die Straße frei war, brauste sie in ihrer Hast, zum Jachthafen zu kommen, einfach über Rot, und Stoppschilder ignorierte sie vollkommen. Vielleicht war sie der Meinung, Verkehrsvorschriften seien nur als Vorschläge gemeint, oder vielleicht hatten an diesem Tag Verkehrsvorschriften für sie einfach keine Geltung.

Ich musterte sie von der Seite, während ich überlegte, was ich wohl an Informationen aus ihr würde herausholen können. »Ich würde gern mal wissen, wie Wendell sein Verschwinden damals bewerkstelligt hat.«

»Wie meinen Sie das?«

Ich zuckte mit den Achseln, da ich nicht recht wußte, wo ich anfangen sollte. »Was für Vorbereitungen hat er getroffen? Ich kann mir nicht vorstellen, daß er das allein geschafft hat.« Ich sah ihr Zögern und versuchte es mit sanfter Überredung. »Ich bin nicht einfach neugierig. Ich könnte mir denken, daß er das, was er damals tat, heute vielleicht wieder versuchen wird.«

Zuerst glaubte ich, sie würde mir nicht antworten, aber dann warf sie mir endlich einen Blick zu. »Sie haben recht. Ohne Hilfe hätte er es nicht schaffen können«, sagte sie. »Ich segelte meine Ketsch allein die Küste hinunter und las ihn mit dem Dinghy auf, nachdem er die *Lord* verlassen hatte.«

»Aber das war doch riskant, oder nicht? Stellen Sie sich vor, Sie hätten ihn verfehlt. Der Ozean ist groß.«

»Ich bin mein Leben lang gesegelt. Ich verstehe etwas von Booten. Der ganze Plan war riskant, aber wir haben ihn durchgezogen. Und mit Erfolg. Darauf kommt es doch letzten Endes an, nicht?«

»Ja, wahrscheinlich.«

»Segeln Sie auch?«

Ich schüttelte den Kopf. »Zu teuer.«

Sie lächelte schwach. »Suchen Sie sich einen Mann mit Geld. So habe ich es immer gemacht. Ich habe Skifahren und Golfspielen gelernt. Ich habe gelernt, erster Klasse rund um die Welt zu reisen.«

»Was war mit ihrem ersten Mann, Dean?« fragte ich.

»Er ist an einem Herzinfarkt gestorben. Er war übrigens Nummer zwei.«

»Und seit wann reist Wendell auf seinen Paß?«

»Von Anfang an. Seit wir weggegangen sind.«

»Und die Paßbehörde hat nie nachgefragt?«

»Bei denen ist irgend etwas schiefgelaufen. Darum kamen wir überhaupt auf die Idee. Dean ist in Spanien gestorben. Irgendwie ist das nie bis hierher durchgedrungen. Als sein Paß ablief und verlängert werden mußte, hat Wendell den Antrag ausgefüllt, und wir haben einfach sein Foto dazugelegt. Er und mein Mann waren sich im Alter nah genug, daß wir Deans Geburtsurkunde hätten verwenden können, wenn es jemals Fragen gegeben hätte.«

Links von uns tauchte der Jachthafen mit seinem Wald nackter Masten auf. Der Tag war trübe, und über dem dunkelgrünen Wasser des Hafens trieben Dunstschwaden. Es roch nach Seetang und Dieselöl. Ein kräftiger Wind blies vom Ozean her und brachte den Geruch fernen Regens mit.

Renata lenkte den Wagen auf den Parkplatz und fand eine Lücke gleich vor dem Kiosk. Sie stellte den Jaguar ab, und wir stiegen aus. Ich ging voraus, da ich wußte, wo die *Captain Stanley Lord* lag.

Wir kamen an einem schäbigen kleinen Fischrestaurant vorbei, das ein paar Tische draußen hatte, und am Haus der Marinereserve.

»Und weiter?« sagte ich.

Sie zuckte mit den Achseln. »Als wir den Paß hatten, sind wir abgereist. Ich bin regelmäßig wieder hergekommen, meistens allein, aber ab und zu auch mit Wendell. Er ist dann immer auf dem Boot geblieben. Ich konnte ungehindert kommen und gehen, da kein Mensch von unserer Beziehung wußte. Ich habe immer ein Auge auf die Jungen gehabt, auch wenn sie es nicht wußten.«

»Dann wußte Wendell also Bescheid, als die Schwierigkeiten mit Brian anfingen?«

»O ja. Aber er machte sich zunächst keine Sorgen. Er betrachtete Brians Zusammenstöße mit der Polizei als Dumme-Jungen-Streiche. Ein bißchen Schuleschwänzen und ein bißchen Sachbeschädigung.«

»Natürlich. Reine Kindereien.«

Sie ignorierte den Einwurf. »Wir waren auf einer großen Kreuzfahrt rund um die Welt, als es wirklich schlimm wurde. Bei unserer Rückkehr steckte Brian tief in Schwierigkeiten. Und da hat Wendell dann eingegriffen.«

Wir gingen an einer Fischbude vorüber. Links von uns erstreckte sich der Marinepier ins Wasser. Ein großer Schlepper stand dort. Eben war ein Boot aus dem Wasser gehoben worden, und wir mußten warten – voll Ungeduld –, bis der Schlepper über den Fußweg gekrochen und in die Straße rechts von uns eingebogen war.

»Wie denn? Was genau hat er getan? Ich begreife immer noch nicht, wie er das angestellt hat.«

»So genau weiß ich es auch nicht. Es hatte irgendwas mit dem Namen des Boots zu tun.« Die Mole war wie ausgestorben. Wahrscheinlich trieb das Wetter die Boote in den Hafen und die Menschen unter Deck. »Nicht direkt«, fügte sie hinzu. »So wie er es mir erzählt hat, legte man Captain Stanley Lord etwas zur Last, was er gar nicht getan hatte.«

»Er soll das SOS der *Titanic* nicht beachtet haben, wie ich gehört habe«, sagte ich.

»Wurde behauptet. Wendell hat den Fall gründlich recherchiert, und er war überzeugt, daß Lord unschuldig war.«

»Ich verstehe den Zusammenhang nicht.«

»Wendell war selbst einmal mit dem Gesetz in Konflikt –«

»Ach ja, stimmt. Ich erinnere mich. Jemand hat mir das erzählt. Er hatte gerade sein Jurastudium abgeschlossen und wurde wegen Totschlags verurteilt, richtig?«

Sie nickte. »Die Einzelheiten weiß ich nicht.«

»Und zu Ihnen hat er gesagt, er sei nicht schuldig gewesen?«

»Oh, er war auch nicht schuldig«, sagte sie. »Er hat die Schuld eines anderen auf sich genommen. So konnte er Brian aus dem Gefängnis holen. Indem er seine Schuld eingetrieben hat.«

Ich starrte sie an. »Haben Sie mal von einem Mann namens Harris Brown gehört?«

Sie schüttelte den Kopf. »Wer ist das?«

»Ein ehemaliger Polizeibeamter. Nach Wendells Verschwinden wurde er zu dem Ermittlungsteam eingeteilt, das die Affäre bearbeitete. Aber dann wurde er abgezogen. Es stellte sich heraus, daß er einen Haufen Geld in Wendells Firma investiert hatte und durch den Schwindel praktisch pleite gegangen war. Ich dachte, er hätte vielleicht einige seiner alten Verbindungen spielen lassen, um Brian zu helfen. Ich verstehe nur nicht, warum er das tun sollte.«

Das Tor zum Jachthafen 1 war abgesperrt. Möwen hackten mit ihren Schnäbeln konzentriert auf ein Fischernetz ein. Wir warteten ein Weilchen, in der Hoffnung, daß jemand mit einer Computerkarte für das Schloß vorbeikam, hinter dem wir hineinschlüpfen könnten. Aber es kam niemand.

Schließlich kletterte ich neben dem Tor über den Zaun, machte Renata von innen auf, und wir gingen zu den Liegeplätzen. Unser Gespräch versiegte. Am sechsten Steg, der mit »J« gekennzeichnet war, bog ich rechts ab und ließ meinen Blick, lautlos zählend, zu dem Platz schweifen, an dem die *Lord* festgemacht war.

Selbst aus dieser Entfernung konnte ich sehen, daß der Liegeplatz leer war. Das Boot war weg.

21

Renatas Stimmung verdüsterte sich, als wir die Rampe hinauf zum Büro des Hafenmeisters gingen, das über dem Laden eines Schiffsausrüsters war. Ich erwartete einen Ausbruch irgendeiner Art, aber sie blieb bemerkenswert ruhig. Sie wartete draußen auf einem kleinen Holzbalkon, während ich mit dem Mann am Schalter verhandelte. Da wir nicht die Eigentümer des vermißten Boots waren und nicht beweisen konnten, daß nicht Eckert selbst mit dem Boot ausgelaufen war, konnte nichts unternommen werden.

Der Angestellte nahm meine Angaben vor allem auf, um mich zu beschwichtigen. Erst wenn Eckert selbst kam, konnte er eine Meldung machen. Der Hafenmeister würde dann die Küstenwache und die örtliche Polizei alarmieren. Ich hinterließ meinen Namen und meine Telefonnummer und bat, Eckert, falls er sich melden sollte, auszurichten, er möge sich mit mir in Verbindung setzen.

Renata lehnte es ab, mich zu begleiten, als ich danach zum Jachtclub ging, der gleich nebenan war. Ich hoffte, dort würde vielleicht jemand wissen, wo Eckert zu erreichen war. Ich trat durch die Glastür, ging nach oben und blieb vor dem Speisesaal stehen. Von dort oben sah Renata durchgefroren und müde aus, wie sie da auf der niedrigen Betonmauer saß, die an die Mole grenzte. Hinter ihr donnerte eintönig der Ozean, und der Wind riß an ihrem Haar. Im seichten Wasser jagte ein Labrador durch die Brandung und verscheuchte die Tauben vom Strand, während über ihm mit schrillem Geschrei die Möwen kreisten.

Der Speisesaal des Jachtclubs war leer bis auf den Barkeeper und einen Mann mit einem Staubsauger. Wieder hinterließ ich meinen Namen und meine Telefonnummer und bat den Barkeeper, Carl Eckert auszurichten, er möge sich mit mir in Verbindung setzen.

Auf dem Rückweg zum Wagen verzog Renata den Mund zu einem bitteren Lächeln.

»Was ist so komisch?« fragte ich.

»Nichts. Ich habe gerade über Wendell nachgedacht. Er hat wirklich ein unglaubliches Glück. Es kann noch Stunden dauern, ehe man anfängt, nach ihm zu suchen.«

»Wir können es nicht ändern, Renata. Es ist immer möglich, daß er doch noch auftaucht«, sagte ich. »Wir wissen eigentlich gar nicht mit Sicherheit, daß er sich aus dem Staub gemacht hat. Wir können nicht mal beweisen, daß er das Boot genommen hat.«

»Sie kennen ihn nicht so gut wie ich. Irgendwie linkt er jeden.«

Wir fuhren auf der Suche nach ihrem Jeep auf dem Parkplatz umher, aber er fand sich nicht. Sie brachte mich ins Büro zurück, wo ich meinen Wagen holte und nach Colgate fuhr. Die nächsten zwei Stunden wartete ich dort auf mein Auto, dem ein neues Rückfenster eingesetzt wurde. Ich setzte mich in einen Empfangsraum aus Chrom und Plastik, trank kostenlosen Kaffee, der ekelhaft schmeckte, aus einem Styroporbecher, und sah mir dazu zerfledderte alte Hefte von *Arizona Highways* an. Das hielt ich ungefähr vier Minuten aus. Dann ging ich hinaus. Wie ich es mir in letzter Zeit zur Gewohnheit gemacht hatte, suchte ich mir eine Telefonzelle und erledigte von dort aus einige geschäftliche Angelegenheiten. Wenn ich den Bogen erst mal richtig raus hatte, würde ich wahrscheinlich ganz auf ein Büro verzichten können.

Ich rief Lieutenant Whiteside im Betrugsdezernat an und brachte ihn aufs laufende. »Ich finde, es wird Zeit, Fotos zu veröffentlichen«, sagte er. »Ich werde auch gleich mit der lokalen Fernsehstation sprechen und sehen, was die Leute dort für uns tun können. Die Öffentlichkeit soll wissen, daß diese Burschen unterwegs sind. Vielleicht bekommen wir dann von jemandem einen Tip.«

»Hoffen wir's.«

Mit meinem neuen Rückfenster tuckerte ich wieder zum Büro zurück und verbrachte die nächsten anderthalb Stunden an meinem Schreibtisch. Ich wollte in der Nähe des Telefons bleiben, für den Fall, daß Eckert sich meldete. Inzwischen rief ich Mac an und berichtete ihm. Kaum hatte ich aufgelegt, läutete das Telefon.

»Kinsey Millhone Privatdetektei.«

Einen Moment blieb es still, dann sagte eine Frau: »Oh. Ich dachte, das wäre ein Anrufbeantworter.«

»Nein, ich bin es selbst. Wer ist denn am Apparat?«

»Hier spricht deine Cousine Tasha Howard aus San Francisco.«

»Ach, ja, Tasha. Liz hat mir schon vor dir erzählt. Guten Tag.« Im Geist trommelte ich mit den Fingern und hoffte, sie schnell abwimmeln zu können, damit die Leitung frei war, falls Wendell Jaffe oder Eckert anrufen sollten.

»Guten Tag«, sagte sie. »Hier ist etwas passiert, und ich dachte mir, es würde dich vielleicht interessieren. Ich habe eben mit

246

Grands Anwalt in Lompoc gesprochen. Das Haus, in dem unsere Mütter großgeworden sind, soll entweder an einen anderen Ort verlegt oder abgerissen werden. Grand streitet deswegen seit Monaten mit der Gemeinde, und wir sollen angeblich bald hören, wie entschieden worden ist. Sie möchte das Haus unter Denkmalschutz stellen lassen. Der ursprüngliche Bau stammt aus der Zeit der Jahrhundertwende. Das Haus ist schon seit Jahren unbewohnt, aber es könnte restauriert werden. Sie hat noch ein anderes Grundstück, auf dem das Haus aufgestellt werden könnte, wenn die Gemeinde zustimmt. Wie dem auch sei, ich dachte mir, du würdest das Haus wiedersehen wollen, da du ja selbst einmal dort warst.«

»Ich war dort?«

»Aber sicher. Erinnerst du dich nicht? Ihr vier – Tante Gin, deine Eltern und du – kamt her, als Burt und Grand zur Feier ihres zweiundvierzigsten Hochzeitstags die große Kreuzfahrt machten. Eigentlich wollten sie sie zum vierzigsten machen, aber sie brauchten zwei Jahre, um sich zu entschließen. Wir Kinder durften alle miteinander spielen, und du bist von der Schaukel gefallen und hast dir das Knie aufgeschlagen. Ich war damals sieben, also mußt du ungefähr vier gewesen sein. Vielleicht auch ein bißchen älter, aber ich weiß, daß du noch nicht zur Schule gegangen bist. Tante Rita hat uns allen Erdnußbutterbrote mit Dillgurken gemacht, die ich heute noch mit Leidenschaft esse. Ihr solltet innerhalb der nächsten zwei Monate zurückkommen. Es war schon alles abgemacht.«

»Aber es ist nie dazu gekommen«, sagte ich und dachte: Nicht einmal die Erdnußbutterbrote mit Dillgurken sind mir geblieben.

»Nein«, sagte sie. »Na, jedenfalls dachte ich mir, wenn du das Haus sehen könntest, würden vielleicht manche Erinnerungen wiederkehren. Ich muß sowieso geschäftlich nach Lompoc. Ich würde dir gern alles zeigen.«

»Was arbeitest du?«

»Ich bin Rechtsanwältin. Nachlaßsachen und Treuhandgeschichten und so. Die Kanzlei hat hier ein Büro und ein zweites in

Lompoc. Deswegen fliege ich eigentlich dauernd hin und her. Wie sehen deine Termine in den nächsten Tagen aus? Hast du ein bißchen freie Zeit?«

»Da muß ich erst mal überlegen. Ich danke dir für dein Angebot, aber im Augenblick habe ich mit einem Fall zu tun. Weißt du was? Gib mir doch einfach die Adresse. Wenn ich es mir leisten kann, nach Lompoc zu fahren, kann ich mich ja umsehen, und wenn nicht – nun, dann kann man es eben nicht ändern.«

»Ja, wenn's nicht anders geht«, meinte sie widerstrebend. »Eigentlich hatte ich gehofft, dich zu sehen. Liza hatte das Gefühl, sie hätte was falsch gemacht, als sie mit dir gesprochen hat. Sie dachte, ich könnte vielleicht die Wogen ein bißchen glätten.«

»Das ist gar nicht nötig. Liz hat alles sehr gut gemacht«, erwiderte ich. Ich wahrte Abstand, und ich bin sicher, sie hat es gespürt. Sie gab mir die Adresse an und beschrieb mir den Weg. Ich notierte alles gewissenhaft auf einen Zettel, den ich schon jetzt am liebsten in den Papierkorb geworfen hätte. Ich fing an, mich in dem unverbindlichen Ton, der sagt, okay, danke, war nett, mit Ihnen zu sprechen, zu verabschieden.

Tasha sagte: »Hoffentlich findest du die Bemerkung nicht zu persönlich, aber ich habe den Eindruck, dir liegt gar nichts daran, die Beziehungen zur Familie zu festigen.«

»Ich finde das keineswegs zu persönlich«, sagte ich. »Ich versuche nur gerade, all das Neue zu verarbeiten. Ich weiß wirklich noch nicht, was ich damit anfangen will.«

»Bist du Grand böse?«

»Natürlich bin ich ihr böse. Warum sollte ich es nicht sein? Sie hat meine Mutter rausgeworfen. Dieses Zerwürfnis muß zwanzig Jahre gedauert haben.«

»Aber das war nicht nur Grands Schuld. Zu jedem Streit gehören zwei.«

»Richtig«, bestätigte ich. »Wenigstens war meine Mutter auf dem Weg, Abbitte zu leisten. Aber was hat Grand je getan? Sie hat dagesessen und Däumchen gedreht, was sie, wie ich feststelle, immer noch tut.«

»Was soll das heißen?«

»Na ja, wo war sie denn in all den Jahren. Ich bin mittlerweile vierunddreißig. Bis gestern wußte ich nicht einmal, daß sie existiert. Sie hätte doch mit mir Verbindung aufnehmen können.«

»Sie wußte nicht, wo du bist.«

»Quatsch! Liza hat mir erzählt, alle hätten gewußt, daß wir hier wohnten. In den letzten fünfundzwanzig Jahren war ich nur eine Stunde entfernt.«

»Ich will mich darüber nicht mit dir streiten, aber ich glaube wirklich, daß Grand das nicht wußte.«

»Was glaubte sie denn? Daß mich die Bären gefressen hätten? Sie hätte einen Detektiv beauftragen können, wenn es ihr wichtig gewesen wäre.«

»Ja, ich verstehe dich, und mir tut das alles leid. Wir haben nicht mit dir Kontakt aufgenommen, um dir Schmerz zu verursachen.«

»Warum dann?«

»Wir hofften, daß sich eine Beziehung entwickeln würde. Wir dachten, es sei genug Zeit vergangen, und die alten Wunden seien verheilt.«

»Diese ›alten Wunden‹ sind mir völlig neu. Ich habe gestern das erste Mal von dem ganzen Mist gehört.«

»Ja, du hast natürlich ein Recht auf deine Gefühle, aber Grand wird nicht ewig leben, weißt du. Sie ist jetzt siebenundachtzig und nicht bei bester Gesundheit. Jetzt hast du noch die Chance, dich an der Beziehung zu freuen.«

»Moment mal. *Sie* hat die Chance, sich an der Beziehung zu freuen. Ich bin nicht sicher, daß ich mich daran freuen würde.«

»Willst du es dir nicht wenigstens überlegen?«

»Aber sicher.«

»Hast du was dagegen, wenn ich ihr erzähle, daß wir miteinander gesprochen haben?«

»Ich wüßte nicht, wie ich es verhindern sollte.«

Einen Moment blieb es still. »Bist du wirklich so unversöhnlich?«

»Absolut. Wieso nicht? Genau wie Grand«, sagte ich. »Sie wird das sicher zu würdigen wissen.«

»Ach, so ist das«, sagte sie kühl.

»Hör zu, das ist alles nicht deine Schuld, und ich will meinen Zorn auch gar nicht an euch auslassen. Aber ihr müßt mir ein bißchen Zeit lassen. Ich habe mich mit der Tatsache ausgesöhnt, daß ich allein bin. Ich mag mein Leben so, wie es ist, und ich bin mir gar nicht sicher, ob ich eine Veränderung will.«

»Wir verlangen von dir doch gar nicht, daß du dich änderst.«

»Dann solltet ihr euch am besten daran gewöhnen, mich so zu nehmen, wie ich bin«, sagte ich.

Sie lachte, und irgendwie half das. Als wir uns voneinander verabschiedeten, waren wir etwas herzlicher. Ich sagte alles, was sich gehörte, und als ich auflegte, war ein Teil meiner Verdrossenheit schon verflogen. So oft folgt der Inhalt der Form. Es ist nicht nur so, daß wir zu den Leuten nett sind, die wir mögen... wir mögen die Leute, zu denen wir nett sind. Es gilt das eine wie das andere. Das ist bei den sogenannten guten Manieren vermutlich der springende Punkt. Jedenfalls hat meine Tante das immer behauptet. Dennoch wußte ich, daß ich in nächster Zeit nicht nach Lompoc fahren würde.

Ich ging über den Flur in die Toilette, und als ich in mein Zimmer zurückkam, läutete das Telefon. Ich stürzte zum Schreibtisch und hob ab, noch ehe ich um ihn herum war. Als ich mich meldete, konnte ich jemanden atmen hören, und einen Herzschlag lang glaubte ich, Wendell Jaffe sei am Apparat.

»Lassen Sie sich Zeit«, sagte ich und dachte, bitte, bitte, bitte, laß es ihn sein.

»Hier spricht Brian Jaffe.«

»Ach. Ich dachte, es sei vielleicht Ihr Vater. Haben Sie von ihm gehört?«

»Nein. Deswegen rufe ich an. Wissen Sie was?«

»Nein, auch nicht.«

»Michael hat gesagt, der Wagen, mit dem Dad zu ihm gekommen ist, steht immer noch vor seinem Haus.«

»Das Auto ist nicht angesprungen, deshalb habe ich ihn gestern abend mitgenommen. Wann haben Sie ihn zuletzt gesehen?«

»Vorgestern. Er kam nachmittags vorbei, und wir haben geredet. Er wollte gestern abend wieder kommen, aber er kam nicht.«

»Vielleicht hat er es versucht«, sagte ich. »Irgend jemand hat auf uns geschossen, und da ist er verschwunden. Heute morgen sahen wir dann, daß die *Lord* weg ist.«

»Das Boot?«

»Ja. Es ist dasselbe Boot, mit dem Ihr Vater damals verschwunden ist.«

»Dad hat ein Boot gestohlen?«

»Es sieht so aus, aber sicher ist im Moment gar nichts. Vielleicht sah er das als einzige Möglichkeit zu verschwinden. Er muß geglaubt haben, daß er in echter Gefahr ist.«

»Klar, wenn auf einen geschossen wird«, sagte Brian spöttisch.

In der Hoffnung, mich ein bißchen bei ihm einzuschmeicheln, erzählte ich ihm Näheres. Beinahe hätte ich Renata erwähnt, aber ich schluckte ihren Namen gerade noch hinunter. Wenn Michael nichts von ihr gewußt hatte, dann wußte Brian wahrscheinlich auch nichts. Verdreht wie ich bin, hatte ich mal wieder das Gefühl, den ›Schurken‹ des Stücks in Schutz nehmen zu müssen. Vielleicht würde Jaffe eine Sinneswandlung durchmachen und das Boot zurückbringen. Vielleicht würde er Brian überreden, sich mit ihm zusammen der Polizei zu stellen. Vielleicht würde der Osterhase mir ein großes Osterei mit einem Guckloch bringen, durch das man in eine bessere Welt sehen kann.

Brian schnaufte wieder ein Weilchen in mein Ohr. Ich wartete. »Michael hat gesagt, Dad hätte eine Freundin. Ist das wahr?«

»Äh – ich weiß nicht, was ich dazu sagen soll. Er ist zusammen mit einer Bekannten gereist, aber ich weiß wirklich nicht, welcher Art ihre Beziehung ist.«

»Na klar.« Er prustete ungläubig. Ich hatte vergessen, daß er achtzehn Jahre alt war und über Sex wahrscheinlich mehr wußte als ich. Über Gewalt wußte er auf jeden Fall mehr. Wieso bildete ich mir ein, ich könnte einem solchen Jungen etwas vormachen?

»Möchten Sie Renatas Nummer haben? Sie hat vielleicht von ihm gehört?«

»Ich hab' eine Nummer, wo ich anrufen soll, aber da meldet sich nur der Anrufbeantworter. Wenn Dad da ist, ruft er zurück. Ist das dieselbe Nummer, die Sie haben?« Er gab mir Renatas nicht eingetragene Nummer an.

»Ja, das ist sie. Brian, sagen Sie mir doch, wo Sie jetzt sind. Dann komme ich zu Ihnen, und wir können miteinander reden. Vielleicht finden wir gemeinsam heraus, wo er ist.«

Er ließ sich das durch den Kopf gehen. »Er hat gesagt, ich soll auf ihn warten und mit niemandem reden, bis er kommt. Er ist wahrscheinlich schon unterwegs.« Er sagte es ohne Überzeugung, in einem Ton voller Unbehagen.

»Ja, das ist natürlich möglich«, stimmte ich zu. »Was ist denn geplant?« Als würde Brian ausgerechnet mir das verraten.

»Ich muß Schluß machen.«

»Warten Sie! Brian?«

Ich hörte es knacken, als er auflegte.

»Verdammter Mist!« Ich setzte mich und starrte das Telefon an, als könnte ich es zwingen, wieder zu läuten. »Komm schon. Los, komm!«

Ich wußte genau, daß der Junge nicht wieder anrufen würde. Ich wurde mir der Spannung bewußt, die meine Schultern verkrampfte. Ich stand auf und ging um den Schreibtisch herum, suchte mir ein freies Stück Teppich, auf dem ich mich ausstrecken konnte. Die Zimmerdecke hatte mir nichts mitzuteilen. Ich hasse es, darauf zu warten, daß sich etwas ereignet, und ich hasse es genauso, von den Umständen abhängig zu sein. Vielleicht konnte ich mit logischer Überlegung dahinterkommen, wo Brian versteckt war. Wendell Jaffe hatte wenig Möglichkeiten. Er hatte kaum Freunde und, soviel ich wußte, keine Verbündeten. Er war außerdem sehr verschwiegen, hatte nicht einmal Renata Brians Versteck anvertraut. Die *Fugitive* wäre ein ideales Versteck gewesen, aber Renata und Brian hätten ungewöhnlich begabte Lügner sein müssen, um mich so zu täuschen. Ich hatte den Eindruck, daß

252

er bis zu diesem Tag wirklich nichts von Renatas Existenz gewußt hatte, und sie schien an seiner gänzlich desinteressiert zu sein. Ich hatte den Verdacht, Renata hätte Brians Versteck verraten, wenn es ihr bekannt gewesen wäre. Wütend genug dazu war sie infolge von Wendell Jaffes Verschwinden.

Eigentlich konnte Jaffe seinen Sohn nur in einem Hotel oder Motel untergebracht haben. Und wenn es ihm möglich war, Brian täglich zu sehen, konnte das Versteck nicht weit sein. Wenn Brian über längere Zeiträume sich selbst überlassen war, mußte er die Möglichkeit haben, sich zu versorgen, ohne sich den Blicken der Öffentlichkeit auszusetzen. Vielleicht ein Motelzimmer mit Kochnische, so daß er für sich selbst kochen konnte. Groß? Klein? Es gab vielleicht fünfzehn bis zwanzig Motels in der näheren Umgebung. Würde ich da vielleicht hinfahren und sie alle abklappern müssen? Eine wenig verlockende Aussicht. Andererseits war Brian für mich die einzige Möglichkeit, an Wendell Jaffe heranzukommen. Bisher hatte die *Dispatch* sich noch nicht um Brians Entlassung gekümmert, aber wenn erst einmal Fotos von Vater und Sohn in den Zeitungen erschienen, würde sich die Situation rasch zuspitzen. Brian hatte vielleicht Taschengeld, aber er verfügte sicher nicht über unbeschränkte Mittel. Wenn Jaffe entschlossen war, seinen Sohn zu retten, dann mußte er schnell handeln. Und ich auch.

Ich warf einen Blick auf meine Uhr. Es war Viertel nach sechs. Ich stand vom Boden auf und schaltete den Anrufbeantworter ein, dann suchte ich die Zeitungsausschnitte heraus, in denen über den Gefängnisausbruch berichtet wurde. Das Foto von Brian Jaffe war nicht schmeichelhaft, aber für meine Zwecke war es gut genug. Ich nahm meine Reiseschreibmaschine und meine Handtasche und ging.

Zuerst fuhr ich zum Jachthafen. Es konnte ja sein, daß Carl Eckert inzwischen wieder da war und niemand sich die Mühe gemacht hatte, mich zu benachrichtigen. Außerdem lockte mich die kleine Imbißbude am Hafen, wo ich mir ein paar Burritos für unterwegs mitnehmen wollte.

Auf dem kleinen kostenlosen Parkplatz war nichts mehr frei. Ich mußte durch die Schranke auf den großen Parkplatz, auf dem jede Stunde Geld kostete. Ich sperrte meinen Wagen ab und warf einen Blick nach links, als ich am Kiosk vorüberkam. Da sah ich Carl Eckert. Er saß in seinem Wagen, einem schnittigen kleinen Flitzer exotischen Modells. Er sah aus, als sei er im Schock, bleich und schweißfeucht im Gesicht. Verwirrt blickte er sich um. Er trug einen smarten dunkelblauen Anzug, aber er hatte den Schlips gelockert und den obersten Hemdknopf geöffnet. Sein graues Haar war zerzaust, als hätte er sich die Haare gerauft.

Ich ging langsam und beobachtete ihn dabei. Er schien sich nicht entscheiden zu können, was er tun sollte. Ich sah, wie er nach seinen Wagenschlüsseln griff, als wollte er den Motor anlassen. Dann zog er die Hand zurück, griff in seine Hosentasche, zog ein Taschentuch heraus, mit dem er sich Gesicht und Hals wischte. Er steckte das Taschentuch wieder ein, griff in eine andere Tasche und brachte eine Packung Zigaretten zum Vorschein. Er schüttelte eine Zigarette heraus und drückte auf den Zigarettenanzünder im Armaturenbrett.

Ich ging zu dem offenen Sportwagen und beugte mich zu Eckert hinunter. »Carl? Kinsey Millhone.«

Er drehte sich um und starrte mich verständnislos an.

»Wir haben uns neulich im Jachtclub miteinander unterhalten. Ich war auf der Suche nach Wendell Jaffe.«

»Richtig. Die Privatdetektivin«, sagte er endlich.

»Genau.«

»Tut mir leid, daß ich so lange gebraucht habe, aber ich habe eben eine schlechte Nachricht bekommen.«

»Ich habe das mit der *Lord* schon gehört. Kann ich irgendwas tun?«

Der Anzünder sprang heraus. Er zündete sich die Zigarette an. Seine Hände zitterten so stark, daß er kaum Anzünder und Zigarettenende zusammenbrachte. Er sog den Rauch tief ein und verschluckte sich in seiner Gier.

»Das Schwein hat mir mein Boot gestohlen«, sagte er heftig

254

hustend. Er wollte noch mehr sagen, aber er brach plötzlich ab und drehte den Kopf zur Seite. Ich sah Feuchtigkeit in seinen Augen, konnte aber nicht sagen, ob das von dem Hustenanfall kam oder ob es Tränen über den Verlust seines Boots waren.

»Alles in Ordnung?« fragte ich.

»Ich lebe auf dem Boot. Die *Lord* ist alles, was ich habe. Mein Leben. Das muß er gewußt haben. Er hat das Boot genauso geliebt wie ich.« Ungläubig schüttelte er den Kopf.

»Das ist eine schlimme Sache«, sagte ich.

»Wie haben Sie davon gehört?«

»Renata kam mittags zu mir ins Büro«, berichtete ich. »Sie sagte, er sei verschwunden. Sie fürchtete, er würde versuchen zu fliehen. Ihr eigenes Boot lag am Steg, da dachte sie an Ihres.«

»Wie ist er nur reingekommen? Das verstehe ich nicht. Gleich nachdem ich das Boot gekauft hatte, habe ich alle Schlösser austauschen lassen.«

»Vielleicht ist er eingebrochen. Vielleicht hat er das Schloß geknackt. Wie dem auch sei, als wir hier ankamen, war das Boot schon weg.«

Er sah mich fragend an. »Ist das die Frau? Renata? Wie heißt sie mit Nachnamen?«

»Warum?«

»Ich würde gern mit ihr reden. Sie weiß vielleicht mehr, als sie sagt.«

»Ja, das kann sein«, meinte ich. Ich dachte an die Schießerei am Abend zuvor und fragte mich, ob Carl nachweisen konnte, wo er um diese Zeit gewesen war. »Wann sind Sie zurückgekommen? Ich hörte, Sie waren gestern abend außerhalb. Aber niemand schien zu wissen, wo.«

»Das hätte auch nichts genützt. Ich war nur schwer zu erreichen. Ich hatte in San Luis Obispo mehrere Termine. Übernachtet habe ich im Best Western und bin schon vor acht heute morgen dort wieder weg. Ich hatte dann den ganzen Tag noch Besprechungen da oben und bin gegen fünf wieder Richtung Heimat gefahren.«

»Das muß eine böse Überraschung gewesen sein.«

»Das kann man wohl sagen. Ich kann es nicht glauben, daß das Boot wirklich weg ist.«

Es schien, als ob er in den letzten zwei Tagen tatsächlich pausenlos beschäftigt gewesen wäre oder sein Alibi gut vorbereitet hätte.

»Und was tun Sie jetzt? Wo werden Sie unterkommen?«

»Ich werde es mal da drüben versuchen«, antwortete er mit einer Kopfbewegung in Richtung zu den Motels am Cabana Boulevard. »Und wie ist es bei Ihnen gelaufen? Sie haben ihn wohl nicht erwischt, wie?«

»Doch, ich bin ihm gestern abend bei Michael begegnet. Ich hoffte, mit ihm reden zu können, aber wir wurden getrennt, und danach habe ich ihn nicht wiedergesehen. Wie ich hörte, wollte er sich eigentlich mit Ihnen treffen.«

»Ich mußte ihm in letzter Minute absagen, als diese andere Geschichte mir dazwischenkam.«

»Sie haben ihn also überhaupt nicht gesehen?«

»Nein, wir haben nur miteinander telefoniert.«

»Was wollte er von Ihnen? Sagte er das?«

»Nein. Kein Wort.«

»Mir hat er erzählt, Sie hätten etwas in Besitz, was ihm gehört.«

»Das hat er gesagt? Wie sonderbar. Ich möchte wissen, was er damit gemeint hat.« Er sah auf seine Uhr. »Oh, so spät schon! Ich mache mich besser auf den Weg, ehe die Hotelzimmer alle weg sind.«

Ich trat vom Wagen weg. »Dann will ich Sie nicht aufhalten«, sagte ich. »Wenn Sie von der *Lord* hören, geben Sie mir dann Bescheid?«

»Natürlich.«

Donnernd sprang der Sportwagen an. Carl fuhr aus der Lücke und hielt neben dem Kiosk, um der Frau seinen Parkschein zu geben.

Ich ging zur Imbißbude. Als ich noch einmal zurückblickte,

sah ich, daß er seinen Rückspiegel so eingestellt hatte, daß er mich im Auge behalten konnte. Ich hatte den starken Verdacht, daß er mich kräftig verschaukelt hatte. Irgend etwas stimmte nicht. Ich wußte nur nicht, was es war.

22

Als ich das Strandviertel am Rand von Perdido erreichte, in dem die Motels stehen, hatte sich über dem Ozean ein geisterhafter graugrüner Dunst ausgebreitet. Noch während ich hinsah, wurde durch eine merkwürdige Brechung des schwindenden Sonnenlichts das flüchtige Bild einer Insel, die grün und unerreichbar über dem Wasser schwebte, heraufbeschworen. Sie hatte etwas Jenseitiges in ihrer Verschleierung. Dann war der Moment verflogen, und das Bild zerstob im Dunst. Die Luft war heiß und still, ungewöhnlich feucht für das Küstengebiet Kaliforniens. Heute abend würden die Leute in dieser Gegend in ihren Garagen nach dem elektrischen Ventilator vom letzten Sommer suchen müssen. Statt zu schlafen, würden sie sich schwitzend und ohne Hoffnung auf Erfrischung in zerwühlten Laken wälzen.

Ich parkte in einer Seitengasse der Hauptdurchgangsstraße. Die Lichter der Motels, die inzwischen eingeschaltet worden waren, verbreiteten ein künstliches Tageslicht; blinkende Neonreklamen in Blau und Grün, die den Durchreisenden zum Bleiben aufforderten. Die Bürgersteige waren voller Menschen, alle sommerlich gekleidet, auf der Suche nach Abkühlung. Die Eisbuden würden wahrscheinlich Rekordverkäufe verzeichnen. Autos krochen auf der Suche nach Parkplätzen in endlosem Strom durch die Straßen. Nirgends in den Straßen war Sand, und doch hatte man so ein Gefühl von windgetriebenem Sand, der alles blank putzte. In Bars, aus deren geöffneten Türen von dröhnenden Bässen begleitete Musik schallte, drängten sich Studenten.

257

Ich begann bei den Motels an der Hauptstraße und ackerte mich in die umliegenden Straßen durch. Die Namen waren die gleichen wie in unzähligen anderen Badeorten. Ich ging vom *Sun 'N' Surf* ins *Tide*, ins *Beachside*, ins *Blue Sands* und ins *White Sands*, ins *Casa del Mar* und so weiter. Ich zeigte meine Zulassung als Privatdetektivin. Ich zeigte das körnige Schwarzweißfoto von Brian Jaffe. Ich konnte mir nicht vorstellen, daß er sich unter seinem richtigen Namen eingetragen hatte, darum versuchte ich es mit Variationen: Brian Jefferson, Jeff O'Brian, Brian Huff, Dean Huff und Wendell Jaffes Lieblingsnamen, Stanley Lord. Ich wußte, an welchem Tag Brian irrtümlich aus dem Gefängnis entlassen worden war, und hielt es für höchstwahrscheinlich, daß er sich noch am selben Tag in einem Motel eingemietet hatte. Er war allein, und seine Rechnung hatte man vermutlich im voraus bezahlt. Ich war ziemlich sicher, daß er sich abgekapselt und nicht viel aus- und eingegangen war. Ich hoffte, jemand würde ihn nach dem Foto und meiner Beschreibung erkennen. Moteldirektoren und Empfangsangestellte schüttelten verneinend die Köpfe. Jedem ließ ich meine Karte da, jedem nahm ich das Versprechen ab, daß er mich sofort anrufen würde, falls ein junger Mann vom Aussehen Brian Jaffes sich in ihrem Haus zeigen würde. Aber natürlich. Sie können sich darauf verlassen. Klar. Ich war noch nicht richtig zur Tür hinaus, da warfen sie die Karte schon in den Papierkorb.

Im *Lighthouse* – Durchwahltelefon, Kabelfernsehen, beheizter Pool –, beim zwölften Versuch, erhielt ich ein Nicken statt eines Kopfschüttelns. Das *Lighthouse* war ein zweistöckiger, oval angelegter Bau mit einem Pool in der Mitte. Die Mauern waren meerblau gestrichen und auf der Fassade prangte das stilisierte Bild eines Leuchtturms. Der Mann am Empfang war in den Siebzigern, tatkräftig und alert. Er war völlig kahl, aber er schien noch alle seine eigenen Zähne zu haben. Mit einem von Arthritis verkrümmten Zeigefinger tippte er auf den Zeitungsausschnitt.

»O ja, der Junge ist hier. Michael Brendan. Zimmer einhundertzehn. Ich hab' mich schon gefragt, warum er mir so bekannt vorkam. Ein älterer Herr hat das Zimmer im voraus bezahlt. Für eine Woche. Um ehrlich zu sein, ich war mir über ihre Beziehung nicht ganz im klaren.«

»Vater und Sohn.«

»Ja, das haben sie auch behauptet«, sagte der Mann, immer noch zweifelnd. Er überflog den Bericht über den Gefängnisausbruch und den nachfolgenden Mord an der Frau, deren Auto gestohlen worden war. »Ich weiß, daß ich damals davon gelesen habe. Na, dieser junge Mann scheint ja ein gefährlicher Bursche zu sein. Soll ich die Polizei anrufen?«

»Lieber das Sheriff's Department, und lassen Sie mir erst zehn Minuten Zeit mit ihm. Sagen Sie den Leuten, Sie sollen Zurückhaltung üben. Ich möchte nicht, daß es Blutvergießen gibt. Der Junge ist achtzehn. Es würde sich bestimmt nicht gut machen, wenn er im Pyjama niedergeschossen würde.«

Ich verließ das Foyer und ging durch eine Passage in den Innenhof. Es war jetzt ganz dunkel geworden, und das beleuchtete Schwimmbecken glänzte aquamarinblau. Lichtspiegelungen des Wassers spielten in ständig wechselnden Mustern über die Mauern des Gebäudes. Brians Zimmer war im Erdgeschoß. Es hatte eine Schiebetür, die auf eine kleine Terrasse führte und von da zum Pool. Die einzelnen Terrassen waren durch niedrige Büsche voneinander getrennt. Jedes Zimmer trug eine Nummer, es war also nicht schwierig, das richtige zu finden. Ich sah den Jungen durch die Stores, die nur teilweise zugezogen waren. Die Schiebetür war geschlossen; wahrscheinlich lief die Klimaanlage auf Hochtouren.

Er hatte graue Boxershorts an und ein ärmelloses T-Shirt. Braungebrannt und kräftig, lag er, die Füße auf dem Bett, in einem Polstersessel und sah fern.

Ich ging zum Ende des Gebäudes und trat dort in den Korridor. Auf dem Weg zu Brains Zimmer kam ich an einer Tür mit der Aufschrift »Nur Personal« vorüber. Spaßeshalber versuchte ich sie zu öffnen, und siehe da, der Knauf drehte sich unter meiner Hand. Ich spähte in den Raum hinter der Tür, eine Kammer mit

Wäscheregalen an drei Wänden. Sauber gestapelt lagen da Bettwäsche, Handtücher und Tagesdecken. Auch Schrubber, Staubsauger, Bügeleisen, Bügelbretter und diverse Reinigungsmittel waren da. Ich schnappte mir einen Stapel Handtücher und ging wieder.

Vor der Tür zu Brians Zimmer blieb ich stehen, im spitzen Winkel zum Spion, und klopfte. Der Fernseher wurde leiser. Ich wartete. Er versuchte wohl, mich durch den Spion in Augenschein zu nehmen. »Ja?« rief er gedämpft.

»*Criada*«, rief ich. Es ist das spanische Wort für »Zimmermädchen«. Ich hatte es gleich in der ersten Unterrichtsstunde gelernt, weil so viele von den Frauen, die bei mir im Kurs sind, möglichst schnell den Wortschatz lernen wollen, der es ihnen ermöglicht, mit ihren Dienstmädchen zu sprechen. Sonst taten die Mädchen nämlich angeblich einfach das, was sie wollten, und die Frauen konnten ihnen nur hinterherlaufen und versuchen, ihnen zu zeigen, worauf es ihnen beim Saubermachen ankam. Erfolglos, da die Mädchen vorgaben, nichts zu verstehen.

Auch Brian verstand nicht. Er zog die Tür bei vorgelegter Kette einen Spalt auf und schaute heraus. »Was ist denn?«

Ich hielt den Stapel Handtücher hoch, auch um mein Gesicht zu verbergen. »Handtücher«, sagte ich.

»Oh.« Er schloß die Tür, löste die Kette und machte mir wieder auf. Ich trat ins Zimmer. Ohne mir einen Blick zu gönnen, wies er zum Badezimmer. Seine Aufmerksamkeit war schon wieder von dem Film im Fernsehen gefesselt. Es war ein alter Schwarzweißfilm: Männer mit hohen Wangenknochen und Brillantinewellen, Frauen mit hauchdünn gezupften Augenbrauen. Die Gesichtsausdrücke waren alle tragisch. Brian stellte den Ton wieder laut.

Ich ging ins Badezimmer und sah mich, da ich schon mal da war, gründlich um. Keine Kanonen, Hackebeilchen oder Macheten in Sicht. Dafür reichlich Sonnencreme und Haargel, eine Haarbürste, ein Fön und ein Rasierer. Ich glaubte nicht, daß der Junge genug Bart im Gesicht hatte, um einen Rasierer zu brauchen. Aber vielleicht übte er ja nur.

Ich legte die Handtücher auf die Konsole und ging ins Zimmer nebenan, wo ich mich aufs Bett setzte. Zunächst schien Brian meine Anwesenheit gar nicht wahrzunehmen. Die Geigen schluchzten, und die Liebenden zeigten der Kamera ihre beiden makellosen Gesichter. Seins war hübscher als ihrs.

Als Brian mich schließlich bemerkte, gab er sich cool und ließ sich keine Überraschung anmerken. Er nahm die Fernbedienung und stellte die Lautstärke wieder herunter. Die Szene lief stumm weiter, mit vielen lebhaften Dialogen. Ich habe mir oft überlegt, ob ich so vielleicht lernen könnte, von den Lippen abzulesen. Die Liebenden auf der Leinwand sprachen dem anderen jeweils direkt ins Gesicht. Ich dachte schaudernd an üblen Mundgeruch. Ihr Mund bewegte sich, aber Brians Stimme war zu hören.

»Wie haben Sie mich gefunden?«

Ich tippte mir an die Stirn, während ich versuchte, mich vom Fernsehschirm loszureißen.

»Wo ist mein Vater?«

»Das wissen wir noch nicht. Kann sein, daß er die Küste hinuntersegelt, um Sie abzuholen.«

»Hoffentlich beeilt er sich.« Er lehnte sich im Sessel zurück, hob die Arme und faltete die Hände über seinem Kopf. Die Muskeln seiner Oberarme sprangen scharf hervor. Er stemmte einen Fuß gegen die Bettkante und schob seinen Sessel ein paar Zentimeter zurück. Die Haarbüschel unter seinen Armen wirkten seltsam animalisch. Ich fragte mich, ob ich das Alter erreicht hatte, in dem mir alle Knaben mit strammen Körpern animalisch erscheinen würden. Ich fragte mich, ob ich vielleicht mein Leben lang schon in diesem Alter war.

Er beugte sich zur Kommode und nahm ein frisches Paar Socken, das ordentlich zusammengerollt einen weichen Ball bildete. Er warf den Ball an die Wand und fing ihn auf, als er zurückprallte.

»Sie haben nichts von ihm gehört?« fragte ich.

»Nein.« Wieder warf er den Ball und fing ihn.

»Sie haben gesagt, Sie hätten ihn vorgestern gesprochen. Sagte er da etwas davon, daß er vorhatte abzureisen?« fragte ich.

»Nein.« Er ließ das Sockenknäuel bei angewinkeltem Arm aus seiner rechten Hand herabfallen und streckte blitzartig den Arm, so daß die Socken von der gestreckten Ellbogenbeuge in die Höhe sprangen. Er fing sie auf und ließ sie wieder fallen. Er mußte genau aufpassen, um nicht daneben zu greifen. Und fallen lassen. Und fangen. Und fallen lassen. Und fangen.

»Was hat er gesagt?« fragte ich.

Er griff ins Leere.

Verärgert über die Störung seiner Konzentration, warf er mir einen Blick zu. »Scheiße, weiß ich doch nicht. Erst erzählt er mir dauernd, daß es in unserem Rechtssystem keine Gerechtigkeit gibt, und dann erklärt er mir, wir müßten uns stellen. ›Nie im Leben, Dad‹, hab' ich gesagt. ›Das mach' ich bestimmt nicht, und du kannst mich nicht dazu zwingen.‹«

»Was hat er darauf gesagt?«

»Gar nichts.« Er warf das Sockenknäuel wieder an die Wand und fing es auf, als es zurückkam.

»Glauben Sie, daß er einfach ohne Sie abgehauen ist?«

»Wieso, wenn er sich doch stellen wollte?«

»Vielleicht hat er's mit der Angst zu tun bekommen.«

»Ach, und da hat er mich hier sitzenlassen?« Sein Blick drückte tiefe Ungläubigkeit aus.

»Brian, ich sag' das nicht gern, aber Ihr Vater ist nicht gerade bekannt dafür, daß er bis zum bitteren Ende durchhält. Er wird leicht nervös, und dann läuft er davon.«

»Er würde mich nicht im Stich lassen«, sagte er trotzig. Er warf die Socken in die Luft, beugte sich vor und fing das Knäuel hinter seinem Rücken. Ich sah den Titel des Buchs vor mir: ›Sockentricks: 101 Arten, sich mit Unterwäsche die Zeit zu vertreiben‹.

»Ich finde, Sie sollten sich stellen.«

»Das tue ich, wenn er kommt.«

»Wieso kann ich das nicht glauben? Brian, ich möchte mich weiß Gott nicht wichtig machen, aber ich habe hier eine Verantwortung. Sie werden von der Polizei gesucht. Wenn ich Sie nicht ausliefere, mache ich mich der Beihilfe schuldig. Das könnte mich meine Zulassung kosten.«

Blitzartig sprang er auf, packte mich beim Hemd, riß mich vom Bett, die geballte Faust zum Schlag gezückt. Unsere Gesichter waren plötzlich keine fünfzehn Zentimeter voneinander entfernt. Wie die Liebenden im Film. Alles Nette an dem Jungen war spurlos verschwunden. Ein anderer starrte mich an, ein Mensch hinter einem Menschen. Wer hätte ahnen können, daß sich hinter Brians blauäugiger Schönheit dieser gemeine ›andere‹ versteckte? Nicht einmal die Stimme war die seine: ein leises, heiseres Flüstern.

»Paß gut auf, du Luder. Ich werde dir zeigen, was Beihilfe ist. Du willst mich den Bullen übergeben, hm? Das versuch mal. Du wirst gar nicht dazu kommen, mich anzurühren, weil ich dich nämlich blitzschnell umbringe, kapiert?«

Ich verhielt mich ganz still, wagte kaum zu atmen. Ich machte meinen Körper unsichtbar, beamte mich in andere Regionen. Er war außer sich vor Wut, und ich wußte, er würde zuschlagen, wenn ich ihn reizte. Er keuchte krampfartig. Er war derjenige, der die Frau getötet hatte, als die vier geflohen waren. Ich hätte Geld darauf gewettet. So einem brauchte man nur eine Waffe zu geben, ein Opfer, etwas, an dem er seine Wut auslassen konnte, und er würde angreifen.

Ich sagte: »Okay, okay. Schlagen Sie mich nicht. Schlagen Sie nicht zu.«

Ich hätte geglaubt, daß dieser Ansturm von Gefühlen ihn außergewöhnlich aufnahmebereit machen würde. Statt dessen schien die Emotion seine Sinne stumpf zu machen, seine Wahrnehmung zu trüben. Er neigte den Kopf ein klein wenig nach hinten und faßte mich stirnrunzelnd ins Auge. »Was?« Er wirkte benommen, als hätte sein Gehör ihm plötzlich den Dienst versagt.

Schließlich jedoch erreichte ihn meine Botschaft, durch ein Labyrinth von hochgradig geladenen Neuronen.

»Ich möchte nur, daß Sie in Sicherheit sind, wenn Ihr Vater zurückkommt.«

»In Sicherheit.« Die Vorstellung schien ihm fremd zu sein. Er fröstelte, als die Spannung in seinem Körper nachließ. Er löste den Griff, wich zurück und sank schwer atmend in den Sessel. »Mein Gott. Was ist mit mir los? Mein Gott.«

»Soll ich mit Ihnen gehen?« Mein Hemd war dort, wo er es mit der Faust gepackt hatte, permanent plissiert.

Er schüttelte den Kopf.

»Ich kann Ihre Mutter anrufen.«

Er senkte den Kopf und fuhr sich mit der Hand durch sein Haar. »Sie will ich nicht. Ich will ihn.« Die Stimme gehörte dem Brian Jaffe, den ich kannte. Er wischte sich das Gesicht mit seinem Ärmel ab. Ich glaubte, daß er den Tränen nahe war, aber seine Augen blieben trocken – leer – das Blau kalt wie Eis. Ich wartete und hoffte, er würde noch etwas sagen. Allmählich wurde sein Atem normal, und er sah wieder aus wie er selbst.

»Vor Gericht sieht es besser aus, wenn Sie sich freiwillig gestellt haben«, bemerkte ich.

»Weshalb sollte ich das tun? Ich bin entlassen worden.« Der Ton war gereizt. Der andere Brian war verschwunden, hatte sich wie ein Aal in die dunklen Spalten seiner Unterwasserhöhle verzogen. Dieser Brian war nur der Junge, der meinte, alles müßte nach seinem Kopf gehen. Der Junge, der auf dem Spielplatz wütend zu schreien pflegte: »Du hast geschummelt«, wenn er ein Spiel verlor, in Wirklichkeit aber selbst der Schummler war.

»Aber Brian. Sie wissen doch, daß das nicht stimmt. Ich weiß nicht, wer den Computer manipuliert hat, aber Sie dürften nicht auf freiem Fuß sein. Sie stehen unter Mordanklage.«

»Ich habe niemanden umgebracht.« Empört. Damit meinte er wahrscheinlich, daß er sie nicht hatte töten *wollen*, als er die Pistole auf sie gerichtet hatte. Und weshalb hätte er sich hinterher schuldig fühlen sollen, da es doch nicht seine Schuld war? Blöde Gans. Sie hätte eben die Klappe halten sollen, als er den Autoschlüssel verlangt hatte. Aber nein, sie mußte mit ihm streiten. Frauen mußten dauernd streiten.

»Dann ist es ja gut«, sagte ich. »Aber jetzt ist erst mal der Sheriff auf dem Weg hierher, um Sie abzuholen.«

Er war erstaunt über den Verrat, und der Blick, mit dem er mich ansah, war voller Entrüstung. »Sie haben die Bullen geholt? Warum haben Sie das getan?«

»Weil ich nicht glaubte, daß Sie sich stellen würden.«

»Weshalb sollte ich?«

»Sehen Sie, was ich meine? Sie bilden sich ein, daß die Spielregeln für Sie nicht gelten. Aber Sie täuschen sich.«

»Wenn nur Sie sich nicht täuschen. Ich brauche mir diesen Scheiß nicht von Ihnen gefallen zu lassen.« Er stand aus seinem Sessel auf, nahm seine Brieftasche, die auf dem Fernsehapparat lag, ging zur Tür und machte auf. Ein Sheriff's Deputy, ein Weißer, die Hand erhoben, um zu klopfen, stand vor ihm. Er wirbelte herum und rannte zur Schiebetür. Dort, auf der Terrasse erschien ein zweiter Deputy, ein Schwarzer. Wütend schleuderte Brian seine Brieftasche zu Boden, so heftig, daß sie aufsprang wie ein Ball. Der erste Deputy griff nach ihm. Brian stieß seinen Arm weg. »Lassen Sie mich los!«

»Ruhig Blut, mein Junge«, sagte der Deputy. »Ich möchte Ihnen nicht weh tun.«

Brian wich schwer atmend zurück. Sein Blick flog von Gesicht zu Gesicht. Er war vornüber gebeugt und hielt die Arme ausgestreckt, als wollte er angreifende Tiere abwehren. Beide Beamte waren groß und kräftig und erfahren, der eine, der Weiße, Ende Vierzig, der andere vielleicht fünfunddreißig. Ich hätte mich mit keinem von beiden anlegen wollen.

Der zweite Deputy hatte die Hand an seiner Pistole, aber er zog sie nicht. Dieser Tage endete eine Konfrontation mit der Polizei immer öfter mit dem Tod. Die beiden Beamten tauschten einen Blick, und mir begann angesichts drohender Gewalt das Herz wie wild zu klopfen. Wir drei standen unbewegt und warteten.

Der erste Deputy fuhr mit gesenkter Stimme zu sprechen fort. »Es ist ja gut. Es ist alles okay. Wir brauchen nur ruhig zu bleiben, dann geht alles in Ordnung.«

Unsicherheit flackerte in Brians Blick. Sein Atem wurde langsamer, und er fand seine Fassung wieder. Er richtete sich auf. Ich glaubte nicht, daß es vorbei sei, aber die Spannung löste sich. Brian versuchte ein entschuldigendes Lächeln und ließ sich ohne Widerstand Handschellen anlegen. Meinem Blick wich er aus, und mir war das recht. Es hatte etwas Peinliches, zusehen zu müssen, wie er sich unterwarf. »Blöde Ärsche«, murmelte er, aber die Beamten ignorierten ihn. Jeder muß das Gesicht wahren. Das ist kein Verbrechen.

Dana kam ins Gefängnis, während Brian noch in der Aufnahme war. Sie trug ein todschickes graues Leinenkostüm, das erste Mal, daß ich sie nicht in Jeans sah. Es war elf Uhr abends, und ich stand wieder mal mit einem Becher scheußlich schmeckenden Kaffees herum, als ich das Knallen ihrer hohen Absätze im Korridor hörte. Ein Blick genügte mir, und ich wußte, daß sie fuchsteufelswild war; nicht auf Brian oder die Polizei, sondern auf mich. Ich selbst hatte Dana angerufen, weil ich fand, sie müßte von der Verhaftung ihres Sohnes benachrichtigt werden. Ich war nicht in Stimmung, mich von ihr anfauchen zu lassen, aber es war klar, daß sie die Absicht hatte mich herunterzuputzen.

»Von dem Moment an, als ich Sie zum erstenmal gesehen habe, habe ich nichts als Ärger gehabt«, zischte sie wütend. Sie trug das Haar straff zurückgekämmt und im Nacken zu einem Knoten gedreht. Nicht ein Härchen tanzte aus der Reihe. Blütenweiße Bluse, silberne Ohrringe, die Augen schwarz umrandet.

»Möchten Sie die Geschichte nicht hören?«

»Nein, ich möchte die Geschichte nicht hören. Ich möchte Ihnen eine erzählen«, giftete sie. »Meine Konten sind gesperrt. Ich habe kein Geld. Haben Sie das kapiert? Kein Geld! Mein Sohn ist in Schwierigkeiten, und ich komme nicht einmal zu seinem Anwalt durch.«

Ihr Leinenkostüm hatte nirgends auch nur das kleinste Fältchen, bei Leinen eine schwierige Sache, selbst bei einem Gemisch. Ich starrte in meinen Becher. Der Kaffee war inzwischen kalt geworden. Obenauf schwammen kleine Klümpchen Milchpulver. Ich hoffte von Herzen, ich würde ihr die Brühe nicht ins Gesicht kippen. Ich beobachtete meine Hand genau, um zu sehen, ob sie sich bewegte. So weit, so gut.

Dana war inzwischen schon nicht mehr zu bremsen, überhäufte mich für weiß Gott was für Missetaten mit Beschimpfungen. Ich schaltete einfach ab. Es war, als sähe ich mir einen Stummfilm an. Ein Teil von mir hörte zu, auch wenn ich mich bemühte, den Ton nicht zu mir durchdringen zu lassen. Ich merkte, daß meine Lust, den Kaffeebecher zu schleudern, immer weiter zunahm. Im Kindergarten habe ich gebissen, der Impuls war der gleiche. Als ich noch bei der Polizei war, mußte ich einmal eine Frau festnehmen, weil sie einer anderen Frau ihren Drink ins Gesicht geschüttet hatte und das vor dem Gesetz als gewaltsame Körperverletzung gilt. »Die Gewalt, die notwendig ist«, hieß es da, »damit der Tatbestand der gewaltsamen Körperverletzung erfüllt ist, muß nicht groß sein und braucht nicht unbedingt Schmerz oder eine körperliche Verletzung zu verursachen noch braucht sie ein Mal zu hinterlassen.« Außer vielleicht auf ihrem Kostüm, dachte ich bei mir.

Ich hörte nahende Schritte im Korridor hinter mir. Ich blickte zurück und sah Deputy Tiller mit einer Akte in der Hand. Er nickte mir kurz zu und verschwand durch die Tür.

»Entschuldigen Sie, Tiller?«

Er schaute noch einmal zur Tür heraus. »Haben Sie mich gerufen?«

Ich sah Dana an. »Tut mir leid, daß ich unterbrechen muß, aber ich habe etwas mit ihm zu besprechen«, sagte ich und folgte Tiller in den Dienstraum. An ihrem verärgerten Blick sah ich, daß sie noch lange nicht mit mir fertig war.

23

Tiller, der am Aktenschrank stand, sah verwundert von der Schublade auf, in die er gerade den Hefter schob. »Was hatte denn das zu bedeuten?«

Ich schloß die Tür und legte den Finger auf die Lippen, während ich hinter mich wies. Sein Blick flog zum Korridor. Er stieß die Schublade zu und winkte mir. Ich folgte ihm zwischen Schreibtischen hindurch in ein kleineres Büro, von dem ich annahm, es sei seines. Er schloß eine zweite Tür hinter uns und deutete auf einen Stuhl. Ich warf meinen leeren Kaffeebecher in den Papierkorb und setzte mich erleichtert.

»Danke. Das war die Rettung. Mir ist nichts anderes eingefallen, um ihr zu entwischen. Wahrscheinlich brauchte sie jemanden, an dem sie ihren Frust auslassen konnte, und da hat sie mich erkoren.«

»Freut mich, daß ich Ihnen behilflich sein konnte. Möchten Sie noch einen Kaffee? Wir haben hier hinten ganz frischen. Ihrer stammte wahrscheinlich aus dem Automaten.«

»Danke, aber im Moment steht mir der Kaffee bis hier. Ich möchte schließlich auch noch schlafen können. Wie geht's Ihnen?«

»Gut. Ich habe gerade meine Schicht angefangen. Ich sehe, Sie haben uns den Jungen zurückgebracht.« Er setzte sich in seinen Drehsessel und lehnte sich zurück. Der Sessel quietschte.

»Das war gar nicht so schwierig. Ich dachte mir, daß Jaffe ihn irgendwo in der Nähe versteckt haben müßte, und bin ein bißchen hausieren gegangen. Langweilig, aber nicht weiter schwierig. Und wie schaut's hier aus? Weiß man schon, wie er rausgekommen ist?«

Tiller zuckte mit den Achseln. Mit einigem Unbehagen. »Sie forschen noch nach.« Er wechselte das Thema, offenbar nicht bereit, mir Einzelheiten über die interne Untersuchung mitzutei-

268

len. Im grellen Neonlicht sah ich, daß seine rotblonden Haare und sein Schnauzer von Grau durchzogen und die Augen von Fältchen umgeben waren. Die jungenhaften Konturen seines Gesichts waren erschlafft. Er mußte in Jaffes Alter sein. Ich sah mir mit müßigem Interesse seine Hände an und wurde plötzlich stutzig. »Was ist das?«

Er fing meinen Blick auf. »Was, der Schulring?«

Ich beugte mich vor. »Ist der nicht von der Cottonwood Academy?«

»Sie kennen die Schule? Die meisten Leute haben nie davon gehört. Sie besteht schon seit, ich weiß nicht, wie vielen Jahren nicht mehr. Heutzutage gibt es fast keine reinen Jungenschulen mehr. Sexistisch nennt man sie, und vielleicht ist das ja richtig. Meine Klasse war die letzte, die noch die Abschlußexamen gemacht hat. Wir waren nur sechzehn. Danach war's aus«, sagte er. In seinem Lächeln mischten sich Stolz und Wehmut. »Woher kennen Sie die Schule? Sie müssen ein gutes Auge haben? Die meisten Schulringe sehen gleich aus.«

»Ich habe erst kürzlich den Ring von jemandem gesehen, der auch von der Cottonwood Academy abgegangen ist.«

»Tatsächlich? Wer ist das? Wir sind immer noch eine ziemlich eingeschworene Gemeinde.«

»Wendell Jaffe.«

Sein Blick begegnete flüchtig dem meinen. Dann sah Tiller weg. Er setzte sich anders hin. »Ach ja, Wendell war auch auf der Schule«, sagte er, als sei ihm das eben erst eingefallen. »Wollen Sie wirklich keinen Kaffee?«

»Sie waren es, nicht wahr?«

»Ich? Was?«

»Brians Entlassung«, sagte ich.

Tiller lachte, ho, ho, ho, mit gutmütiger Erheiterung, aber es klang nicht echt. »Hey, tut mir leid. Aber ich war's nicht. Ich wüßte schon gar nicht, wie ich das anstellen sollte. Mich braucht man nur vor einen Computer zu setzen, und schon fällt mein IQ um ungefähr fünfzehn Prozent.«

»Tun Sie doch nicht so. Also, was steckt dahinter? Ich verrate nichts. Mich juckt das doch nicht. Der Junge ist wieder da. Ich schwör's Ihnen, ich lasse kein Wort verlauten.« Danach hielt ich den Mund, und ließ das Schweigen wachsen. Im Grunde war er ein ehrlicher Mensch, vielleicht eines gelegentlichen Gesetzesverstoßes fähig, aber mit schlechtem Gewissen und unfähig, seine Schuld zu leugnen, wenn man ihn damit konfrontierte. Seine Kollegen lieben solche Typen, weil sie in ihrem Bedürfnis sich zu entlasten mit dem Geständnis nicht lange auf sich warten lassen.

Er sagte: »Nein wirklich, da sind Sie bei mir an der falschen Adresse.« Er ließ ein paarmal seinen Kopf kreisen, um die Spannung im Nacken zu lindern. Doch mir fiel auf, daß er das Gespräch nicht beendet hatte. Ich stocherte ein wenig. »Haben Sie Brian beim erstenmal geholfen, als er aus dem Jugendhaus ausbrach?«

Sein Gesicht wurde ausdruckslos und sein Ton offiziös. »Ich glaube nicht, daß diese Art der Unterhaltung etwas bringt.«

»Na schön. Vergessen wir den ersten Fluchtversuch und reden wir nur vom zweiten. Sie müssen Jaffe einen Riesengefallen geschuldet haben, wenn Sie sogar bereit waren, Ihren Job zu riskieren.«

»Ich finde, das reicht. Ich schlage vor, wir lassen es dabei bewenden.«

Es mußte sich um den Totschlag handeln, den Jaffe auf sich genommen hatte. Tiller wäre mit einer Verurteilung wegen eines solchen Delikts niemals bei der Polizei angenommen worden.

»Tiller, ich habe die Geschichte von dem Totschlag gehört. Bei mir sind Sie sicher. Sie können sich darauf verlassen. Ich möchte nur wissen, was passiert ist. Warum hat Jaffe die Sache auf sich genommen?«

»Ich schulde Ihnen keinerlei Erklärungen.«

»Das habe ich auch nie behauptet. Ich frage um meinetwillen. Das ist nichts Amtliches. Es ist einfach eine Information.«

Er schwieg lange, den Blick zum Schreibtisch gesenkt.

»Tiller, bitte! Ich will ja gar keine Einzelheiten wissen. Ich verstehe Ihr Zögern. Nur in groben Zügen«, sagte ich.

Er seufzte tief, und als er schließlich sprach, war seine Stimme so leise, daß ich mich anstrengen mußte, um ihn zu verstehen.

»Ich kann, glaube ich, gar nicht sagen, warum er es getan hat. Wir waren jung. Beste Freunde. Vierundzwanzig, fünfundzwanzig oder so. Er war bereits zu der Überzeugung gelangt, daß das Gesetz korrupt ist, und hatte beschlossen, die Zulassungsprüfung als Anwalt nicht zu machen. Ich wollte mein Leben lang nichts anderes als Polizeibeamter werden. Dann passierte diese Geschichte. Das Mädchen starb durch einen Unglücksfall, aber es war alles meine Schuld. Er war zufällig zur Stelle und nahm die Schuld auf sich. Er war unschuldig. Er wußte es, und ich wußte es. Er hat für mich den Kopf hingehalten, das ist alles. Ich fand das eine unglaubliche Geste.«

Das alles klang ein wenig schwach, aber wer weiß, warum Menschen etwas tun? Ein gewisser ernster Idealismus erfaßt uns in der Jugend. Darum sind so viele Freiwillige achtzehn und tot.

»Aber im Grunde hatte er doch nichts gegen Sie in der Hand. Diese Sache muß längst verjährt sein. Dann hätte nur sein Wort gegen Ihres gestanden. Er behauptet, Sie hätten etwas getan. Sie behaupten, Sie hätten es nicht getan. Er war bereits verurteilt worden. Ich verstehe nicht, wo da nach so langer Zeit noch die Möglichkeit zu einer Erpressung war.«

»Keine Erpressung. So war es nicht. Er hat mir nicht gedroht. Ich habe eine Schuld bezahlt.«

»Aber das brauchten Sie nicht, als er es forderte.«

»Ich habe getan, was ich tun wollte, und ich habe es gern getan.«

»Ja, aber warum soviel riskieren?«

»Haben Sie schon mal was von Ehre gehört? Ich war ihm etwas schuldig. Es war das wenigste, was ich tun konnte. Und es ist ja nicht so, als hätte ich ihm einen Kuchen mit einer Feile gebacken. Brian ist ein Früchtchen, das gebe ich gern zu. Ich mag den Jungen nicht, aber Wendell sagte mir, er würde ihn sofort aus dem Staat bringen. Er sagte, er würde die volle Verantwortung übernehmen, und ich hab' mir gedacht, dann sind wir den wenigstens los.«

»Ich glaube, das hat er sich inzwischen anders überlegt. Das heißt, ich habe unterschiedliche Berichte gehört«, korrigierte ich mich. »Michael und Brian hat er gesagt, er wolle sich stellen. Anscheinend wollte er Brian überreden, das gleiche zu tun. Aber seine Freundin behauptet, er hätte nie die Absicht gehabt, es wirklich zu tun.«

Tiller wippte in seinem Drehsessel hin und her und starrte ins Leere. Verwundert schüttelte er den Kopf. »Ich verstehe nicht, wie er das durchziehen will. Was tut er?«

»Sie haben gehört, daß das Boot weg ist?«

»Ja. Die Frage ist, was will er mit dem Boot? Was glaubt er denn, wie weit er kommen wird.«

»Tja, da werden wir einfach abwarten müssen«, sagte ich. »Aber ich muß los. Ich hab' noch eine Dreißigmeilenfahrt vor mir und muß dringend mal wieder schlafen. Gibt es hier noch einen anderen Ausgang? Ich möchte nicht schon wieder Dana Jaffe in die Arme laufen.«

»Durch die nächste Abteilung. Kommen Sie. Ich zeig's Ihnen.« Er stand auf, kam um den Schreibtisch herum und führte mich in einen Korridor. Ich glaubte, er würde mich ermahnen zu schweigen, mir das Versprechen abnehmen, unser Gespräch vertraulich zu behandeln, aber er sagte kein Wort.

Es war fast ein Uhr morgens, als ich in Santa Teresa ankam. Es waren nur wenige Autos und fast keine Menschen unterwegs. Die Straßenlampen warfen einander überlappende Lichtkreise auf die Bürgersteige. Die Geschäfte waren geschlossen, aber erleuchtet. Hin und wieder sah ich einen Obdachlosen, der in einer dunklen Gasse Schutz suchte, aber größtenteils waren die Straßen wie ausgestorben. Es begann endlich etwas kühler zu werden, und ein mildes Lüftchen vom Ozean machte die Feuchtigkeit wenigstens halbwegs erträglich.

Ich war kribbelig und ruhelos. Es tat sich nichts. Brian saß im Gefängnis, und Jaffe war immer noch vermißt, was gab es da zu erforschen? Die Suche nach der *Captain Stanley Lord* lag jetzt in den Händen der Hafenpolizei und der Küstenwache. Selbst wenn ich ein Flugzeug hätte chartern können, um aus der Luft zu suchen – eine Ausgabe, die Gordon Titus niemals genehmigt hätte –, hätte ich aus solcher Höhe ein Boot nicht vom anderen unterscheiden können. Aber irgend etwas, dachte ich mir, mußte man doch inzwischen tun können.

Ohne es bewußt zu wollen, fuhr ich einen Umweg und kroch über sämtliche Motelparkplätze zwischen meiner Wohnung und dem Jachthafen. Ich entdeckte Carl Eckerts Sportwagen auf dem Parkplatz des *Beachside Inn*, einem einstöckigen T-förmig angelegten Bau. Die Parkplätze waren in Reih und Glied nebeneinander aufgefädelt, jeder mit der Nummer des dazugehörigen Zimmers versehen. Alle Zimmer auf dieser Seite des Gebäudes waren dunkel.

Ich fuhr einmal um das Haus herum, bis ich wieder auf dem Cabana Boulevard war. Ich parkte auf der Straße, ein Stück von Eckerts Motel entfernt. Ich steckte meine kleine Taschenlampe ein und ging zu Fuß zurück, froh, daß ich meine Tennisschuhe mit den Gummisohlen anhatte. Der Parkplatz war erleuchtet, die Lichter so gerichtet, daß sie die Gäste in ihren Zimmern nicht störten. Mein Schatten folgte mir lang und dünn über den Platz. Eckert hatte die Plane über den offenen Wagen gezogen. Ich sah mich gründlich um, ließ meinen Blick über die dunklen Fenster und den trübe erleuchteten Parkplatz schweifen. Nirgends rührte sich etwas. Nicht einmal den zuckenden graublauen Schein eines eingeschalteten Fernsehers sah ich hinter den Fenstern.

Ich holte einmal tief Luft, dann begann ich, zuerst auf der Fahrerseite, die Plane zu öffnen. Ich schob meine Hand darunter und kramte in den Kartenfächern der Tür. Im Wagen herrschte tadellose Ordnung. Das bedeutete wahrscheinlich, daß er seine Benzinrechnungen und den anderen Papierkram nach einem bestimmten System aufbewahrte. Ich ertastete ein Spiralheft, eine Straßenkarte und ein dickeres Buch von kleinem Format, ein Notizbuch vielleicht. Ich zog alles ans Licht wie ein Netz voller Fische und hielt inne, um noch einmal meine Umgebung in Augenschein zu nehmen. Alles war so still wie zuvor. Ich ließ den dünnen Lichtstrahl der Taschenlampe über das Heft gleiten. Es war sein Fahrtenbuch.

Das dickere kleine Buch, das ich gefunden hatte, war sein Terminkalender mit Namen und Adressen, Zweck der jeweiligen Besprechung, Beruf und Titel der Teilnehmer. Private und geschäftliche Ausgaben waren säuberlich in getrennten Kolumnen aufgezeichnet. Ich mußte lächeln. Das bei einem Hochstapler, der monatelang im Gefängnis gesessen hatte! Vielleicht hatte die Haft bessernde Wirkung gehabt. Hinten in einer Tasche des Terminkalenders steckten seine Rechnung vom Best Western Hotel, zwei Benzinrechnungen, fünf Kreditkartenquittungen und – ha! – ein Strafzettel wegen zu schnellen Fahrens, den er am vergangenen Abend in der Nähe von Colgate kassiert hatte. Der Zeit nach, die der Polizeibeamte entgegenkommenderweise vermerkt hatte, hätte Carl Eckert mit Leichtigkeit rechtzeitig Perdido erreichen können, um auf Jaffe und mich zu schießen.

»Würden Sie mir vielleicht sagen, was, zum Teufel, Sie hier tun?«

Ich fuhr zusammen, Hefte und Papiere fielen mir aus den Händen, ich konnte mit Mühe einen Schrei unterdrücken. Es war Carl Eckert, auf Strümpfen, mit schlafwirrem Haar. Gott, wie ich solche Schleicher hasse! Ich bückte mich und begann, die Papiere aufzusammeln.

»Mein Gott! Sie könnten einen doch wenigstens warnen! Sie haben mich zu Tode erschreckt. Ich kann Ihnen sagen, was ich tue. Ich vernichte gerade Ihr Alibi für gestern abend.«

»Ich brauche kein Alibi für gestern abend. Ich habe nichts getan.«

»Dann muß es jemand anders gewesen sein. Hatte ich erwähnt, daß mein Wagen plötzlich den Geist aufgab, und Wendell und ich auf einer stockfinsteren Strandstraße standen?«

»Nein, das hatten Sie nicht erwähnt. Erzählen Sie«, sagte er vorsichtig.

»Erzählen Sie. Das ist gut. Als wäre Ihnen das alles ganz neu.

Jemand hat auf uns geschossen. Und kurz danach ist Wendell verschwunden.«

»Und Sie glauben, *ich* war das?«

»Ich halte es für möglich.«

Er schob die Hände in die Hosentaschen und sah zu den dunklen Fenstern. »Reden wir drinnen weiter«, sagte er und ging mir voraus.

Ich folgte ihm, wobei ich mich fragte, wohin das alles führen würde.

Drinnen knipste er die Nachttischlampe an und schenkte sich aus einer Flasche auf dem Schreibtisch einen Scotch ein. In stummer Frage hielt er die Flasche hoch. Ich schüttelte ablehnend den Kopf. Dann zündete er sich eine Zigarette an. Immerhin wußte er noch, daß er mir erst gar keine anzubieten brauchte. Er setzte sich auf die Bettkante, ich mich in den Polstersessel. Das Zimmer sah kaum anders aus als das, in dem ich Brian Jaffe gefunden hatte. Wie jeder Lügner, dem man auf die Schliche gekommen ist, dachte sich Eckert jetzt wahrscheinlich gerade ein neues Märchen aus. Ich wartete brav, wie ein Kind auf seine Gute-Nacht-Geschichte.

Er setzte seine treuherzige Miene auf und sagte: »Okay, ich will ehrlich mit Ihnen sein. Ich bin gestern abend tatsächlich von San Luis Obispo hergefahren, aber nicht nach Perdido. Als ich nach einem Tag, der mit Terminen vollgepackt gewesen war, in mein Hotel zurückkam, wartete dort eine Nachricht von Harris Brown auf mich. Ich habe ihn zurückgerufen.«

»Na, jetzt wird's aber wirklich spannend. Ich frage mich schon die ganze Zeit, was für eine Rolle Harris Brown spielt. Klären Sie mich auf. Ich bin ganz Ohr.«

»Harris Brown ist ein ehemaliger Polizeibe-«

»Das weiß ich alles. Er hat an Ihrem Fall mitgearbeitet, wurde dann aber abgezogen, weil er seine gesamten Ersparnisse durch CSL verloren hatte, blablabla. Was weiter? Wie hat er Jaffe in Viento Negro gefunden?«

Eckert lächelte dünn, als fände er mich amüsant. Das bin ich manchmal, aber ich bezweifle, daß ich es in dem Moment war. »Ein Bekannter hatte ihn angerufen. Ein Versicherungsmann.«

»Genau. Ist ja prima. Ich kenne den Mann. Ich war mir nicht sicher, aber ich hatte schon auf ihn getippt«, sagte ich. »Offensichtlich hat Harris Brown Jaffe gekannt. Aber hat Jaffe auch ihn gekannt?«

Eckert schüttelte den Kopf. »Das bezweifle ich. Ich habe damals Brown als Anleger angeworben. Kann sein, daß sie telefonisch miteinander zu tun haben, aber ich bin ziemlich sicher, sie sind sich nie begegnet. Warum?«

»Weil Brown im Zimmer neben ihm gewohnt hat und immer in der Bar herumhing. Jaffe schien ihn gar nicht zu bemerken, und das hat mich gewundert. Gut, also weiter. Brown hat Sie gestern abend angerufen, und Sie haben zurückgerufen. Und dann?«

»Ich sollte ihn eigentlich heute nachmittag auf der Heimfahrt von San Luis Obispo treffen, aber plötzlich hatte er es eilig und sagte, er müßte mich sofort sprechen. Da hab' ich mich eben in den Wagen gesetzt und bin zu ihm nach Colgate gefahren.«

Ich sah ihn scharf an, unsicher, ob ich ihm glauben sollte. »Wie lautet seine Adresse?«

»Warum fragen Sie?«

»Damit ich nachprüfen kann, was Sie mir erzählen.«

Achselzuckend schlug Eckert die Adresse in einem kleinen ledernen Adreßbuch nach. Ich schrieb sie mir auf. Wenn der Mann bluffte, war er gut. »Und warum die plötzliche Eile?« fragte ich.

»Das müssen Sie ihn selbst fragen. Er hatte irgendeinen Floh im Ohr und bestand darauf, daß ich sofort komme. Ich war ärgerlich, und die Zeit war knapp. Ich hatte früh um sieben am nächsten Morgen schon wieder einen Termin. Aber ich wollte mich nicht herumstreiten, also bin ich losgefahren. Und da hab' ich den Strafzettel wegen Überschreiten der Geschwindigkeitsbegrenzung bekommen.«

»Um welche Zeit waren Sie bei Brown?«

»Gegen neun. Ich habe mich nur eine Stunde dort aufgehalten. Ich denke, ich war spätestens um halb zwölf wieder in meinem Hotel in San Luis Obispo.«

»Sagen Sie bloß«, kommentierte ich. »Tatsächlich hätte jeder von Ihnen beiden bequem nach Perdido fahren und seine Schießkünste an mir und Jaffe ausprobieren können.«

»Kann schon sein. Aber ich habe es nicht getan. Für Brown kann ich nicht sprechen.«

»Sie haben also Jaffe gestern abend überhaupt nicht gesehen?«

»Das habe ich Ihnen doch schon gesagt.«

»Ja, und gelogen haben Sie auch wie gedruckt. Sie haben behauptet, Sie wären außerhalb gewesen, dabei waren Sie in Wirklichkeit in Colgate. Warum sollte ich Ihnen glauben, daß Sie Jaffe nicht gesehen haben?«

»Ich kann Ihnen nicht vorschreiben, was Sie glauben oder nicht glauben sollen.«

»Und was hatten Sie bei Brown zu tun?«

»Wir haben miteinander gesprochen, und dann bin ich zurückgefahren.«

»Das war alles? Sie haben nur miteinander gesprochen? Worüber? Warum konnten Sie das nicht auch am Telefon besprechen?«

Er sah einen Moment von mir weg. »Er wollte sein Geld wiederhaben, und ich habe es ihm gebracht.«

»Sein Geld.«

»Seine Pension, die er bei CSL investiert hatte.«

»Wieviel?«

»Hunderttausend.«

»Das verstehe ich nicht«, sagte ich. »Er hat das Geld vor fünf Jahren verloren. Wie kam er plötzlich auf die Idee, er könnte es gerade jetzt wiederbekommen?«

»Weil er herausgefunden hatte, daß Wendell lebte. Vielleicht hat er mit ihm gesprochen. Woher, zum Teufel, soll ich das wissen?«

»Und was soll er bei dem Gespräch erfahren haben? Daß noch Gelder da waren?«

277

Er drückte die eine Zigarette aus und zündete sich die nächste an. Aus zusammengekniffenen Augen starrte er mich mürrisch an. »Das geht Sie alles gar nichts an.«

»Ach, hören Sie schon auf. Ich bin keine Bedrohung für Sie. Ich bin von der California Fidelity beauftragt worden, Wendell Jaffe ausfindig zu machen, damit wir beweisen können, daß er lebt. Das einzige, was mich interessiert, ist die halbe Million, die wir an Lebensversicherung für ihn ausbezahlt haben. Wenn Sie irgendwo Geld auf die Seite gebracht haben, ist das nicht meine Angelegenheit.«

»Warum sollte ich Ihnen dann überhaupt Auskunft geben?«

»Damit ich verstehe, was vorgeht. Das ist das einzige, was mich interessiert. Sie hatten das Geld, das Harris Brown verlangte, deshalb sind Sie gestern abend zu ihm gefahren. Und was passierte dann?«

»Ich habe ihm das Geld gegeben und bin nach San Luis Obispo zurückgefahren.«

»Sie haben solche Beträge in bar herumliegen?«

»Ja.«

»Wieviel? Sie brauchen mir nicht zu antworten. Das ist reine Neugier von mir.«

»Ungefähr drei Millionen Dollar.«

Ich riß die Augen auf. »Bar?«

»Was soll ich sonst damit tun? Auf die Bank legen kann ich's nicht. Die würden den Staat informieren. Gegen uns liegt ein Urteil vor. Sobald jemand von dem Geld erfährt, werden die Gläubiger wie die Geier über uns herfallen. Und was sie nicht kriegen, nimmt das Finanzamt.«

Mir kam die Galle hoch. »Mit Recht würden sie sich darauf stürzen! Das ist das Geld, um das Sie sie betrogen haben.«

Der Blick mit dem er mich ansah, war der reine Zynismus. »Wollen Sie wissen, warum diese Leute in CSL investiert haben? Weil sie was umsonst haben wollten. Sie wollten den großen Reibach machen, und es ist schiefgegangen. Die meisten haben von Anfang an gewußt, daß es eine krumme Sache war, auch

Harris Brown. Er hoffte nur, er könnte kassieren, bevor der ganze Schwindel aufflog.«

»Ich sehe schon, wir sprechen nicht die gleiche Sprache. Lassen wir die Rechtfertigungen, und halten wir uns an die Fakten. Sie hatten drei Millionen in bar auf der *Lord?*«

»Den Ton können Sie sich sparen.«

»Entschuldigen Sie. Lassen Sie's mich noch mal versuchen.« Ich schaltete von moralisierend auf neutral. »Sie hatten drei Millionen in bar auf der *Lord?*«

»Ja. Wendell und ich waren die einzigen, die davon wußten. Und jetzt Sie.«

»Und wegen des Geldes ist er zurückgekommen?«

»Natürlich. Nach fünf Jahren des Herumreisens war er total pleite«, sagte Eckert. »Und jetzt ist er mit dem ganzen Geld abgehauen. Die Hälfte davon gehörte mir, das hat er genau gewußt.«

»Na so was! Man stelle sich das vor: Sie sind reingelegt worden.«

»Ich kann mir nicht vorstellen, daß er mir so was antun würde.«

»Na, so hat er's doch mit allen gemacht, ganz ohne Ansehen von Rang und Geburt«, versetzte ich. »Und seine Söhne, waren die auch ein Grund für seine Rückkehr? Oder ist es ihm einzig ums Geld gegangen?«

»Ich bin sicher, daß er sich um seine Söhne Sorgen gemacht hat«, sagte Eckert. »Er war ein sehr guter Vater.«

»Ein Vater wie jedes Kind ihn braucht«, sagte ich. »Ich werd's ihnen weitersagen. Das hilft ihnen vielleicht bei der Therapie. Und was haben Sie jetzt vor?« Ich stand auf.

Sein Lächeln war bitter. »Ich werde mich auf die Knie werfen und Gott anflehen, daß die Küstenwache ihn erwischt.«

An der Tür drehte ich mich noch einmal um. »Ach, übrigens – Jaffe sagte doch, er wolle sich der Polizei stellen. Glauben Sie, daß es ihm damit ernst war?«

»Das ist schwer zu sagen. Ich glaube, er hoffte, wieder mit

seiner Familie zusammenzukommen. Aber ich bin mir nicht sicher, ob da noch für ihn Platz ist.«

Um Viertel nach zwei kroch ich endlich völlig überdreht von all den Neuigkeiten in mein Bett. Was Eckert gesagt hatte, daß in Jaffes Familie kein Platz mehr für ihn sei, stimmte wahrscheinlich. So seltsam es war, irgendwie befanden sich Wendell Jaffe und ich in der gleichen Situation: Wir versuchten, uns vorzustellen, wie unser Leben verlaufen wäre, wenn wir es im Schoß einer Familie verbracht hätten, und blickten auf die vergangenen Jahre zurück und fragten uns, was wir versäumt hatten. Ich vermutete jedenfalls, daß ihm Gedanken dieser Art durch den Kopf gingen. Es gab natürlich offenkundige Unterschiede. Er hatte seine Familie freiwillig aufgegeben, während ich niemals von der Existenz der meinen gewußt hatte. Er wollte seine Familie wiederhaben, und ich war mir nicht sicher, ob ich meine überhaupt haben wollte. Ich verstand nicht, warum meine Tante nie mit mir über die Familie gesprochen hatte. Vielleicht hatte sie mir den Schmerz der Zurückweisung durch Grand ersparen wollen, aber in Wirklichkeit hatte sie die Konfrontation nur aufgeschoben. Und nun stand ich da, zehn Jahre nach ihrem Tod, und mußte allein sehen, wie ich fertig wurde. Na ja, mit solchem Zeug konnte sie nie gut umgehen.

Um sechs läutete mein Wecker, aber ich brachte es nicht über mich, aufzustehen und drei Meilen zu joggen. Ich zog mir die Decke über den Kopf und überließ mich noch einmal dem Schlaf. Um zwanzig nach neun weckte mich das Telefon.

Ich strich mir die Haare aus dem Gesicht, griff nach dem Hörer und sagte: »Ja?«

»Mac hier. Tut mir leid, wenn ich dich geweckt habe. Ich weiß, es ist Samstag, aber es ist was Wichtiges.«

Seine Stimme klang merkwürdig, und ich wurde sofort argwöhnisch. Ich setzte mich im Bett auf und zog die Decke hoch. »Das macht nichts. Ich war nur so lang unterwegs und wollte heute ausschlafen. Was ist denn passiert?«

»Heute morgen haben sie die *Lord* gefunden. Sechs Meilen vor der Küste«, sagte er. »Sieht aus, als sei Wendell Jaffe nach bewährtem Muster wieder mal in der Versenkung verschwunden. Gordon und ich sind hier im Büro. Er möchte, daß du sobald wie möglich auch kommst.«

24

Ich parkte auf dem Platz hinter dem Gebäude und ging die Hintertreppe hinauf in die erste Etage. Die meisten Firmen im Haus arbeiteten am Samstag nicht, so daß das ganze Gebäude seltsam unbewohnt wirkte. Ich hatte meinen Stenoblock mitgenommen, um Gordon Titus mit meinem Professionalismus zu beeindrukken. Der Block war leer bis auf einen einzigen Eintrag, »Jaffe suchen«. Waren wir also wieder da angelangt! Ich konnte es nicht glauben. Wir hatten ihn schon fast am Haken gehabt. Was mich bedrückte, war, daß ich ihn mit seinem Enkel gesehen hatte. Ich hatte ihn mit Michael zusammen gesehen, wie er versucht hatte, Abbitte zu leisten. Und wenn er ein noch so großes Charakterschwein war, ich konnte nicht glauben, daß das alles nur Theater gewesen war. Ich war bereit zu glauben, daß er seinen Entschluß, sich der Polizei zu stellen, umgestoßen hatte. Ich konnte mir vorstellen, daß er die *Lord* gestohlen hatte, um die Küste hinunterzusegeln und Brian vor dem Gefängnis zu bewahren. Aber ich konnte den Gedanken nicht akzeptieren, daß er seine Familie noch einmal verraten würde. So herzlos konnte nicht einmal Wendell Jaffe sein.

Offiziell waren die Büros der California Fidelity geschlossen, aber im Schloß hing ein großer Schlüsselbund, der durch das Glas sichtbar war. Darcys Schreibtisch war nicht besetzt, aber flüchtig sah ich in Macs Glaskasten, dem einzigen, in dem Licht brannte. Gordon Titus. Mac kam mit zwei Bechern Kaffee in den Händen vorbei. Ich klopfte an das Glas. Er stellte die Becher auf Darcys Schreibtisch ab und öffnete mir die Tür.

»Wir sind in meinem Büro.«

»Das habe ich schon gesehen. Ich hole mir nur rasch auch einen Kaffee, dann komme ich.«

Er nahm die Becher und ging ohne ein weiteres Wort. Er wirkte niedergeschlagen. Das hatte ich eigentlich nicht erwartet. Ich hatte eher mit einem Donnerwetter gerechnet. Er hatte den Fall als eine Gelegenheit gesehen, mit Ruhm und Ehre seine Karriere bei der California Fidelity abschließen zu können.

Die Schreibtische waren alle unbesetzt, die Telefone alle still. Gordon Titus saß an Macs Schreibtisch, makellos gekleidet, die Hände vor sich gefaltet, das Gesicht ausdruckslos. Ich habe Schwierigkeiten, jemandem zu trauen, der so unerschütterlich ist. Er erschien gelassen, aber ich war überzeugt, daß ihm in Wahrheit die meisten Dinge einfach gleichgültig waren. Ich schenkte mir Kaffee mit Magermilch ein, ehe ich mich in Macs Büro begab und dem eisigen Hauch von Gordon Titus' Persönlichkeit aussetzte.

Mac saß in einem der Besuchersessel und schien sich gar nicht bewußt zu sein, wie geschickt Titus ihn verdrängt hatte.

»Eines sage ich Ihnen«, sagte Mac gerade, »und Kinsey kann das getrost an Mrs. Jaffe weitergeben. Ich lasse dieses Geld sperren, bis Wendell Jaffe an Altersschwäche stirbt. Wenn sie auch nur einen Cent davon sehen will, muß sie mir schon seine Leiche ins Büro bringen.«

»Guten Morgen«, sagte ich und setzte mich in den anderen Besuchersessel neben Mac. Der schüttelte den Kopf und warf mir einen finsteren Blick zu. »Dieser Mistkerl hat es wieder geschafft.«

»Scheint so. Was ist passiert?« fragte ich.

»Erzählen Sie's ihr«, sagte Mac.

Titus zog ein Rechnungsbuch zu sich heran. Er schlug es auf und blätterte es auf der Suche nach einer freien Seite durch. »Was schulden wir Ihnen bis heute?«

»Zweitausendfünfhundert. Das sind zehn Tage pauschal. Sie können froh sein, daß ich kein Kilometergeld berechnet habe. Ich gondle jeden Tag zwei-, dreimal nach Perdido und zurück, das summiert sich.«

»Zweitausendfünfhundert Dollar, und wofür?« fragte Mac. »Wir sind genau wieder da, wo wir angefangen haben. Wir wissen gar nichts.«

Titus folgte mit dem Finger einer Kolumne abwärts und trug mit Bleistift eine Zahl ein, ehe er sich einem anderen Teil des Buchs zuwandte. »Meiner Ansicht nach ist das Ganze nicht so schlimm, wie es aussieht. Wir haben genug Zeugen, die bestätigen können, daß Jaffe noch in dieser Woche gesund und munter war. Von dem Geld, das Mrs. Jaffe bereits ausgegeben hat, werden wir nie einen Penny zu sehen bekommen – das können wir also abschreiben –, aber wir können uns mit dem Rest zufriedengeben und den Verlust vergessen.« Er sah auf. »Das dürfte das Ende der Affäre sein. Sie wird kaum noch einmal fünf Jahre warten und dann von neuem Forderungen stellen.«

»Wo wurde das Boot gefunden?«

Er begann zu schreiben und sagte, ohne aufzusehen: »Ein Tanker hatte es gestern spätabends plötzlich auf dem Radarschirm. Mitten in einer Fahrrinne. Der Mann, der Wache hatte, gab Warnsignale, aber es reagierte niemand. Daraufhin benachrichtigte der Tanker die Küstenwache, die dann beim ersten Licht ein Boot rausgeschickt hat.«

»Die *Lord* war noch in der Gegend? Das ist interessant.«

»Jaffe scheint bis Winterset gesegelt zu sein und dann auf die Inseln Kurs genommen zu haben. Er ließ die Segel oben. Es war keine schwere See, aber dem normalen Nordwesten liefen anscheinend die Hurricanausläufer entgegen. Die *Lord* hat wahrscheinlich eine Geschwindigkeit von sieben Knoten und hätte mit dem richtigen Wind viel weiter kommen müssen. Als sie das Boot fanden, hatte es keine Fahrt mehr, sondern trieb nur noch. Der Klüver war so gesetzt, daß er den Wind von achtern kriegte und der Bug mit dem Wind lief, während Großsegel und Besan dagegen arbeiteten. Das Boot muß praktisch bis zu seiner Entdeckung gestanden haben.«

»Ich wußte gar nicht, daß Sie segeln.«

»Früher mal. Jetzt nicht mehr.« Ein flüchtiges Lächeln, mehr als ich je von ihm bekommen hatte.

»Und jetzt?«

»Jetzt schleppen sie es in den nächsten Hafen.«

»Und wo ist der? In Perdido?«

»Wahrscheinlich. Ich weiß nicht, wie das mit der Zuständigkeit ist. Dann wird die Polizei versuchen, Spuren zu sichern. Ich glaube nicht, daß man viel finden wird, und meiner Meinung nach kann uns das jetzt auch gleichgültig sein.«

Ich sah Mac an. »Von Jaffe hat man keine Spur gefunden?«

»Alle seine persönlichen Sachen waren an Bord, darunter auch viertausend Dollar in bar und ein mexikanischer Paß, was allerdings gar nichts beweist. Er kann ein Dutzend Reisepässe haben.«

»Wir sollen also glauben, daß er tot ist, hm?«

Mac machte eine gereizte Handbewegung, zeigte erste Zeichen seiner gewohnten Ungeduld. »Der Mann ist verschwunden. Ein Abschiedsbrief wurde nicht gefunden, aber sonst ist alles genauso wie beim erstenmal.«

»Aber Mac, wie kannst du so sicher sein? Vielleicht ist es eine Täuschung. Um unsere Aufmerksamkeit abzulenken.«

»Wovon?«

»Von dem, was wirklich läuft.«

»Und das wäre?«

»Keine Ahnung«, antwortete ich. »Ich sage nur, was mir in den Sinn kommt. Als er diese Nummer das letzte Mal abzog, hat er die *Lord* vor der Küste von Baja verlassen und ist im Dinghy losgeschippert. Renata Huff hat ihn aufgelesen, und die beiden sind dann mit der *Fugitive* davongesegelt. Diesmal saß sie eine Stunde nach seinem Verschwinden bei mir im Büro. Das war gestern mittag.«

Mac wollte davon nichts wissen. »Sie war von dem Moment an, als sie aus deinem Büro kam, unter Beobachtung. Lieutenant

284

Whiteside hielt es für geraten, sie im Auge zu behalten. Sie ist nach Hause gefahren. Das war alles. Und sie hat seitdem keine größeren Ausflüge unternommen.«

»Eben. Als er das letzte Mal getürmt ist, hatte er Hilfe. Wen hat er diesmal, wenn wir mal annehmen, daß er genau das wieder getan hat? Carl Eckert und Dana Jaffe würden ihm bestimmt nicht helfen, und wen gibt es sonst noch? Hm, jetzt, da ich darüber nachdenke, fällt mir ein, daß sein Sohn Brian gestern nachmittag noch auf freiem Fuß war. Und natürlich ist immer noch Michael da. Kann ja auch sein, daß Jaffe noch andere Freunde hat. Und es ist auch möglich, daß er die Sache diesmal allein durchgezogen hat, aber irgendwie habe ich das Gefühl, daß da was nicht stimmt.«

»Kinsey glaubt, daß er wirklich tot ist«, sagte Gordon zu Mac und verzog belustigt den Mund.

»Genau das sollen wir ja glauben«, versetzte Mac. »So hat er es das letzte Mal auch gemacht, und wir sind prompt darauf reingefallen. Wahrscheinlich sitzt er in diesem Moment kreuzfidel auf einem Boot und segelt zu den Fidschiinseln.«

Gordon klappte das Rechnungsbuch zu und schob mir den Scheck zu, den er ausgeschrieben hatte.

»Augenblick, Mac. Am Donnerstagabend hat jemand auf uns geschossen. Jaffe ist zwar gesund nach Hause gekommen, aber vielleicht haben sie ihn sich am folgenden Tag geschnappt. Vielleicht haben sie ihn umgebracht.« Ich nahm den Scheck und warf einen kurzen Blick darauf. Er lautete über zweitausendfünfhundert Dollar und war auf mich ausgestellt. »Oh, vielen Dank. Sehr nett. Im allgemeinen stelle ich meine Rechnungen erst am Ende des Monats.«

»Das ist die Abschlußzahlung«, erwiderte er und faltete wieder die Hände auf dem Schreibtisch. »Ich muß zugeben, ich war nicht dafür, Sie zu engagieren, aber Sie haben gute Arbeit geleistet. Ich denke nicht, daß Mrs. Jaffe uns in Zukunft noch Schwierigkeiten machen wird. Sobald Sie Ihren Bericht eingereicht haben, übergeben wir die ganze Angelegenheit unserem Anwalt, und der kann

285

sich dann um die rechtliche Absicherung kümmern. Wir werden wahrscheinlich nicht einmal gerichtlich vorgehen müssen. Sie kann die Gelder, die noch da sind, zurückgeben, und damit ist die Sache erledigt. Im übrigen sehe ich keinen Grund, warum wir nicht auch in Zukunft zusammenarbeiten können, natürlich immer von Fall zu Fall.«

Ich starrte ihn fassungslos an. »Wir können das doch nicht einfach so abschließen. Wir haben keine Ahnung, was mit Jaffe los ist.«

»Es ist völlig unerheblich, was mit Jaffe los ist. Wir haben Sie beauftragt, ihn ausfindig zu machen, und das haben Sie getan – sehr geschickt, darf ich sagen. Für uns kam es nur darauf an, nachzuweisen, daß er lebt, und das haben wir hiermit getan.«

»Aber wenn er nun tot ist?« fragte ich. »Dann hätte seine Frau doch Anspruch auf das Geld.«

»Ja, aber sie müßte erst den Beweis erbringen. Und was hat sie in der Hand? Nichts.«

Völlig unzufrieden und verwirrt sah ich Mac an. Der wich meinem Blick aus. Er fühlte sich offensichtlich gar nicht wohl in seiner Haut und hoffte wahrscheinlich, ich würde jetzt keinen Wirbel machen. Ich erinnerte mich an seine Beschwerden über die California Fidelity an jenem Tag, als er in mein Büro gekommen war.

»Findest du das in Ordnung? Ich finde es ausgesprochen seltsam. Wenn sich herausstellen sollte, daß Jaffe etwas zugestoßen ist, dann hätte sie Anspruch auf die Lebensversicherung. Dann brauchte sie keinen Penny zurückzugeben.«

»Hm, ja, aber sie müßte einen neuen Antrag stellen«, sagte Mac.

»Ja, aber arbeiten wir denn nicht zusammen, um dafür zu sorgen, daß Forderungen auf faire Weise erledigt werden?« Ich sah von einem zum anderen.

Gordons Gesicht war ausdruckslos. Das war seine Art, seine Abneigung zu kaschieren, nicht nur gegen mich, sondern gegen die Menschen im allgemeinen. In Macs Ausdruck sah ich Schuldbewußtsein. Niemals würde er Gordon Paroli bieten. Niemals würde er sich beschweren. Niemals würde er Stellung beziehen.

»Interessiert sich denn niemand für die Wahrheit?« fragte ich.

Gordon stand auf und schlüpfte in sein Jackett. »Ich überlasse das Ihnen«, sagte er zu Mac. Und zu mir: »Wir wissen Ihre Gewissenhaftigkeit zu schätzen, Kinsey. Wenn wir einmal jemanden brauchen sollten, um unserer Gesellschaft eine Haftung in Höhe von einer halben Million Dollar nachzuweisen, werden wir uns vertrauensvoll an Sie wenden. Ich danke Ihnen, daß Sie gekommen sind. Wir erwarten Ihren Bericht am Montagmorgen.«

Nachdem er gegangen war, blieben Mac und ich noch einen Moment schweigend sitzen, ohne uns anzusehen. Dann stand ich auf und ging.

Ich setzte mich in meinen Wagen und fuhr nach Perdido. Ich mußte wissen, was gespielt wurde. Niemals würde ich die Sache in dieser Phase einfach auf sich beruhen lassen. Vielleicht hatten sie recht. Vielleicht war er getürmt, auch die Sorge um seine Frau, seine Söhne, sein Enkelkind war nichts als Getue gewesen. Er war kein Fels in der Brandung. Er hatte weder Skrupel noch Moralgefühl, aber ich konnte mich jetzt nicht einfach achselzuckend abwenden. Ich mußte wissen, wo er war, und erfahren, was aus ihm geworden war. Er war ein Mann, der weit mehr Feinde als Freunde hatte, und das verhieß nichts Gutes – es erschien mir bedrohlich und beunruhigend. Konnte es nicht sein, daß jemand ihn getötet hatte und daß die Flucht nur vorgetäuscht war? Ich hatte meinen Scheck und einen freundlichen Händedruck bereits erhalten. Meine Zeit gehörte mir, ich konnte tun, was mir beliebte. Und ich wollte Antworten auf meine Fragen.

Perdido hat etwa zweiundneunzigtausend Einwohner. Zum Glück hatte ein kleiner Prozentsatz der Einwohnerschaft Dana Jaffe postwendend angerufen, als bekannt wurde, daß man die *Lord* gefunden hatte. Jeder nimmt gern am Unglück anderer Anteil. Mit atemloser Neugier, in die sich Grauen und Dankbarkeit mischen, erleben wir die Katastrophe aus sicherem Abstand mit. Ich dachte mir, daß Danas Telefon bis zu meiner Ankunft bestimmt mehr als eine Stunde ununterbrochen geläutet hatte, und war froh darüber. Denn ich wollte nicht diejenige sein, die sie vom neuerlichen Verschwinden ihres Mannes unterrichtete. Von seinem Tod zu erfahren hätte sie höchlichst erfreut, aber ich hielt es für unfair, meinen Verdacht mitzuteilen, solange ich keine Beweise hatte. Was würde ihr so eine Nachricht ohne Wendell Jaffes Leiche schon nützen? Es sei denn, sie hatte ihn selbst getötet, und dann wußte sie sowieso schon mehr als ich.

Michaels gelber VW stand in der Einfahrt. Ich klopfte an die Tür, und Juliet ließ mich ein. Brendan lag tief schlafend an ihrer Schulter.

»Sie sind in der Küche. Ich muß ihn hinlegen«, sagte sie leise.

»Danke, Juliet.«

Sie ging durch das Zimmer zur Treppe, wahrscheinlich war sie froh, sich entziehen zu können. Eine Frau hinterließ gerade in ihrem salbungsvollsten Ton eine Nachricht auf dem Anrufbeantworter. »Also dann, Dana. Das wollte ich dir nur sagen. Wenn wir etwas tun können, dann ruf uns an, ja! Wir sprechen uns. Bis bald. Tschüß.«

Dana saß bleich und schön am Küchentisch. Ihr silberblondes Haar glänzte wie Seide im Licht. Sie trug eine hellblaue Jeans und ein langärmeliges Seidenhemd in einem Stahlblau, das mit ihrer Augenfarbe übereinstimmte. Sie drückte eine Zigarette aus und sah ohne ein Wort zu mir auf. Der Rauchgeruch hing in der Luft und mischte sich mit einem schwachen Hauch des Schwefelgeruchs der Streichhölzer. Michael war dabei, ihr eine Tasse Kaffee einzuschenken. Während Dana wie abgestorben wirkte, schien Michael tiefe Schmerzen zu leiden.

Ich war in letzter Zeit ein so häufiger Gast gewesen, daß niemand gegen mein ungebetenes Erscheinen protestierte. Er goß sich eine Tasse Kaffee ein, machte den Schrank auf und nahm noch eine Tasse für mich heraus. Ein Karton Milch und die Zuckerdose standen auf dem Küchentisch. Ich dankte ihm und setzte mich.

»Etwas Neues?«

Dana schüttelte den Kopf. »Ich kann nicht glauben, daß er das getan hat.«

Michael lehnte sich an die Anrichte. »Wir wissen nicht, wo er ist, Mom.«

»Genau das macht mich wahnsinnig. Erst kommt er und bringt uns alle durcheinander, und dann verschwindet er spurlos.«

»Haben Sie mit ihm gesprochen?« fragte ich.

Stille. Sie senkte den Blick. »Ja, er war mal kurz hier«, antwortete sie in einem Ton, als müßte sie sich verteidigen. Sie nahm sich eine Zigarette und zündete sie an. Sie würde früh alt aussehen, wenn sie damit nicht aufhörte.

»Wann?«

Sie runzelte die Stirn. »Ich weiß nicht – nicht gestern abend. Am Abend davor. Donnerstag, denke ich. Danach ist er zu Michael gefahren, um sich das Kind anzusehen.«

»Haben Sie lange mit ihm gesprochen?«

»Lang würde ich das nicht nennen. Er sagte, es täte ihm leid. Er hätte einen schrecklichen Fehler gemacht. Er sagte, er würde alles geben, um diese fünf Jahre ungeschehen machen zu können. Es war alles Gerede, aber es klang gut, und wahrscheinlich hab' ich es gebraucht. Ich war natürlich wütend. Ich sagte: ›Wendell, so geht das nicht. Du kannst jetzt nicht einfach das Rad zurückdrehen, nach allem, was du uns angetan hast. Was kümmert es mich, daß es dir leid tut? Uns allen tut es leid. So ein Blödsinn.‹«

»Glauben Sie, er war aufrichtig?«

»Er war immer aufrichtig. Er konnte nicht eine Minute bei dem bleiben, was er sagte, aber er war immer aufrichtig.«

»Danach haben Sie nicht wieder mit ihm gesprochen?«

»Einmal hat gereicht, das können Sie mir glauben. Damit hätte eigentlich alles erledigt sein müssen, aber ich bin immer noch wütend«, sagte sie.

»Es gab also keine Versöhnung.«

»Kein Drandenken. ›Tut mir leid‹, kann jeder sagen. Das kommt bei mir nicht an.« Sie sah mich an. »Und jetzt? Ich nehme an, die Versicherungsgesellschaft will ihr Geld zurückhaben.«

»Das, was Sie schon ausgegeben haben, werden sie nicht zurückfordern, aber sie können Ihnen nun wirklich nicht eine halbe Million Dollar lassen. Es sei denn, Ihr Mann ist tot.«

Sie erstarrte. »Wie kommen Sie darauf?«

»Früher oder später erwischt es jeden.« Ich schob meine Kaffeetasse weg und stand auf. »Rufen Sie mich an, wenn Sie von ihm hören sollten. Sein Verbleib interessiert einige Leute. Zumindest eine Person.«

Michael brachte mich zur Tür. Schmal und grüblerisch.

»Alles in Ordnung?« fragte ich.

»Kann man nicht gerade sagen. Wie würden Sie sich fühlen?«

»Ich glaube nicht, daß das schon das Ende ist. Ihr Vater hatte für das, was er getan hat, seine eigenen Gründe. Es ging nicht um Sie. Es ging um ihn selbst«, sagte ich. »Sie sollten es nicht persönlich nehmen.«

Michael schüttelte heftig den Kopf. »Ich will ihn nie wiedersehen. Niemals!«

»Ich kann Sie verstehen. Und ich versuche auch gar nicht, den Mann in Schutz zu nehmen, aber er ist nicht nur schlecht. Man muß sich das nehmen, was man kriegt. Eines Tages werden Sie vielleicht das Gute wieder zulassen. Sie kennen ja gar nicht die ganze Geschichte. Sie kennen nur diese eine Version. Es spielt viel mehr mit – Ereignisse, Träume, Konflikte, Gespräche –, an dem Sie nie Anteil hatten. Und dem entspringt sein Handeln«, sagte ich. »Sie müssen die Tatsache akzeptieren, daß da etwas Größeres gewirkt hat und Sie vielleicht nie erfahren werden, was es war.«

»Soll ich Ihnen mal was sagen? Es ist mir egal. Wirklich, es ist mir egal.«

»Vielleicht. Aber Brendan wird es vielleicht eines Tages nicht egal sein. Solche Dinge haben eine Art, von einer Generation auf die nächste zu wirken. Niemand kann mit Verlassenwerden gut umgehen.«

»Hm.«

»In solcher Situation wie dieser hier geht mir immer eine Phrase durch den Kopf: ›Das weite unordentliche Meer der Wahrheit.‹«

»Und was soll das heißen?«

»Die Wahrheit ist nicht immer angenehm. Sie ist nicht immer so klein, daß man sie auf einmal aufnehmen kann. Manchmal überflutet einen die Wahrheit und droht einen mit sich hinunterzuziehen. Ich habe viel Häßliches in dieser Welt gesehen.«

»Kann schon sein. Ich nicht. Das hier ist das erste Mal, und es gefällt mir nicht besonders.«

»Ich verstehe Sie«, sagte ich. »Denken Sie an Ihren Sohn. Er ist wirklich entzückend.«

»Er ist das einzig Gute, was dabei herausgekommen ist.«

Ich mußte lächeln. »Sie sind doch auch noch da.«

Sein Blick war verschlossen und sein Lächeln unergründlich, aber ich glaube nicht, daß meine Bemerkung an ihm vorbeiging.

Von Dana fuhr ich zu Renata. Welcher Art Wendell Jaffes charakterliche Mängel auch sein mochten, er hatte es fertiggebracht, mit zwei Frauen von Format eine Beziehung aufzunehmen. Sie hätten kaum unterschiedlicher sein können – Dana mit ihrer kühlen Eleganz, Renata dunkel und exotisch. Ich parkte vor dem Haus und ging den Weg hinauf. Wenn die Polizei die Frau noch überwachte, geschah das sehr unauffällig. Keine Lieferwagen, keine Kleinbusse, keine sich bewegenden Vorhänge in den Häusern gegenüber. Ich läutete und wartete. Als sich nichts rührte, spähte ich durch das Glas neben der Wohnungstür. Dann läutete ich noch einmal.

Endlich kam Renata aus dem hinteren Teil des Hauses. Sie hatte einen weißen Baumwollrock an und ein königsblaues T-Shirt, dazu weiße Sandalen, die den tiefen Oliveton ihrer Beine zur Geltung brachten. Sie zog die Tür auf und blieb einen Moment stehen, die Wange an das Holz gedrückt. »Hallo. Ich habe im Radio gehört, daß das Boot gefunden worden ist. Er ist doch nicht wirklich weg, oder?«

»Ich weiß es nicht, Renata. Kann ich hereinkommen?«

Sie hielt mir die Tür auf. »Bitte.«

Wir gingen ins Wohnzimmer, das nach hinten hinaus lag. Fenstertüren öffneten sich zu einer kleinen Terrasse. Dahinter fiel das Grundstück sanft zum Wasser ab. Ich konnte die *Fugitive* sehen, die an ihrem Steg vertäut war.

»Möchten Sie auch eine Bloody Mary? Ich wollte mir gerade eine machen.« Sie ging zur Bar und öffnete den Deckel eines Eiskübels. Mit einer silbernen Zange nahm sie Eiswürfel heraus und ließ sie klirrend in ihr Glas fallen. Ich wäre immer gern die Art von Frau gewesen, die das tat.

»Danke. Es ist noch ein bißchen früh für mich.«

Sie drückte eine Limette über dem Eis aus und gab Wodka dazu. Aus dem Minikühlschrank nahm sie einen Krug mit Bloody-Mary-Mix und goß das Zeug über den Wodka. Ihre Bewegungen wirkten apathisch. Sie sah schlecht aus. Sie war kaum geschminkt, und man konnte sehen, daß sie geweint hatte. Sie sah mich mit einem gequälten Lächeln an.

»Und was verschafft mir die Ehre?«

»Ich war bei Dana. Und da ich schon mal in Perdido war, dachte ich mir, ich könnte Sie fragen, ob ich vielleicht Wendells Sachen durchsehen darf. Ich denke dauernd, er hat vielleicht was vergessen. Es könnte ja sein, daß er etwas dagelassen hat, was uns weiterhilft.«

»Es gibt keine ›Sachen‹, aber Sie können sich gern umsehen, wenn Sie möchten. Hat die Polizei das Boot schon durchsucht?«

»Ich weiß nur das, was ich heute morgen bei der Versicherungsgesellschaft gehört habe. Man hat das Boot gefunden, aber von Wendell offenbar keine Spur. Wie es mit dem Geld steht, weiß ich noch nicht.«

Mit ihrem Drink setzte sie sich in einen tiefen Sessel und forderte mich mit einer Handbewegung auf, ebenfalls Platz zu nehmen. »Was für Geld?«

»Hat Wendell Ihnen davon nichts gesagt? Carl Eckert hatte irgendwo auf dem Boot drei Millionen Dollar versteckt.«

Es dauerte fünf Sekunden, ehe das ankam. Dann warf sie den Kopf zurück und lachte. Es klang nicht gerade glücklich, aber es war besser als Schluchzen. Dann faßte sie sich. »Das kann doch nur ein Witz sein«, sagte sie.

Ich schüttelte den Kopf.

Noch einmal lachte sie kurz auf, dann wurde sie ernst. »Aber das ist ja unglaublich. Soviel Geld soll auf der *Lord* gewesen sein? Aber jetzt begreife ich endlich, warum er wie besessen von dem Boot war. Er hat eigentlich kaum von etwas anderem gesprochen als von der *Lord*.«

»Ich verstehe nicht.«

Sie rührte ihren Drink mit einem Stäbchen um, das sie dann übermäßig gründlich ableckte. »Na ja, er hat seine Kinder natürlich geliebt, aber das hat ihn vorher nicht daran gehindert, sein eigenes Leben zu führen. Er war knapp bei Kasse, aber was mich angeht, war das nie ein Problem. Ich habe weiß Gott genug Geld für uns beide. Vor ungefähr vier Monaten fing er an davon zu reden, daß er zurück wollte. Er sagte, er wolle an Dana wiedergutmachen, was er ihr angetan hatte. Jetzt glaube ich, in Wirklichkeit wollte er dieses Geld an sich bringen. Soll ich Ihnen mal was sagen? Ich glaube, er hat's geschafft. Kein Wunder, daß er so verdammt geheimniskrämerisch war. Drei Millionen Dollar. Ich bin wirklich erstaunt, daß ich das nicht geahnt habe.«

»Sie wirken aber gar nicht erstaunt«, entgegnete ich. »Sie wirken deprimiert.«

»Das bin ich wahrscheinlich auch.« Sie trank einen großen Schluck. Ich hatte das Gefühl, sie hatte schon vor meinem Erscheinen zu trinken angefangen. Die Tränen traten ihr in die Augen. Sie schüttelte den Kopf.

»Was ist?« fragte ich.

Sie lehnte sich mit geschlossenen Augen zurück. »Ich möchte an ihn glauben. Ich möchte glauben, daß ihm außer Geld noch etwas anderes wichtig ist. Denn wenn er wirklich so ein Mensch ist, was sagt das dann über mich aus?« Sie öffnete die dunklen Augen.

»Ich weiß nicht, ob das, was Wendell Jaffe tut, überhaupt etwas mit anderen zu tun hat«, bemerkte ich. »Das gleiche habe ich Michael gesagt. Nehmen Sie es nicht persönlich.«

»Hat die Versicherungsgesellschaft vor, ihn zu verfolgen?«

»Für die California Fidelity steht im Augenblick nichts auf dem Spiel. Ich meine, abgesehen vom Offensichtlichen. Dana ist diejenige, die die Versicherungssumme kassiert hat, und mit ihr wird man sich selbstverständlich auseinandersetzen. Aber abgesehen davon ist der Fall für die Versicherung erledigt.«

»Und die Polizei?«

»Die wird ihn vielleicht suchen – ich muß ehrlich sagen, ich hoffe es. Aber ich weiß nicht, was sie an Zeit und Arbeitskraft zu investieren bereit sind. Auch wenn es um Betrug und schweren Diebstahl geht, erst muß man den Mann fassen. Dann muß man ihm die Vergehen nachweisen. Nach all den Jahren? Da muß man sich schon fragen, was eigentlich der Zweck der Übung ist.«

»Sagen Sie's mir. Was *ist* der Zweck der Übung? Ich dachte, Sie arbeiten für die Versicherungsgesellschaft.«

»Ich *habe* für sie gearbeitet. Jetzt nicht mehr. Sagen wir so: Ich habe ein persönliches Interesse. In den vergangenen zehn Tagen hat sich mein Leben nur um diese Affäre gedreht. Ich will einen Abschluß. Ich muß wissen, was geschieht.«

»Ach, du lieber Gott, eine Fanatikerin. Das hat gerade noch gefehlt.« Sie schloß wieder die Augen und drückte das eisgekühlte Glas an ihre Schläfe, als wollte sie ein Fieber lindern. »Ich bin müde«, sagte sie. »Ich würde am liebsten ein ganzes Jahr lang schlafen.«

»Haben Sie etwas dagegen, wenn ich mich umsehe?«

»Nein. Schauen Sie nur. Er hat das Haus ausgeräumt, aber ich selbst habe noch gar nicht nachgesehen, was fehlt und was nicht. Sie müssen verzeihen, daß ich emotional nicht ganz auf dem Damm bin. Ich habe Schwierigkeiten zu begreifen, daß er mich nach fünf Jahren verlassen hat.«

»Ich bin nicht überzeugt, daß es so ist, aber sehen Sie es doch so: Wenn er es Dana angetan hat, warum dann nicht auch Ihnen?«

Sie lächelte mit geschlossenen Augen. Es wirkte seltsam. Ich war nicht sicher, daß sie mich gehört hatte. Vielleicht war sie schon eingeschlafen. Ich nahm ihr das Glas aus der Hand und stellte es leise klirrend auf den Glastisch.

In den folgenden fünfundvierzig Minuten durchsuchte ich jede Ecke und jeden Winkel im Haus. Man weiß schließlich nie, was man finden kann: persönliche Papiere, Aufzeichnungen, Korrespondenz, Telefonnummern, ein Tagebuch, ein Adreßbuch. Alles konnte weiterhelfen. Aber sie hatte die Wahrheit gesagt. Er hatte das Haus ausgeräumt. Ich konnte nur mit den Achseln zucken. Es hätte ja sein können, daß ich auf ein phantastisches Geheimnis gestoßen wäre.

Ich ging die Treppe hinunter und schlich leise durch das Wohnzimmer. Renata öffnete die Augen, als ich am Sofa vorbeikam.

»Haben Sie was gefunden?« Alkohol und Schlaftrunkenheit verzerrten ihre Worte.

»Nein. Aber es war einen Versuch wert. Kommen Sie zurecht?«

»Sie meinen, wenn ich mich erst von der Demütigung erholt habe? Aber ja, ich komme zurecht.«

Ich machte eine kleine Pause. »Ist Wendell eigentlich je von einem Mann namens Harris Brown angerufen worden?«

»O ja. Harris Brown hinterließ eine Nachricht, und Wendell rief ihn zurück. Sie haben sich am Telefon gestritten.«

»Wann war das?«

»Ich weiß nicht mehr. Vielleicht gestern.«

»Worüber haben sie gestritten?«

»Das hat Wendell mir nicht gesagt. Er scheint mir vieles nicht gesagt zu haben. Wenn Sie ihn finden, dann sagen Sie es mir nicht. Ich denke, ich lasse morgen die Schlösser auswechseln.«

»Morgen ist Sonntag. Das wird teuer.«

»Dann eben heute. Heute nachmittag. Sobald ich aufstehe.«

»Rufen Sie mich an, wenn Sie etwas brauchen.«

»Ein bißchen Gelächter brauche ich«, sagte sie.

25

Harris Brown wohnte in einer kleinen Siedlung in Colgate, ein Sträßchen schäbiger kleiner Häuser auf dem Steilufer über dem Pazifik. Acht Häuser insgesamt zählte ich. In einer schmalen, von Eukalyptus beschatteten Schotterstraße. Holzverschalung, spitze Giebeldächer mit Dachgauben und vorn Veranden, dahinter Fliegengitter. Es waren wahrscheinlich die Leutehäuser eines einst großen Besitzes gewesen, von dessen Glanz heute nichts mehr übrig war. Im Gegensatz zu den Nachbarhäusern, die pinkfarben und grün gestrichen waren, war Harris Browns Haus – nun ja, eben braun. Es war schwer zu sagen, ob das Anwesen von Anfang an heruntergekommen war oder ob der allgemein verwahrloste Zustand eine Folge seines Alleinlebens als Witwer war. Sexistisch wie ich bin, konnte ich mir nicht vorstellen, daß es so ausgesehen hätte, wenn eine Frau hier gelebt hätte. Ich stieg die wenigen Stufen zur Veranda hinauf.

Die Haustür stand offen. Die Fliegengittertür schien verriegelt zu sein. Ich hätte sie mit einem Taschenmesser öffnen können, aber ich klopfte lieber. Aus einem Radio in der Küche schmetterte klassische Musik. Ich konnte ein Stück der Arbeitsplatte sehen und braun-weiß-karierte kurze Gardinen über dem Spülbecken. Ich roch gebratenes Hühnchen und hörte das Zischen und Brutzeln des Bratfetts. Mir lief das Wasser im Mund zusammen.

»Mr. Brown?« rief ich.

»Ja, hallo?« rief er zurück. Er erschien an der Küchentür. Er hatte ein Handtuch um den Bauch gebunden und eine Vorlegegabel in der Hand. »Oh! Augenblick!«

Er verschwand, stellte wahrscheinlich die Flamme unter dem Hühnchen kleiner. Wenn er mir nur einen Happen anbieten würde, dann konnte er meinetwegen angestellt haben, was er wollte. Erst das Essen, dann die Gerechtigkeit.

Er legte offenbar einen Deckel auf die Pfanne, denn das Zischen war plötzlich nur noch gedämpft zu vernehmen. Dann wurde auch das Radio leiser, und gleich darauf kam er, sich die Hände an einem Handtuch wischend, zur Tür. Ich hatte das Licht hinter mir. Er würde also ziemlich nah herankommen müssen, um mich klar zu sehen.

Er spähte durch das Fliegengitter. »Was kann ich für Sie tun?«

»Guten Tag. Erinnern Sie sich an mich?« fragte ich. Ich dachte, daß er zu lange Polizeibeamter gewesen war, um ein Gesicht zu vergessen, wenn er sich in meinem Fall wahrscheinlich auch nicht mehr erinnern konnte, woher er mich kannte. Die Tatsache, daß wir uns erst kürzlich am Telefon unterhalten hatten, würde zusätzlich Verwirrung stiften. Wenn meine Stimme ihm bekannt vorkam, so würde er sie dennoch sicher nicht mit der Frau auf dem Hotelbalkon in Viento Negro in Verbindung bringen.

»Vielleicht können Sie mein Gedächtnis auffrischen.«

»Kinsey Millhone«, sagte ich. »Wir waren neulich zum Mittagessen verabredet.«

»Richtig, richtig! Entschuldigen Sie. Kommen Sie rein.« Er öffnete die Fliegengittertür und hielt sie mir auf. Mit scharfem Blick musterte er mich. »Wir kennen uns doch? Irgendwoher kenne ich Ihr Gesicht.«

Ich lachte verlegen. »Aus Viento Negro. Auf dem Hotelbalkon. Ich sagte damals, Ihre Kumpel hätten mich raufgeschickt, aber das war geschwindelt. In Wirklichkeit war ich Wendell Jaffe auf den Fersen – genau wie Sie.«

»Du lieber Gott!« sagte er. Er trat von der Tür weg. »Ich hab' ein Hühnchen in der Pfanne. Am besten kommen Sie mit in die Küche.«

Ich machte die Fliegengittertür hinter mir zu und sah mich mit einem schnellen Blick in dem Zimmer um, das ich durchquerte. Abgetretenes Linoleum, massige Polstersessel aus den dreißiger Jahren, Regale, in denen kunterbunt Bücher gestapelt waren. Nicht nur unordentlich, sondern auch schmutzig. Keine Vorhänge, keine Tischlampen, ein offener Kamin, der nicht funktionierte.

Ich erreichte die Küche und sagte: »Wendell Jaffe scheint wieder einmal verschwunden zu sein.«

Harris Brown stand schon wieder am Ofen und hob den Deckel von der Pfanne, aus der eine Dampfwolke aufstieg. Am Rand des Herds stand ein Teller mit Mehl. Die Herdplatte, über die er die bemehlten Fleischstücke in die Pfanne befördert hatte, sah aus wie mit frisch gefallenem Schnee bestäubt. Wenn er mich mit der Vorlegegabel in seiner Hand in den Hals stieß, würde es aussehen, als hätte mich eine Schlange gebissen. Er stocherte im Fleisch herum.

»Tasächlich? Davon weiß ich gar nichts. Wie hat er es diesmal angestellt?«

Ich blieb an den Türpfosten gelehnt stehen. Die Küche schien der einzige Raum zu sein, zu dem die Sonne Zugang hatte. Sie war außerdem sauberer als der Rest des Hauses. Das Spülbecken war frisch geschrubbt. Der Kühlschrank war ein Museumsstück – gelblich verfärbt, aber blitzsauber. In den offenen Regalen stand Geschirr, das nicht zusammenpaßte.

»Keine Ahnung«, antwortete ich. »Ich dachte, das könnten Sie mir vielleicht sagen. Sie haben doch neulich mit ihm gesprochen.«

»Wer sagt das?«

»Seine Freundin. Sie war da, als er Sie zurückgerufen hat.«

»Ah, die berüchtigte Mrs. Huff«, sagte er.

»Wie haben Sie sie gefunden?«

»Das war einfach. Sie selbst nannten mir ihren Namen bei unserem ersten Telefongespräch.«

»Stimmt, ja. Und ich habe Ihnen bestimmt auch erzählt, daß sie ein Haus in den Keys hat. Das hatte ich ganz vergessen.«

»Ich vergesse selten etwas«, versetzte er, »auch wenn mir natürlich nicht entgeht, daß sich allmählich das Alter bemerkbar macht.«

Ich traute ihm nicht. Er war mir viel zu lässig. »Ich habe gestern abend mit Carl Eckert gesprochen. Er sagte mir, daß er Ihnen die hunderttausend bezahlt hat, die er Ihnen schuldete.«

»Richtig.«

»Warum haben Sie sich mit Wendell Jaffe gestritten?«

Er drehte die knusprig braunen Hühnchenstücke um. Sie sahen aus, als wären sie durch, aber als er mit seiner Gabel hineinstach, quoll blutiger Saft heraus. Er stellte die Flamme kleiner und legte den Deckel wieder auf.

»Mit Wendell habe ich mich gestritten, bevor ich das Geld bekommen habe. Darum habe ich Eckert zugesetzt und ihn gezwungen, an dem Abend hier runterzufahren.«

»Ich verstehe den Zusammenhang nicht.«

»Wendell sagte zu mir, er würde sich stellen und wolle reinen Tisch machen, ehe er ins Gefängnis ginge. Es war ein Hammer. Er wollte von dem Geld erzählen, das er und Eckert auf die Seite gebracht hatten. Als er mir das sagte, war mir klar, daß das das Ende ist. Daß ich erledigt bin und von meinem Geld keinen Penny mehr sehen würde. Also habe ich sofort Eckert angerufen und ihm gesagt, er soll mir auf der Stelle das Geld herbringen.«

»Warum hatten Sie vorher das Geld nie zurückverlangt?«

»Weil ich dachte, es wäre weg. Eckert hatte behauptet, es wäre nichts mehr da. Aber als ich hörte, daß Jaffe lebt, hab' ich das nicht mehr geglaubt. Ich habe Eckert unter Druck gesetzt, und da stellte sich heraus, daß sie sehr wohl noch Geld hatten. Und zwar einen ganzen Haufen. Jaffe hatte nur ungefähr eine Million mitgenommen, als er getürmt war. Den Rest hatte Eckert. Ist das zu glauben? Er hockte die ganze Zeit auf dem Geld und nahm sich einfach, was er gerade brauchte. Schlau, das muß ich sagen. Er lebte wie ein armer Mann. Da hat natürlich keiner Verdacht geschöpft.«

»Haben Sie nicht gemeinsam mit den anderen Gläubigern geklagt?«

»Doch, natürlich. Aber was glauben Sie, was ich da noch gekriegt hätte? Vielleicht zehn Cents für den Dollar, und auch das nur mit Glück. Jeder hätte was vom Kuchen haben wollen, das Finanzamt und zweihundertfünfzig Anleger. Mir war es schnurzegal, ob er das Geld zurückgeben würde oder nicht,

Hauptsache, ich bekam meins. Zum Teufel mit den anderen. Ich hab' dieses Geld sauer verdient und nichts unversucht gelassen, um es zurückzubekommen.«

»Und was mußten Sie dafür leisten?«

»Gar nichts. Das ist doch der springende Punkt. Als ich mein Geld hatte, waren mir die beiden völlig gleichgültig.«

»Sie hatten kein weiteres Interesse?«

»Ganz recht.«

Ich schüttelte verwirrt den Kopf. »Ich verstehe das nicht. Warum hat Eckert das Geld herausgerückt? War es Erpressung?«

»Natürlich nicht. Herrgott noch mal, ich bin Polizeibeamter. *Bezahlt* hat er mir keinen Cent. Er hat meinen Verlust wiedergutgemacht. Ich hatte hunderttausend investiert, und das habe ich zurückbekommen. Auf den Penny«, sagte er.

»Haben Sie Eckert davon erzählt, daß Jaffe das Geld zurückgeben wollte?«

»Natürlich. Wendell wollte noch am Abend zur Polizei. Ich hatte schon mit Carl gesprochen. Er sollte Freitagmorgen mit dem Geld vorbeikommen, daher wußte ich, daß er es bei sich hatte. Ich wollte sicher sein, daß ich das Geld in der Tasche hatte, bevor Wendell, dieser Verrückte, zu singen anfing. Das war ein echter Wahnsinniger!«

»Warum sagen Sie ›war‹?«

»Na, weil er wieder weg ist. Das haben Sie selbst doch eben erzählt.«

»Vielleicht hat es Ihnen nicht gereicht, Ihr Geld zurückzubekommen.«

»Was, zum Teufel, soll das heißen?«

Ich zuckte mit den Achseln. »Vielleicht wollten Sie ihn tot sehen.«

Er lachte. »Na, das ist aber wirklich weit hergeholt. Weshalb sollte mir an seinem Tod gelegen sein?«

»Nach allem, was ich gehört habe, hat er Ihre Beziehung zu Ihren Kindern zerstört. Ihre Ehe ging in die Brüche. Ihre Frau ist kurz danach gestorben.«

»So ein Quatsch! Meine Ehe war von Anfang an eine einzige Katastrophe, und meine Frau war schon seit Jahren krank. Meine Kinder waren nur über das verlorene Geld sauer. Als ich jedem fünfundzwanzigtausend zusteckte, wurden sie gleich wieder freundlich.«

»Nette Kinder.«

»Wenigstens weiß ich, woran ich bin«, versetzte er trocken.

»Sie sagen also, daß Sie ihn nicht getötet haben.«

»Ich sage, daß ich keinerlei Veranlassung dazu hatte. Ich dachte, Dana Jaffe würde das erledigen, wenn sie von der anderen Frau hörte. Schlimm genug, daß er sie mit den Kindern sitzengelassen hat, aber daß er es auch noch wegen einer anderen getan hat – na, das ist doch ein bißchen viel auf einmal.«

Ich wohnte nicht weit vom Strand, deshalb ließ ich meinen Wagen vor dem Haus stehen und ging zu Fuß zum Jachthafen. Vor dem abgeschlossenen Tor lungerte ich ein Weilchen herum. Ich hätte über den Zaun klettern können wie ein paar Tage zuvor mit Renata, aber um diese Zeit herrschte ein so reges Kommen und Gehen, daß es sich lohnte, auf jemanden mit Schlüssel zu warten. Der Tag verdüsterte sich. Ich glaubte nicht, daß es zu regnen anfangen würde, aber die Wolken bildeten eine brodelnde graue Masse, und die Luft war kühl. Diese Sommer in Santa Teresa sind wirklich ein Genuß.

Schließlich kam ein Typ in Shorts und Sweatshirt, der das Tor aufschloß. Er hielt es mir sogar auf, als er sah, daß ich hineinwollte.

»Danke«, sagte ich und ging neben ihm den Fußweg entlang. »Kennen Sie zufällig Carl Eckert? Ihm gehört ein Boot, das am Freitagmorgen gestohlen wurde.«

»Davon hab' ich gehört. Ja, ich kenne Carl vom Sehen. Soviel ich weiß, ist er jetzt unterwegs, um das Boot zu holen. Ich habe ihn vor ungefähr zwei Stunden mit seinem Dinghy lostuckern sehen.«

Der Typ bog nach links zu den Liegeplätzen »D« ab, und ich

ging weiter bis »J«. Eckerts Liegeplatz war immer noch leer, und es war unmöglich zu sagen, wann Eckert zurückkommen würde.

Es war fast eins, und ich hatte noch keinen Bissen zu Mittag gegessen. Ich ging zu meiner Wohnung zurück und holte die Schreibmaschine aus dem VW. Zu Hause machte ich mir ein dickes Brot – hartgekochte Eier in Scheiben mit Mayonnaise – und aß es genüßlich, während ich tippte. Ich nahm mir einen packen Karteikarten und reduzierte alle meine Kenntnisse zu dem Fall auf kurze Notizen, die auf die Karten paßten. Ich ordnete sie in verschiedene Kategorien und hängte sie an die Pinwand über meinem Schreibtisch. Erst dann knipste ich meine Schreibtischlampe an. Irgendwann holte ich mir eine Cola. Als handelte es sich um ein Gesellschaftsspiel, hängte ich die Karten meiner Garnitur immer wieder anders. Ich wußte selbst nicht, was ich da tat; ich sah mir nur die Aufzeichnungen an und gruppierte sie in der Hoffnung, daß sich ein Muster zeigen würde, immer wieder neu.

Als ich das nächste Mal auf meine Uhr sah, war es zu meinem Schrecken Viertel vor sieben. Ich hatte nur ein, zwei Stunden am Schreibtisch arbeiten und die Zeit bis zu Eckerts Rückkehr ausnützen wollen. In aller Eile schob ich etwas Geld ein, schnappte mir ein Sweatshirt und zog es mir über den Kopf, als ich zur Tür hinausging. Ich joggte zum Jachthafen zurück und erwischte eine Frau, die die Rampe zum Jachthafen 1 hinunterging. Sie warf mir einen desinteressierten Blick zu, als sie das Tor aufmachte.

»Ich hab' meinen Schlüssel vergessen«, murmelte ich und folgte ihr hinein.

Die *Lord* lag, ganz in eine blaue Persenning gehüllt, wieder an ihrem Platz. Die Kajüte war dunkel, von Eckert war nichts zu sehen. Im Wasser hinter der *Lord* schaukelte ein Schlauchboot mit Außenbordmotor. Ich blickte eine Weile zu ihm hinaus und erwog die Möglichkeiten. Dann ging ich zum hellerleuchteten Jachtclub, stieß die Glastür auf und ging die Treppe hinauf.

Ich sah ihn auf der anderen Seite des Saals an der Bar sitzen. Er hatte Jeans und eine Leinenjacke an, und sein graues Haar war von den Stunden auf dem Boot windzerzaust. Es war voll und laut im

Saal, und am Tresen drängten sich die Trinker, die Luft war rauchgeschwängert.

Als ich bis auf etwa drei Meter an ihn herangekommen war, drehte er sich um und sah mich an. Er murmelte dem Barkeeper etwas zu und nahm sein Glas. »Setzen wir uns an einen Tisch«, sagte er zu mir. »Draußen ist sicher etwas frei.«

Ich nickte und folgte ihm durch das Gedränge.

Auf der Terrasse, auf der nur ein paar ganz Abgehärtete fröstelnd beieinander saßen, war es bedeutend ruhiger und kühler. Es wurde von Minute zu Minute dunkler. Der Ozean zu unseren Füßen rollte und brodelte. Donnernd und zischend brachen sich die Wellen am Strand. Ich fand den Geruch hier draußen herrlich, obwohl die Luft feucht und frostig war. Zwei hohe Propanheizgeräte verbreiteten einen rosigen Schein, ohne viel Wärme zu erzeugen. Dennoch setzten wir uns in die Nähe eines von ihnen.

»Ich habe Ihnen ein Glas Wein bestellt«, sagte Carl. »Der Kellner wird sicher jeden Moment kommen.«

»Danke. Sie haben Ihr Boot wieder, wie ich sehe. Was hat man gefunden? Ich vermute, nichts, aber man kann ja immer hoffen.«

»Es wurden tatsächlich Blutspuren gefunden. Ein paar kleine Spritzer an der Reling. Aber man weiß noch nicht, ob es von Wendell stammt.«

»Ja, klar. Es könnte auch Ihres sein.«

»Sie wissen doch, wie die Polizei arbeitet. Nur keine übereilten Schlüsse ziehen. Es kann doch leicht sein, daß Wendell selbst diese Blutspritzer angebracht hat, um den Verdacht zu erwecken, daß ein Verbrechen verübt worden ist. Haben Sie Renata noch gesehen? Sie ist gerade gegangen.«

Ich schüttelte den Kopf. Der plötzliche Themenwechsel entging mir nicht. »Ich wußte gar nicht, daß Sie beide miteinander bekannt sind.«

»O doch, ich kenne Renata. Ich kann nicht behaupten, daß wir Freunde sind. Ich habe sie vor Jahren kennengelernt, als Wendell sich in sie verliebte. Sie wissen ja wahrscheinlich wie das ist, wenn ein guter Freund eine Frau oder Lebensgefährtin hat, mit der man nicht viel anfangen kann. Ich konnte nicht verstehen, wieso er nicht mit Dana glücklich war.«

Ich sagte: »Die Ehe ist ein Mysterium. Was hatte sie hier zu tun?«

»Keine Ahnung. Sie wirkte sehr deprimiert. Sie wollte über Wendell sprechen, aber dann regte sie sich auf und ist einfach gegangen.«

»Ich habe den Eindruck, sie wird mit dieser Sache nicht gut fertig«, sagte ich. »Was ist mit dem Geld? Ist es weg?«

Sein Lachen klang tonlos und trocken. »Natürlich. Eine Weile hoffte ich allen Ernstes, daß es vielleicht noch auf dem Boot sein könnte. Und ich kann nicht mal die Polizei zu Hilfe holen. Das ist die Ironie.«

»Wann haben Sie Wendell das letzte Mal gesprochen?«

»Das muß am Donnerstag gewesen sein. Er war auf dem Weg zu Dana.«

»Ich habe ihn danach bei Michael gesehen. Wir sind dann zusammen gegangen, aber sein Wagen sprang nicht an. Jetzt bin ich sicher, daß jemand ihn manipuliert hatte. Genau wie meinen. Ich habe ihn mitgenommen, aber schon nach ein paar Metern wollte mein Auto nicht mehr. Und da hat jemand auf uns geschossen.«

Hinter uns wurde die Tür geöffnet, und explosionsartig drang der Lärm heraus. Der Kellner kam mit einem Glas Chardonnay zu uns an den Tisch. Für Eckert brachte er einen frischen Scotch. Er stellte die beiden Getränke und eine Schale Salzgebäck auf den Tisch. Eckert bezahlte und legte ein Trinkgeld dazu. Der Kellner bedankte sich und ging.

Als sich die Tür wieder geschlossen hatte, schnitt ich ein anderes Thema an. »Ich habe mit Harris Brown gesprochen.«

»Gut. Und wie geht es ihm?«

»Prima, wie es scheint. Eine Zeitlang hatte ich ihn in Verdacht, Wendell Jaffe ermordet zu haben.«

»Sie denken an Mord?«

»Das ist doch logisch«, sagte ich.

304

»Logisch? Wieso? Es ist genauso logisch anzunehmen, daß er sich wieder einmal aus dem Staub gemacht hat«, meinte Eckert. »Oder warum nicht Selbstmord? Die Leute hier haben ihn ja nicht gerade mit offenen Armen aufgenommen. Könnte es nicht sein, daß er sich das Leben genommen hat? Haben Sie das in Betracht gezogen?«

»Könnte es nicht sein, daß er von Außerirdischen entführt wurde?« konterte ich.

»Kommen Sie zur Sache. Ich merke, daß ich ungeduldig werde. Es war ein langer Tag. Ich bin erledigt. Und ich habe mindestens eine Million Dollar eingebüßt. Das ist nicht lustig, glauben Sie mir.«

»Vielleicht haben Sie ihn getötet.«

»Weshalb hätte ich ihn töten sollen? Der Kerl hat mir mein Geld gestohlen. Wenn er tot ist, wie soll ich es dann je wiederbekommen?«

Ich zuckte mit den Schultern. »Erstens mal war es gar nicht Ihr Geld. Die Hälfte gehörte ihm. Ich habe nur Ihr Wort dafür, daß das Geld weg ist. Woher soll ich wissen, daß Sie es nicht selbst vom Boot geholt und woanders verstaut haben? Vielleicht fürchten Sie, daß Harris Brown jetzt, da er Bescheid weiß, noch mehr verlangt.«

»Glauben Sie mir, das Geld ist weg«, sagte er.

»Weshalb sollte ich Ihnen irgend etwas glauben? Sie haben Konkurs erklärt und ihre Anleger leer ausgehen lassen, obwohl Sie das Geld gehabt hätten, ihnen wenigstens einen Teil dessen wiederzugeben, was ihnen gehörte. Sie haben den Armen gespielt und hatten Millionen unter der Matratze versteckt.«

»Ich weiß, wie es aussieht.«

»Es sieht nicht nur so aus. Es *war* so.«

»Sie können nicht im Ernst glauben, daß ich ein Motiv hatte, Wendell zu töten. Sie wissen ja nicht einmal, ob er tot ist. Aller Wahrscheinlichkeit nach ist er es nicht.«

»Ich weiß nicht, was wahrscheinlich ist und was nicht. Schauen wir es uns einfach mal an: Sie hatten das Geld. Er kam

305

her, um sich seinen Anteil zu holen. Sie hatten das Geld schon so lange, daß Sie es als Ihr alleiniges Eigentum ansahen. Wendell ist fünf Jahre ›tot‹ gewesen. Wen stört es, wenn er ›tot‹ bleibt? Dana würden Sie damit einen Riesengefallen tun. Denn wenn Wendell lebt, muß sie das Versicherungsgeld zurückgeben.«

»Hören Sie mal, ich habe am Donnerstag mit Wendell gesprochen und seitdem nichts mehr von ihm gehört.«

»Keiner außer Renata hat seitdem von ihm gehört«, sagte ich.

Er stand abrupt auf und ging zur Tür. Ich folgte ihm auf dem Fuß und drängte mich mit ihm durch die Tür. Die Leute drehten sich nach uns um, als wir uns durch die brechend volle Bar drängten. Er rannte die Treppe hinunter und zur Tür hinaus. Merkwürdigerweise ließ mich der Gedanke, er könnte mir entwischen, ziemlich kalt. Etwas regte sich in meinem Hirn. Etwas, das mit Wendell und dem zeitlichen Ablauf der Ereignisse zu tun hatte; mit dem Dinghy, das hinter der *Lord* im Wasser schaukelte wie ein junges Entlein hinter der Mutter. Ich konnte es noch nicht festmachen, aber das würde schon noch kommen.

Eckert blieb vor dem verschlossenen Tor zum Jachthafen stehen. Er kramte nach seiner Karte, und ich lief hinter ihm die Rampe hinunter. Er wandte sich hastig um, und dann flog sein Blick aufwärts zur Mole hinter mir. Auch ich drehte mich um und sah hinauf. Eine Frau stand am Geländer. Sie war barfuß und hatte einen Trenchcoat an. Sie blickte zu uns hinunter. Ihre nackten Beine und ihr bleiches Gesicht schimmerten in der Dunkelheit. Renata.

»Augenblick!« sagte ich. »Ich möchte mit ihr reden.«

Eckert achtete gar nicht auf mich. Er trat durch das Tor, während ich umkehrte. Die gekrümmte Mauer an der Mole ist ungefähr einen halben Meter breit, ein hüfthoher Betonsims. Unablässig schlagen die Wellen krachend gegen den Damm, und das Wasser schießt in Fontänen steil in die Höhe. Eine Gischtlinie zieht sich an der Mauer entlang und um die Kurve herum, die durch eine Reihe Fahnenstangen markiert ist. Der Wind, der vom Ozean hereinbläst, treibt ständig feinen Sprühregen in diese Richtung, während auf den Fußweg auf der Hafenseite die Wellen klatschen.

Renata war auf die Mauer hinaufgesprungen und ging um die Kurve herum. Wellen sprangen beinahe spielerisch bis zu ihrer Schulter empor. Ihr Trenchcoat war schon klatschnaß – dunkelbraun auf der Ozeanseite, heller auf der anderen, wo der Stoff noch trocken war.

»Renata!«

Sie schien mich nicht zu hören, obwohl sie nur fünfzig Meter vor mir war. Der Weg war glitschig vom Meerwasser, und ich mußte vorsichtig gehen. Ich begann zu laufen, achtsam und nicht zu schnell. Es war Flut. Der Ozean brodelte, eine gewaltige schwarze Masse, die sich in der Finsternis verlor. Die Fahnen knallten. In Abständen brannten Lichter, aber sie hatten mehr dekorative Wirkung.

»Renata!«

Diesmal blickte sie zurück und sah mich. Sie wurde langsamer, wartete, bis sie mich eingeholt hatte, ehe sie weiterging. Sie blieb mir einen Schritt voraus. Ich war unten auf dem Gehweg, während sie auf der Mauer blieb, so daß ich zu ihr aufsehen mußte. Ich sah jetzt, daß sie weinte. Ihre Wimperntusche war verschmiert. Das Haar klebte ihr in feuchten Strähnen an der Stirn und am Hals. Ich zupfte an ihrem Mantelsaum, und sie blieb stehen und sah zu mir herunter.

»Wo ist Wendell? Sie haben gesagt, er sei am Freitagmorgen verschwunden, aber Sie sind die einzige, die behauptet, ihn nach dem Donnerstag abend noch einmal gesehen zu haben.« Ich brauchte Einzelheiten. Ich war mir nicht sicher, wie sie es geschafft hatte. Ich dachte daran, wie schlecht sie ausgesehen hatte, als sie zu mir ins Büro gekommen war. Vielleicht war sie die ganze Nacht wach gewesen. Vielleicht sollte ich Teil ihres Alibis sein. »Haben Sie ihn getötet?«

»Wen interessiert das schon?«

»Ich würde es gern wissen. Wirklich. Die California Fidelity hat mir den Fall heute morgen abgenommen, und die Polizei kümmert sich nicht darum. Kommen Sie. Nur unter uns. Ich bin die einzige, die glaubt, daß er tot ist, und keiner hört auf mich.«

Die Antwort kam mit Verzögerung, als hätte sie eine große Entfernung überwinden müssen. »Ja.«

»Sie haben ihn getötet?«

»Ja.«

»Wie?«

»Ich habe ihn erschossen. Es ging ganz schnell.« Sie krümmte ihren Zeigefinger und tat so, als feuerte sie auf mich. Der Rückstoß war minimal.

Ich kletterte zu ihr auf die Mauer, so daß unsere Gesichter auf gleicher Höhe waren. Mir paßte es besser so. Ich brauchte nicht zu schreien, um die Brandung zu übertönen. War sie betrunken? Ich konnte den Alkoholdunst riechen, selbst gegen den Wind. »Haben *Sie* unten am Strand auf uns geschossen?«

»Ja.«

»Aber ich hatte doch Ihren Revolver. Ich habe ihn Ihnen auf dem Boot abgenommen.«

Ihr Lächeln war blaß. »Ich hatte ein ganzes Sortiment zur Verfügung. Dean hatte sechs oder acht Schußwaffen. Er hatte eine Heidenangst vor Einbrechern. Wendell habe ich mit einer kleinen Halbautomatic erschossen. Der Schuß hat nicht mal soviel Lärm gemacht wie ein Buch, das zu Boden fällt.«

»Wann haben Sie es getan?«

»Am selben Abend, Donnerstag. Er ist zu Fuß vom Strand nach Hause gegangen. Ich hatte meinen Wagen. Ich war zuerst zu Hause und erwartete ihn, als er kam. Er war ziemlich kaputt, und seine Füße taten ihm weh. Ich machte ihm einen Wodka Tonic und brachte ihn ihm auf die Terrasse. Er trank einen großen Schluck. Ich preßte die Pistole an seinen Hals und drückte ab. Er ist kaum zusammengezuckt, und ich war so flink, daß ich ihm noch sein Glas abnehmen konnte, bevor es zu Boden fiel. Ich zog ihn zum Dinghy hinunter und hob ihn hinein. Ich deckte ihn mit einer Plane zu und bin losgefahren. Ganz gemächlich, um keine Aufmerksamkeit zu erregen.«

308

»Und dann?«

»Als ich ungefähr eine Viertelmeile weit draußen war, habe ich ihn mit einem alten Außenbordmotor beschwert, den ich sowieso verschrotten wollte. Ich habe ihn noch einmal auf den Mund geküßt. Er war schon kalt, und er schmeckte salzig. Dann habe ich ihn über Bord gehievt, und er ist sofort untergegangen.«

»Mit der Pistole.«

»Ja. Danach bin ich mit Volldampf von Perdido aus nach Santa Teresa gefahren, habe mich vorsichtig in den Jachthafen eingeschlichen, das Dinghy an der *Lord* festgemacht, sie ein Stück Küste hinuntergeschleppt und dann die Segel gesetzt. Danach bin ich in meinem Dinghy zurückgefahren und wieder in die Keys getuckert, während die *Lord* Kurs aufs offene Meer nahm.«

»Aber warum, Renata? Was hat Wendell Ihnen angetan?«

Sie drehte den Kopf und starrte zum Horizont. Als sie ihren Blick zurückholte, sah ich, daß sie leicht lächelte. »Ich habe fünf Jahre lang mit dem Mann zusammengelebt und bin mit ihm gereist«, sagte sie. »Ich habe ihm alles gegeben, was er brauchte – Geld, einen Paß, Unterkunft, Unterstützung. Und wie dankt er es mir? Indem er zu seiner Familie zurückkehrt... indem er sich meiner so sehr schämt, daß er nicht einmal seinen erwachsenen Söhnen etwas von meiner Existenz sagt. Er hatte eine *midlife crisis*. Mehr war's nicht. Und als er die überwunden hatte, wollte er zu seiner Frau zurück. Aber ich konnte ihn nicht an sie verlieren. Es war zu demütigend.«

»Aber Dana hätte ihn niemals zurückgenommen.«

»O doch. Sie nehmen sie immer zurück. Sie sagen, sie werden es niemals tun, aber wenn es dann soweit ist, können sie nicht widerstehen. Ich mache ihnen ja gar keinen Vorwurf daraus. Sie sind eben so gottverdammt froh und dankbar, wenn der liebe Ehemann endlich mit dem Schwanz zwischen den Beinen wieder angekrochen kommt. Dann ist es egal, was er getan hat. Wenn er nur zurückkommt und ihr sagt, daß er sie liebt.« Das Lächeln war erloschen, und sie begann zu weinen.

»Weshalb die Tränen? Er war es nicht wert.«

»Er fehlt mir. Ich hätte es nicht für möglich gehalten, aber es ist so.« Sie öffnete den Gürtel und ließ den Mantel über ihre Schultern gleiten. Darunter war sie nackt, schlank und weiß, zitternd. Ein menschlicher Pfeil.

»Renata, nicht!«

Ich sah, wie sie sich umdrehte und in den brodelnden Ozean stürzte. Ich riß mir die Schuhe von den Füßen, schlüpfte aus meiner Jeans und zog mir das Sweatshirt über den Kopf. Mir war kalt. Ich war schon durchnäßt vom Sprühdunst, dennoch zögerte ich einen Moment. Unter mir, jetzt schon ungefähr zehn Meter weit draußen, sah ich Renata schwimmen. Systematisch durchschnitten ihre schlanken weißen Arme das Wasser. Ich hatte überhaupt kein Verlangen, ins Wasser zu gehen. Es sah so tief und kalt und schwarz und bedrohlich aus. Ich flog vorwärts, fühlte mich wie ein Vogel und fragte mich, ob es möglich war, für immer in der Luft zu bleiben.

Dann klatschte ich ins Wasser. Die Kälte raubte mir den Atem. Ich schnappte nach Luft und hörte erstaunt meinen eigenen Aufschrei. Der Wasserdruck erschwerte meiner Lunge die Arbeit. Ich holte tief Atem und begann zu schwimmen. Das Salz brannte mir in den Augen, aber ich konnte das Weiß von Renatas Händen und ihr Gesicht sehen, das wenige Meter vor mir auf dem Wasser schaukelte. Ich bin eine ganz ordentliche Schwimmerin, aber beileibe keine starke. Wenn ich längere Strecken schwimmen will, muß ich im allgemeinen von Stil zu Stil wechseln – Kraul, Seite, Brust, Ruhe. Der Ozean war lebhaft, beinahe natürlich verspielt, ein großer flüssiger Tod, eiskalt wie die Folter, unerbittlich.

»Renata! Warten Sie!«

Sie blickte zurück, allem Anschein nach überrascht, daß ich mich ins Wasser gewagt hatte. Beinahe aus Höflichkeit, wie es schien, schwamm sie ein wenig langsamer, so daß ich sie einholen konnte, ehe sie wieder loslegte. Ich war bereits ausgepumpt von der Anstrengung. Auch sie wirkte müde, und vielleicht war das der Grund, weshalb sie sich auf die Verschnaufpause einließ. Einen Moment lang lagen wir beide schaukelnd im Wasser, das uns wie eine neuartige Attraktion in einem Vergnügungspark in die Höhe trug und wieder in die Tiefe zog.

Ich tauchte unter, kam mit dem Gesicht voraus wieder an die Oberfläche und strich mir das Haar aus den Augen. Ich wischte mir Mund und Nase ab und schmeckte Salz und Fisch.

»Was ist aus dem Geld geworden?«

Ich sah, wie sich ihre Arme im Wasser bewegten und die Bewegung sie dicht an der Oberfläche hielt. »Ich wußte nichts von dem Geld. Darum habe ich so gelacht, als Sie es mir gesagt haben.«

»Jetzt ist es weg. Jemand hat es genommen.«

»Ach, wen interessiert das schon, Kinsey? Wendell hat mir eine Menge beigebracht. Ich weiß, es klingt banal, besonders in so einem Moment, aber Geld macht nicht glücklich.«

»Aber es beruhigt doch ungemein.«

Sie lachte nicht einmal aus Höflichkeit. Es war ihr anzusehen, daß ihre Kraft nachließ, aber lange nicht in dem Maß wie meine.

»Was passiert, wenn Sie nicht mehr schwimmen können?« fragte ich.

»Oh, ich habe mich kundig gemacht. Ertrinken ist gar kein so schlechter Tod. Natürlich tritt ein Moment der Panik ein, aber danach ist es die reine Euphorie. Man gleitet einfach in den Äther hinüber. Es ist wie einschlafen, nur daß man dabei noch angenehme Sinneswahrnehmungen hat. Das ist der Sauerstoffmangel.«

»Ich traue diesen Berichten nicht. Die können nur von Leuten stammen, die nicht wirklich gestorben sind, und was wissen die schon? Außerdem bin ich noch nicht bereit zu sterben. Ich habe zu viele Schandtaten auf dem Gewissen«, erklärte ich.

»Dann sparen Sie lieber Ihre Kräfte. Ich schwimme weiter«, sagte sie und glitt durch das Wasser davon. War die Frau ein Fisch? Ich konnte mich kaum noch bewegen. Das Wasser schien in der Tat wärmer zu sein, aber das war eher beängstigend. Vielleicht war dies das erste Stadium, die Illusion vor der ausgewachsenen Halluzination. Wir schwammen. Sie war stärker als ich. Ich versuchte es mit sämtlichen Stilarten, die mir geläufig waren, um an ihr dran zu bleiben. Eine Zeitlang zählte ich. Eins, zwei. Atmen. Eins, zwei. Atmen.

»Lieber Gott, Renata. Machen wir doch mal Pause.« Ich hielt keuchend inne und drehte mich auf den Rücken. Ich sah zum Himmel hinauf. Die Wolken erschienen heller als die Nacht um uns herum. Beinahe nachsichtig, hielt sie wieder inne und trat Wasser. Die Wellen in der Dunkelheit waren mitleidlos und lockend zugleich. Die Kälte war betäubend.

»Bitte kehren Sie mit mir um«, sagte ich. Meine Brust brannte. Ich atmete gierig und bekam dennoch nicht genug Luft. »Ich möchte das nicht tun, Renata.«

»Ich habe Sie nie darum gebeten.«

Sie begann wieder zu schwimmen.

Ich erlebte ein Versagen des Willens. Meine Arme waren wie Blei. Einen Moment lang dachte ich daran, bei ihr zu bleiben, aber ich war einem Kollaps nahe. Ich war durchgefroren und müde. Meine Arme wurden immer schwerer. Ich konnte kaum noch atmen. Ich war aus dem Rhythmus und schluckte jedesmal, wenn ich Luft holen wollte, Salzwasser. Kann sein, daß ich auch weinte. Eine Zeitlang trat ich Wasser. Ich hatte das Gefühl, Ewigkeiten geschwommen zu sein, aber als ich mich umdrehte und zu den Küstenlichtern zurückblickte, war klar, daß wir höchstens eine halbe Meile entfernt waren. Ich konnte mir nicht vorstellen, wie es sein würde, bis zur Erschöpfung zu schwimmen – in dem dunklen, schwarzen Wasser, bis die Müdigkeit uns überwältigte. Ich konnte sie nicht retten. Ich konnte es im Schwimmen nicht mit ihr aufnehmen. Und selbst wenn es mir gelingen würde, sie einzuholen, was sollte ich dann tun? Sie mit Gewalt unterwerfen? Das würde mir wohl kaum gelingen. Seit ich in der Highschool die Prüfung als Rettungsschwimmerin abgelegt hatte, hatte ich nicht mehr trainiert. Sie war auf dem Weg ins Weite. Ihr war es völlig gleich, ob sie mich mit hinauszog. Wenn Menschen erst einmal getötet haben, können sie manchmal nicht mehr aufhören. Wenigstens wußte ich jetzt, was Wendell Jaffe zugestoßen war und was ihr zustoßen würde. Ich mußte anhalten. Ich trat Wasser, um Kraft zu sparen. Ich konnte nicht weiter. Mir fiel nicht einmal etwas Markiges oder Tiefschürfendes ein, was ich ihr hätte sagen können. Nicht daß sie auf mich geachtet hätte. Sie hatte ihr eigenes Ziel, so wie ich meines. Ein Weilchen hörte ich sie noch, aber es dauerte nicht lang, da wurde das Plätschern von der Nacht verschluckt. Ich rastete eine Zeitlang, dann drehte ich um und schwamm zum Strand zurück.

Epilog

Neun Tage später spie der Pazifik Wendell Jaffes Leiche aus und spülte sie, mit Tang behangen wie ein Netz, am Strand von Perdido an. Eine besondere Kombination von Tide und stürmischer Brandung hatte sie vom Grund des Ozeans gelöst und an die Küste getragen. Von seinen Angehörigen nahm Michael es am schwersten. Brian hatte mit seinen eigenen Angelegenheiten zu tun, aber er konnte sich wenigstens mit dem Gedanken trösten, daß sein Vater ihn nicht willentlich im Stich gelassen hatte. Danas finanzielle Probleme wurden durch diesen konkreten Beweis von Wendells Tod gelöst. Michael aber stand mit all den unerledigten Geschäften da.

Was mich anging, so hielt ich es für ziemlich sicher, daß die California Fidelity, die ich eine halbe Million Dollar gekostet hatte, so bald nichts mehr mit mir würde zu tun haben wollen. Das hätte eigentlich das Ende sein müssen, doch im Verlauf der Monate sickerten verschiedene Fakten durch. Renatas Leiche wurde nie gefunden. Ich hörte zufällig, daß sich bei der Abwicklung ihres Nachlasses herausgestellt hatte, daß sowohl ihr Haus als auch ihr Boot bis zum äußersten mit Hypotheken belastet und alle ihre Bankkonten geleert waren. Das machte mich sehr nachdenklich. Ich begann an der Vergangenheit zu zupfen wie an einem Knötchen in einem Faden.

Soll ich Ihnen sagen, worüber ich nachdenke, wenn ich in der tiefen Stille der Nacht erwache? Niemand weiß mit Sicherheit, was Dean DeWitt Huff zugestoßen ist. Sie behauptet, er sei an einem Herzinfarkt in Spanien gestorben, aber hat das je jemand überprüft? Und was war mit dem Ehemann davor? Was ist aus ihm geworden? Ich habe dies stets als Wendell Jaffes Geschichte gesehen, aber könnte es nicht die ihre sein? Die verschwundenen Millionen tauchten niemals auf. Angenommen, sie wußte von dem Geld und überredete ihn zur Rückkehr? Angenommen, sie hatte irgendwo da draußen in der Finsternis ein Boot vor Anker liegen? Sie hätte sich von ihrem eigenen Steg stürzen können, wenn sie unbedingt ertrinken wollte. Weshalb erst dreißig Meilen fahren, wenn man ins Wasser gehen will? Doch höchstens, weil man einen zuverlässigen Zeugen braucht – wie mich zum Beispiel. Nachdem ich bei der Polizei meine Aussage gemacht hatte, war der Fall abgeschlossen. Aber ist er das wirklich?

Ich habe nie geglaubt, daß das perfekte Verbrechen möglich ist. Jetzt bin ich nicht mehr so sicher. Sie sagte mir, Wendell habe ihr eine Menge beigebracht, aber sie hat nicht gesagt, was es eigentlich war. Bitte verstehen Sie: Ich weiß die Antworten nicht. Ich stelle nur die Fragen. Und Gott weiß, daß es in meinem eigenen Leben noch genug offene Fragen gibt.

Hochachtungsvoll, Kinsey Millhone

GOLDMANN

THE NOBLE LADIES OF CRIME

Sie wissen bestens Bescheid über die dunklen Labyrinthe der menschlichen Seele. Über die gut getarnten Obsessionen. Über Gier, Lust und Angst, die immer wieder tödlich an die Oberfläche dringen. Die feinen Damen lassen morden ...

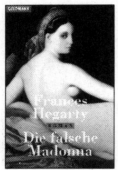

Frances Hegarty,
Die falsche Madonna   42550

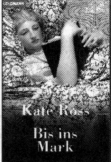

Kate Ross,
Bis ins Mark   42552

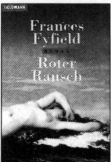

Frances Fyfield,
Roter Rausch   43032

Frances Fyfield,
NachtAngst   42570

Goldmann · Der Taschenbuch-Verlag

GOLDMANN

THE NOBLE LADIES OF CRIME

*Sie wissen bestens Bescheid über die dunklen
Labyrinthe der menschlichen Seele. Über die gut
getarnten Obsessionen. Über Gier, Lust und Angst, die
immer wieder tödlich an die Oberfläche dringen.
Die feinen Damen lassen morden ...*

Elizabeth George,
Gott schütze dieses Haus   9918

Ruth Rendell,
Der Liebe böser Engel   42454

Anne Perry,
Gefährliche Trauer   41393

Batya Gur, Denn
am Sabbat sollst du ruhen   42597

Goldmann · Der Taschenbuch-Verlag

GOLDMANN TASCHENBÜCHER

Das Goldmann Gesamtverzeichnis erhalten Sie im Buchhandel oder direkt beim Verlag.

Literatur · Unterhaltung · Thriller · Frauen heute
Lesetip · FrauenLeben · Filmbücher · Horror
Pop-Biographien · Lesebücher · Krimi · True Life
Piccolo Young Collection · Schicksale · Fantasy
Science-Fiction · Abenteuer · Spielebücher
Bestseller in Großschrift · Cartoon · Werkausgaben
Klassiker mit Erläuterungen

* * * * * * * * * *

Sachbücher und Ratgeber:
Gesellschaft / Politik / Zeitgeschichte
Natur, Wissenschaft und Umwelt
Kirche und Gesellschaft · Psychologie und Lebenshilfe
Recht / Beruf / Geld · Hobby / Freizeit
Gesundheit / Schönheit / Ernährung
Brigitte bei Goldmann · Sexualität und Partnerschaft
Ganzheitlich Heilen · Spiritualität · Esoterik

* * * * * * * * * *

Ein SIEDLER-BUCH bei Goldmann
Magisch Reisen
ErlebnisReisen
Handbücher und Nachschlagewerke

Goldmann Verlag · Neumarkter Str. 18 · 81664 München

Bitte senden Sie mir das neue kostenlose Gesamtverzeichnis

Name: _____

Straße: _____

PLZ / Ort: _____